铜螭
上灵
著
长江出版社
CHANGJIANGPRESS

图书在版编目（CIP）数据

饲蛟 / 上灵著. — 武汉：长江出版社,
2023.12
ISBN 978-7-5492-9276-9

Ⅰ. ①饲… Ⅱ. ①上… Ⅲ. ①长篇小说－中国－当代 Ⅳ. ①I247.5

中国国家版本馆CIP数据核字(2023)第254583号

饲蛟 / 上灵著

SI JIAO

出　　版	长江出版社 (武汉市解放大道1863号)
选题策划	千十文化
市场发行	长江出版社发行部
网　　址	http://www.cjpress.cn
责任编辑	陈　辉
特约编辑	陈　思
印　　刷	固安兰星球彩色印刷有限公司
版　　次	2023年12月第1版
印　　次	2024年1月第1次印刷
开　　本	880mm × 1230mm　1/32
印　　张	10.375
字　　数	400千字
书　　号	ISBN 978-7-5492-9276-9
定　　价	48.00元

电话：027-82926557(总编室)　027-82926806(市场营销部)

食妖、夺宝、强占地盘，这么多恶事你都做尽了，我看不惯这些恶事，因为自诞生那日起，便注定我不会走上此路，而那却是你的生存之道。

上叉

目录

第一章 雷池一战

雷池一战过后，临渊在某个傍晚恢复了意识。

他转动眼珠，透过凌乱的额发依稀辨认出这里是一处山谷。满地狼藉，山壁破碎，树木泛黑。那是他与金龙滚落山崖之时的余威所致。龙息一口，便能灼烧千里。到底是他大意了。

临渊想到与那条金色巨龙的争斗——这还是他称霸妖界千年以来第一次被逼到同归于尽的地步。

他恨恨咬牙，差一点……只差一点他就能灭了白川洞鱼族，夺得宝物蚌珠，以此提升五百年修为！可现在——他浑身都是被雷电击打过后的酸痛感，体内已感受不到丝毫灵力，四肢失力，内脏应该也受了伤。

天色暗沉，乌云遮顶，隐隐有下雨之势，他却连起身都做不到。身受重伤的感觉并不好，如今别说是金龙了，随便一个道行微末的妖，都能轻易取了他的性命。

即便他能拖着残躯找到洞府养伤，可万千年的修为也需要漫长的时间去恢复。若让他重新做个手无缚鸡之力的废物，终日过着东躲西藏的日子，还不如一道劫雷直接劈下，还痛快些。

怎么办？早知道白川洞那条母鱼竟然和金龙有私情，他也不至于如此草率地杀上门了。

临渊为蛟，修炼便是为了有一日能化龙成神。苦心经营数载，好不容易强大到能以蛟之身力压倒那群天生的真龙，却没想撞上了普天之下仅剩的一条金龙。

但凡强大到牵连天命之族，若遇动荡，血脉濒危，最后所剩者，必将受到天道的额外眷顾。何况金龙一系本就是龙中之王，纵然是他，也不敢轻易招惹对方。

临渊努力转过头，细细观察。他先是确认了自己的确修为全失，接着对“从头练过”一事产生了极大的抵触，左思右想，又觉得不能真的就这样轻易死了，不然这仇怎么报？这一身的伤总该找人清算！

金龙此番害他至此，这梁子算是结下了。有仇不报，想必自己死也不会瞑目。

记得他是与那条金龙一起掉落下来的，万一对方还在附近，以他现在的状况，岂不是任人宰割？

他这么想着，就看到右边不远处似乎躺着一个人。他嗅了嗅，闻到了空气中若有似无的真龙味，与那金龙如出一辙。

临渊先是一惊，紧接着一喜——金龙就在附近，但同样受了重创，看起来伤得不比自己轻。眼下他先醒转，如果他能吞了金龙，龙气入体，定能让他的伤势好转，说不定连修为都能恢复了！

临渊深沉的眼中闪过贪婪之色，他屈张五指，勉力朝着金龙倒下的地方爬去。他的双腿在交战时为雷电所击，早就难以支撑行走。但再重的伤，也阻止不了他吞吃金龙。

临渊面容狰狞，一半是因为疼痛，另一半则是因为内心的狂喜。早听说过食龙化身的说法，此前他也吞食过不少龙，但那些家伙怎么能跟这条比？

临渊心想，也许千万年来他所等待的化龙机遇就在今日！

他盯着金龙，每前进一步，便感觉全身仿佛被割裂一般疼痛。他咬着牙，满头大汗，但眼底的光芒越来越盛。

金龙近在眼前。强大的信念支撑着临渊，短短几步路的距离，却耗费了足足半个时辰。

终于……他触碰到了金龙的衣角，余光瞥见自己的手，上面已经浮现出黑色的鳞甲，泛着雷击后的焦黑。他受了太重的伤，竟连原形都要显露出来了。

“呃……”临渊趴在地面上，口中发出呻吟，一双手始终紧紧拽着金龙衣角。

须臾过后，他恢复了些许，再次用力向前。

这条上天入地、为天道钟爱的龙，此刻正毫无所觉地昏迷着，并且……可能永远都不会醒来了。

临渊半趴在金龙的人身上，咧出一个扭曲的笑容，正打算仰头化成蛟首，将其一口吞掉——谁料身下的龙却猛地睁开了眼睛。

浅金色的眸中闪过凌厉的寒光，落在临渊的身上。

临渊脸色微变，来不及躲开便被金龙一个翻身压倒在地。

他喊道："放开我！"不，他还不想死！

金龙眯着眼，按住了他意图偷袭的手："你是何人？此处为何地？"

临渊愣住，虽觉异常，但眼下处境凶险，只能不断挣扎："松手！"

金龙不松反紧，伸手卡在临渊的脖间。

要害被捏住，临渊立时不敢动弹，濒死的惊惧令他微微颤抖，既不甘死，更是气极不忿。他毕生苦心追寻无上功法，不断修炼，为的就是成神化龙，此番心愿尚未达成，他怎么甘心这样死去！

金龙见他老实了，浅色双目不动声色地打量着临渊。

临渊肤色极白，却非女子之白皙，而是透着一股戾气深重的苍白，他的额头隐隐浮现出黑色鳞甲，嘴角还残留着重伤后留下的殷红血迹。颜色对比之强烈，竟带了些触目惊心的美感。一双乌黑的眼睛倒是挺有神，被自己制住后只能敢怒不敢言地徒劳瞪着。

金龙道："你受伤了。"

这是显而易见的事实，而且这伤分明就是拜他所赐！临渊简直想破口大骂，但若真的骂了，也许自己就连半点儿生机都没有了。他道："你也受伤了。"

金龙不言不语。

临渊勉力维持着自若的神态："雷池下通凡界，此地荒凉几无灵气，不宜再做争斗令伤势加重。不如今日你我……"各退一步，休养生息，改日再做较量？

他话未尽，却见金龙松开一手扶住额头，眉头紧蹙，道："雷池？"金龙摇了摇头，"倒是有些耳熟。"

临渊的心猛地一跳，联系金龙刚醒之际的问话，脑海中不由得形成一个几乎荒诞的猜想。

他努力使自己的声音平静些："晋明……你……你没事吧？"

金龙重新将视线移到他身上："哦？那是我的名字？"

片刻沉默，临渊深吸一口气，压抑着心中狂喜，眉宇间带着几分虚假的担忧，故作惊讶道："你不记得了？"

金龙似乎是在回想，半晌，放弃般地摇头："一片空白。"

猜想被证实，临渊低眉敛目，实则脑海中已转过无数念头。

峰回路转，天不亡他！也许是雷池哪道天雷劈坏了这龙的脑袋，也许是金龙在掉落之时不慎磕到了头，总之此时此刻晋明失忆了！

但临渊又觉得不可思议，仿佛对突如其来的转机将信将疑，便试探着伸手攥住了晋明的手臂。晋明身体一僵，似乎是在苦恼。

“晋明，”临渊放软了语气，“我被你卡着脖子，不舒服。”

晋明稍稍松开了力道，沉声问：“你认得我？你叫什么名字？”

临渊愣了片刻，倒不是为了什么别的原因，只不过时间久远，妖界众人见了他大抵只有尊称，敌对之人见了他，也只会“黑蛟”“魔蛟”地叫，他真正的名字反而已多年未被提及，此刻骤然被问起，一时有些不情愿说出口。

“临渊。”临渊而生，他便给自己取了这名。

“临渊。”晋明喃喃重复一声，思索良久后慢慢松开了对他的钳制，问，“我这是……怎么了？”

临渊目光一闪，确认晋明失忆后，心思便活络起来。眼下他身受重伤，硬碰硬不可能有胜算，就算是偷袭……凭自己如今的状况，恐怕也没法实行。这里连通雷池，时不时会有天雷降下，估计方圆千里都没有活物，他要想获救，恐怕还得靠晋明。而且……食龙化神的念头冒出来后就很难再压下去了，也许今天还不是他功德圆满的日子，只能暂且稳住那龙，待自己恢复些许，再伺机把他吃了！

晋明面露深沉：“为何不说话了？”

临渊合目叹息：“你连我都不记得了。你我兄弟二人相依为命，此番冒险经雷池受劫，如今你总算蜕去蛟身，化而为龙……咳咳，不枉我……不枉我苦心经营。若只是失去些记忆，倒也不亏。”

晋明略有动容：“你我是兄弟？”

临渊点点头，不再费力维持人身，显出黑色蛟尾。

晋明一愣，盯着临渊黑色的大尾巴出了会儿神，片刻后侧过身，也露出了自己的尾巴。

金色龙鳞覆满尾部，足足比蛟的大了一圈。

临渊虚弱道：“看，我虽还是这副模样，但见你成功，便也无憾了。”

说完，他草草将尾巴一收，重新变回双腿。

晋明注意到他的异样，将他从地上拉起，道：“你伤得太重了。”

临渊心头狂跳，被一条龙拉起来的感觉实在不好受，对方轻易便可将他绞碎撕裂，但他不得不压制住这恐惧，强撑道：“我快死了。”

晋明脸色微变，探查起他的身体，说：“不至于，能治。”

临渊闭上眼，面有倦色，实则内心警戒到了极点，努力迫使自己不露出防备的神情，以免引起对方的怀疑。

晋明见他“全然不设防”的样子，对两个人是兄弟的说法更信了几分：“不过你方才说‘不宜再做争斗令伤势加重’是何意？”

临渊呼吸一顿，做争斗的自然是他们二人，但这显然不会是兄弟间发生的事。

“有恶贼搅事。她是条母鱼，也想化龙，不知从哪儿听来的消息，将主意打到我们头上，想挖出我们的内丹助她修行。”

晋明：“你我二人联手也打不过她？”

临渊嗤笑：“这怎么可能！要放在平时，她根本不是我的对手。可在雷池化龙的过程中，我们毫无还手的余地……若非我中途放弃，拖着被雷击后的身体重伤了她，你又怎么可能成功？”

晋明愣住，注视着旁边奄奄一息、为了助己化龙毅然做出牺牲的“兄弟”，彻底相信了对方。

两个人确实都受了雷击的伤，他们一龙一蛟，也全都对得上，再加上对方的态度不像是说谎……思忖之间，临渊适时发出痛哼，难受地蹙着眉。

晋明：“怎么了？”

临渊原本只是故作姿态，结果却真的牵扯到腿上的伤，惶然道：“我的腿……我的腿没有知觉了！”断尾之痛消减，竟是慢慢没了知觉，他面露忧色，“我是不是以后都不能走路了啊？”

晋明急忙背起他，安慰道：“别慌，我这就带你去疗伤。”

临渊侧过脸，知道自己暂且稳住了晋明，却勾不起半丝得逞的笑意，全然沉浸在惧怕之中。

要是真的失去双腿……不，不可以！他不要落得那样的下场！

临渊发着抖，嘴唇抿得死紧，幽深的双目直直地看着眼前这个罪魁祸首，勉力压下滔天恨意。

“会没事的。”晋明道。

彼时天色渐暗，陡然一声雷鸣响彻苍穹，须臾，大雨倾盆而下，噼里啪啦砸到两人身上。

临渊法力全失，被金龙背着颠簸了数里地，又被雨打湿了身体，难受得说不出话来，意识渐沉之际，他猛地扯紧了晋明的衣袍：“我这一身伤都是拜你所赐，你可千万不能将我抛下了！”

之后，便彻底失去了意识。

等他醒转过来时，外面依然响雷落雨，身边还有火烧噼啪的声音。临渊睁开双目，骇然对上了巨大的龙头。临渊发出短促的惊叫。

金色大龙不知何时显出原形，围绕着他缠绕一圈，尾部延伸至山洞口，将外面的风雨尽数遮挡住。

临渊只觉身上热烘烘的，与龙腹的鳞片相贴，有种怪异的触感。

临渊目光下移，注意力被龙腹所吸引。龙甲坚硬，水火不侵，唯有腹部有几片略显柔软的鳞片，最适合作为开膛破肚的撕裂口。

他舔了舔干裂的嘴唇，慢慢贴近……他的牙齿应该足以咬碎腹鳞，然后这条天上地下最厉害的龙就能成为自己的盘中餐了……

唇齿贴合，他正准备一口咬下——

“你在干什么？”

临渊清醒过来，仰头看到晋明已经转醒，正目不转睛地盯着自己。

“我……我只是想看看成龙后是什么样子……”

晋明复又闭上眼，龙尾摆了摆。

经此一吓，临渊再也不敢做出其他动作，生怕被察觉出问题，吃龙不成反被杀。

正当他战战兢兢、暗自恼怒的时候，晋明又开口了：“我也会帮你化龙的。”

临渊惊讶地看向他，晋明移开视线，道：“既然是兄弟，自然万事共进退。”

这情深义重的许诺一下子助长了临渊的气焰，他说：“当然，你可害苦我了。”修为尽失不说，连尾巴都折了……

“虽不记得了，但想必你我的感情极深。”

临渊内心好笑，嘴上却道：“谁跟你感情深了？”他难得讲了句大实话。

晋明却无奈地笑了，看来眼前这个黑乎乎的蛟兄弟，还是个嘴硬心软的家伙。

“既然雷池能化龙，等我为你疗养好身体，就为你护法。”

临渊：“……”不，不用了。

雷池当然不能助蛟化龙，这不过是他随口胡诌的谎话。相反，一道道劫雷劈到身上的滋味非常不好受。他只能敷衍地应上几声，随即合目休息。

等雨停了，一龙一蛟步履蹒跚地出了洞。

“这鬼地方，一丝灵气也没有，让人怎么恢复修为！”临渊趴在晋明的背上，愤愤地咒骂起来，“都怪你，要不是你，我也不至于落到这步田地！”

晋明也受了伤，但比起双腿不能行走、法力不能施展的临渊来说，实在好太多了。面对抱怨，他沉默受之，任由他那坏脾气的兄弟发泄。

“我好不容易修炼成大妖怪，现在都白费了。”

听语气倒是有几分委屈。

“走路稳一点，你是想颠死我吗？”

晋明步伐一变，走得慢了些。

“你不是龙吗？怎么不飞？”

絮絮叨叨许久，晋明停下了脚步，临渊也闭上了嘴。

“小渊，我们的洞穴在何处？”

临渊一愣，小渊是谁？接着又是一愣，是了，金龙失忆了，此前漫无目的地行走，简直是在浪费时间！但让他报出巢穴所在也不可行。倘若他受伤的消息传出去，手底下的一众妖怪绝不会想着怎么帮他治病疗伤，而是商量怎么将他分而食之！就像他想吃掉金龙一样，自然也有比他更弱的妖怪想要吃掉他来增长修为。

弱肉强食，妖界历来如此。若是回去了，怕是处境更为艰险。

“不能回去。”他果断道，“那条母鱼想必早已占据了那里，如今你我皆身负重伤，回去无异于自投罗网。”

晋明觉得有点道理。临渊又道：“先去找一处灵气充沛的洞穴休养，之后再从长计议。”他指了个方向，“往那儿走。母鱼耳目众多，切记绕开河流，低调行事。”

要是让金龙和母鱼遇见了，两相对质，自己的谎话就不攻自破了。晋明交游甚广，也不能往人群密集的方向走，这可是他的“储备粮”，万万不能被旁人搅和了。但也不能去荒无人烟的地方，毕竟——

“到时候帮我捉些妖怪，给我补身子！”

晋明一愣：“修行不易，哪能把吃妖怪当作吃草般寻常？”

临渊怒道：“以前都是如此，难道成了龙，就开始嫌弃蛟的修炼方式了吗？”

晋明疑惑：“都是如此？”

临渊点头，放软了语气：“但凡你我其中一方受了伤，另一人就会帮他捕食妖怪，这样伤势才好得快，还能更快地提升修为。”

看晋明皱起眉头，临渊冷了脸：“你不愿意？”

晋明甩甩脑袋，醒来后深陷记忆迷障，许多事都说不出所以然。看着临渊幽怨含恨的样子，他徒劳地立在原地，面无表情地与之四目相接。

许久，临渊扭头恨声道："你定是嫌我了，看你这不情愿的样子，不如就在这里把我放下，我自己去捉！"

这自然是不行的，晋明只得无奈道："你连站都站不稳，逞什么能？"

"那你答不答应？"

晋明似乎是叹了气，点点头："此事交由我。"

临渊这才满意地哼了声，趴在龙背上不再吭声了。

晋明行至一处平地，示意临渊抱紧了。片刻后，一条金色长龙腾空而上，朝着北面疾行而去。途经绵延山林时，临渊瞥见缥缈云雾间隐约有生灵出没，顿时有些"饿"了，说："下去看看。"

晋明龙尾一卷，落地后化为人形，叮嘱道："吃人可不行。"

临渊忍不住翻了个白眼，嗤笑："凡人半点修为都没有，吃了还要遭天谴，傻子才吃！"

晋明："……"

从高处往下望，能感应到精怪灵力与凡人生气。下行至地面，正巧落在人间村落，整片村子被山林半抱着，虽然偏僻，但热闹不减，还未走近，已经能听到人声喧哗。

临渊动了动鼻子，除却闻到一股子龙味外，并没有闻出别的妖气。

晋明忽然道："看那里。"

临渊扭头看去，只见村落里的每间草屋门外都挂着一面旗帜，黄布为底，绣着黑色长条，扭曲一团。他眯眼辨认了会儿，才勉强道："看着像蚯蚓。"

晋明："是蛟。"

临渊："？？？"

晋明指了指旗帜："左下角有小字。"

临渊："……"

虽然相隔甚远，但以万年老蛟的目力也足以看清楚了——是蛟。

龙、蛟、蛇三者体型相似，如果简笔一画，常常使人难以分辨，因而有了区分。蛇，头上无角，腹下无爪，光溜溜一条，需修行千百年，才有可能长出四爪化而为蛟；而蛟则要再修行万载，才有可能头生双角，因缘化龙。

而那面旗帜上的黑色长条中段还搭着四根竖线，显然是蛟的四爪了，何况旗帜左下角还绣着“蛟神佑护”的小字。

临渊肃然道：“真没想到，这么破落的地方会有一群凡人供奉着本尊。”他不露声色，颇为持重，“地方虽小，人的眼光却不短浅。本尊确实比那些中看不中用的真龙们厉害多了。”

晋明：“……”

临渊生于深渊，长于妖界，只在幼年时匆匆经过几次人间，也曾听闻那些手无缚鸡之力、却受天道庇佑的凡人常会敬请神灵，以求风调雨顺、家和国安。

这些源自人间的信奉，会在修行者的最后一道天雷来时，汇集成无形之罩抵挡雷劫。但就算这样，没有强悍的体魄与高深的修为支撑，也难以顺利渡劫。相比起来，临渊更注重自身强大，也无心将修炼时间耗在虚无缥缈的法子上。最重要的是……无知凡人深受龙族迷惑，即便是蛟族显形，也会被误认成龙，半点好处都捞不着！

晋明直言：“旗上好像是条赤尾蛟。”

言下之意，那所谓的“蛟神”同他这位坏脾气的蛟弟弟没有丝毫干系。

临渊脸色微变：“本尊是妖族之主，普天之下的蛟都应以我为尊。不如……你领我去会会他，我伺机将他吃了！”

晋明：“……”

临渊越想越觉得此法可行，不仅能进补一番，说不定还能取而代之，捞到点信奉，百利而无一害。见晋明没反应，他还捶了一记，催促道：“快去打听。”他在确认晋明失忆并完全信了他的一番说辞后，便开始有恃无恐起来。

晋明刚迈步向前走，临渊又道：“等等，先带我去客栈！”

虽然他对食人没兴趣，但对人做出来的各种食物很认可。这会儿空气中飘来一阵香气，令他兴起几分口腹之欲。可村子里哪有什么客栈，只有几个小摊贩，支起架子吆喝两声，便当是做起了生意。

临渊拍拍龙的肩膀：“那里有个馄饨摊，走。”

晋明：“似乎要用东西交换？”自落地后便不停观察的龙，看出几分门道来，“我们没有那方孔圆物。”

临渊恨铁不成钢道：“你我都是修习千万年的大妖，赏脸光顾生意是他的福气。”

晋明再次沉默以对，只是脚步一拐，调转方向走了。

明摆着想吃霸王餐的临渊算盘落了空，他只能眼睁睁地看着食摊离他愈来愈远，偏偏双脚无法着力，只能老实地任由晋明背着，一张苍白的面孔气得扭曲。

“我为了你受尽苦楚，你就是这么回报我的？”

晋明没说话，迈步走向前方一处农田，找了个矮墩将临渊安顿好，自己走向人群中。临渊气愤间，发现自己被放到了田野矮墩上，过往路人纷纷侧目。

村民们在这里自给自足，长年不曾遇生人到访。偏偏两个人相貌出奇地好看，自然引起了村民注意。

临渊可不把山野村夫们放在眼里，见到晋明放下他转身离去，急了：“蠢龙，你去哪里？回来！”

晋明半转过身，指了指不远处的田地。

临渊不解其意，直起身，以手拍地：“谁许你把我一个人扔在这里了！”

晋明：“我去给你找些吃的，很快回来。”

那也不能将他随地一丢啊！注意到周围不知何时围上来一大群村民，临渊脸色一黑，呵斥道：“滚！”

路人：“好凶悍的外乡人。”

然而村民们并没有乖乖散去，反而探着脑袋，更仔细地观察起来：“好漂亮的男人，可惜腿脚不便，不然就押回去当我的上门女婿了。”

“是啊，生得真好看，但我怎么觉得这人怪里怪气的。”

“呀，他瞪我了！”

临渊几时遭人这般围观过，只见他脸色寒如坚冰，扭了扭脖子，正打算变出蛟首，震一震这群无知凡人，目光无意间落在远处，瞧见晋明似乎在与一个农户交涉。满腔的怒意止了片刻，临渊皱起眉头，寻思晋明到底在搞什么花样。

那农户面色蜡黄，不停喘气，像是生了病，说话间时不时以拳抵唇，咳嗽不止。许久，农户迟疑地点点头。晋明又说了几句，谈话间注意到临渊的目光，转身安抚地笑了笑。

临渊猛地收回视线，须臾又悄悄看回去——人呢？临渊环顾一圈，终于在前方田地里看到了晋明的身影。

这……荒谬！堂堂龙族，就算受了伤，也不至于落到替人割稻的地步！流传出去，岂不是要被笑死了？虽说此前他对龙族晋明的了解不深，但听往日妖界的传闻，应当也是有架子、要脸面的一方尊主……

临渊眸中精光一闪：若他将其失忆后的糗事记录下来，他日也能算作一个乐子。

长袖掩映下，他动了动小指，从乾坤戒中勾取出一枚“复见石”，摩挲两下便感觉到手中的石头微微发热。临渊笑了笑，到时候他再引晋明做些令人捧腹的事来，以后要是有哪个不长眼的真龙冒犯，倒是可以让他们“欣赏”一番龙族强者的风姿。

“看都不看我们一眼。”

“走了走了，再好看也是个折了腿的。”

周围人见他没有反应，纷纷觉得无趣，便逐渐散了。这些不过百年寿数的凡人，真是无知无畏。

他大致知晓了晋明的意图后，便放下心来，顺势靠坐在矮墩子上。孰料，刚清静没多久，身后又传来了声音。

“小兄弟看着眼生，怎么一个人坐在墩上？”

临渊回过头，发现说话的人是个中年村妇，头戴荆钗，身着布裙，微微发福。

“我和兄长家住临县，此番回乡探亲，不料路遇恶贼，丢了盘缠不说，我还伤了腿。眼下饥肠辘辘，兄长便替人割稻，想换点钱买碗馄饨吃。”临渊眼睛不眨地现编了个说辞。

他生得出色，重伤下又带了几分病态倦色，妇人立时起了恻隐之心，说：“那刘老头卖的馄饨只有丁点肉馅，若是不嫌弃，你到我家中用餐吧。”

临渊目中浮现出几分似笑非笑的意味来，用带着些惊喜的语气问：“当真可以？”

妇人笑着说：“当然了！我夫君今日刚猎到一头野猪，保管你们吃得饱。”她又侧转身体，指了指几步开外的茅草屋，“看，近吧？我让我夫君背小兄弟过去？”

临渊看了眼那屋子，慢慢勾起一丝笑来：“盛情难却啊……如此，有劳了。”

妇人憨厚地摆摆手，也没计较他得了便宜还将其归结为“盛情难却”的事，转过身就去喊人了。

就在妇人转身的那一刻，临渊的眼神逐渐变得阴冷，他伸出舌头，舔了舔干裂的唇——这送上门来的野味，可怪不得他了。

妇人的夫君听到呼喊声很快就走出门来，他一副猎户装扮，疾步朝着临渊所坐的地方奔去。

夫妻俩又说了一番话。妇人道：“夫君，你先背小兄弟进屋坐着，我到田里喊他兄长去。”

临渊道了声谢，病恹恹地由人背进了屋。屋内只摆放着桌椅，隐约能看到上面落着一层厚厚的灰，墙壁上摆放着几把杀猪刀，其中一把刀尖还留有血迹，散发着腥味。

猎户满脸横肉，将临渊扶到椅子上，转身去取墙上的杀猪刀：“小兄弟，你是喜欢白煮还是红烧?”

临渊手托下巴，似是在思考，一双乌黑的眼睛直勾勾地望着猎户。

猎户也不着急，拿起手中的刀，对着他比画了几下。

“白煮要看酱，红烧凭火候。”临渊看向猎户，幽幽道，“我都不喜欢。”

猎户扯了扯嘴角:“细皮嫩肉的，怎么都好。”

临渊点点头:“尤其饿极了的人，就算是皮粗肉糙的，也下得去嘴。”

猎户面露狞色:“你可知道我是怎么抓猎物的吗?”

话音刚落，他双目变得赤红，周身泛起浓郁黑气，身形暴增三尺，朝着临渊走来!

“且慢。”临渊道。

猎户停下了动作，似乎是在等猎物跪地求饶。

临渊不紧不慢道:“其实我倒觉得生吞是个不错的吃法。”

猎户:“???”还未等他想明白这句话，就看到眼前柔弱的病娇青年仰头化出巨大的黑色蛟首。蛟目漆黑而冷厉，灼热的鼻息喷发而来。

强大威压之下，“猎户”被迫现出竖长双耳和三瓣嘴，惊惧之下无法动弹。只听风声响起，周遭忽然暗下，须臾间他便永远失去了意识。

蛟合上嘴，脑袋一晃，再次化作青年模样。

屋里已没有了猎户的身影。临渊冷笑几声:“区区兔精竟也敢将主意打到我头上来了!”

在凡间修炼的妖怪真是不堪一击啊。就算他修为尽失，但蛟本属猛兽，这等低级货色，他仅凭蛟躯便足以应对。

晋明帮农户割完了稻，如约拿到了一份馄饨钱，回过头却发现矮墩上的临渊不见了，取而代之的是一只雌兔精，正笑眯眯地站在那儿朝他招手。

农户见他望着某处发愣，便顺着视线看去，矮墩处空无一人，并没有什么稀罕东西。

“拿了钱就赶紧回家吧，晚上要是遇见谁招呼你去家中用餐，可千万别应了。看到那座山了吗?”农户指了指最近的一个山头，“那地方绝对去不得，里面住着吃人的妖怪。”顿了顿，他又说，“也别在村子里逗留太久，我们这儿不欢迎生人到访。”说完这句，他便不再多言，弓着背咳嗽起来。

晋明谢过农户，朝着雌兔精走去。

“你就是那小兄弟的兄长吧?不用担心，我已让我夫君将他背进屋了。”妇人满脸善意，道明了请他们吃饭的来意。

晋明刚听到此地有害人的妖怪喜欢以餐饭诱骗人前往巢穴，结果立刻就遇到了妖怪。他问："小渊进去了？"

妇人："我那夫君正在屋里招待他呢。"

晋明："……"

似乎是见他没有拒绝的意思，妇人笑得十分高兴。然而，看着那笑容，晋明无端觉得他那位折了腿的兄弟想必会笑得更开心。

蛟吃了兔精后，便有些犯懒。那兔精修为低，估计也才刚刚化形，虽于他的伤势并没有太大的疗效，但好歹聊胜于无。他这会儿正等着那只母兔回来，不过那母兔修为稍高，似乎还擅长隐匿之法，刚照面的时候，他没能第一时间辨认出来，差点看走了眼。

还是把母兔留给那条蠢龙收拾吧。临渊撩开袖口，露出手臂上残留着的鳞甲。若是吃了那只母兔子，至少能让他把原形藏起来。

也不知凡间的妖怪是怎么回事，竟喜欢在与人对战时，露出原形的某些部位？在妖界，连人形都维持不住的妖怪是会遭人耻笑的。

临渊乌黑的眼珠转动半圈，便大大咧咧地端坐在门前，不久果然看到晋明和那兔精一起回来了。他也不说话，拿眼睛一扫，其中意味不加掩饰。

"咦？我夫君呢？"

临渊笑了笑："不是你请我吃饭吗？"然后拍了拍肚子，"他自然是在这儿了。"

兔精脸色微变："你也是妖？不对，我怎么没看出来？"

这当然是修炼不到家，和凡人待久了，连辨认同类的本事都没有了。临渊无意与妇人解释，半扬起下巴，示意龙："才半饱。"

话语间，意思十分直白——某位身受重伤急需进补的大妖还饿着呢。

兔精顿时目露凶光，摇身一变，变成了红目白发的年轻妇人："找死！"同时，一道白绸朝着临渊面门而去。

临渊急忙侧身，那白绸却仿若活物，继续缠上。他连连后退，却因两脚有疾，姿势略显狼狈，他余光瞄见晋明还立在原地，道："蠢龙，你不帮我了吗？"

晋明仿佛这才反应过来，挥手一斩，隔空震碎了白绸。

临渊眼底掠过一丝寒芒，这家伙除了脑袋伤了，修为还是这么厉害。他原先只以为就算晋明伤得比他轻，也一定修为大损……现在看来，倒是他低估了金龙。

临渊眼中闪过戾气，催促道："快制住她！"

白绸似乎与兔精有关，几乎是在白绸破碎的同时，兔精发出一声痛呼，眼中闪过惊惧，意识到自己惹了不该惹的大妖。然而这时候反悔也已经晚了。耳旁炸开一声龙吟，她只觉得浑身白毛竖立，连动都不敢动了。

竟然是龙？怎么会是龙！像这类聚居在上界的种群，为什么会跑到凡间来？凡间的灵气远不及上界充裕，素来只有苦心修行向上爬的，没见过还有往下落的。一瞬间，兔精的脑海里冒出无数念头，最后只恨自己倒了血霉，将大妖错看成病鬼，赔了夫人又折兵。

晋明很快制住了兔精，她求饶道："放过我吧，我愿抓捕凡人，进献给两位。"

临渊立马露出嫌弃的表情，二话不说，再次化为蛟首，利落张嘴，将兔精吞吃入肚。

晋明："……"

临渊鄙夷道："最次等的妖怪才会吃凡人。"

一眨眼的工夫，兔精夫妇双双殒命蛟腹，屋内空荡荡的，只有飞扬起的尘土与掉落在地的猎刀。

晋明的视线落在临渊平坦的小腹上，欲言又止。

临渊则毫无负担地开始闭目休息。雌兔的修为远在雄兔之上，效果也更为明显，丹田之中已汇集起一小股微乎其微的灵力，然而想要真正痊愈，远远不够。

"这地方灵气还成，我看山里还有许多同他们一样的妖怪。"临渊睁开双眼，隐约似在发光，"我们去找一处洞穴栖身，先以妖怪进补，恢复些许后再找更好的地方。"他转了转眼珠，"要是撞见赤尾蛟了，你可得护着我。"

晋明沉默以对，走过去，将盘腿坐在地上的临渊重新背好。他想了想还是道："我虽不记得了，但总觉得这般胡乱食妖，修炼会出岔子。"

临渊不以为意："都说不记得了，就不要指手画脚！"

浅金色的龙眸朝后睨去，临渊立时软了语气，带着三分不忿道："难道你不想让我快些好起来？"

晋明当然是想的。毕竟临渊是为了他而受伤，还因此失去了化龙的机会，这会儿修为受损，连行走都成了问题。

"我会照顾好你。"

临渊一喜："那你答应帮我捕妖了？"

晋明摇头。

临渊："你……"

晋明："我会替你疗伤。"

临渊沉默片刻，没有继续纠缠下去。

“但愿如此。”

一龙一蛟走出破屋的时候，正巧撞上了农户。他面色蜡黄，眉宇间似有忧色，正伸长了脖子往他们的方向张望。

此前破屋被兔精施了障眼法，只要是被他们盯上的“猎物”看去，便会看到一间收拾得不错的普通农舍。实际上，屋子早就破旧不堪，屋顶三分之一都塌陷了，根本没法住人。

临渊：“他在看什么？”

晋明：“兴许是担心我们被妖怪吃了。”

见到两个人从屋内出来，农户脸色微变，背转过身重新回了自己的屋。

一阵风吹过，临渊感觉脸上有什么东西轻拂而过，手一伸，拽住了小半块黄布，上面正好写着“蛟神佑护”四个小字。不由得觉得有趣，临渊示意给晋明看。

“喏，我将那对害人的兔精吃了，可不是在佑护他们吗？”等得了空，吞了真“蛟神”，取而代之……

晋明打断了临渊活络的心思，出声道：“先不急着打赤尾蛟的主意，我们上山。”

临渊此前猜得没错，村落附近的山上确实住着许多妖精，而且越往山上走，周围灵气就越充足。他趴伏在晋明背上，尝试行转运功。

山间鸟鸣泉响，忽略妖气的话，倒是个山清水秀的好地方。可惜那条蠢龙不肯给他抓捕妖怪，为今之计，只能先修炼疗伤，等到腿伤痊愈，他就自己去捉。

“就在这里安歇吧。”

临渊睁开眼，发现身处山洞之中，借着幽暗的光线，隐隐能看到一处泉眼藏在中央，似乎还冒着热气。他示意晋明：“去那边看看。”

晋明却将他放到石壁旁，自己过去查看，片刻后返身道：“是温泉。这洞应该是有主人的。”

蛟本属水族，听闻是温泉后，立马显出原形。晋明只觉得眼前一晃，看到一条通体玄黑的大蛟凭空出现，凑近了瞧，隐约能看见鳞片上泛着雷击后的焦黑。

黑蛟拖着软软的尾巴迅速进入了水中，盘了盘身体，霸道地占据了整片泉池。他盯着晋明：“我要疗伤了，若是洞的主人回来，你先不用管，交由我自己来。”说着临渊乌黑的眼珠滴溜溜地转了转，显然没有放弃吃妖怪进补的打算。

洞中除了龙和蛟的气息，还有一头黑熊的味道，熊味重于妖气，应该也才刚修炼成妖不久，他足够应付。

“你就这般喜欢吃别的妖怪？”晋明问。

临渊皱眉：“当然，妖怪就是这么修炼的，你在不情愿些什么？”

“妖有千万，有的藏于泥泞之中，有的栖身污秽之地，贸然进肚总归不妥。”

临渊一愣：“难道我还会吃坏肚子？”

晋明沉声道：“入口的东西岂能随便？”

临渊嗤之以鼻，瞪他：“你就是不愿意让我好起来，说什么会照顾我，其实是成了龙看不起我了吧。”

晋明似乎是叹了气，正想说些什么，便听到地面震颤，轰隆吼声由外传来，是那头黑熊精回来了。

临渊眼睛一亮，黑乎乎的蛟首猛地伸长了几尺：“来了。”

晋明神色微敛，挪动脚步站在临渊身前，转身面对洞口：“先将口水擦干净。”

临渊眼珠一翻，自然没有真的去擦拭嘴巴。修炼到了他这个岁数，怎么可能做出垂涎的情态来。不过，他望着挡在身前的晋明，心想，蠢龙这般大大咧咧地站在自己跟前，还背对着自己，真是让他有种低头一口吞下的冲动啊。

晋明警戒时，忽然感觉脑袋上传来一阵鼻息，他疑惑地抬头，就看到黑蛟张着嘴巴，离自己近在咫尺。此刻见他回身，黑蛟愣在原地，乌黑的蛟目眨了眨。

他唤了一声：“小渊？”

临渊内心一颤，将“偷吃”的念头强行按压回去，严肃道：“小心行事。”

英俊不凡的金龙人身，面上平静无波。

临渊慢吞吞地重新窝回了泉眼之中，暗暗想：下次可不能这般莽撞，若是被晋明察觉出异常，前功尽弃不说，可能还要搭上自己的性命。

虽然临渊说了交由他自己来处理，但事到临头，看到气势汹汹闯进来的黑熊精和窝在池水中恹恹的“蛟弟弟”，晋明还是风驰电掣般制住了熊精。他刚想开口说话，就见黑色大蛟猛冲出水面，又一次生龙活“蛟”地吞了熊精。

吞吃完后，他黑乎乎的眼珠子瞟了过来，似乎有些心虚。

晋明沉着脸，伸手扣住蛟首，教训道：“那熊精满身血腥混着泥土，你也下得了嘴？”

临渊无语，心想难道龙都是这般讲究？

“那下次你帮我洗洗？”

晋明："……以后我采灵草给你疗伤，你不许再乱吃东西。"

临渊眼睛一亮，对于从吃肉改为食素并不在意，只要伤势能好转，修为能恢复，就是好事。当然能双管齐下就更好了。可惜蠢龙太多事，他又怕真的激怒了对方，最终什么都落不着，多番思量下，只好暂且答应不再"乱吃东西"。

晋明这才满意地点点头，目光落到热气蒸腾的温泉里，身形一变化为金色长龙，一同挤了进来。

临渊顿时扑腾起来，溅起满身水花，问道："做什么？！"

晋明："多日奔波，身上早脏了，泡个澡。"

临渊："……"他算是明白了为何蠢龙总是纠结吃妖怪的事，原来竟是嫌他们脏？

"这池子忒小，我们一个个来。"

金龙没答应，张开嘴露出一口锋利的牙齿。

临渊着急了："你……"

临渊只觉头上一重，带着微微湿意，缓慢沿着鳞片而下。半晌后临渊才反应过来，一股暖流涌入体内，游经四肢到达丹田，他重伤后沉寂许久没有知觉的尾部蓦然传来尖锐的疼痛，让他瞬间紧皱眉头，呼哧喘着气。但他非但没有气愤，反而高兴起来，蠢龙是真的在帮他疗伤！

混合着真龙元气的内息涤荡着他伤痕累累的尾巴，折筋断骨的疼痛让他没有力气多说什么，临渊闭着眼。山洞里属于龙族的气息彻底掩盖了前任洞主的痕迹，也向附近的妖怪传递出了不好惹的信号。

三个日夜过去了，晋明替临渊疗完伤后，变为浅金眼眸的俊美男人，躺在池水中疲惫地合上了眼。他的身侧，临渊不太灵敏地摆动了几下尾巴，也变为一名苍白肤色的男子，两个人陷入沉睡。

翌日，临渊醒转过来，洞中已没有了晋明的身影。回想起之前的一幕幕，他猛然想起前几日那条蠢龙耗费了不少修为给他疗伤。

他扶住石壁，尝试站起。多日麻木无感的尾部立时传来尖锐的刺痛，让他差点摔倒在地，但并非不可忍受。会觉得痛，便是小事；感受不到痛，才最可怕。

他又试着走了几步，虽然还不能健步如飞，但比之前实在好太多了。

"醒了？"

临渊抬头望向洞口，看到晋明捧着东西进来了。

“这地方灵草不少，我挑了些对你伤势有助益的。”说话间，晋明已来到跟前，招呼他道，“过来，躺好了。”

临渊皱眉：“你是要给我疗伤？”

晋明从一堆东西中拈出灵草，放入嘴中嚼了起来，然后伸手。

“啊。”临渊猛然间被人拽住了脚踝，不满道，“我自己来！”

晋明扫了他一眼，双手下压，沉声道：“尾巴。”

临渊露出不忿的神色，扭过头变出了蛟尾。没过一会儿，尾部传来丝丝凉意，那被嚼碎的不知名野草混合着龙涎开始修补起他那被雷击撕裂的伤口。又过了一会儿，晋明伸手拂去药草，重新嚼了新的，继续敷上去，如是再三后，才停下来。

“好点了吗？”

临渊冷冷道：“你想疼死我吗？”

晋明也不恼，仿佛接受了临渊的说辞后，就完全相信了他们之间的兄弟情谊，并容忍着“兄弟”的坏脾气。

晋明不生气，临渊却在出口后就后悔了。他恨晋明多管闲事，害他到这个地步，但眼下还有诸事要仰仗对方，他实在不该太过猖狂。临渊用余光瞄了几眼晋明，没有从他脸上看到不悦之色，他心下稍定之余，不免又打起了其他主意。

“今日还泡温泉吗？”在池子里泡了三天三夜，临渊醒来后能明显感受到伤势好转，效果可比敷药好多了。

孰料晋明摇了摇头：“我尚未恢复，还需再等几天。”

临渊心生不悦，看向晋明的目光带着恼意，在心里暗骂几声。

“修炼无岁月，几天工夫很快就过去了。这几日你我闭关，外伤要治，内修更要重视。”晋明语重心长道，“光凭外力，总归是治标不治本。”

临渊冷哼，听出了所谓“外力”，指的该是“食妖”的事了。真是少见多怪。

临渊没有拒绝闭关的邀请，虽然在山脚下时没觉得灵气特别充裕，但真正上了山，才感觉此地的灵气都聚集在山腰以上，这里确实是个适合修行的好地方。

这一闭关，又是半个月过去。在龙威的震慑下，没有妖怪敢靠近山洞。干涸的丹田终于有了灵力流动，临渊舒了口气，只要第一步达成了，接下去恢复修为就靠时间和机遇了。他睁开眼，看到了盘腿坐在对面的晋明。

晋明满头大汗，双目紧合，似乎运功到了关键之处。

“晋明？”

他的唤声没能得到回应，汗珠顺着晋明冷硬的额角滴落下来，看起来似乎极为痛苦。看来替他疗伤不是一件简单的事，这蠢龙吃了不少苦头。

临渊眸光一暗，身体前倾凑了过去——其实机遇一直就在面前，同为修行之妖，他当然知道此刻蠢龙尚在运功途中，毫无反击之力。只要吃了他，便能抵他数载苦修！

临渊喉咙吞咽了几下，想到前几次“偷吃不成”的前车之鉴，更是打起了精神，这次总不该出岔子了。他略微张开嘴，不敢突兀地化为蛟首，维持着人形缓缓靠了过去……

“小渊。”就在距离咫尺的时候，龙醒了，睁开淡金色眼睛，目光深沉不见底。

临渊内心一震，再次被逮了个正着，心慌意乱道：“你……你怎么又醒了？！”次次都在要吃他的时候醒过来，安的什么心？

晋明没有回话，看着临渊又气又恼的样子，眼神若有所思。

临渊蛟尾一摆，正打算退离些许，却忘了自己的尾巴还经不起这般大动作，顿时疼得眼睛都红了——自然不会是疼哭了，而是猝不及防之下扭到了伤口，痛得整张脸都扭曲在一起。

晋明厉声道：“尾巴别乱晃！”

临渊没良心地回道：“还不都是因为你！”

晋明眸光一闪，没有反驳，一只手捧起临渊的尾巴。黑乎乎的鳞片覆盖在表面，可以想象平日里也是条威风凛凛的大尾巴，此刻却可怜兮兮地耷拉着，让人忍不住心疼起来。

“你到底什么时候才肯像第一次那样给我疗伤？”临渊问，他指的是刚入洞中时泡温泉的法子，那次效果显著，比闭关半个月还有效。

晋明摸了摸蛟尾，沉吟片刻化作金色长龙，翻身将人身蛟尾的大妖怪卷住，一起落入了温泉之中。温热的液体再次包裹全身，熟悉的内息游经四肢。临渊慢慢闭上眼，任由金龙给他疗伤。

三日一药敷，七日一泉疗，临渊的伤势逐渐好转，除却修为依旧没什么大起色，外伤已近痊愈。这天，刚完成了泡汤疗程的临渊懒洋洋地在躺在泉中，时不时甩动几下尾巴，扑腾起阵阵水花。

耗损巨大的金龙半边身子沉在水底，只露出一个脑袋，合目搭在池壁边。

临渊绕着这颗金灿灿的龙头，游过来游过去，三圈过后，才试探着凑上去：“晋明？金龙？喂！”

他喊得一声比一声响，然而龙目依旧闭得严实，似乎在持续给他疗伤了数月后，终于不堪重负地陷入了昏睡。看着无知无觉的龙，临渊忍不住勾起一丝残忍的笑意。机会又来了！

临渊脸一僵，这“又”字不祥，还是收回前言。机会来了！

“虽然你为了救我付出良多，但害我受伤的也是你，暂且抵消了。”

临渊轻声算起了独门账：可他至今修为没有恢复，蚌珠的事更是还未清算，这些他都是要讨回来的。

强取豪夺，胜者为王，这本就是妖魔奉行的法则。白川洞母鱼根本不是他的对手，若没有金龙横插一脚，他早就拿到宝物了。即便化不了龙，也能添一笔修为。

“我为了化龙，苦修万千年，好不容易有了点机会，却被你毁了。说到底，还是你欠我的。”

既然害他取不到蚌珠，便用一身龙筋血骨偿还吧。临渊仰首张嘴，准备要将沉睡中的金龙一口吞下！

“吼——”深沉的龙吟声从洞中响起，乘风传远。山上的妖怪同时一哆嗦，不约而同地想着，那新来的大妖怪真是可怕极了！

被震住的不仅仅是他们，首先便是离得最近的临渊。当他看到龙目睁开的瞬间，就已经停住了所有动作，维持着张嘴的姿势一动也不敢动。

又……又醒了？！

次次都在他即将“得嘴”的情况下醒来，这食龙化形的路未免也太不好走了……

临渊心跳飞快。将心比心，若是他一觉醒来看到金龙张着龙口悬于头顶……那必然是想偷袭啊，也难怪金龙的脸色臭得这般明显。

“我……我只是……”临渊干巴巴地瞪着眼，试图想个借口出来。如今还不到摊牌的时候，吃不到龙肉，好歹也要让他支使活龙干些苦力，横竖是份储备粮。

晋明等了一会儿，确认临渊只是重复着“我我我”，没有进一步的说辞，便道：“我会照顾你的。”语调非但不冰冷，而且暖如春日，“前提是你要配合。”

临渊好奇道：“配合什么？”

“相信我。”晋明的语气极为认真。

临渊：“？”

晋明却将这份疑惑误解为迟疑，长叹一声：“即便化了龙，我也不会不管你。不必患得患失，以为我要扔下你。”

临渊一愣，别过头，那一瞬间的眼神极为复杂，语气飘忽道：“你记得就好。”

晋明笑了笑，道：“变回人形吧。这池子果然还是太小，挤得慌。”

临渊心神一收，由赤黑蛟形化为男子。

晋明却依旧维持着龙身，看了一会儿临渊后，评价道：“你脸色不好，白得像纸一样。”

临渊翻了个白眼：“我自小都是这般。”

晋明好奇：“可你明明是黑蛟。”

临渊反问：“那你人形时怎么不发金光呀？”

晋明：“……”

确实有几分道理，晋明似乎认同了临渊的话，接着也变成了人形。

临渊退开几步，不吭声地爬上了岸，脚刚踩上实地，便有刺痛传来。他一咬牙，试着往前挪动了几步，发现这痛尚能忍受，比起前几日动弹不得的状态，实在好了太多。

“你还有些本事。”临渊难得夸赞了晋明一句，也不回头，继续往前行走。

身后传来龙跟上来的动静，晋明的声音也从耳后传来：“等我再去采些草药，敷上一天，就能行走无碍了。”

临渊单手撑着石壁，回过头。许是脚步虚浮，几步路就让他走得气喘吁吁，苍白的肤色上染着不明显的红晕。

“那还不快去！”临渊瞪了他一眼，开始颐指气使起来，“回来路上若是见着补品，别忘了帮我……”他停了下来，恨声道，“算了，也不指望你了。不吃了，不吃了！”

晋明举步朝洞外走去。

“等等，先扶我进池子里。”走了几步路，不想再费力回去的临渊不客气道，“等敷了药我再下地，现在我要回池水里泡着！”

晋明没有怨言，走过去将靠在石壁边的蛟大王毕恭毕敬地请进了温泉中。前一刻还气势凛然支使他的临渊，一遇水便立刻蔫头蔫脑地软成一条线，钻入水中游来游去。

浅金色眸子里缓缓浮现出笑意。过了一会儿，晋明终于走远了。

温泉中央四散开大片水花，从中冒出一颗黑乎乎的蛟首，机警地朝着洞口探了探。

晋明真的走了。确认无误后，黑蛟化为黑袍男子，一瘸一拐地也出了洞。

哼，光是养好腿伤怎么够？他又不是吃素的，要想恢复修为，还是得好好进补才行。想他堂堂一方妖霸，怎么也是条威风凛凛的大蛟，窝在洞里，憋屈死了。

第二章 鱼仙河神

蛟大王出了洞，山林间的大小妖怪都要遭殃。这条臭名昭著的恶蛟循着气味，一路掀了老虎窝，又趁蛇、鹰两妖死斗时，一口一个，收了渔翁之利。最后他撞见了一只蟾蜍精。

"呱！呱！"刚修出点人形的蟾蜍精还保留着黏腻的绿色皮肤，瞪着一双翻白的眼睛，凶狠地朝他叫唤。

不仅蛟想吃妖怪，妖怪们也想吃他。万年的老蛟，还受了重创，此时不吃更待何时？

蟾蜍精灵智未长全，贪心不足，妄想吃掉原形大了自己数百倍的前辈，也是勇气可嘉。

像他这样的小角色，放在以往，临渊是断然不会多看一眼，但如今……蚊子再小也是肉。他的身体已不允许他过多挑剔了。可——临渊皱紧眉头，看着蟾蜍精嘴角挂着的黏液，还有那一身绿油油的皮肤，上面还布满了可疑的黑色小疙瘩。横看竖看，都觉得难以下口。

修为重要还是胃口重要？蛟目闪过一丝凶光，恶狠狠地盯着送上门来的"丑食"，决心已定，吃了！

"呱？"许是感受到杀气，蟾蜍精朝后退了一小步。但也晚了。空中陡然现出巨大蛟首，张嘴朝他袭来，蟾蜍精颤抖着闭上了眼。

预想中的疼痛并未传来。过了很久，蟾蜍精调整好被吓得外翻的眼睛，小心翼翼地往前看去，就看到一条金色长龙横亘在他面前，强大的龙威扑面而来，令妖腿软。

"呱……"蟾蜍精两眼一翻，现出原形，直接吓晕了过去。

蛟半张着嘴停在半空中，双眼盯着搅事者，仿佛就要喷出火来。好不容易下定决心吞吃这只丑东西，却被龙斜刺里冲出来阻住。他不满道：“你做什么？！”

金龙拍了拍尾巴，地面立马震颤了几下：“你又在做什么？”

临渊气急败坏道：“你不肯帮我进补，我就自己捕食，别碍着我！”

金龙侧过身，显露出丑陋无比的巨蟾，只觉头痛欲裂，巨大的龙脸上显露出纠结难忍的表情：“你……下得了嘴？”

临渊当然明白他话里的意思，于半空中化为人形，气道：“那你倒是给我整些漂亮的妖怪来！”

金龙一尾巴将地上的蟾蜍扫到一旁，沉着脸道：“万物皆有定数，妖不犯我我不犯妖，若是平添不必要的杀孽，会遭恶报。”

临渊不屑，讽道：“那妖怪们大抵都要完了。”

金龙喷了口龙息：“弱肉强食的法子早就行不通了。”

临渊一愣，露出狐疑的表情。晋明继续道：“我虽不记得过去，但还是隐隐有感觉的。”

临渊暗地里翻了个白眼，亏他还以为那条龙要说出些修炼秘术，结果却是以“感觉”概之，要是“感觉”真有用，蠢龙又怎么会轻易被他给骗了？

他当即冷笑：“哼，化了龙，果真是了不起啊。莫不是得到天道点化，便瞧不上以往的法子了？”

面对劝诫，临渊表现得异常冥顽不灵，这倒并非他听不进劝诫，而是妖吃妖，就如人吃鸡鸭野味，唯一的区别在于前者图的是修为，并非口腹之欲。古往今来，都是如此。

凡人常以“妖”统称他们，可又怎知，妖怪种类繁多，压根非同一类。兔妖是兔妖，狐妖是狐妖，各自原形都不一样，非要说是同类，简直愚蠢。还说他们吞食同类，穷凶极恶，更是无理取闹。夏虫不可以语冰。

凡人打猎和妖怪进食，在临渊的眼里没什么两样。何况，他堂堂一尾“老”蛟，又岂是普通精怪的同类？

“凡人也捕捉外族为食，不仅活得好好的，还格外受天道眷顾呢。”这会儿金龙却说“行不通”？

看着明显不以为意的临渊，晋明冷了语气：“我说不过你，但若是你执意往肚子里随便塞东西……”

磅礴的龙威从四面八方将临渊笼罩。他内心一颤，猛然间想起眼下形势。他重伤未愈，事事落于下风，若是真的惹怒了蠢龙，不仅会让自己陷于被动，还很有可能让这免费的苦力、乐子、储备粮从嘴边飞走。相比之下，放弃一只不怎么美观且道行低微的口粮，就显得划算多了。

临渊悄悄打量金龙的身躯，告诫自己切不能因小失大，气走了这难能可贵的"化龙灵药"。但让他当场服软，又有些为难。这些年作威作福惯了，他一时间拉不下这个脸面。

晋明沉默了一阵，似乎是在斟酌如何开口，片刻后说："你再这样，便不许你再与我一道了。"

果然是想分道扬镳啊。临渊眸中精光一闪，心下已是了然。

脸面算什么？如今晋明伤了脑子，可一身修为还在，真想甩了自己，只需腾云驾雾，倏忽就能消失在茫茫天地间。到时，他还上哪儿去将他哄骗回来？

金龙一族在多年前罹难，只剩一棵独苗。这一线生机，自此便受尽天道钟爱，全族气运加身，"龙血筋骨"皆是上材，最适合作为他进补的口粮！

临渊睨了眼人事不知的蟾蜍精，脸上露出自嘲的神色，深黑色的瞳仁直勾勾地转向龙，配上惨白的肤色，凭空多了几分幽怨的味道，又扯出一丝毫无笑意的笑："你说'妖不犯我我不犯妖'，可你问问他，到底是谁先心怀不轨？"

晋明一愣。地上，蟾蜍精只晕了一小会儿，便幽幽醒转。这会儿听到自己被点名，忙"咚"的一声跪倒在地求起饶来，痛声表示不该胆大包天打蛟大王的主意。

晋明有些诧异，没料到会是这不成气候的蟾蜍精先挑起争端。

临渊得了理，却没有顺杆而上。他缓缓闭上眼，叹了口气，再睁开时眸中盛着受伤的意味："罢了，我左右是个修为尽失的负累，你的去留，我又有什么本事决定？"

金龙抖动几下，倏忽绕到临渊的身前，横停在路中央："小渊。"

临渊停下脚步，仰起头看他，比起认错服软，他更愿意以适当的示弱来换取对方的自责、内疚。所谓以退为进，蠢龙的神情已经证明他成功了。

正当他沾沾自喜时，金龙伸出藏在腹部下的前爪。尖利爪牙间，一片青绿色树叶颤巍巍向临渊递了过来。

临渊："？？？"

临渊眼前一晃，金色龙身化为高大男子，长臂一伸，用叶片轻拂临渊微薄的唇，心有余悸道："方才我若晚来一步，你便要碰到那蟾蜍了。"

临渊："……嗯。"

晋明收了树叶，继续道："入嘴之物需谨慎。这打赢了便要吃掉的习惯，不妥。"

不然呢？难道丢在路旁，便宜了其他捡漏的小毛怪？临渊梗着脖子哼了哼："知道了。"

既然都肯帮他擦嘴了，应该是不会被气跑了。他也知道顺阶而下的道理，不想再过多纠结于食妖的问题，斜眼瞥见晋明身后的东西，临渊岔开话题：“采好药了？”

晋明点点头，手掌一翻，平地刮起大风，将地上的绿蟾蜍送远了。他半蹲下身，示意临渊趴上来：“我背你回去吧。”

这场食妖风波来得突然，去得也快，算是暂时平息了。

临渊不是第一次被龙背着了。只不过前几次，他伤势极重，几乎动弹不得。如今腿伤将愈，丹田内已有了微弱修为，心情自是与以往有所不同。

他瞧着金龙的发旋，作势张了张嘴，仗着龙背后没眼睛，暗地里做出咬下的动作，心里想着：蠢龙，早晚有一天我要吃了你！

入了山洞，临渊被放了下来，病歪歪地靠在石壁上。看着又变得“听使唤”的龙，心念一动，掀起裤子：“快帮我敷药。”

半晌，晋明蹲下身，准备给临渊上药。

“轻点！”腿的主人不客气地表达着不满。

晋明抬眼看他——临渊五官俱是上佳，尤其是那双眼睛，尾部略上挑，睨人的时候格外有气势。等到安静乖顺时，低眉敛目加之肤色病白，又多了几分“柔弱”的味道。

“你看什么？”临渊一把拍掉捏着他小腿不动的手，起身搭住晋明的肩膀，去抓他身后的草药。蠢龙的手脚太慢了！心急腿伤的蛟大王这会儿坐不住了。

“别乱动，我来。”晋明忙把人重新安顿回原位，开始敷起药来。

不一会儿，被捣成碎泥的灵草严严实实盖住了临渊两条腿，深绿的药汁滴落开来，洞中弥漫着一股辛辣刺鼻的气味。随着腿上的药泥越来越多，临渊的眉头也越皱越紧。

“我怎么觉得这方法不太对劲？”裹满了药泥的小腿足足比往常粗了一圈，微屈膝，竟觉得“分量十足”。

晋明举手又是敷上一层，表情冷峻：“就是这样。”

临渊：“……”看晋明表情不似作假，他便忍着吧。

等到上药结束，他低头看着两条绿乎乎的腿，心情陷入郁闷之中——什么鬼方法，以他现在的状态，那就是裹好腌料，就等入味了。

第二天，临渊在山洞中醒来。由于腿伤敷了药，昨晚便没有窝在温池中，而是躺在旁边的土地上，醒来后，总觉得周身有一股泥腥味。临渊皱着鼻子，起身靠坐在石壁旁，捧着双腿研究起伤势。

药泥早已风干，变成一层干瘪的绿皮，斑斑驳驳地覆满了小腿，凑近些，还能闻到古怪的臭味。他伸手轻碰了几下。咦？伤势真的好了？他动了动脚趾，虚虚踢几下，再扶着石壁尝试站起……放开石壁，临渊眼睛一亮，他完全可以靠自己行走了。

“没想到这蠢龙还挺通药理。”虽然这方法用起来不甚美观得体，效果却是立竿见影。临渊心情顿时变好了些，重新坐回温泉边，将一双染了色的绿腿放进去，任凭温和的泉水包裹住肌肤。

脚趾触碰到某个柔软的物体，他探头往下望，却见是晋明化作龙身正在池子里打盹，自己踩的正是晋明的腹部。

龙鳞坚硬无比，神兵难摧，是龙族先天优于其他妖族之处，进可横冲直撞不受损，退可抵挡万千攻击。龙身上只有少数柔软的地方，其一便是腹部。只有在放松的状态下，他们才会收敛好肚皮上的鳞片，露出些许软肉。

没想到晋明失了记忆，性子也不那么谨慎了。或许说，此刻他已经非常信任自己了。

临渊勾起冷笑，放在龙腹处的脚趾微微收缩，先是踩了几下，又抓了抓，估量着用爪子穿透腹部需要多大的力气。

正在他遐想间，隐藏在水面下的龙无声地睁开了浅金色的眸子。将他从休憩中惊醒的光脚丫还在作乱，始作俑者却一派泰然，仿佛还在神游，一只脚漫不经心地点着龙肚皮，痒痒的。

金色龙尾悄悄游动，试探着用尾巴尖戳了戳他脚板。

临渊一愣，赶紧把脚丫子挪开：“醒了？”

水花四溅，龙首探出来：“嗯，醒了。”

临渊笑了笑，抬起脚晃晃：“我的腿伤好了，但修为没能恢复，你什么时候有空替我采些别的灵草？

“问你话呢。”

晋明抬起头。临渊忍不住想缩回脚丫子：“你……”

“嘘！”晋明制止了他未说出口的话，使力朝后一拖，将池边的临渊整个拖入了池水之中，“有人来了。”

临渊虽不会呛水，但也受了惊吓，刚想张口骂龙，就听到有人逼近，也立马噤了声。

这山洞那么偏僻，又有龙威震慑，平日里连只飞禽走兽都没有，这会儿竟然有东西闯进来了？临渊双目滴溜溜一转，也不去计较被拖拽下水的事了，和龙一起潜在池水中。

不一会儿，洞外传来了交谈声，一男一女。两个人似乎有所争执，隔了老远都能听见女人的啜泣声。

男人的声音似有不耐烦：“反正我是不会回去送死的！”

女人呜咽了很久，道：“可是阿爹说山上有吃人的妖怪。”

“就一晚！只要过了河祭，我们后天一早就回去！”

女人停顿了片刻，哭得更凄惨了：“阿爹会打死我的！”

两个人的脚步声渐渐清晰，应该是走进了洞内。接着传出一阵窸窣翻找声，在确认洞内没有危险后，男人叹了口气，安慰道：“不会有事的。洞里没有野兽出没的痕迹，我们就在这里待着。”

水池底下的一龙一蛟已经各自显出了原形，在水纹的掩映下，悄无声息地打量两名闯入者。

男女各自穿着深红色长袍，披头散发，没有半分飘逸之姿，显得狼狈不堪。女子蜷缩着身体，背靠石壁，满脸愁容：“方圆百里都是他的领地，他……他一定会发现我们，会找到我们……”

男子呵斥道：“这是山上！我们已经离那条河很远了。再说了，村长发现我们不见了，肯定会去找别人顶替！”

女子的身子抖了抖，面上愁苦更盛。

临渊、晋明对视一眼，彼此心中都有了猜测。此地妖物众多，一个凡人村落竟然安然与妖比邻，这本身就是一件奇怪的事。听他们所言，皆透露出被威迫的意味，倒显得合乎情理了些。

临渊尾巴一甩，正打算冲出去问清楚，却被晋明一爪踩住尾巴，动弹不得。

“谁？”女人站起身，露出警惕神色。

池水中央只有飞溅起的水花，水汽氤氲中，仿佛有黑影一闪而过。

男人也发现了，小心翼翼地接近池子，手中握着长木棍，将女人挡在了身后。拨开水雾，池面平静无波，倒映着男人难看的脸色：“什么都没有。”他又伸出木棍搅乱池水，并没有感受到阻碍物，更没有东西藏身。

男人松了口气，转过身对女人说：“别疑神疑鬼。”

女人怯生生地走过去，发现男人没有骗她，池水并不浑浊，肉眼就能看清底部。她喃喃道：“我明明看见了……”

池子里，蛟大王猛地翻了个身，从水中冒出头，贴近男人，阴森森地盯着他。

“还是个温池子，挺舒服的。”男人毫无察觉，俯身用手拨了拨水。

临渊哼笑了一声，目光瞥向始作俑者晋明：区区两个凡人，至于用隐匿术？

晋明也离开了水池，在洞口站定，朝临渊招了招手。

黑蛟化为人形，从男人和女人中间踱步过去：“难道我还会吃人不成？”

晋明摇头：“你看外面。”

山林植被茂密，洞外长着许多老树，视野并不开阔。临渊眯起眼，隐约感受到周围气息紊乱，却说不出所以然。他知道这是自己修为受损之下的症状，却对此毫无办法。就在他心情烦闷时，眼前忽然一暗，是晋明伸手覆住了他的双眼。

光芒微闪，再放开时，临渊眼中之景陡然变化。数不清的妖气汇集在一处，仿若蜿蜒奔腾的洪流，朝着山下疾奔而去。

他先是一怔，进而不屑：“连一只成气候的都没有。”

凡间不比妖界，成了精、化了形，就能算一方大妖，可以兴风作浪了。

临渊摸清了此间妖怪的斤两，初时的顾虑尽数打消，对这群不成器的妖界后辈格外看不上眼。

“走，我们也去看看。”能让群妖出动，一定有什么特别的事发生了。

这时，洞内爆发出一阵尖叫声。

“我的贝壳呢？二哥，你看见了吗？”

女人的声音极为惶恐，男人也慌了。

“不是让你贴身放着？你再找找！”

女人站起身，摸索了许久，声音里带着哭腔：“没了，找不到了！我们会被他抓到的！我们要死了！”

“闭嘴！不会有事的，那么多人，又不一定会是我们……”

“我们怎么办？现在怎么办？”

男人似乎被她哭得心烦：“那条仙鱼呢？你救了她，她肯定有别的办法……对，你去求求她，她会答应的。”

“可我是在河边发现她的……不能去了，他也在那里。”

男人也意识到了，颓然坐在地上。

“你们是在找这个吗？”

一道男声从洞口传来，两个人回过头，眼神充满戒备。

穿着黑色长袍的男子斜斜倚靠着石壁，两指夹着贝壳形状的薄片，朝他们晃了晃。

"我在洞口捡到的。"

女人"啊"了一声："这是我们的！"

她想冲过去拿，却被男人制止了。

"二哥？"

临渊嗤笑一声，随手将手里的东西扔还过去："一股子鱼腥味谁稀罕。"什么贝壳，那分明就是一片鱼鳞。

"贝壳"落入泥泞之中，化为白色鱼鳞。鳞片覆着莹润的白光。

"你们有没有见过一个穿着一身白衣裳、腰系金带的女人？"

女人脸色惊讶，又连忙摇头："不，没有，我没见过鱼仙。"

男人："……"你都说出来了啊！

临渊抿唇冷笑，眼神中透出杀气。

男人意识到危险，握紧了手中木棍："你是什么人？"

本尊可不是人。临渊举起了手，刚想施法直接窥视人魂探个究竟，又反应过来自己是个修为尽失的伤患，于是脸一黑，半道变为拂袖。

男人被扇了一脸风："……"

临渊指出："你们是逃上山来的。"

一男一女穿着古怪、神色惊惶，加之听了些零碎的对话，很容易猜到实情。

临渊问："山下有什么？那条腥鱼又在何处？"

女人知道自己说漏了嘴，这次低着头闷声不语。男人更是对这个突然冒出来的陌生青年警惕到了极点，自然不愿作答。

见状，临渊道："凡人就是麻烦。"

跻身为尊的大蛟很多时候已经习惯了粗暴压制，只有面对强敌或是心情好了，才会费些口舌。

这会儿他更在意群妖的动静，对这两个人实在没什么耐心。他扭了扭脖子，漂亮苍白的青年陡然间化出可怖的蛟首，出现在两个人跟前。他张开嘴，故意朝着他们喷了口鼻息。

女人在见到蛟首的瞬间便"啊"的一声仰面晕倒。男人跌倒在地，咬着牙战战兢兢："河……河神……"这河神十有八九就是赤尾蛟。

蛟也不说话，只慢悠悠转动着狰狞的脑袋。

“别抓我，河神，饶了我吧，不要吃我……”

临渊冷冷地想：你连被吃的资格都没有。

晋明立在一旁，被要求只能旁观，自始至终都没有显出身形。他看着自家“弟弟”作弄吓唬人的模样，眼中浮现出几不可见的笑意。

临渊在把男人堪堪吓晕的边缘停了手，盘问他。

原来这一男一女是沂山王村的人，男人叫王山，女人叫王玉。两个人一母同胞，是亲兄妹。沂山王村世代供奉蛟神，因为村子外的河流每隔几十年会发一次大水，这期间电闪雷鸣，声势浩大，村民苦不堪言，却由于各种原因不能迁徙离开。直到一条赤尾长蛟出现，将大水镇压，才使得他们免于水患之苦。然而万事皆有代价，让赤尾蛟帮忙的代价便是在每次发大水的前夕，挑选村里的十名年轻男女作为祭品。

“不久前，我和妹妹一觉醒来，发现屋外挂着的蛟旗披在身上，就知道被……被您选中了。”王山绝望地趴伏在地。

“我不是什么河神。”

王山不信，那么大一颗蛟脑袋摆在那里，不是河神又能是谁。

“本尊不吃人，倒是你口中的赤尾蛟，听起来挺有滋味的。”

王山还没回味出话里的意思，就感觉头部钝痛，彻底失去了意识。

临渊大致明白了事情的始末，扭动脖子，一脑袋将男人敲晕。而后照着他的模样，幻化成人形。可惜效果并不好，额角的黑鳞浮现出来，肤色惨白，与地上黑褐色皮肤的男人相去甚远。

“那赤尾蛟的品位可真一般，竟选了两个其貌不扬的凡人做祭品，还让他们逃了。”临渊的嗓音变得低沉，与地上的男人别无二致，“虽说这兴风作浪的本事确实有我族风采，但自封河神也未免太狂妄了。”

连大妖都不是，就想着当神，也就只能糊弄糊弄凡人了。

他斟酌一番道：“晋明，你变成这女人的模样，我们一同下山瞧瞧。”

其实早在踏入村子的那一刻，临渊便已经惦记上了自己的后辈小蛟：“……我不吃他，我就看看。”

晋明：“……”这话简直毫无可信度。

临渊装作一副坦然的样子，若无其事道：“记得隐匿气息，别被发现了。”

晋明沉吟道：“是因为那鱼精？”

方才听女子口中吐出“鱼仙”二字，他便有了猜测。据临渊说，他们之所以身负重伤，便是因为在雷池化龙时被一条母鱼偷袭。临渊任意妄为，对凡间的妖怪毫无惧意，处事霸道乖张，这会儿却叮嘱自己隐匿行踪，定是有所忌惮。而能让他忌惮的，怕就是那条母鱼了。

临渊直接承认：“没错。”

晋明极为自信：“我已痊愈，她应当打不过我。”

这种自信并非自大，而是源于金龙一族承天道气运护持后的强大与无畏。他在雷池一战中受伤的身体已经痊愈，修为也悉数恢复，除却脑袋还未清醒，俨然又成了曾经凌驾于当世神妖之上的龙族之主。

临渊横眉冷对：“那也不行。”

晋明不解。临渊内心思量，要是这一龙一鱼撞见了，两方对质，自己的谎话不就穿帮了！他眼睛一转，瞬间又有了对策：“你起初与那母鱼来往密切，可后来反目成仇，甚至惹得她不惜冒险暗算我们，你可知是为什么？”

晋明心里咯噔一声，隐隐有不妙的预感。

临渊：“她喜欢你。”

晋明：“……”

“但你对她无感，拒绝之词过于伤人，她因爱生恨，要置你于死地。”临渊目露鄙夷，“最后反倒连累了我。”

晋明眸中浮出复杂之色，似乎是在理清自己与母鱼间的爱恨情仇。许久之后，他注视着因这场情爱纠葛而无辜受累的临渊，终于还是忍不住问出一句：“那我……可有喜欢的人？”

晋明那浅金色眸子投注在临渊的身上，透出认真的意味。

临渊脸色变得古怪。他怎么可能知道金龙喜欢过谁！明明还在讨论白川洞母鱼的事，这蠢龙怎么忽然把话题偏到了这里？

“也许吧。”

毕竟岁数老大不小了，应当是有过几段姻缘邂逅。

“如今你人事尽忘，把一切都撇得干干净净，我说再多也是无用。”临渊似是疲惫地揉了揉眼角，再睁开眼时，幽深的眼底藏着几分担忧：“修为没了还可以再练，记忆若是恢复不了，又能从哪里找回……罢了，反正也没人能欺负得了你。”

“小渊。”

临渊转身出了洞穴，边走边说：“有些时候，我倒想和你换换，前尘忘尽总好过变为废人。”

他神情中带着几分自哀自怜，让晋明心疼不已。

“她害你若此，我自不会手软，见了面，定当替你报仇。”

“不行！”临渊立马否决，注意到晋明脸上的狐疑之色，支吾道，“你……你不能与她见面。”

晋明定定看着他：“为何？”

要是放在平时，临渊很乐意围观失忆之人与亲朋相杀的好戏，但现在，恢复修为才是头等大事。比起冒着令金龙起疑的风险去设计自相残杀的戏码，他更想稳妥地藏好金龙，然后找到机会一口吞吃。

“没有理由！你什么都不记得了，凡事听我的就是了！”临渊心虚地提高了音量，顿了顿，又仗着晋明对他深信不疑，色厉内荏道，“那母鱼花言巧语，最擅长迷惑妖心，反正你不许见她。”

晋明沉默片刻，问道：“如果我执意要见呢？”

这蠢龙失了忆，竟然还这么在意那条母鱼？

亏他还以为金龙晋明无欲无求，不生情念。原来早就跟条卑贱的母鱼厮混在一处，光是闻到鱼腥味，就立马跟他唱起反调了。

向来千依百顺的晋明破天荒不顺着自己了，临渊怒从心起，不满道：“那你就别回来找我了。”

一边是被遗忘的陌生母鱼，一边是朝夕相对数月的“兄弟”，前期的谎言根深蒂固，后期就算有些小破绽也无妨。临渊想不出一个足够说服龙的理由，索性胡搅蛮缠发一通脾气。

晋明默不作声地凝视着他，直到快把临渊盯得恼怒起来，才轻笑一声，眼中似有了领悟。

临渊：“……笑什么？”

晋明点头道：“好，不见她。”浅金色眸子中盛着温和的笑意，仿佛要将被注视之人一同拉入清润春水之中，“我自然是依你的。”

虽然晋明答应了，可不知为何，临渊总感觉有些不安。没等他琢磨出什么，眼前高大的男子身形变幻，化为了红袍女子，又抬手覆住临渊额角的黑鳞。

临渊的皮肤温度偏低，摸上去有一种白玉的感觉，薄薄的小鳞在指腹的摩挲下逐渐消失。

“你……你摸我角做什么？”

晋明：“……角？”

临渊修行大成，已逼近化龙的境界，额头原本都长出了一对小角，谁知后来遭逢大难，在雷池里被劈得只剩一小截，根本看不出什么了。他甩开晋明的手，转身离开了洞口。

山林间，尘土飞扬。

几经变化后，一龙一蛟已与王氏兄妹如出一辙，各自身上的妖气已敛至极低。他们顶着王氏兄妹的外貌，不远不近地跟在队伍末尾。

疾跑在下山道上的大小妖怪们并不知道，在他们的身后，悄无声息地混入了两个“凡人”。

天色骤然变得灰暗，不远处，一大片雷云闷声往沂山的方向飘来。

妖群赶至村外三里地便停下了脚步，显露出原形静守。村子里寂寥宁静，街上空无一人，偶尔有天真孩童启窗观望，便能看到一群或坐或站的山林野兽，对村子虎视眈眈。

其间，既无凡人低语，也无妖兽嘶吼，只余雷声轰隆作响，将这天地衬得更为死寂。

“丁零——”悠远的铃声忽然响起，起初只是在沉闷的雷声中漏出几声，而后越来越急，越来越响，密密集集，几乎盖过雷声。

长街尽头出现了一支队伍。

枯瘦的老者手执木杖，另一只手晃动金铃。他的身后跟着数名身披红色衣袍的男女，更后面的是众多打扮寻常的村人，均面无表情，仿若行尸走肉。

四爪蛟旗迎风飘荡，给这场深山村落的古老祭典平添了几分古怪的意味。

数双妖目同时落在这一支凡人队伍上，忽然，又一声雷鸣在山间炸裂，修为低微的妖物瑟缩起身体，忌惮地望着悬在头顶的雷云。

不远处，绿色巨蟾蹲在地上，抖动着肥硕的身体瑟瑟发抖：“大王饶命，小的真不知道那群妖怪们在干什么。”

巨蟾尚且处于懵懂之中，他也不知道为什么，自己跟着大部队跑得好好的，忽然四脚凌空，紧接着就撞上了两个“凡人”，其中一“人”对他露出了一颗狰狞恐怖的蛟首。

自从上回蛟口脱险后，巨蟾很长一段时间都不敢轻易外出打猎。今天还是他鼓起勇气第一次出门，结果却被对方抓了个正着。

可怕的大蛟脑袋晃了一会儿，很快变为了相貌黝黑的普通男人模样。蟾蜍蹬了几下腿，内心生出绝望。

“我上上上个月才生出灵智，啥都不知道啊，呱。”

临渊单手拎起巨蟾，也没真打算问出些什么，纯粹是逗个乐子。那丑妖怪走着走着掉了队，被抓到时还愣了很久，挺蠢的。

“那群人在干什么？”

蟾蜍瞪着巨大的白眼激动道：“这个我知道！当然是给大王您进献祭品啊。”

凡间龙、蛟罕见，沂山之中也就只有一条赤尾蛟而已，蟾蜍看到他的蛟首，便只以为他就是赤尾蛟了。

“我还是只小蟾蜍的时候，目睹过大王的威容，大王您当时真是英武不凡，吃了祭品后一个摆尾就将翻涌的河水镇住了，没过一会儿雷云也散了。什么时候我也能修炼得这么强大啊，呱？”

灵智未成熟的蟾蜍，脑袋似乎比他想象中的还要不灵光。

临渊嫌弃道：“重投一次胎吧。”

蟾蜍：“呱？”还没听明白，他就感觉身体一轻，化为一道绿影被扔进了河里。

“来了。”一旁的晋明出声提醒，同一时刻，浓重的妖气升腾而起。

祭祀的队伍停了下来，身穿红袍的男男女女被推到了岸边，河水翻腾，拍打着深色泥土，浸湿了鞋袜。

天空已暗如子夜。呜呜咽咽的哭声响起，起初只是抽泣，慢慢地，抽噎化为痛哭。那些被选为祭品的人在冷风中浑身发颤。

“嘶——”从脚底心传来刺痛，临渊抬起脚，眉头皱得死紧。

晋明：“怎么了？”

临渊摇摇头：“没事，好像是被虫子咬了。”

又过了一会儿，晋明朝着旁边挪动了几步：“脚下有东西。”

临渊低下头，只看见厚厚的黑泥土，没有发觉异常。但刚才脚底确实有微弱的疼痛感，于是询问地看向晋明。

晋明动了动脚，直到脚底的微痒渐消。

“村长，我看到王山、王玉了！”人群中忽然传出喊声，有人直指晋明、临渊站立之处，神情激动。霎时间，整支队伍的人都朝着他们望了过来。

为首执铃的老人目中闪现精光：“祭品不全，河神不会现身，涨起的巨潮会淹没村子！”

跟在“祭品队”身后的青壮年们纷纷从队列中走出，数双眼睛死死盯着这两名逃离者。

没有谁愿意牺牲亲朋的性命，但当牺牲能换取多数人的生存后，这点不愿也变得微不足道。他们气势汹汹地冲向“王氏兄妹”。

“不许跑！”村民很快一拥而上，将不跑不闹的“王氏兄妹”拉进了队伍中。

临渊一眼扫遍众人，没有在其中发现母鱼的踪迹。

其中一位大汉看着晋明，疑惑道：“玉妹子，你怎么不哭了？”

晋明面无表情：“认命了。”

大汉：“……”

山林广袤无边，想在里面找出两个人无异于大海捞针。他们在发现祭品失踪后，进山找了一天一夜都没有结果，转头一看，人却自己跑回来了。

晋明：“想了想，比起藏身山林，我还是更愿意以身饲蛟。”

临渊：“……”

晋明的觉悟震到了村人，大汉的眼神中透露出敬佩，但还是手脚麻利地把他们推到河边。

雷声大作，电闪雷鸣，河水翻卷汹涌，整片天地仿佛都被笼罩在噩梦之中。

临渊收回目光道：“雷云遮顶，更远处却没受波及。”这根本不是正常的雷鸣。

“天有异象，谁都看得见，却谁都不敢言。”排在他们身前的红袍女子出声说道，“沂山之苦从来都不是因为天灾，自从‘河神’来了，雷灾也来了。”

临渊看向她。那是一个普通的年轻女子，和其他面如死灰的祭品别无二致。

“是劫雷。”临渊修行数万载，度过的雷劫数不胜数，自然不会认错。

“啊——”人群中爆发出一阵惨叫，队伍中间的年轻男子忽然发出凄厉叫喊，“救……救我——”他身材瘦削，没有丝毫外伤，整个人却浑身战栗，牙关紧咬，仿佛在承受极大的痛苦。

为首的老者停下了摇动金铃的动作，浑浊的眼中冒出精光：“河神已挑好了祭品，灾祸将不会降临。”

村民们纷纷低下头，匍匐在地，嘴中念念有词。

没被选中的人松了一口气。一切似乎尘埃落定，他们退离了岸边，只留下倒地哀号的男子一人。他徒劳地伸着手，表情狰狞，目眦欲裂。无数道雷电在他周身落下，很快，刺目的蓝光将他的身影吞没。隔着不远的距离，只听得到他“啊啊”的叫声。

也不知过了多久，雷声渐止，劫云飘散，河水归于平静，天空中显露出灰蓝的光芒。

群妖们动了起来，尽管他们也被这声势浩大的雷劫吓得匍匐在地，但依然留有一丝心神关注着岸边的男子。他身上的红袍已经破烂不堪，边缘焦黑翻卷，裸露在外的肌肤上布着零星的烧伤，胸膛微弱起伏……还没有死！妖怪们慢慢朝着男子靠近。

临渊观摩了一会儿："如果我现在变出原形把他们都吃了该多好。"他看了眼晋明，眼神冷漠。晋明无端从里面看出了某种百转千回的意味。临渊举步往前迈了一步。

"你干什么？"刚才同他们对话过的女子低声斥道，"河神马上就来了！"

临渊嗤笑："哪里有什么河神？"

女子一把扯住"王山"，紧张地望了望四周，不明白怎么会有这么不知死活的人："你会惹怒他的……"

临渊低头盯着她拽住自己衣襟的手，又瞅了瞅对方身上绣着蛟纹的衣袍，面无表情道："下次还是换个图案吧。"

女人："什么？"

临渊笑了笑："要看清楚。"

人群中忽然发出此起彼伏的抽气声。岸边的男人不知何时已经醒了，他捧着小腹，依然在痛苦地叫着。

"吼！"巨兽的低吟声骤然响起，刚平静下来的水面再次涌动。一道红影冲出来，掀起数丈高的水花。同一时间，守候在外围的妖怪们冲了过来。

赤尾长蛟一个扫尾，骇然震住了全场。

岸边已经没有那个男人的身影了，村民皆不敢吱声，妖怪们则满脸不甘之色，然而这份不甘很快就在修为境界的压制之下消匿于无形。

"此地在本座的看守之下，每一个凡人都受本座庇佑。"赤尾蛟神情高傲地扫视地面，舔了舔唇，似乎回味了一番，才继续开口，"你们，过来。"

赤尾蛟于人群之中精准地看向晋明和临渊，赤红色双目里透出一丝冷然。

晋明和临渊："……"

见两个人没有动作，赤尾蛟眯起了眼睛："你们不是王村人。"

之前搭过话的大汉疑惑地瞥向他们，王山两兄妹自小在村子里长大，怎么可能不是王村人呢？

赤尾蛟阴森森道："蠢材，凡人自然看不出什么，不过这普通的幻形术却骗不了本座。"

村人大骇，这才发现在众人都匍匐弯腰时，那两个人却还安然站着。

临渊："骗不了你，还往我鞋底里钻？"

晋明在一旁点头，他倒没感觉到刺痛，只是有些发痒。龙身坚硬难摧，寻常妖物根本无法近身。

赤尾蛟并不知道自己一口咬上的是皮厚的老前辈，只以为他们的原形比较特殊。于是发出一声长啸，打算拿这两只外来妖震一震周围的群妖。

临渊不屑道："还以为是什么了不得的大妖怪，原来不过是条连四爪都还未长齐的水蛇。"

赤尾蛟的神情出现了一瞬间的凝滞，而后是暴涨的怒火。他化蛟已有百年，腹生四爪，早不是水蛇之流。这两只外来妖显然是在挑衅自己！

然而他并不知道，他那自以为锋利强劲的蛟爪，放在妖界根本就像未长全的。

赤尾蛟瞪着赤红双眼："我要吃了你们！"

巨大的红影自高空急袭而下，却在离地数丈远处硬生生停了下来。眼前仿佛出现淡金碎光，将两个可恶的挑衅者笼罩。赤尾蛟冷哼一声，摆尾砸向屏障。

轰——声势浩大的撞击声后，河岸归于平静。

有胆大的村民悄悄抬起头，当看清眼前的景象后，当场呆立。赤红色的长条妖物倒在地上，布满细鳞的尾巴已失掉了半截，坚硬的身躯此刻仿佛没有骨架，软软横着。

"……不，这不可能！"

始作俑者同样脸色微讶，似乎在震惊于对手的不堪一击。

临渊拍拍晋明，他看得很明白，蠢龙只是摆出了一个防护屏障，一点攻击手段都还未出，就已经让赤尾蛟去了半条命。他都不知是该嘲笑凡间妖无能，还是该嫉妒金龙的得天独厚了。

赤尾蛟四爪收缩，重新站了起来，脸色狰狞可怖："你们到底是什么妖？为什么要破坏本座的祭典？"

临渊对赤尾蛟的厚脸皮感到震惊："从头到尾，不都是你要吃了我们？何况这算哪门子祭典？"他的目光掠过岸边众人，"你靠凡人躯壳躲灾，仗着天道不会随意伤害无辜凡人，苟活到如今……凡人也是蠢，明明是他们在庇佑你，却因你故弄玄虚的把戏以为是你在庇佑他们。"

他并未刻意压低音量，足以让在场的妖怪和村人都听得清楚。

有村民出声："你的意思是，他根本不是河神？"

临渊看向出声的人："不仅如此，雷灾是冲着他而来，河水暴涨也是他在搞鬼。"

村民哗然。他们虽知道"河神"蹊跷，但也要仰仗他替村子平息灾患，如今却得知所有灾祸都是因他而起，顿时面色铁青，但又敢怒不敢言。

赤尾蛟："沂山虽然是小地方，本座却是一方妖王，修为亦是数一数二。你们能将本座打伤，还替凡人说话，难道根本不是妖，而是清虚宫的道士？"赤尾蛟陷入沉吟，表情愈发犹豫，"不对，道士什么时候有这么大能耐了？"

蠢材，那是因为人外有人，天外有天。妖怪混迹人界，能有什么出息？临渊无心去多作解释，偷眼去瞧一旁默不作声的晋明。两个人至今依然顶着王氏兄妹的外貌，对着"王玉"那张普通至极的脸，他实在琢磨不出晋明内心的想法。

临渊张口欲言。晋明道："不必多言。"

他还什么都没有说呢！吃妖怪到底哪里不好了？！

"啊，他不见了！"村民惊呼。只见原本还横陈着数丈长的赤尾蛟已经消失无踪了。

临渊再顾不得晋明的劝告，向前疾冲。骤然间，半空中现出一道巨大的黑影，将刚透出些薄蓝的天际挡住，深沉的低吟似龙非龙，裹挟着高山般的威势，将一众妖、人尽数压制。

那是比赤尾蛟大了数倍的黑色巨蛟，甚至隐隐有了龙势，坚硬的鳞片暗如夜色，四爪尖利，似乎轻易便能撕破苍穹。

"蛟……"没有人敢再反驳他的话了，在黑蛟面前，那条赤尾小蛟，的确只是一条水蛇罢了。

黑蛟的体型已趋近于龙，他一尾巴将藏在泥土中的赤尾蛟拍了出来，而后用前爪将这条试图逃跑的同族小辈制住。就算没有修为，变成原形跟同族打架，他也是不会输的，毕竟身后的金龙不会放任他受伤。

而赤尾蛟早就被吓得忘记施术法了。他怎么也想不明白，为什么这么偏僻的村子，会冒出这种逆天境界的大妖。那一身近龙的蛟躯，必然是历经了数不清的雷劫，而他，却连一道最普通的劫雷都不敢轻易承受。怪不得他使出全力都伤不到对方的脚心。

赤尾蛟原本选中的祭品根本不是那个男人，而是混迹于人群中不起眼的"王山"。然而对方肉身之强硬，他咬到牙根发疼都伤不到半分。彼时雷劫迫近，心慌意乱之下，他又选择了旁边的"王玉"，结果一口下去差点崩了满口的牙。如今，"王山"现出原形，赤尾蛟想要后悔也来不及了。

"前……前辈……饶……饶命……"他想说，都是蛟类，请看在同族情谊上，放他一马；又想说，愿以所有身家宝物，换取一命；还想说……但在那双漆黑蛟目的注视下，他除了求饶，什么都说不出口了。

黑蛟对他的反应十分满意。他清楚自己外强中干，要是赤尾蛟奋力反扑，说不定还会让自己吃些亏。他所仰仗的，除了自己千锤百炼的躯体和境界外，还有金龙。

肆无忌惮之下，黑蛟丝毫不露怯，不仅是赤尾蛟，周围的大小妖怪们都被唬得夹起了尾巴。

黑蛟张开口，在赤尾蛟惊惧的目光下缓缓靠近，不料却被金龙卡住了蛟口。

金龙淡然地收回了卡住蛟口的手，一双眼睛幽深至极。

无端的悲愤涌上黑蛟的心头，他愤怒地闭上嘴，在赤尾蛟疑惑的眼神中拍爪摁住脑袋。金龙轻笑一声。

"吼……"凄厉的蛟吟响彻寰宇。赤尾蛟双目圆睁，没想到自己并未成为黑蛟腹中之食，而是被一旁默不作声的"王玉"洞穿了腹部。

临渊也是一脸震惊和难以置信，尤其是金龙轻描淡写地挖出赤尾蛟珠，然后去河边冲洗的时候。

柔弱的红袍女子弯腰清洗着手中的蛟珠，河水流淌过指尖，冲刷尽污浊的血丝。赤尾蛟狰狞的尸首横倒在"她"的身后，兀自瞪着双眼。

黑蛟维持着庞大的原形，威风凛凛的蛟躯无端带着几分瑟缩，似乎快要被这幕诡异的画面吓到了。

"王玉"转过身，将洗净的蛟珠递到黑蛟的跟前，笑了笑："赤尾蛟作恶太多，就算吃了他，也不会沾染什么恶果。"

蛟大王快要被这心思难测的金龙弄得心力交瘁了，这取珠洗净的做派，实在是有辱我辈叱咤风云的雄风！

他看了看递到嘴巴前的蛟珠，目露狐疑，最后"嗷呜"一口迅速含住，不管其他，这种能增加修为的东西，自然是要先吃了。

怀着复杂的心情吃完心心念念的蛟珠，临渊非但没有感受到丝毫快慰，更没有得偿所愿的满意，反而……索然无味。

在更早之前，临渊就已隐隐感受到晋明对于洁净有着某种特殊的执念，而在这一刻，在淤泥中打滚着长大的临渊，恐怕这辈子都很难理解。

蛟珠入体，肚子里暖洋洋的，修为好歹恢复了些。他甩了甩尾巴，心情略微好转，在“王玉”的注视下变幻成人形。

修长俊秀的男人转身慢吞吞步入人群，周围一众大小妖怪和村民们冒出了同一个念头——这可怕的大妖怪长得真好看！

临渊听着前方的大妖正义凛然地要求沂山的凡人们改为供奉自己，言语间夹杂着对赤尾蛟的不屑和鄙夷，那趾高气扬的模样看起来有趣极了。

沂山的村民们受赤尾蛟迫害多年，对这些山林间的大妖怪敬畏非常，在看见了黑蛟的身形后，哪里敢有违背，立马答应改旗易帜，奉黑蛟为河神。

“本尊当了万年的妖，可从来没当过神。”临渊对此嗤之以鼻，“你们是如何供奉水蛇的，以后便如何供奉我。”

村民个个白了脸色。死了一条赤尾蛟，又来一条更恶、更凶的黑蛟，难道村子依然逃脱不出献祭的命运吗？

“祭礼就不必了。”也就只有低等的凡界妖物才会对凡人下手，“我替你们除去恶患，你们便要诚心侍奉本尊，不必做出不情愿的模样，想想周围这群妖兽，若是本尊走了，你们猜猜，他们会如何？”

妖兽们早在赤尾蛟被击杀后便噤若寒蝉，听到自己被点名，纷纷竖起汗毛。

“大……大王，我们虽为妖，但也不喜欢赤尾蛟。整座沂山数赤尾蛟法力最高，平日里常欺压我们。本想趁着雷劫，将他分而食之，没……没想到……”

后面的话已不言而喻。斜刺里冲出一龙一蛟，轻易就将沂山的大患给除去了。

“我们并无进犯村子的意图，也诚心归顺大王！”一只妖怪带头，后面的妖怪后知后觉都表起了决心。然而临渊曾经的手下每一个都至少是千年修为的一方妖霸，哪里会看得上这群连化形都还不利索的小妖？他们的归顺非但没有让他满意，还有些失望，他们要是宁死不屈、斗志昂扬该有多好，他就可以顺理成章地吃掉他们了。想到这，临渊不禁叹了叹气。

“沂山王村也愿意诚心侍奉您为保护神。”跪伏在地的人群中忽然站出了一个女人，“雷灾和水祸已除，沂山最大的灾难已经过去了。您……您不会伤害我们的，对吗？”

临渊脸色古怪，晋明仿佛猜到几分。这无法无天的黑蛟，哪里会有闲心迫害一群凡人？正如凡人不屑于去为难蝼蚁。本是无意之举，从那女人口中说出，倒成了他的宅心仁厚了。他这是别扭了。

晋明：“他不吃人。你们只需换好新的蛟纹，若是哪里错了，他就该不高兴了。”

女子立马道：“记下了！我会亲手绣好蛟纹，绝不出错。”

村人也听出了意思，仰起头用炙热的目光看着这只不吃人的大妖怪。

临渊总觉得这和他大发神威的场面相去甚远。

下一刻，一道无形之气汇集而来，肉眼无法捉摸，但临渊隐隐有所感。原来供奉之气便是这样，它无形无章，却又切实存在，不觉强大，也不知是怎么能与天雷抵抗。

正在此时，从山林深处传来一股熟悉的气味，隐约能看见有道白影从空中跃下。

临渊顿时变了脸色，扯住晋明："走！"

晋明也捕捉到了白影，眯起眼，似乎不想离去。临渊见他没反应，一把拉住晋明，硬拽着他向前，绝不能让他们见面！

龙、蛟疾行了数里，直到空气中属于白川洞鱼精的气味彻底消失了，临渊才缓缓停了下来。

临渊回过头："你什么时候变回来了？"

身旁人已经不是"王玉"的模样了，高大俊美的男人微微笑着说："刚才。"

"你没让她发现吧？"

晋明摇摇头。临渊松了口气，他对金龙的隐匿之术还是有信心的。

"她修为一般，模样倒是不错。"晋明的声音慢悠悠响起。

临渊转头怒视："你看到她了？"这龙和鱼真是不清不楚，失了忆才一见面就说好看，龙族本性果真是见色忘义！

晋明双目定定地看着临渊，故意道："看到了，清清楚楚……天人之姿。"

临渊唰地黑了脸。他又不是没见过白璘，相貌顶多清秀，哪里是什么天人之姿？这金龙的眼神也太不好了。

"怕不是在你眼里，是个母的都是绝色。"

晋明笑意盈盈地看着他，不说话。

不对劲，这淫龙不对劲。

"好了……"晋明拖长了尾音，"我既已拒绝了她，她长得是美是丑都与我无关。"

"你知道就好。"临渊沉着脸，总觉得那股不对劲越发厉害，令他头皮发麻、脊背生凉，却又说不出所以然，只能勉强道，"你只需记得我这个兄弟就行了。"

另一边，被困在山洞内的王氏兄妹唤走，迟迟才赶往王村的白璘，看到的便是尘埃落定的画面。

河边横倒着的蛟已经死透，赤红色的尾巴、过小的体形，显然不是她要找的那条魔蛟。白璘有些失望，轻蹙眉头：“他是怎么死的？”

凡间妖物普遍羸弱，这条赤尾蛟在此处，应当也算厉害角色，如今却被剖腹取珠，想来是遇到了强劲的对手。

然而村民皆沉默不语。这个忽然冒出来，一看就不是凡人的女妖又是为何而来？一天之内饱受惊吓的村民们这会儿又提起了心。

“罢了。”白璘不打算为难这群被吓得痴傻的凡人，“我还是自己看吧。”

她伸出右手，结势而出，白光闪耀间，村民缓缓陷入睡梦之中。

许久，白璘睁开眼：“是他。”

魔蛟果然没死！那日雷池大战，若不是金龙恰好经过，恐怕她白川洞府就要被夷为平地了。纵使如此，他竟还能拖着金龙双双落于雷池之底。

战后，她在雷池附近搜索了三天三夜，却没有找到半点痕迹，洞里的大小鱼儿纷纷猜测他们是被劫雷劈得灰飞烟灭了。

白璘却不信。她深知金龙的运气与实力，绝不会如此草率地死在一条魔蛟的手里。就算是灰飞烟灭，也只会是蛟的结局！

将金龙的遭遇传讯至龙族后，她便孤身前往各地寻找金龙。白川洞有恩必报，金龙救她全族，她自然要倾力相报。等到经过沂山时，听闻有蛟作恶，她疑心是魔蛟，便匆匆赶了来。谁知中间又生了些波折，欠了王玉一个恩情，等她赶到时，魔蛟早已离开了。

“也不知他找的帮手是谁？”

村民的记忆中，将赤尾蛟剖腹取珠的另有其人。那人幻化成王玉的模样，修为应当也不低。

白璘面色凝重，挥袖将离得最近的妖物抓来。

蟾蜍精：“……呱？”

她捏指成诀：“小青蛙，替我传个口信，我助你去上妖界。”

蟾蜍精：“？？？”

“魔蛟未死，隐匿凡界，身侧有大妖相助。”白光闪烁间，十五字口讯幻化成鱼鳞，被递到蟾蜍精手中，“前往龙族，将它交予蓝长老。雷池之仇，白川洞与龙族定会找魔蛟清算！”

彼时，临渊还不知道自己和晋明已经被归结为同党，即将面临来自整个龙族的追杀。而晋明还在用若有所思的眼神打量着他的“蛟弟弟”。

一龙一蛟各怀心事。

临渊好不容易艰险地阻止了这对老相好的会面，决定找个地方消化体内的蛟珠。两个人瞬息飞跃千里，转眼又找到了一处栖身之所。

临渊调养许久，醒来后环视破败幽暗的洞穴，感受空空如也的内田，又联想自身恍若丧家之犬的遭遇，沉声道："这样下去不行。"

晋明照例在他调养时，以原形护法，闻言支棱起脑袋，静待下文。

临渊："食妖本就是捷径，可恢复起来依然太慢了。"

赤尾蛟好歹也算凡界大妖，却没有给他带来大的起色，照这样下去，就算他吃光凡间所有的妖怪，也不一定能在短时间内恢复至全盛。这期间还得提防河道鱼群、躲避各路仇家……

目光扫过光滑龙鳞，临渊福至心灵，问："你身边可有什么宝物？"

像他们这类大妖，总会有些家底。他随身便携带着一枚乾坤戒，可惜拜某条蠢龙所赐，雷池一战中，数道劫雷劈下来，戒上有了裂痕，多年珍藏毁于一旦，只余下些可有可无的小玩意儿。想想还真是肉痛。幸好他不是那些依靠法宝的妖怪，修的是自身，外物终究是外物，倒也看得开。

"宝物？"晋明皱起了眉，翻了翻龙身，并无所获。

临渊正色道："我如今毫无自保之力，若是有宝物傍身，情况或许能好些。"

晋明沉默以对。不久前还仗着身强体壮欺压同族小辈的大妖怪，此刻又软软蜷缩在幽暗的角落中，用一双黑白分明的眼睛渴求地看着自己。

临渊见他没有表示，以为他不肯将宝物拿出，便又道："当初你与母鱼萍水相逢，见她可怜随手就给了一堆宝物，怎么轮到我就不吱声了？"

晋明神色恍然："我……"

临渊睁大眼，一动不动望着他。可是过了很久，依然不见晋明有动作。

临渊有些失望，别过脸："也罢，不勉强你。"

孰料，下一刻他就被晋明伸手重新摆正了脑袋。

晋明注视着临渊，浅金色眸中盛满了复杂之色，郑重道："此刻我身上并无他物，等来日恢复记忆，只要是我有的，你自去取尽。"

……可等他恢复记忆，别说是取宝物了，怕是自己逃命都来不及。

临渊不死心问道："当真没有？"

这年头哪只大妖出门不带个乾坤袋、储物戒什么的，莫不是失了忆连口诀都忘记了？

晋明迟疑片刻，还是摇了摇头。

临渊神色微冷。罢了，看来趁机搜刮些宝物的计划是行不通了，还是得想办法尽快吃了他。

这次休整不比上次，腿伤未愈时的临渊尚能安分待在洞中调养，如今他能走能跳了，便是一刻也不想老实待着了。他绞尽脑汁，思索恢复之法，又趁着晋明熟睡，暗中翻看了数片最有可能藏物的龙鳞，却都没有收获。

一日，电闪雷鸣，临渊化作原形，盘踞在一棵大树上，放目远眺。方圆百里是连绵青山，更远处是天之尽头。广袤天地间，他孤身一妖流落凡界，短短数月时间，在上妖界的日子仿佛已过去很久。也不知道在他出事后，是谁接管了辖地，顶替了自己，身后的一众妖怪们又会怎么议论他。

一天，两天……临渊愈发失落，而这股失落在得知晋明隐隐想起了一些曾经的画面后，陡然化作惶恐。

"你想起来了？"临渊惊得尾巴尖竖立。

晋明摇头："只零星一点。"他从怀中取出一片玉简，递给临渊，"自从你上次提及随身宝物，我就一直在回想，最后在身上发现了这片玉简。"

临渊松了口气："就记起这些了？"

晋明没有说话。临渊又提起心："可还有别的？"

晋明："小渊，我苦思冥想，仍是没能记起你来……"

"……"能记起来才是出大事了，他在心里暗暗翻白眼，面上却适时流露出一丝心痛，神色微黯，安慰道："这种事强求不来。不必放在心上，顺其自然吧。"顿了顿，又道，"你先说说，这玉简是做什么用的？"

令他失望的是，玉简并不是什么宝物，而是晋明早年修炼时的心得体会。若是被未入门的小妖得了，兴许还能一步登天，少走许多弯路。但到了临渊这把年纪，早就走出了自己的修炼之途，别人的修炼方法于他而言，并不适用。

临渊随意翻看了一会儿，满脸无趣，正打算将它还回去，无意间扫到一行小字——路经极地，偶见一乌灵芝，约至千岁。

这世间既有妖物大能，亦有天材地宝。有的蒙神妖之灵力浸染孕成，如白川洞府的蚌珠，生于蚌精腹中，又辗转入鱼肚，后成为白川洞一众鱼怪们的传承宝珠，经年累月，在数代大妖怪的养护之下，它便具有了"宝物"的资质。也有的是受日月精华自行长成的灵物，往往具有奇特的功效，较之依靠外力而生的宝物，它们更为珍贵，也更为稀少。

临渊恰好知道有这样一株天生灵植，名唤乌灵芝，生于险地。周围妖物稍稍靠近，便能感受到其磅礴倾泻的纯粹灵力，光是闻之便觉沁然，极助修行。倘若将其吞入腹中……他滴溜溜地转了半圈眼珠，将眼底的贪婪之色掩藏。像这类天材地宝，别说是让他恢复修为，说不定还能更胜一筹。他暂且没办法吞吃金龙，但乌灵芝，总会简单一些。

“乌灵芝？”晋明露出深思的神色。

临渊点点头，因为有求于人，语气低顺：“没错，那是唯一能治好我的药了。”

虽没有直接出声哀求，但被那双眼睛直直盯着，晋明差点就要立时应下了。

“可我不记得哪里是极地。”

“这世上哪会有见到乌灵芝不据为己有的？”临渊打量着金光闪闪的龙身，“你再找找，是不是就藏在身上？”

庞大的龙身翻转了许久，终是一无所获。

倏忽间光芒闪烁，高大英俊的男子提出了另一可能性：“也许，是被我吃掉了。”

临渊愣住，支棱起黑乎乎的脑袋一动不动，接着仿佛泄了气般，再次软倒成一团。

晋明安慰道：“我再看看。”他重新将玉简拿回手中，逐字查看起来。

等到临渊从大起大落中回过神，看到的便是晋明手执玉简皱眉思索的画面。

临渊浏览过一遍，知道上面不会出现令晋明起疑的文字，因而也很放心。他见晋明一时半会儿琢磨不出什么，便化为人形，盘腿修炼起来。

也不知过了多久，晋明终于将视线从玉简中移开，笃定道：“我应当没有吃。”

临渊睁开双眼。

“此记录前后，修炼心得没有大的改变，若乌灵芝真如你所说那般有奇效，我不会毫无记载。”

“那它会在哪里？”

“也许真的被我收了，但我身上没有，想来会在我们的洞府之中。”

我们的洞府？

临渊一愣，反应过来两个人现在是一对感情至深的“兄弟”，住在同一个洞府似乎合情合理。

晋明没有察觉他古怪的脸色，继续道：“但也有可能，我没有碰它，它依然在极地之中。”

临渊:“……这范围也太广了。”

且不说金龙的洞穴在龙族,他根本不可能在修为尽失的情况下冒险潜入。更别说极地了,天地广袤,何处才是极地?

可是这天材地宝乌灵芝的诱惑实在太大,不知道也就罢了,知道了就很难再当作无事发生。偏偏知情者失了忆,而他又不可能去帮他恢复记忆。

事情到此,已经断了线索。

临渊叹了口气,问:“玉简是你从哪里找出来的?”他翻看了金龙多遍,没找到任何可疑的地方。

“在我腹下。”

“腹下?”临渊不信,“可我看了,明明什么都没有。”别说是腹下了,金龙身上他都找过一遍,并没有找到可疑之处。

晋明无奈道:“龙鳞闭合,外力无法打开。来日若是遇到危险,你变小了躲进去也不会被人发现。”

临渊:“……”他为什么会想不开躲进龙肚子底下?狐疑的目光落在男人的腹部,隔着幻化而成的淡色长衫,也不知里面藏了多少宝贝。

晋明咳了咳,片刻后又重新正色道:“小渊,你可知世间何处有深渊险境?”

临渊莫名其妙道:“深渊?”

晋明挥手,玉简中浮起两个金色小字:“入渊。”

它被淹没于大段的心得领悟之中,只提到过一笔,仿佛只是漫不经心的边角赘述,很容易便会被忽略过去。“入渊”没多久,便提到了乌灵芝,推演下来,乌灵芝很有可能就在那里。

而与深渊有关的极地……临渊凑近看了许久,久到晋明以为他不知情的时候,他终于开口了。

“我明白了。”他将目光重新放回晋明身上,“还记得我的名字吗?”

——临渊而生,是为临渊。

第三章 极地深渊

城门高耸，春风拂面。

西境华朝立国已逾千年，境内道风盛行。皇城脚下香火弥漫，走几步便隐约能听见诵经作法之声，凡间常有道士降魔诛妖的说法。坊间茶楼间，说书人正讲到兴起：“只见张道长挥动浮尘，运纸成诀，倏忽间将那蛇妖困住！”

吃茶的客人齐声喝彩：“好！”

说书人适时一番停顿，等到众人差不多停歇，才继续开口道：“那蛇妖全然不是对手，正当张道长挥剑斩妖时，华太子赶到及时制止，太子竟是打算将蛇妖圈养宫中！”

客人们纷纷嘘声。

“哼。”人群之中传出一声嗤笑。最角落的桌子旁坐着两名广袖长袍的男子，各自披散着长发，其中发笑的男人撑着下巴，目含讥讽。

华朝人求仙问道，不重衣冠姿态，太过拘谨反而少了分仙风道骨。这两个人相貌出色，体态风流，远远望去，倒像是画中人了。

有人注意到了他们，也听到了那冷嗤声。皇城最热闹的茶楼、最精彩的说书人，配上华朝最为脍炙人口的《斩妖令》，竟然会引来嗤笑？一名摇着羽扇的中年男子站起身，坐到了两个人身前。

“兄台何以发笑，是李朗讲得不好吗？”

“讲得还成，不过这故事也太胡扯了。”黑袍男子的评述直截了当，区区凡间道士一招降服千年蛇精？若真是如此，凡人何以龟缩一界？早就能在妖界称王称霸了。

中年男子一愣：“要是别的故事，可能真是胡扯之谈。但李朗讲的可是《斩妖令》

啊！华朝开国国师一力降妖，华太子建园养妖以震四方，桩桩件件都是有依有据，绝非空穴来风。”

说到此处，黑袍男子的漆黑双目朝他望来。一瞬间，中年人只觉得脊背生寒，仿佛被什么可怕的东西盯上了。

“小渊，”另一名男子出声道，“凡间多的是传奇话本，不必置气。”

黑袍男子移开视线，淡淡道：“也对，生死不过百年，所谓依据恐怕也是以讹传讹。”

那股危险的感觉消失了，中年男子松了一口气。但两个人口中的话引起了周围人的不满。

“你们是哪个穷乡僻壤出来的，连我华朝的《斩妖令》都没听过，还敢在这里大放厥词！”

“清虚宫在上，容不得你们这般造次！”

一时间站起数名茶客，半数以上做道士打扮，束发盘髻，混元在背，有几个还佩着宝剑，似乎下一刻就要拔剑相对了。

这两名男子不是别人，正是清晨刚入城门的晋明与临渊。

龙行千里，蛟起初还能跟上，到了后面便觉得力不从心。又见前方金龙转身等候在原地，索性溜到龙背上坐着，不为难自己了。

一夜之后，两个人在城郊处落地化形。这次临渊明智地没有打白吃白喝的念头，而是转身进了当铺，从乾坤戒里取出一枚玉制法器。虽然法器早在雷池中被劈坏了，但玉质清透极为罕见，在凡间还能换个好价钱。于是，晋明便跟着趾高气扬的临渊，混入了茶楼之中歇脚。

“本尊即便不用术法，赚的也是你割稻的数倍！”

晋明：“……”

接着便有了《斩妖令》的一幕。

自诩清虚宫的道士们个个义愤填膺，自家祖师爷的丰功伟绩被污蔑为以讹传讹，谁还能忍？

偏偏他们撞上的是不通“人”情世故的上界大妖，不仅没被他们的气势吓到，反而泰然自若。尤其是其中穿黑袍的男子，长得倒是一表人才，却面带三分嘲讽，激得人愈发愤懑。

临渊可没把凡人放在眼里，他桌前摆放着数碟糕点、清茶，此刻他伸出手指，夹了一块，慢条斯理地品尝起来。

茶客们甚是无语，这种感觉，仿若被人一拳打入棉花中，怒从心起却又无处发泄，只得憋回肚中。

这边闹了大动静，说书人兀自在台上讲着：“华太子云：愿奉钧霆为国师。”

“砰”一声巨响，木桌破裂，压倒数名道士。

临渊静立在侧，面色阴冷地看着地上痛叫不止的人们：“吵死了。”

晋明抬手，将落到发间的一点木屑慢慢拂去。

未受波及的其余人等见状，战战兢兢道：“你……你竟敢在皇城中，打……打伤清虚宫的道长。”

早在沂山时，临渊便从赤尾蛟口中听到“清虚宫”三个字，起初只以为是凡间不成气候的普通道观，没想到却是华朝国教。然而这国教道士的道法实在不堪，或者说，眼前在场的“道士”们，没一个是窥破天道、真正跨入修道门槛的。

临渊冷笑：“哪里来的野道士，就算妖怪们站在面前，估计也辨识不出。”

有人爬起身来怒视：“你……你们……啊！”话未说完，一阵剧痛自胸腹传来，令他再次弓身倒地。

茶楼里静谧片刻后，顿时乱作一团，台上的说书人已躲下了台，台下的听书人也纷纷想要离场。华朝安泰多年，已许久未有人敢当街斗殴，更别说殴打的还是清虚宫的道士了。

晋明无奈，他已摸清了临渊的脾气，那脾气坏、爱惹事的大妖怪，似乎只会在自己面前示弱卖乖；对待外人，根本就是无所顾忌。

茶楼内的百姓仓皇逃出，余下数十名持剑道士，将临渊和晋明围在中间。

临渊狞笑一声，扭了扭脖子，忽然，横空里出现一只手，将他纤细苍白的脖颈轻轻捏住。临渊一时没反应过来，只觉后脖处传来温热触感，他扭过头瞅了瞅，接着就陷入了沉默。

晋明淡然收手，朝着临渊微微摇头。前一刻还嚣张至极的临渊，张了张嘴，脸色几经变化，眼底流露出不忿。

“这里人多眼杂，我怎么可能蠢到露出原形……”皇城不比荒野山村，堂而皇之地露出蛟首，是嫌行踪暴露得不够快吗？他只不过是习惯使然，根本就没有打算于青天白日里露出脑袋，再一口一个吞了这帮碍眼的道士。但被晋明这么一捏，他不做点凶恶的事出来，反倒觉得伤及自尊了！

“阁下出言侮辱祖师爷，又当街逞凶，我等清虚宫弟子必要向你们讨个说法！”持剑道士中站出一人扬声喊道。

临渊眯起眼，面覆寒霜：“分明是你们不分青红皂白地凑上来，找不痛快，结果却颠倒黑白，怪起我了？”

道士一愣，回想一番，好像确实如此？若是两名外乡人，来此听书就真的只是听故事罢了。故事不喜欢，嗤笑几声也属正常，觉得不可信也无可厚非。倒是华朝的百姓先冲了上去，出言挑衅……他迅速冷静下来，斥道：“强……强词夺理！若不是你心存不敬，他们怎么会无故找你们麻烦？”

临渊冷漠地看着他们。分明是春光明媚、和煦晴日，道士们却脊背发冷，无端感觉到了一丝危险。他们不由自主地捏紧手中利剑，企图镇定下来。

出乎意料的是，临渊没有出手，反而重新找了张椅子坐下，心平气和地问道：“那你们打算如何处置我们？”

周围沉寂许久，领头的道士硬着头皮开口：“如果……如果你们诚心认错，我们就不再追究。”

临渊扫了他一眼，眼神中的鄙夷快要溢出来，仿佛听到了一个荒诞至极的笑话。

茶楼里的多数人早在冲突发生不久就纷纷撤了出去，但他们并未散去，而是在不远不近的地方观望茶楼内的情况。

华朝道风盛行，人人皆爱做道士打扮，尤其爱做清虚宫弟子的打扮。不过清虚弟子出行常佩剑，剑纹是统一制式，寻常人不仅仿照不得，更不能在城内随意携带利器出行。因而，清虚宫弟子虽不都是持剑道士，但连把剑都没有的，肯定不是真道士。

“假道士”们已经离场，茶楼中所剩的都是真正的清虚宫弟子。传言，张钧霆一力震群妖，华朝立国千年便有他的一份功劳。坊间传遍了他的传奇话本，清虚宫道士更是在众人心中具有崇高的地位。此番他们能有机会目睹道长们惩恶除凶的风姿，自然是不肯离去。

正当外面的人翘首以待的时候，茶楼大门轰然倒塌。从尘土间，缓缓走出两个身影。刚才大放厥词的两个人，这会儿竟毫发无损地出来了。他们的身后，跟着一长串形容狼狈的道士，各个一副受了奇耻大辱的模样。

众人都不敢相信自己的眼睛。十几名道士竟然连两个人都制不住？难道清虚宫无上道法，真的只是以讹传讹？

“清虚宫就这点能耐吗？”临渊提着人，绳子一甩一收，将道士们尽数推倒在地上，淡淡道，“看来你们的祖师爷也没有什么厉害的道法传下来。”

领头的道士怒目圆睁：“我们只是清虚宫外门弟子，今日你这般折辱我们，待内门的师兄们知道了，必会为我们讨回公道！”

临渊“啧”了一声，满脸不以为意：“既然你们上赶着给我解闷，那便来吧。”

话音刚落，一阵狂风吹过，飞沙走石间，众人都被迫闭上了眼。只听耳边传来阵阵叫喊声，等到能勉力睁开眼视物时，眼前早就没了挑事者的身影。至于那十几名道长，此刻正一个个被倒挂在城墙上鬼哭狼嚎着。

“妖……妖怪……”不知是谁先反应过来，叫嚷了一句。其余人也逐渐反应过来，皇城四季如春，何时有过那么强大的飓风？两个人消失时的诡秘场景复又从众人脑海里冒出，一时间人心惶惶，也顾不得看清虚宫的热闹了，纷纷起身逃开。

之后很长一段时间内，城内都流传着有妖怪出没，连素以斩妖除魔为己任的清虚宫道长都不是对手的消息。

几天后，传言已从“妖怪现身”变为“妖怪伺机吃人”，并且有愈演愈烈的趋势。到了夜里，人人闭门不出，唯恐走在街上就被妖怪抓走吃掉了。

而事实上，他们口中的妖怪从头至尾都没打算跟一群凡人耗费时间。

“夜月山……我记得应当就是这个位置。”临渊站定在一座小山丘前，微皱眉头，盯着不足半人高的山包，“就是这儿。我记得这里应当有块石碑，石碑过去不远，便是夜月山。”而深渊的入口便在夜月山上。

远处确实是有一座山，不过山上林立着数座恢宏的建筑，和记忆中相去甚远。

“当年你离开深渊时是什么时候？”

临渊思索了一会儿，回答：“也有上千年了吧。”他复又查看了数遍，笃定道，“虽然以前的事有些记不清了，但这个，我还是有把握的。”

说话间，临渊身形一闪，瞬息已向前数里。晋明提步跟上，两个人边信步而行，边谈论起来。

极地深渊。天地间除了刚生出灵智的神妖，多数都听说过深渊的传闻。但眼前的龙正处于失忆状态，自然是不知道了，于是临渊耐着性子给他讲解了一番。

“极地深渊位于西极之地，终日被魔气环绕，日积月累下，催生了众多法力高强的妖怪，传说是妖怪们最初的诞生之地，天地间的第一只大妖便由魔气化形。”

晋明：“这么说来，它是妖怪的圣地了。”

临渊没有否认，只是略过这话，继续往下讲。

“乌灵芝也是魔气所化，但并非什么邪物，而是妖怪们的大补之药。”

要知道所有蒙无形之气孕养的灵物都极为珍贵，它们可能还没长成就被吞食了。若是实力低微的妖怪，吃了以后，只会承受不住药力直接殒身，即便厉害点的妖怪，耗上千年，都不一定能消化完所有的药力。

至于妖怪们的圣地？临渊暗自冷笑，那可不是什么圣地。

“我若是能吃了它，定能恢复。”

晋明很快答道：“嗯，一定帮你取来。”

临渊满意了，悄悄伸舌舔了舔唇：也许在吃掉这条蠢龙之前，他该好好物尽其用，驱策一番。

一路从山脚到达山顶，便看到众多道士穿着统一服饰，围绕着整座山巡逻。宫宇门前匾额上高悬着“清虚宫”三个大字，字迹苍劲有力。没想到，绕来绕去，又撞上清虚宫了。

临渊伸出手，将视线中的道观略微遮住，又比对着山势地貌，沉吟一番后，确认道：“就在清虚宫底下！”话未说完，整个人再次化为一道残影，冲向了道观。

道观正门大开，正殿中，一尊金身人像矗立在中央，他手中捏诀，含笑闭目，一身普通道袍，背负长剑。

临渊站定在金像前，冷冷端详了许久。纵然那么多年过去了，许多人的模样早被他遗忘得干干净净，但再次看到这个笑容时，深埋在心底的厌恶一瞬间便被勾了出来。

“张钧霆。”

临渊道出了华朝第一任国师的名讳。这位一力战群妖，被西极强国之民奉为传奇的道人，早已身死多年，却一直被凡人供奉至今，坐拥无数信徒，还拥有了金身像。

临渊不久前也曾得到过供奉，沂山王村人挂上新的蛟幡后，他便恍然陷于微妙境界，周身似有钟鼓人声，接着便感觉有一层无形之气笼罩而来。一丝一缕的供奉之气汇集到体内，滋养着破败的内田，虽然依旧很慢，但也比他闷头修炼快些。那是与修炼截然不同的感觉，更飘忽不定，却似乎更贴近天道。

张钧霆受奉千年，也不知有没有死透。

异变是在陡然间发生的。正殿中正在打坐修行的弟子们还未来得及反应，就看到一道庞大的黑影闪过，身前供奉的祖师爷金像上忽然爬满了裂痕，倏忽之间，裂痕扩遍全身，最后化作飞扬金尘，四散开来。清虚宫内顿时乱作一团。

唯一目睹了全过程的晋明，向身边的临渊投去了询问的眼神。

摧毁金像不过是眨眼间的事，趁着众人不注意，一条巨大的黑蛟甩尾相向，将凡间坚不可摧的金像击成齑粉，而后又若无其事地站回了晋明身边。

“趁他们现在焦头烂额，我们赶紧去入口吧。”这似乎解释了他为什么要击碎金像。

清虚宫位于山顶，三面俱是悬崖峭壁，只有西面傍着山壁。据临渊推演，深渊入口正位于山壁之中的峡谷内。可走进去后，才发现此处竟然是清虚宫历代掌门的沉棺之地。

周围静谧无人，连只蚂蚁都没有。临渊索性御风而起，显出原形，庞大的蛟躯显露出来，再从腹部伸出四爪。

“砰”，他撤了所有力道，让自己落到地上。重逾万斤的身躯一落下，瞬间就砸坏了一片地基。仿若小山般的大妖，抓地行走，一脚一个土坑，气势汹汹，仿佛要将这里夷为平地。

虽然不是凡人，并不讲究丧葬之礼，但晋明的眼皮还是莫名其妙地跳了几下。

粗长的尾巴高高立起，再重重砸下，正中间最大的石墓霎时一分为二，露出已经腐烂的木棺。歪倒在旁的石碑也未能幸免，远远看去，只能辨认出一个“霆”字。

啪，又是一道黑影拍下，石碑化为一堆碎石，彻底看不出字迹了。

晋明第一次见识到了蛟大王惊心动魄的破坏力，再看那条威风凛凛的大尾巴，真是半点没有几月前的样子了。

如风卷残云般，修整得肃穆庄严的清虚宫圣地，已经是一片废墟。

黑色长蛟终于停下了动作，尾巴一甩，示意晋明跟上。

走了没几步，黑蛟重新化为人形，苍白到瘆人的青年嘴角含笑，似乎心情变得很好。

“不许开口，本尊不想听你说教。”

晋明：“……”

连“本尊”都出来了，也不知这帮道士哪里惹到了这条小心眼的蛟，死后还被大肆报复……

晋明：“凡间《斩妖令》真是无稽之谈？”

“哼，本尊对那种胡编乱造的民间传说毫无兴趣。”临渊冷笑一声，便斩钉截铁地回答道，“你我是兄弟，我讨厌的，你也得跟着讨厌。”他指了指身后的一地狼藉，“它们差点撞疼了本尊的尾巴。”某些时候，他还有些不要脸。

走过墓地，再朝里几步，是一座圆形祭坛。

这次不用临渊说，晋明也感觉到了异样。他本受天地钟爱，对于灵气感知十分敏锐，祭坛看似平平无奇，实则暗流涌动。

晋明将临渊挡在身后，自己蹲下来，以掌覆地，霎时，磅礴灵力争先恐后汇入晋明体内。接着，他朝着祭坛边缘轻戳一点，很快，岩石消融，露出幽深洞口。

他们位于夜月山顶，洞口垂直而下，但谁都知道那绝不会通往皇城，而是连接另一界了。

“走吧，蠢龙。”临渊笑了笑，一只脚悬空晃了晃，又收回来。若是没有法力的凡人，或是法力低微的小妖，转瞬就会被强劲的罡风绞碎。

通道内没有丝毫光亮，朝里望去，感受到的是死一般的寂静。

恍惚间，临渊似乎看到一道虚影。他伤痕累累，半边身子被深处的幽暗吞没，鲜血顺着高举的手臂蜿蜒滴落，他一次次试图够着洞口，却怎么也无法朝上再进半步。

生机殆尽，唯有一双眼睛亮得惊人。

“救……救我……”

临渊猛地后退几步，眼中盛满惊怒。

晋明已变回原形——他需要强大的龙身去抵御劲风，几乎是在临渊后退的同一时刻，金龙用尾巴卷住了他。

临渊倒在了坚冷的龙鳞上，又被顺势钩住衣带，转了半圈。等回过神，他的四周便已成“墙”。

金龙将临渊盘在内侧，担忧道：“小渊，没事吧？”

临渊揉了揉眼角，额角细鳞不知何时又冒了出来。他摇摇头，示意金龙放开自己。

孰料金龙依然维持着盘曲的姿势，只微微朝着临渊翻了翻身体，金色鳞甲在日光下泛着淡淡光晕，腹下鳞片翕动，缓缓在他的面前打开了一道口子。

片刻后，临渊藏在龙腹底下，维持着人形侧卧。

耳边是飒飒风声，浑身都浸染了龙族的气味，临渊面色深沉，双目放空，满脑子都是金龙的低语：“若是困了，就睡会儿，到了我再叫你。”

临渊身心还处在极度的动荡中，他一方大妖，睡天睡地，就是没有在敌人肚子里睡过！

可偏偏，与金龙对视几秒，恍了会儿神，然后……他就已经窝在龙腹底下了。

也不知过了多久，临渊瞪着眼睛，慢慢恢复理智。

那条洁癖成精的蠢龙身上并没有什么奇怪的味道，他也没有说谎，除了那片玉简，龙鳞底下竟然真的空无一物。

临渊原本是不信的，金龙族独苗身上怎么可能没有宝物？怕是整个族群的珍宝都藏在龙腹里了。然而，事实摆在眼前，又听到金龙在外头飘忽的声音传进：“虽不记得了，但隐隐觉得，腹下只会藏最重要的东西。”

临渊藏在里面，愈发感觉龙的世界扑朔迷离。他贴耳靠在柔软温热的腹部上，还能听到强劲的心跳声在怦怦作响。他伸长脖子，从龙鳞缝隙中隐隐能看到一丝光线，刚想开口，眼前一暗，又什么都看不见了。

金龙护着肚子，严肃道：“你重伤未愈，别被罡风伤到。”

临渊脑袋里莫名其妙地冒出晋明曾说的一句话：“龙鳞闭合，外力无法打开。”

万一金龙突然恢复记忆，不肯打开鳞片，他是不是就要被困死在这儿了？

临渊脸色凝重，心想下次说什么也不能随便进来了。

从夜月山顶跳下来，向下坠落了许久，依然还不到底。深渊之深，好比苍穹到凡尘，加上强劲的罡风，来回一趟，滋味非常不好受。

金龙的声音却依然中气十足：“小渊，睡着了吗？”

临渊冷漠回道：“没有。”就算龙肚皮里再温暖，他也断然不会安睡过去。

“快要到了，外面魔气四溢，等下去后，你先别急着出来。”

临渊沉默了会儿，慢慢露出一脸噩梦成真的表情，坚定拒绝道：“不行！”顿了顿，他已说出了连串的理由，“我从小生长于此，对深渊最为熟悉。我若待在里面，什么都看不见，什么都帮不上，光凭你，想找到乌灵芝，恐怕要走上许多弯路！”

晋明似乎是被他说服了。

临渊拍向龙腹：“这件事，你必须得听我的。”

金龙想了想，最终没有反对。浅金色的眸俯瞰着脚下黑气弥漫的深渊，眼中闪过一丝警惕。虽还未真正到达，但他敏锐的五感已察觉到了无所不在的危机。

听到金龙不再说话，临渊松了一口气，知道金龙听进去自己的话了。

临渊翻了个身，脑袋撞在龙腹处的软肉上，接着后知后觉地反应过来：自己正躺在金龙的腹下，不是隔着龙鳞的腹下，而是贴着龙肉的腹下？！

黑暗中，临渊的眼睛噌地亮了，他试探着伸出手，悄悄抚上温热的龙腹。没了坚硬鳞片的保护，这身皮肉不再是无坚不摧了。刚才他满脑子都想着自己被龙鳞困住该当如何，却遗忘了最关键的一点——如今的状态，好像……是他更能轻易撕开这没有龙鳞附着的皮肉。

临渊的眼中闪过贪婪之色，他舔了舔唇，忍不住凑近过去，右手化为漆黑蛟爪……

前几日他也曾不停地寻找偷袭时机，却苦于实力差距，迟迟不敢出手。可现在，金龙朝他打开了鳞片，把他安置在最柔软的腹部，还在抵抗着外面的罡风的金龙，根本无暇分心去留意最信任的人的动作。

空门大开，毫不设防。这是比以往任何一次都有利的机会。虽然临渊已经在食龙这条路上失败数次，但这一次，恐怕是离成功最近的一次了。

临渊张开嘴巴，一口咬住龙腹上的软肉，用牙齿碾磨了几下，却迟迟没有下口……过了一会儿，他闭上眼，又噗噗吐了出来。都已经入了深渊，乌灵芝还未到手，他要倚仗金龙的地方还非常多。即便他笃定自己吃了金龙，化龙的概率非常大，说不定还能立马恢复至全盛修为。可在极地深渊里，任何的不确定性都将危及生命。

他试了那么多化龙的法子，没有一次是成功的。

万一呢？万一这金龙也是中看不中用，他依然化龙失败，修为全失，那么等待他的将会是更可怕的死局。罢了，还是先支使金龙替他取得乌灵芝再说。

临渊丧气地撇撇嘴，重新安分地窝好，只能退而求其次，软着语气道："等我们取到了乌灵芝，我再躲进来，好不好？"

金龙踉跄了一下，很快又稳住身形。

劲风仿佛要将天地撕裂。金龙睁着眼睛，任凭狂风吹打在鳞片上，满脸都是肃穆之色。

金龙动了动尾巴，将临渊藏得更严实些，阻隔身外刺骨的劲风。

底部又是一处峡谷，临渊从龙腹下跃出，向前望去，远远看到两壁夹缝，中间只留一条极窄的通道，黑雾弥漫，照不进半丝光线。

临渊深吸一口气，磅礴的魔气顺着每一寸肌肤侵入体内，天地仿佛笼上了一层淡淡的薄雾，视线所及只有灰蒙雾气中的几棵歪倒的枯树、散落在地的石块和半弯着茎干泛黄的杂草。这么多年过去了，这鬼地方还是一如既往的破败。他轻皱鼻子，仍能闻到空气中若有若无的古怪气味。连这股味道都没什么变化。

耳边传来一声龙吟，抬起头就看到金晃晃的大尾巴朝着自己兜头而下，转瞬间盘成一团。灼热的龙息吹拂在身上，让他忍不住紧绷身体。

金龙很快放开了他，变成人形朝他嗅了嗅，再满意地点点头。

"你修为受损，气息不足，容易被妖盯上。这样就没问题了。"

沾染了龙族气息的临渊，抿紧了唇，面色淡然地颔首道：“我明白。”

此时此刻，他浑身散发着属于金龙的强大气息，就差没在脸上写着“不好惹”三个大字，别说是妖怪了，就算是妖王也得掂量掂量自己的能耐。

但是，天地间只剩下一条金龙的事，连他这种醉心修炼的大妖都听说过，这让他怎么解释平白冒出来的第二条金龙啊？

失忆之后，连族群现状都忘得一干二净的金龙自然是不知道这些的。

但愿这地方长年闭塞，只要不遇上能辨别龙味的大妖，应当还是能唬住不少小妖的……

步入峡谷，晋明没察觉到临渊复杂的心情，道：“前方有屏障，我们只能步行过去了。”

临渊收敛起心神，就在他们踏入窄道的一瞬间，万物仿佛被隐匿在了一片浓雾之中。

浓雾里什么也看不见，临渊小声说：“这鬼地方怎么什么也看不见。”

晋明迟疑道：“我尚且还能看到些许轮廓。”

天生的真龙五感敏锐，有一点晋明并未言明，他何止能看到轮廓，简直看得清清楚楚，连路边的野草都一览无余。左前方潜伏了一片阴影，藤妖们在暗处窥探。晋明淡淡扫了眼，威势之下，藤妖立马匍匐在地，仿若枯死的枝干。

临渊在耳边严肃地提醒他：“有瘴气，走快点。这地方潜伏着很多妖物，一定不能掉以轻心。”

晋明微微颔首，看着周围一片坦途，略过了龟缩到十里外不敢动弹的妖物们，轻声应和着来自“兄弟”的嘱咐。

等到走出雾气，晋明淡淡道：“幸而无恙。”

临渊正在疑惑为什么一路风平浪静、无惊无险？难道数千年过去，雾气里的妖怪都死绝了？他还没琢磨明白，四周忽而变得清晰明朗。

晋明：“你心跳好快。”

他何止心跳快了些，连背后都生了层薄汗。

临渊看着“无知无畏”的晋明，生出某种恨铁不成钢的心情：“深渊凶险，怎么能松懈心神？”他摇了摇头，“何况……你是真龙之躯，自然无畏无惧，而我只是个无所依傍的病人，害怕也是常情。”

无所依傍？散发出威势将危险悉数阻隔在外的晋明，很想提醒他那没良心的弟弟——

临渊：“没了修为，我总归心里不踏实。无论如何，你都要护好我。”

晋明嘴边的话瞬时化为暖流回淌进肚子里，转头道：“好。”

走了一段，晋明开口，语气是散步时的悠闲：“若你功力尚在呢？”

“那自然是不把他们放在眼里。”临渊拍肩，觉得自己被小看了。

晋明没说话，却也能想象出旁边的蛟大王该是一副志得意满、威风凛凛的模样。

接下来往哪儿走成了问题。晋明的玉简中并没有提及乌灵芝的具体方位，极地广大，一寸寸搜过去显然不切实际。

临渊伸出手臂，手指一戳指了个方向：“前方有个行镇，我们去打听一番。”像这类至宝，总会流传出一些小道消息。

其实还有一种可能性，晋明没有说破。若是有其他大妖发现了乌灵芝，乌灵芝恐怕早就已经进了妖腹，再难找到了。不过这种地方魔气四溢，就算没有乌灵芝，也应当有其他的异宝。既然来了，就不会空手而归。

走了没多久，前方果然出现一处行镇，镇外围竖着一块石碑，石碑上刻了巨大的图案，像在“丫”字头上加了一竖，似小儿涂鸦。

周围树木百草凋零，但是屋舍俨然，道路宽广，仿佛死地中多了股生气。

路上竟然很热闹。形形色色的大妖怪们，半露着原形，有的支起了摊，有的席地围坐，看上去不像是妖魔聚集地，倒像是人间的小集市。

当两名外来客大大咧咧地出现在街上的时候，妖怪们不约而同地停下了动作。一瞬间，无数道打量的目光聚集到他们身上。

临渊走在晋明的旁边，不动如山，试图让自己泯然于众妖。

深渊里的妖怪和凡间的妖怪不同，后者是他仅凭原身就能压制的小妖，然而前者却是如今的他所忌惮的存在。

晋明的目光扫过数名大妖，他没有刻意隐藏起威势。他的威势来源于境界与实力，众妖顿时如芒在背，敏锐地嗅到了某种危险气息，纷纷收回视线。

街道上平静无波。临渊早年生长于此，时隔多年回到出生地，看着眼前的一幕幕旧景，发觉数千年的光阴对深渊似乎并没有太大影响。时间仿佛在此地停滞，所有的一切都和记忆中相去不远，除了妖怪们的脾性温顺了许多。

他支使着晋明进了一座小楼，来到进门处的一排木柜前。木柜中陈列着无数巴掌大小的方盒，他伸出手，用修长如玉的手指一一掠过方盒，最后定格在一个方盒顶上：“就它吧。”

临渊从身上摸索了两下，取出一片黑色鳞甲放进了方盒。合上后，从孔洞间吐出一枚木牌，刻着“左三”。

临渊瞅了眼：“走吧。”

晋明眼神复杂：“那鳞片……”

临渊端着脸色稳重道：“万年蛟王蜕下的鳞，可不比寻常龙身上的物件差。”

晋明深沉的目光扫了过来，落在“万年蛟王”的身上。

临渊没来由地觉得胸前一冷，侧转过身解释：“此地没有流通货币，只能以物相易，我出来得急，身上没带什么值钱的宝物。”其实是有的，但早已都被数道天雷劈坏。他只好拽下一片焦黑的坏鳞，充当住宿的费用。

晋明沉默了许久，脸色几经变化，最后只幽幽吐出句：“鳞片还是不要轻易送出去了。”

回应他的，是一个莫名其妙的眼神。临渊信奉的从来都是物尽其用的道理。

小楼走道里空无一人，步入“左三”房后，晋明定下禁制，便看到临渊启窗朝下观望。他凑过去一看，霎时潮水般的声浪传入耳中。

窗外并不是什么街道景象，而是宽广的大堂。众多凡人打扮的妖怪维持着人身坐在一处交谈，远远望去其乐融融。

极地深渊虽然危机重重，但魔气充沛，十分利于修行，有不少大妖选择冒险一闯。这个行镇便是给外来新妖们的歇脚地，虽处深渊地界，却并非真正的深渊。要想进到深处，还要面临更大的危险，因而妖怪们大多会挑选同伴，约定共同前往。

临渊自然是不打算挑选同伴的。这种地方最易于打听消息，甚至有些不用打听，只要有足够的酬金，就能换到各种信息。他五感消退了不少，便让晋明竖起耳朵替他听。

“嗷呜——”尖锐的动物叫声忽然从底下传来。堂内传出阵阵呼声，妖群之中似乎有一道灰影在蹿动腾挪，搅乱了原本井然有序的气氛。

“哪里来的未化形小畜生？！”

“谁放进来的！”

群妖耸动，片刻后，一名身高二尺的虎妖叫了声：“捉住了。”只见他单手提起了一只灰色毛皮的狐狸崽，那狐狸崽满身尘土，毛发纠缠，一双细小的眼珠滴溜溜转动着，嘴里发出短促尖锐的鸣叫。

临渊看了一眼，很快就移开视线。楼内全是大妖，一个未化形的小东西胆敢闯进来，实在是不知死活。他对这些愚蠢的小辈向来没什么好感。

狐狸崽子的号叫声渐渐被众妖的议论声淹没。底下的妖怪们已经商量起怎么将狐妖分而食之了。没有人会选择一只连化形都不成功的小妖作同伴。他们虽然齐聚一堂，相安无事，却全都是连深渊都敢闯的大妖，见到微末小妖，起的也不会是什么提携后辈的心思。

灰狐狸“咿唔”乱叫，嘴里发出别扭的人语：“不要吃我！我是从里面出来的，不要吃我！”

里面？临渊眯起眼，似乎起了兴趣，再次打量起灰狐狸。

底下众妖也变了脸色，他们费尽力气才进入深渊，来这座小楼也是为了找几位实力强劲的同伴，好让这次深渊之行能够顺利。结果，此刻他们竟然撞上了一只自称是“从里面出来的”小妖？

提着灰狐狸的虎妖当即问他：“怎么回事？”

灰狐狸语速极快：“三头蛇疯了，里面的大小妖王都被他杀了。我是白狐大王的手下，她也被吃掉了，呜呜呜。”

有妖问：“那你怎么没被吃？”

灰狐狸抖了抖：“当然是我跑得快啊。”

静默一瞬，这话简直毫无可信度。就算是速度奇慢的乌龟精，都能比未化形的兔子精跑得快，何况这还是只短腿狐狸，怎么可能跑得过妖王？

狐狸崽子叫嚷起来：“呜呜，其实是我太小了，三头蛇大王吃了我也没大用。”

这倒还解释得过去。虎妖阴森森说道：“你虽然不怎么滋补，但是胜在肉嫩味美呀。”

狐狸的哭号戛然而止，可怜巴巴地眨了眨细小的黑豆眼。

窗户边，临渊观摩了一会儿后，凉飕飕道：“妖怪吃妖怪，多常见的事。”明明这是最常见的修炼方式，偏偏蠢龙就要跟他作对。

晋明明智地没有接话，用眼神询问：三头蛇？

临渊冷哼一声：“没听过。”他离开的时候，深渊中最强大的是一头上古巨妖，也没听说有什么厉害的蛇妖，“也许是近几年才冒出来的。”

妖群中又发出一声惊呼，打断了两个人短暂的交流。原来是灰毛狐狸趁众妖不注意，一溜烟钻了出去。

“跑得确实挺快……”

“狐狸最擅长说谎，依我看，他刚才全是在胡说。”

“还以为能开开荤腥了。”

“就他那小身板，不像是能闯过深渊通道的呀……说不定真是从里面来的？”

“里面的妖怪怎么可能连化形都不会？”

“这倒也是。”

行镇拐角处，蜷缩成一团的灰耳狐妖，长舒一口气瘫坐在地。他心疼地舔了舔自己的前肢，那头一身蛮力的老虎差点捏断了自己的腿，上面还印着几道红痕。过了会儿，狐狸支棱起耳朵打量周围，确认自己没有被盯上后，拔腿准备逃到更远处。

身前忽然罩上黑色阴影，灰狐狸后跳一步，一张苍白漂亮的男人面孔映入眼帘。

“想跑哪儿去？”

灰狐狸惊叫一声，忽然身体腾空而起。

临渊单手抓住狐狸后脖的软肉，抖落了几下，放在身前来回审视，淡淡道：“公狐狸啊。”

强大的“真龙”气息未经收敛，灰狐狸只觉得铺天盖地的龙威朝着他压了过来，在这样的气势下，他几乎就要晕厥过去……灰狐狸努力夹紧了尾巴，然后就听见身后又传来一道男人的声音。

“放下吧，他逃不了。”

话音刚落，他感到后脖一松，四肢重新踩上了实地。

灰狐狸晃了晃脑袋，战战兢兢地转过头，等到看清楚了，猛地深吸口气，眼皮一翻，软倒在了地上。好……好可怕的龙……像他们这种寻常走兽，见到连步子都迈不动了。

临渊踢了踢意图装死的狐妖，冷声道：“带我们去三头蛇的洞穴。”

灰狐狸耳朵抖动了几下。见他还是没反应，临渊蹲下身，黑色长袍拖曳在地，伸手轻轻拂过狐狸的脑袋，低声道：“像你这种细皮嫩肉的小妖，本尊最爱吃了。”

灰狐狸那沾着可疑泥浆的毛发缠绕成一个个小结，衬着临渊葱白如玉的手指……令晋明眼皮直跳。

灰狐狸尖细地叫道：“大王饶命啊，我不想再……再回去！”

“深渊灵气充裕，越往里走就越适宜修行，他们都想往里去，你为什么却要往外走？”临渊问。

灰狐狸仰起头，露出一张毛茸茸的脸，细看上面遍布着伤口。

“大王你还是吃了我吧。我好不容易才逃出来的，不想再回去了。”狐狸开始抽泣。

临渊皱眉深思，许久才问：“你没有化形，应当承受不住通道内的罡风，难道是从出生起就长在深渊？”

灰狐狸抖了抖身体，哭得更伤心了。

临渊了悟，他伸出手，将地上蜷缩着的狐狸抱起来：“你就算逃到这里，也没办法离开。”进出深渊只有一条路，狐妖要想出去，恐怕还得再修炼几百年。

似乎是没感觉到杀意，灰狐狸大着胆子道：“外围的妖怪们和气多啦。”他顶着一张脏兮兮、布满伤痕的脸，黑豆眼睛里闪现着亮光。

临渊冷笑：“和气？”

灰狐狸点点头，不知又想到什么事，悲从中来。

临渊没有心思去探听一只小妖的往事，随手就将怀里的狐狸扔给了晋明，道：“带他回去，我要好好盘问他。”

灰狐狸在进入晋明怀中的一瞬间，吓得晕厥过去。脏兮兮的爪子扒拉在晋明的衣襟上，灰扑扑的毛发在长袍上留下道道印子。

晋明寒着脸，跟在临渊的身后，重新踏入房间。

隐在暗处的妖怪们见状摇摇头：“可惜了。”上好的狐狸崽子竟然落到了两个穷凶极恶的龙族手里，怕是凶多吉少了。唉，这顿野味他们是抢不回来了，心痛。

临渊并不知道自己无意中成了夺食的龙族，即便知道了估计也不会在意。

“起来。”临渊踢了踢被晋明扔在地上的灰毛团子，不耐烦道，“你好好带路，我就带你出去。”

软倒在地的灰狐狸动了动耳朵：“出去？”

临渊冷笑：“出深渊。”

灰狐狸眼睛冒出一道亮光，但很快被怀疑取代。深渊从来不是一个适合幼妖生长的地方。能来这里的大妖大多亲缘浅薄，一心修炼，也没有精力去抚养孩子。这些意外诞生于此的小妖，并不会因为从小生于宝地而变得幸运，相反，任何一只大妖都能轻易欺辱他们。

身在宝地，却过着炼狱般的日子。没有大妖会帮助他们，因为大妖们也面临着随时被打杀的危险。

临渊再次取出一片鳞片：“你拿着它，虽不能护你周全，但好歹是死不了的。”

灰狐狸将信将疑地收好，眼神有些动摇。生长于此，他对一些事非常敏感，眼前这两只大妖，似乎真的对他没有杀意。但……他捏紧了鳞片，暗想：就算是这样，也……也不能轻信！

临渊幽幽地绕到晋明身后，一只手拍了拍他的脖子。

晋明浅金色的眸子浮现出疑惑之色，接着就看到临渊晃了晃脑袋，又用眼神频频向他示意。

也许是几个月来的朝夕相处使得他们心意相通，也许是兄弟间的奇妙感情令他们熟悉彼此，晋明竟然明白了这个委婉含蓄的暗示。

他的表情几经变化，纠结许久后，似乎是叹了口气。

“吼——”巨大的金色龙首显了出来，光洁的鳞片在日光下散发出耀眼的金色。那双浅金色龙目俯视着地上的灰毛狐狸，眼神冷漠如坚冰——与当日临渊在王氏兄妹面前露出蛟首时的气势如出一辙。

旁边，苍白到诡异的青年挨着狰狞的龙首，嘴角露出一丝笑意，启唇低语道：“不听话就吃了你。”

灰狐狸蹬了两下腿，眼皮一翻，彻底晕死过去。金龙迅速收回脑袋，看向临渊的眼神有些无奈。

“适当的威吓从来都是行之有效的办法。”他一脸“孺子可教”的表情，似乎对金龙的表现非常满意。

从未有过如此对敌经验的晋明陷入了长久的沉默。

临渊又弯腰提溜着灰狐狸将它扔到角落里，自己转身霸占了房内唯一的石床，盘腿坐在中心，闭眼嘱咐晋明好生护法，然后开始运转起灵气疗伤。

晋明站在原地思索片刻，在昏厥过去的灰狐狸身上再下一层禁制后，才踱步往临渊走去。

高大俊朗的男子倏忽化为长龙，围着床中心坐着的临渊盘旋环绕三圈，严严实实地护起法来，顺便吐几口龙息，让他更多地沾染上自己的气息。

临渊皱了皱眉，没一会儿又平静了下来。

行镇里无日无夜，天际自始至终都是灰蒙一片。

临渊从调息静养中回过神，入目便是金光璀璨的一截龙身，正随着呼吸声轻微起伏。金龙越来越信任他了。

如果说最初这条蠢龙对自己尚存着几分怀疑与警惕，那么如今，他已经完全将整个身心都挂在了自己的身上。

临渊对此很满意，所有的一切都朝着预期的方向发展。此行若是顺利，他与金龙之间的这段虚假兄弟情也将要告一段落了。

这几天蠢龙愈发难缠，他若不是为了不被发现破绽，何至于忍受跟一条龙整天待在一起。

临渊起身挥袖，拢了拢被挤皱的衣袍，冷着脸下了床铺——也就这几天了，本尊暂且忍着。

金龙只留了三分之一的身体在床上，剩余的部分拖在地上，绵延了大半个房间。

临渊深吸口气，感受着四周浓郁的灵气。刚才一番调息令他舒适了些许，深渊到底比凡间适合修行，他能长成呼风唤雨的大魔蛟，也与深渊密切相关。

临渊踱步走了会儿，沉睡的金龙也醒了过来。金龙化为人形，面上犹带几分倦意。

而此时，被金龙威势吓晕的灰毛狐狸也终于鼓起勇气清醒了过来。他抖抖小身板，决定向“恶势力”低头，用细小的声音问道：“事成之后，你们真的会带我离开吗？”

临渊闻言道：“深渊出口处有一座道观，那里的道士都是变态。”他嘴边笑容逐渐狰狞，眼中闪现出恶意的光芒，缓缓道，“他们最喜欢捉像你这样羸弱的小妖，把你关在笼子里，闲来时打一顿，不想养了，就将你剥皮做衣，煮肉成食。”

狐狸结巴：“这……这么可怕吗？”

临渊故意停顿了一会儿，说：“你要是再啰唆，等出去了，我就把你扔到道观正殿中。”

也许是想要离开深渊的愿望过于迫切，也许是临渊的威吓生了效，灰毛狐狸最终答应了给他们带路。

在路上，临渊偶尔还会凭借记忆，领着他们中途改道，绕开潜伏着隐世大妖的区域。后来，在几次与妖怪的狭路相逢后，他便不那么做了。因为他重新认知到了晋明的实力。

气运加身的族群独苗，凭借强横的龙身，一路横冲直撞，挟持了大小妖怪，问讯而进。那些强大凶猛的妖怪，在晋明面前仿佛都成了纸糊的。临渊甚至觉得，不用狐狸带路，他们也能快速到达目的地。

仅一天一夜，他们便抵达了三头蛇的领地。

坐在龙背上的灰狐狸全程毛发竖立，将脑袋埋进前爪，眼睁睁地看着自己花了半年时间才走完的路程，一日工夫便被这两只大妖走完了。

“前辈真厉害！”灰狐狸看向金龙的眼神仿佛在发光。

临渊在一旁发出不屑的冷笑。

狐狸忙转过头：“大王您肯定也是法力无边！”

那是自然。临渊抿唇不语，默默在心里补了句——只不过那是受伤前的事了。

他高深莫测的做派像极了轻易不出手的隐世大能，令狐狸更加心向往之了。

“恭维的话不必说了，你先说说，三头蛇洞穴中可有什么宝物？”

宝物？深渊最不缺的就是各种宝物了，它们有的是前来此地历练的大妖们的随身法宝，有的是受数万年灵气滋养而成的器物。

灰狐狸回道：“三头蛇盘踞已久，洞穴里藏着数不清的宝物。”

临渊目光微闪，余光瞥见晋明毫无反应的冷淡模样，只能按捺住新升起的想法，正色道：“你见过？”

狐狸摇摇头：“没有，我也是听来的。这三头蛇特别喜欢守着宝物，平日里都不怎么离开洞穴，最近一次出洞，还是半年前白狐误入领地，结果被……一口吃掉了。”他瑟缩脖子，一脸心有余悸的模样。

临渊听完后，悄悄舔了舔嘴唇，内心冲动再次难以按捺，眼珠子滴溜转了一圈，琢磨起该怎么在晋明的眼皮子底下使坏。

三头蛇的巢穴位于一片沼泽地附近，周围阴冷潮湿，一块破旧的石碑上，照例刻着那个不成形状的小儿涂鸦。“丫”字头上加一竖——“三头蛇？”

灰狐狸点点头：“所有刻着蛇纹的地方都是三头蛇的地盘。”他抖了抖耳朵，到了这里后，他说什么也不想跟进去了，于是趴伏在地，拱手求饶道，“前辈们放过我吧，我真的不能再往里走了。”他夹着尾巴，布满伤口的身体微微颤抖，声音尖细稚嫩，毕竟还是只未成年的狐狸崽子。

临渊见不得他软弱的模样，于是支使晋明在一处洞穴外设下屏障，让灰毛狐狸等在洞内，没好气道：“若是回来没看见你，我们就自行离开了。”

灰狐狸对着那层肉眼不可见的屏障戳了数下，将信将疑地躲了进去，在洞口挥挥手，便把自己变成了一块灰扑扑的石头，娴熟地装起死来。

临渊眼神中的鄙夷几乎要透出来，但没再多说什么。

等走远后，晋明道：“你对那只小狐狸倒是蛮上心。”

能让这坏脾气的黑心蛟这般“耐心”，实在是难得一见。关键这狐狸胆小怕事又多疑，性子也不讨喜，身上更是脏兮兮，毫无可取之处。偏偏不知道是着了什么运，临渊似乎对他挺好。

临渊不承认，他觉得那小东西实在没用，修为低下，性格懦弱，能在深渊混到现在，也是奇迹。

“上心？”临渊反问了一声，缓缓道，“能让本尊上心的……目前也只有你一个了。”

到底要怎样，才能吃了他？

越接触，就越觉得晋明实力恐怖，再这样拖下去，连他自己都要怀疑食龙的可行性了。

临渊满腹心事，神情微黯，晋明也不知想到了什么，视线偏移看向角落。过了很久，才闷闷地发出一声：“嗯。”

嗯？临渊讥笑：“你懂什么？”

“我在想，这里奇珍异宝这么多，兴许会有令我记忆恢复的办法。”

临渊转过头，警惕道：“太危险了，拿到乌灵芝后我们立刻就走。”

晋明摇摇头：“我能应付得来。”他想了想，两手搭住临渊的肩上，制止了想要说话的临渊，正色道，“我想快点记起你，小渊。”

在那双浅金色眼眸的注视下，临渊支吾道：“反正你我又没分开，记不记起，也不急于一时。”

“不。”晋明很快拒绝了，坚持道，“自我失忆之后，你虽不说，但我能感觉得到，你是想让我记起的。”

……临渊面色古怪，心想，自己怎么感觉不到？

然而，这在晋明的眼中却变成了“被说中心事后”的窘迫，他笑了笑，看向临渊的眼神十分温柔：“不管以前发生过什么，你我兄弟相伴多年，那些事，总不能只让你独自记着。”

临渊摆摆手，深沉道：“有些事，忘了也好。”

晋明愣怔：“小渊？”

“小渊”冷着脸将肩膀上的两只手拂去，一副不欲作答的情状。

晋明目光中浮现疑惑，望着临渊的背影欲言又止，最后却摇了摇头，静默地跟在他的身后。

罢了，既然小渊不愿提起过往，他就自己记起来吧。

走在前头的临渊满脸都是搪塞过去的如释重负。

步入蛇窟，周围静谧无声，空气中弥漫着潮湿的水雾，无数幽暗的洞口仿佛潜伏的巨兽，无声地注视着每一个经过的生灵。

走进深处，临渊踩到地面的水迹，水花从鞋底溅射出来，发出轻微的声响。洞穴逐渐变得低矮，晋明、临渊弯着腰行走了几步，便直接化出原形，缩成蟒蛇大小，顺着蜿蜒的洞径，迅速滑入。

洞口分叉越发密集，但金龙敏锐的嗅觉隐约能感知到蛇妖的气味，基本能一路畅行无阻，仿佛洞穴主人般熟门熟路。

不知不觉，临渊已变成了黑蛟跟在金龙尾后。他暗暗对比了一下双方的“身姿”，看着那一身光洁的金色龙鳞，再看看自己焦黑卷边的鳞片——同样都是被雷劈，为什么差距这么大？

他心下郁闷之余，又对化龙重燃了动力。

“跟紧些。”金龙在前方催促。

蛟晃了晃尾巴，加快了前行的速度。金色的尾巴尖碰碰蛟的脑袋，确认身后的大妖没有跟丢后，才重新往前走去。

被莫名其妙拍了一记脑门的临渊，愣在原地有点气恼。

“不如躲进来？”金龙指的是他腹下的栖身之所。

黑蛟摇摇头。于是接下来的一路，黑蛟发现每爬行一段距离，身前的金龙便会放缓脚步，接着极为“恶劣”地用尾巴拍他的脑袋。终于有一次，蛟不堪忍受地在金龙的尾巴下来之前，迅速张口将其咬住。

他愈发觉得龙族不可理喻，寒着脸“呸呸”吐出了嘴里的尾巴，心想，这什么破鳞片，差点崩了他的牙。

这一路走来实在过于顺利，不知又过了多久，龙、蛟进入一个洞口，里面已经不再潮湿阴冷了，地面上凌乱摆放着许多稀奇古怪的玩意儿。

临渊卷来一把长剑，仔细看了看，道：“是法器。”

不仅如此，地上的每件东西都蕴藏着强劲的灵力，它们被随意丢在一旁，既有刀剑，又有金银，门类众多。看样子，恐怕都是葬身三头蛇腹中的大妖们的法宝了。他在角落中找到一个蒙尘的布袋，抖了抖，飞扬起的粉尘中透着暗褐色的光泽。

“储物袋？”临渊略一思量，便将过路看得上眼的东西尽数装好。越往里走，法宝的品质便越好，然而储物袋的容量有限，他只能选取几样保命的东西，虽然这些东西的原主人都已经没了命。

临渊抬起头，发现晋明一直留心着自己的动向，知道对方是怕自己跟丢，便凑过去，想要跟上。忽然，斜刺里一道黑影出现，浓重的泥腥味冲入鼻腔，夹杂着血肉腐臭味，气势汹汹地将他包裹。临渊虽没有了修为，但千万年熬出的求生欲极为强烈。他迅速盘旋起半截身体，两只前爪猛力抓地。

尖利的爪子似乎划破了什么黏腻的东西，昏暗的洞穴内骤然响起蛇的嘶鸣。三双血红色的眼睛齐齐瞪向黑蛟，属于蛇类的滑腻尾巴仿佛绸缎般蜿蜒缠上。

在暗处不知蛰伏了多久的洞穴主人，终于出现了。

三头蛇的力气极大，临渊一时挣脱不开。他喊道："晋明！"

金色龙尾应声甩来。三头蛇吐了吐蛇芯，连退数步。下一刻，半空中现出一道粉尘，虽在顷刻间被龙尾打散，但在幽暗的洞穴内，飞扬的尘土遮挡住了金龙的视线。等到尘土四散，三头蛇已将新捕捉的猎物拖进了旁边的洞穴之中。

临渊被拖走的时候，内心怒不可遏，他伸直四爪，在地面上划出道道深痕，蛟尾不停地拍击，想要将那条胆敢袭击自己的三头蛇当场掀翻。

然而妖怪之间，原身比拼从来都不是关键，修为境界才是取胜之法。被压制得死死的临渊何时受过这种侮辱。且不说称霸妖界的那段日子，就算他败给了金龙，之后也是被照顾得妥当舒心，还真没有被妖怪拖着走的经历。

那三个丑陋的蛇脑袋各自张大了嘴，试图吞吃掉临渊。临渊当然不乐意，庞大的躯体横冲直撞着。黑色蛟首向后仰竖，停顿片刻后重重砸向正中间的蛇脑袋。

三头蛇头多又如何？临渊在尚未修成大妖以前，最擅长的便是将一颗脑袋的作用发挥到极致。

正中间的蛇脑袋受到重创，晃动了几下，剩余的两颗脑袋发出愤怒的吼声。三头蛇身形一动，便将黑蛟甩向石壁。

砰——临渊只觉得背后的骨头都要被摔断了。

三头蛇能在深渊盘踞一方，实力自然不容小觑，也许一开始还会因为黑蛟的原身吃点亏，但时间久了，自然能看出黑蛟外强中干，一身修为全部散尽，对付起来简直易如反掌。

临渊很快就落了下风。三头蛇道："闯进我的洞口，拿走我的宝物，现在就用你的命来还吧。"

临渊镇定冷笑道："你不去守着那株灵植了？"

三头蛇脸色微变，血红色的三双眼睛打量着入侵者，并没有回答这个问题，而是缓缓问道："你呢，在等着那条金龙？"

彼此对视后，临渊道："你不是他的对手。"

"吃了你，就足够让我满足了。"三头蛇道，"蛇窟里那么多洞穴，连我都还未认全。随便使一个隐匿之法，他上哪儿去找你？"他阴森森的视线扫过蛟的身躯，"届时，你早就在我肚子里了。”

临渊转动眼珠，嘴角勾起一丝笑，他压低声音道：“龙筋血骨，难道不比乌灵芝更有用吗？”

三头蛇眼中精光闪烁，半晌后望向临渊的眼神已是意味深长。

“他是我好不容易诓骗来的，只是苦于没有十成的把握，不敢轻易动手。如今你我得见，不如……联手一搏？”临渊全身动弹不得，嘴上却不停歇，又道，“想想吧，是要吃掉一只毫无修为的寻常妖怪，还是分食一条上天入地的真龙？”

三头蛇：“他那么紧张你，你却想让他死？”

临渊目光冷然，反问：“妖怪什么时候要讲起情义来了？”

三头蛇定定地望着他。临渊心底其实只有八成把握能够暂时稳住三头蛇。食龙的诱惑太大了，何况还是气运加身的金龙，但凡有些追求的妖，都不会眼睁睁地放任机会溜走。至于剩下的两成……若是三头蛇性子多疑，不相信他，或是贪心狂妄，一个都不愿放过，那么他的处境依然危险。也不知道那头蠢龙找到自己没有？

“你以为这么说，我就会放过你了？”三头蛇阴冷的声音在耳边响起，“能面不改色地出卖同伴，自然也能暗中捣鬼算计我。”

临渊刚欲开口，胸腹处剧痛袭来，庞大的蛟躯抖动了一会儿，很快便软软趴伏倒在地——最不愿意见到的情况还是发生了，三头蛇并不相信他。他张开口，嘴角溢出一口鲜血，提气道：“没有我，你不可能找出他的破绽。”

三头蛇笑了笑，又给出一记重击。等到威风凛凛的大蛟彻底没有了作妖的力气，他才道：“不过，看你如今这副模样，应该也没力气算计了。”

食龙的诱惑果然很大。临渊暗中松了口气，知道自己暂时是死不了了。

三头蛇将临渊的伤势加重，看着奄奄一息的他，确认他没办法再作妖后，便要求他将食龙的计划说出来。

落在三头蛇的手中滋味并不好受，哪怕他们已经是暂时的盟友关系，也依然无法改变临渊的处境。同样是敌人，金龙对他实在是太好了。

怎么诱骗金龙，进而制服他、吃掉他？这个问题，临渊曾经在脑中推演过无数次，同三头蛇讲的时候，也是逻辑缜密、环环相扣。

“单凭武力，就算再多一个你，也没办法打败他。”临渊放慢了语速，说话时一只手捂在胸前，似乎刚才的伤势令他十分不适。他边讲边咳几声，有时候还会缓下来，慢慢喘上几口气。

三头蛇红彤彤的眼睛里流露出不耐烦的神色，然而伤是自己弄出来的，早知道就等他讲完再动手了。

临渊仿佛没看见他的脸色，慢吞吞变成人身。苍白瘦弱的青年捂着心口，嘴角残留着殷红的血迹，斜躺在石壁前，一副重伤濒死的模样。

“金龙很信任我，我花了不少的心思取信于他。”他又提了提自己取信于龙的过程。

三头蛇朝他吐了吐蛇芯：“这些东西就不必讲了。”

临渊脸上浮现出一抹不满的神情，似乎并不觉得这些细枝末节是无用的。但当下的处境，他也只能忍耐。顿了顿，他才开口：“你先将他引过来，然后挟持我，逼他自伤。”

三头蛇饶有兴味地问：“万一把他引过来后，发现你在骗我——”

临渊打断他：“那就要看你能把他逼到什么地步了。若是伤轻了，我也不敢轻易去暗算一条金龙啊。”

三头蛇似感危险地眯着眼。临渊道：“你将我放回去后，他必定会探查我的伤势。到了那时……你我一同出手，直取他的心脏！他就算不死，也会受重创。”

三头蛇：“他的破绽就是心脏？”

临渊笃定地点点头：“当然，龙鳞坚不可摧，心脏处却很薄弱。天道向来都最公平，最薄弱的地方，也是他的命门。”

一蛇一蛟于无声之中相视冷笑，分食一条金龙的交易就此达成。

正在此时，从后方传来震天巨响，整个洞穴摇晃起来，地面似乎也在震颤。

临渊低垂的双眼闪了闪，知道是那头蠢龙要过来了。

晋明在临渊被掳走后，便陷入了狂躁之中。这一路行来，都没遇见什么棘手的妖物。那些所谓的大妖，在他看来全都不堪一击。以至于这次，他也以为自己能顾虑周全，没有坚持让他藏身腹下。但偏偏，小渊在他眼皮子底下被掳走了。

蛇窟内的岔口十分密集，晋明接连过了两个岔口，心里想着，万一临渊就在他错过的某条岔路上怎么办？他心中愈发急躁，索性不再收敛身形，陡然间变得庞大无比，龙尾一摆，两侧石壁纷纷化为齑粉，就这么一路横扫前进，龙身翻转，强行毁坏了无数洞穴。

“晋明。”

他隐约听到了临渊的声音，瞬间化为金色利箭朝着声源处冲去。遇到石壁阻隔，照例将其打碎。只见不远处，三头蛇正盘旋着身体，朝他“嘶嘶”吐蛇芯。苍白的青年全身被巨大的蛇躯缠住，只露出一张布满冷汗的脸。

嘴角的血色刺红了金龙的眼，龙吟声响起，强大的威势升腾到了顶点，方圆百里的大小妖怪，纷纷生出了一股难以抑制的恐惧。

三头蛇也感觉到了不妙："别过来！"正中间的蛇头厉声斥道，同时，另外两个脑袋张嘴悬停在临渊的上方，继续说，"否则我立刻就把你的同伴一口生吞了。"

金龙停下了脚步，一双锐目中满是杀气。

三头蛇见他果然不敢有动作了，满意地笑了笑："我食妖无数，还从没吃过蛟。"

虽然蛟身上的"龙味"十分重，但三头蛇已经见过他的原形了，腹生四足，头顶却没有尖利的龙角。

"更没有吃过龙。"他贪婪的目光落在金龙的身上，"若是你能从身上割一块肉给我尝尝，兴许我就放了他。"

临渊被卷在滑腻腻的蛇躯里，整个陷入宁静状态，听到这句话，不由得抬眼看了过去，幽深的双目显露出一丝痛苦，朝着金龙微微摇了摇头。

金龙身体一震，立刻道："别动他！"

三头蛇阴森森地笑了声。

临渊适时虚弱地喊道："不要……"

"好。"几乎是在下一秒，金龙答应了。

临渊目中满是沉痛，他白着脸，嘴唇抿得死紧。

金龙："不要伤他！"

熟知真相的三头蛇沉默了一会儿，原本他还对临渊所说的蒙骗金龙一事心存疑虑，此刻亲眼见证了临渊炉火纯青的演技，心下甚是震撼。

三头蛇收紧了力道，怀中的临渊立马冷汗淋漓，似乎快要被他勒断身体，嘴中发出痛苦的闷哼，又很快被自己强压回去。

金龙目眦欲裂，粗壮的尾部敲在地面上，整座山洞都在晃动。

三头蛇勉力道："还不快动手！"

沉重的龙吟声响了起来。

临渊看到金龙那双能撕裂众妖的利爪骇然对向了自身，从龙腹处抓出一块血肉，金龙似乎一点也感受不到疼痛，鲜血顺着鳞片滴落在地，晕染出大片深红。

他将从身上取出的血肉毫不客气地扔向三头蛇，继续重复道："放了他，我来替他。"

临渊眼底有了片刻的失神，心不受控制地剧烈跳动了几下，别过头，不愿再去看满地的血迹。

赤红的三双蛇目转动了一圈，半晌后道："还不够。"

这黑蛟也不知使了什么法子，竟然让金龙对他死心塌地，要真是如此，他大可不必同蛟合作，就能让金龙心甘情愿地变成他的腹中餐。改了主意后，他再次使力，将临渊绞得更紧了。

临渊皱起眉，明显感觉到了不适。

这一次，金龙没有再如三头蛇所愿，沉声道："我自伤身体，不是为了看你继续折磨他。"

三头蛇心下一惊，刚想警戒却为时已晚。

磅礴的龙息夹杂着雷霆震怒灼烧而出。烈焰包裹住蛇身，在蛇身上留下道道黑痕。临渊只能听见蛇痛苦的嘶鸣声，隐约闻到皮肉烤焦后的气味。龙息卷着烈火，他却觉得这股灼热并不是难以忍受，虽然不怎么舒服，但也没有伤到他。

三张巨口就悬在上方，三头蛇数次欲往下咬去，那股火焰便上蹿猛增，疼得他面色扭曲。

紧缚在周身的力道一松，临渊急忙化成拇指大小的蛟身，迅猛矫捷地蹿向金龙所在的方向，半点没有之前在三头蛇面前刻意装出来的柔弱。

几乎是在临渊趁机蹿出的同时，晋明也欺身迎上，尾巴一卷，精准地从一堆乱石中勾住黑色小蛟，揽至身旁。接着，他以比三头蛇更夸张的姿势，里三圈外三圈地盘旋环绕住蛟，力道轻柔，连坚硬的鳞片仿佛也变得柔软起来。

临渊在这样的束缚中变回人形，额头覆着层薄汗，一只手紧紧抓着金龙的一枚鳞片。

金龙细细查看了一番，察觉到临渊添的新伤后，眼神中透出一丝凉意。

"快，乌灵芝就在三头蛇的洞穴里，快杀了他！"

遭此大难屈辱，脱了险的临渊，第一件事就是要报仇。

趁着一龙一蛟重逢的片刻，三头蛇已经平息烈焰，瞪着三双通红的双目，阴冷地看过来。

金龙向前一步，毫不掩饰澎湃的杀机。三头蛇警惕眯眼，他知道自己绝不是金龙的对手，正打算转身逃开，就看到躲在金龙身后的黑袍青年朝他使了个眼色。

是了，他们原先的计划便是联手食龙。只不过中途他改变主意，想一并吞吃了龙与蛟。好在自己转瞬之间的打算并没有被蛟察觉。于是三头蛇生生停住了逃跑的动作，等待盟友先行偷袭。

然而他等来的不是蛟的出手，而是金龙的滔天怒火。他从没有像这一刻一样体会到龙与蛇之间的差距。哪怕他盘踞在灵气最为充裕之地，修行无数个岁月，也依然无法撼动天命所归的龙族。

种族境界，仿佛天堑，无法轻易跨越。

临渊居高临下地俯视着三头蛇的眼睛，内心感同身受：别说修行了千年都打不过这只金龙，他堂堂妖霸修炼了万年也没占到金龙半点便宜。

只见蛇尾已断裂成两截，右边的蛇头已经滚落在地，只余两颗脑袋耷拉在脖间。形势已定，三头蛇再也翻不起半点风浪。

临渊扭了扭脖子，化出蛟首，熟练地摆出准备进食的姿势。

三头蛇挣扎起来，剩下的两双眼睛直直地看向黑蛟，厉声道："你献计哄骗我联手杀他，末了自己却不动手？！"

临渊冷笑道："我不那么说，你怕是早就一口吃了我。"

三头蛇气极："你跟我说的那些话，难道句句都是诓我的？不……"血红的眼珠仿佛能看穿人心，他一字一句道："你想食龙是真，只不过，不敢罢了。"他看向金龙，讥讽道："你不顾自伤来救他，他心里却一直想置你于死地啊。"

黑蛟感到危险地眯起眼。三头蛇继续道："世间能有几个妖怪抵挡得住化龙的诱惑？你今日费尽心思救他，来日必会付出代价！"

晋明默不作声地注视着三头蛇，脸上平静无波，将所有情绪收敛。

临渊睨向晋明，淡淡道："听见没？本尊想吃了你。"

回应他的是一记轻柔的龙尾拍脑。

三头蛇长叹一声，知道今日在劫难逃，只不过临死也要挑拨泄愤一番。他看向金龙，嘴角勾起阴冷的笑意："堂堂金龙，终日里与条黑蛟厮混在一处，也不怕丢了族群的颜面。"

晋明疑惑地看向临渊。失忆后的晋明不清楚龙族现状，更不知道金龙一脉只剩下他一根独苗。按临渊的说法，他是蛟身化龙，凭自身修炼而成的后天龙族。

三头蛇的话有些过多了。黑蛟转过头，仰首张嘴，二话不说对准絮絮叨叨的三头蛇便是一口吞掉。

晋明："龙与蛟，难道不能待在一处？"

洞穴里只有蛟的吞咽声，进食结束的蛟大王缩回了可怖的脑袋，重新变为羸弱苍白的青年。

“是啊，妖以群分。”临渊停顿片刻，冷漠道，“但你若是化了龙后，敢翻脸不认我，我便真的要一口吞了你。”

晋明一副颇受震动的模样。怪不得，他总觉得临渊对他有所隐瞒。

他对他，时而依赖时而疏离又防备，他会趁自己熟睡时悄悄靠近，又会在自己清醒后拉开距离。平日里喜欢可劲儿地支使他，遇到大事却又愿意听他的。有段时间，他被临渊反复的态度弄糊涂了。三头蛇的话猛地点醒了他。龙和蛟，是不一样的。

临渊似乎永远都是一副威风凛凛的样子，但偏偏这样一个恣意妄为的性子，却在对待自己时小心翼翼，试探踟蹰。原来，都是因为他化龙了吗？

“不管是龙是蛟，我都不会抛下你的。”晋明说出了迄今为止最为直白的话。

然而临渊却没给他任何回应，他捂着胸口痛呼了声，完全没有体会到晋明的满腹心事。

临渊这次真不是在演戏了，三头蛇下手不轻，着实令他受了不少苦。

晋明立马担心问道：“还疼吗？”

临渊合目休息了一阵，才埋怨道：“怎么来得这么慢？再晚一步，你就只能剖开蛇肚子来找我了。”漂亮的眉宇间犹带七分嫌弃，他对晋明是毫不见外的态度，仿佛三头蛇临死的挑拨并没有起到任何作用。

清者自清，有些东西，刻意去解释反而会适得其反。他如今满脑子都是如何悄无声息地打消晋明的疑虑。

好在临渊深谙此道，他对晋明嘲道：“那条傻蛇，一听到能有机会吃掉你，便高兴得连自己几斤几两都不清楚了。”

三言两语，埋怨得理直气壮，又在无形中将自己与“吃龙”之事撇得一干二净。

看吧，那都是为了拖延时间、稳住三头蛇的无奈之举。他也从未真的打算去偷袭金龙，毕竟以他如今的状况，怎么可能放弃对他言听计从的金龙，转而与一条心怀不轨的蛇妖合作？

晋明看着神色恹恹的临渊，轻声道：“嗯。”

临渊忽然撑起身体，双眼冒光：“我还故意在他面前提起乌灵芝，以他的反应，我想那乌灵芝一定就在蛇窟里！”

第四章 护心龙鳞

乌灵芝，这才是他们此行的目的。临渊一直没有忘记，即便受制于蛇，还是旁敲侧击地探听了一番。

蛇窟内道路纵横交错，洞穴无数，也不知道三头蛇会将宝物藏在哪里。但凡重要至极的宝物，大多都会被安置在隐秘之处。灰狐狸曾说过，三头蛇几乎日日夜夜都守在洞窟，虽然盘踞一方，但轻易不会出洞，而但凡进了洞窟的妖，无一不是葬身蛇腹。

临渊辨认了一会儿方向，正打算往里走去，却被金龙拉住了。

在他沉思间，金龙已化作俊朗男子，沉声道："小心些。"

临渊想想也是，于是取出前不久搜刮的储物袋，将里面的护身法宝一样样佩戴在身上。结果又出现一只手，挡住了他的动作。

临渊疑惑地看向晋明。晋明神情复杂，他将那些稀奇古怪、沾染了不知名妖物气息的法宝扔到一旁。然后，他扯开自己衣服前襟。

临渊一愣："你脱衣服做什么？"

晋明解释道："我身边没有什么法器，唯一能拿出手的就是身上的护心鳞了。"

护心鳞？临渊双目一亮，他当然听说过龙身上有护心鳞片。他之前跟三头蛇说，龙的破绽在于心脏，纯属胡扯。恰恰相反，龙鳞坚硬无比，心脏处更是有片特殊的鳞甲，水火不侵，非神兵难以击穿。即便是龙爪本身也很难刺透。若能侥幸得到，相当于多了一件保命法器。

临渊原本就想缠着晋明，从他那儿得到几件稀世珍宝。金龙全族覆灭，整个族群的财富都落在了晋明的身上，可惜他没有随身携带宝物的习惯，不然这会儿铁定都入了临渊的口袋。但他没想到蠢龙竟然打算将护心鳞送给他！

也许是晋明实力强劲不需要它了，又或许是他遭遇危险触动了晋明的某根神经，不论什么原因，都令临渊惊喜。那可是个大宝贝！

临渊的瞳仁中仿佛燃起熊熊火焰。千载修行，杀人夺宝的事他干得多了，送上门的至宝他又怎么会拒之门外？

即便等他化成龙身肯定也能拥有一副坚硬的鳞甲，似乎不需要去羡慕区区一片护心鳞。可那是金龙的护心鳞，寻常龙族又怎及得上呢？可以说，蛇窟里满地的法宝，加起来也及不上这片龙鳞。

金龙的胸膛处缓缓显出鳞片，它看似普通，只浅浅覆盖在肌肤上，泛出微不可见的光泽，仿佛只是一件饰品。

临渊伸出手，轻轻摸了摸鳞片，鳞片下的心脏强力地跳动着，指尖传来微凉的触感。他凑近看了看，然后抬起头，睁着那双仿若黑曜石的眼睛问他："你真的要将它送给我？"

晋明点点头。临渊缩回手指："那……你没了鳞片，若是遭人暗算怎么办？"

晋明笑了笑："别担心，半炷香的工夫就能长出新的了。"

"……那对身体有损伤吗？"

晋明摇头："不会，我们一生总要拔一次鳞。"

临渊疑惑："为什么？"

身为近族，他很清楚拔鳞之痛，平日里他最爱惜的便是自己的鳞甲，因而无法理解金龙的"拔鳞传统"。

然而晋明只是摇摇头："失忆之后，很多事情都是似有所感，却道不出原委。"他正色道，"小渊，我将它送给你后，你须一辈子保管好。"

临渊眼神闪烁，移开视线。这种宝物他当然要好好保管了。

见临渊不吱声，晋明伸出手，摸了摸他的额角，那里不知什么时候又冒出了几片黑色的细鳞，缀在如纸般苍白的皮肤上，令人触目惊心。

"等到你化龙的时候，这里会长出新的角。小渊，把蜕下来的旧角送给我好不好？"

被触碰到的额头有了一丝温度，对上那双满是笑意的眼，没心没肺的蛟大王忽然感到一阵心虚。那里正是他蛟形时的半截小角，黑乎乎的，既不威风，也不美观，仿佛一块凸起的岩石，只是毫无作用的摆设而已。又怎么可能跟护心鳞相比呢？

“小渊，我把它送给你，你要收好了。”

一枚光洁的金色鳞片静静躺在宽大的手掌中，被递到了临渊的面前。

拔鳞的过程并不血腥，甚至比临渊预想中的更为轻描淡写，简直过于容易了。透过敞开的衣襟，能看到金龙胸前覆盖的鳞片已经消失不见，原来的位置浮现出一抹深色的红痕。

临渊注视着晋明，想要从那副淡然的神色中瞧出些端倪。这么重要的东西，从身上剥下来，竟然还能这般平静，不知道的还以为他只是在修整指甲。

“很快就会长好了。”晋明见他一直盯着自己，轻声安慰道。

临渊忙移开视线，不知为什么不敢去瞧他。

冷不防一股大力袭来，紧接着胸前一凉，临渊才回过神来，发现晋明不知搭错了哪根筋，竟然凑过来开始扯起了他的衣袍。

“做什么？”他忙按住晋明的手，目露警惕。

晋明：“我已经查探过了，蛇窟内没有大妖。”

跟大妖又有什么关系？！

他的黑袍已被扯开来，大半肌肤露出来，显出一片刺目的苍白，几滴血迹缀在身上。临渊很是不安，当下开始挣脱起来。

晋明沉声呵斥：“别乱动！”

临渊头皮发麻：“你……”

晋明箍住他，安抚道：“可能会有些痛。”

一时间，临渊更慌乱了，匆忙想要制止他：“什么……啊！”

尖锐的刺痛从胸前传来，临渊的尾音陡然间变调成了痛呼。他蹙紧眉头，仰着脖子，双手死死抓住晋明的胳膊，身体仿佛在一瞬间紧绷成了一张弓。心脏仿佛被什么东西穿透了，剧烈的刺痛短暂地剥离了他的意识，大脑阵阵发晕，鼻尖隐隐闻到一丝极淡的血腥味。

他忽然明白晋明到底在干什么了。岂止是有些痛，分明是非常痛！

龙鳞穿进肌肤，像是要将深处的心脏也一并刺透。若是晋明再用力一些，他就会连反抗的余力都没有，直接被一击刺入要害。

什么时候，他对晋明这般松懈了？就算这条蠢龙失了忆，目前对自己言听计从，可深知一切的他怎么能轻易任由仇敌往自己心脏处穿入一片“利器”？

所幸这股疼痛并未持续太久。等到痛感退去，临渊低下头，浑身已是一片冷汗。

半晌后，临渊低下头，一眼看到了自己苍白瘦弱的胸膛处新覆上了一片淡金色龙鳞，此刻正稳妥地贴在心脏处。他知道，现在哪怕是他自己，恐怕也刺不穿被龙鳞护住的心脏了。

不过……都是同一片鳞，金龙拔鳞的时候轻描淡写，他上鳞的时候却疼得死去活来，这算什么道理？天道真是偏心到了极点。临渊强忍住翻白眼的冲动，安慰自己：好东西果然不是那么容易得来的。

晋明将自己与临渊拉开了些许距离，仔细察看了一番龙鳞，又对着它出了会儿神，最后心满意足地替他拢好衣服。

这一次，临渊不再反抗，却也半点提不起得到至宝后的喜悦之情。

看着无精打采的临渊，晋明道："照理只会疼一小会儿。"

临渊抬了抬眼皮。

"罢了，我背你走吧。"晋明蹲下身，也不等他回答，熟练地将他背了起来。

不过背了没几步，晋明就不得不放开临渊了，原因无他，刚才那段路被他毁得七零八落，等到走过这一段，前方又成了无数幽暗低矮的洞穴，以他们人身的高度，只能弯腰前行，着实费力了些。

于是一龙一蛟再次化为蟒蛇大小。这一次，蛟爬在了前面。金龙几乎是目不转睛地盯着身前那条黑乎乎的长尾巴，生怕一个不注意，又把这只外强中干的大妖怪给弄丢了。

三头蛇的珍藏很多，也不知积累了多少年才有这么庞大的数量。

在经过某个洞穴时，黑蛟忽然停了下来，注视着石壁上挂着的一条长鞭，说："真没想到，当年称霸深渊的妖王，竟然也死在了这条三头蛇手里。"

金龙慢慢挤上前，与他并行静止。黑蛟向他示意那条长鞭："我幼年时，深渊里最可怕的妖怪用的便是这条鞭子。"他爬过去，从墙壁上将长鞭取下，正打算收纳进储物袋，却发现袋子已经满了。于是他便将长鞭扔到地上，不要了。

曾经令群妖胆寒的利器，也抵不过岁月漫长，最后混在一堆参差不齐的法器中，蒙上尘土，无人问津。

乌灵芝藏在最深处的洞穴里。它静静地长在空荡荡的黑暗中，既无日光照耀，也无露水滋润，却依然生长得十分健壮。它的根茎柔韧而笔直，顶端挂着一片细小的嫩叶，仿佛轻易便能被折断。

洞穴内堆着许多老化的蛇皮，以灵植为中心，散落了一地，可以想象平日里三头蛇寸步不离地守着它的画面。

这种异宝，若是实力不够，得来也会怀璧其罪。三头蛇倒是实力强劲，可惜没有一口将它吞吃入腹，反而移入洞穴，潜心照料了很久，到头来却白白便宜了别人。

乌灵芝年岁越久，效用越好。临渊不是那贪心不足的三头蛇，他对磨磨唧唧、错失良机的行为向来不太瞧得上。在他看来，唯有真正进了肚子的东西，才是属于自己的。

走到这里，不久前吞吃的三头蛇，似乎在临渊的体内开始发挥作用。重伤后一直干涸的丹田终于有了明显的变化，起初是一阵温热，接着，属于蛇妖的灵力在体内流转起来。

三头蛇少说也有千年的修为，而且长期盘踞在灵气充裕的深渊里，远远不是凡间那些小妖们所能比拟的。他之前在凡间吃的那些山野精怪，比之三头蛇，简直是点滴之于汪洋。

临渊合目感受了一番，明显感受到了增益，不过三头蛇功力阴寒，也带来了些不适感。然他早就轻车熟路，很快运起功将那股不适感压了下去。临渊心想，今日真是收获颇丰，先是吃了三头蛇，再是得了护心鳞，最后还要再吃掉乌灵芝。别的不提，自己久未见进展的伤势总该能好转了吧。

晋明施了个小法术，洞穴内顿时亮如白昼，里面空间一览无余，并没有什么危险之处。

黑蛟尾巴一摆，就要朝着那株灵植爬去。

“等等。”晋明忽然开口，皱眉深思道，“它好像不是我们要找的乌灵芝。”

临渊脸一僵：“什么？”

晋明似乎也拿不准，犹豫片刻道：“说不清楚，先别吃。”

宝物在前，哪有不动的道理？何况这株灵植蕴藏着极为强大的灵力，必然是天生灵植，哪里会有问题？

晋明又问：“你是怎么从三头蛇口中探听到乌灵芝的？”

临渊并不觉得乌灵芝有问题，但还是按捺着性子，将他与三头蛇的对话过程复述了一遍。他并没有直接询问三头蛇，而是旁敲侧击，一口道破了灵植的事，三头蛇没有否认，也确实在洞穴内守着一株灵植。

要知道灵植又不是遍地生长的东西。三头蛇坐拥宝物无数，寻常的灵植又怎么可能看得上眼，更遑论他守了这么久，连蛇皮都蜕在它的旁边，可见对其重视程度。里面的不是乌灵芝，还能会是什么呢？

临渊觉得晋明实在是多虑了。若不是他连护心鳞都送给了他，临渊都要怀疑晋明是不是想自己独吞乌灵芝，所以才胡乱找了个理由诓骗他，不想让他吃掉它。

晋明听完临渊的复述后，思索片刻后道：“所以，自始至终，三头蛇都没有说过，他守护的灵植就是乌灵芝。”

临渊：“那又如何？不是乌灵芝还能是什么？”

晋明摇摇头：“不能妄下断言。”

临渊嗤笑：“就算不是，能被三头蛇放在心上日夜看守的，想必也是大补之物。”他不以为意，不想理会晋明的劝阻，径直向灵植靠近。

然而晋明比他更快。他掠过临渊，迅速将那株不明灵植收入怀中，也不顾临渊惊怒的神色，拉着对方欲一同离开：“先出去再说。”

等出了蛇窟，临渊一把甩开晋明，他对晋明出手抢夺乌灵芝的事分外气愤，伸手道：“给我！”

晋明不语。

这是不打算给他了？临渊怒不可遏，又心知争抢不过他，只好问道：“你凭什么断定它不是乌灵芝，难道是想起什么了？”

晋明：“没有。我的直觉告诉我，它不是。”

这理由简直毫无道理可言。临渊气极反笑：“可我的直觉告诉我，它就是！我们好不容易来到这里，为的就是这株灵植。结果你左一口‘好像’，右一口‘直觉’，就是不想让我吃掉它。”见晋明毫无所动，他咬牙切齿道，“你就这么见不得我好过，先是不让我吃妖怪进补，现在又不许我碰灵植，说什么会助我化龙，其实根本不想让我恢复修为！”

晋明张了张口，似乎想要辩解。临渊怎么也想不明白，为什么晋明突然反悔了？

他已经受够没有修为的滋味了。离开晋明的护持，他就和那灰狐狸一般，深渊里任何一只大妖都能轻易将他打伤，他甚至比灰狐狸的处境更糟，修炼了上万年的躯体，会引来众多觊觎的目光。

“你修为强大，即便是深渊也困不住你分毫。”临渊沉声开口。

“小渊，你听我说……”

“可我呢？我什么都没有了！”临渊厉声打断他，声音逐渐颤抖起来，“我以为你会帮我的，你答应了会帮我的。”

临渊连声的质问字字撞击在晋明的心底。然而这次晋明的态度非常坚决，他并没有阻止临渊吃掉三头蛇，但这株灵植来路不明，要是真让临渊胡吃一通，也不知道会出什么岔子。

因而即便如此，他还是说：“小渊，等我们弄清了灵植的来历，我再把它还给你。”

还给他？要是一日没有弄清，是不是一日都不会给他了？

临渊闭上眼，将心中涌起的强烈情绪勉力压下，愤怒之余还夹杂了几分被背叛的滋味。他自嘲地想：这几日支使金龙惯了，竟然得意忘形了。金龙执拗起来，从来都是他无法撼动的。

“不用了。”临渊随手指了个方向，冷冷道，“你不是很厉害吗？去给我抓几只妖王。既然不肯给我吃乌灵芝，那妖怪们总能吃了吧。”

晋明：“……”

临渊冷笑，压低声音道：“晋明，你要是再阻着我，我就把你给吃了！”

这句威胁实在是绵软无力。

天际依旧灰蒙蒙一片，从蛇窟里出来的晋明和临渊，仿佛也被这萧瑟的景色影响，各怀心事。

不远处，灰狐狸藏身洞中已有一天一夜了，依然是灰石头的模样。不起眼的“石块”安静地隐藏在洞中，周围安静极了。直到一阵脚步声响起，穿着黑衣服的男人很快出现在了视野中，他一脚踢向洞内的石块，没好气道：“出来。”

灰狐狸急忙变回一只脏兮兮的毛团子。

“我问你，”大妖一把拎起了他的后脖，问道，“这附近还有哪些妖王的巢穴，一五一十地告诉我。”

灰狐狸一抖，不解地问：“妖……妖王？”

临渊幽幽道：“怕什么？我去将他们都吃了，怎么样？”

灰狐狸哆哆嗦嗦，不敢动。没吃到乌灵芝的蛟大王十分愤怒，而做了“亏心事”的晋明已经失去了话语权。只是苦了夹在中间的灰狐狸，每次想开口说些什么，就感觉有一股强大的威势压到身上，令他难以张口。

临渊见他支支吾吾、眼神慌乱的模样，愈发不耐烦，甩手将他扔回地上，自己就地一坐，自始至终都不去看龙。

晋明暗叹一口气，厚着脸皮坐到临渊的身边。他从怀中取出那株引发争端的灵植，递过去，晃了晃。临渊深吸一口气。

强大的灵力散发出来，很少有妖怪能抵挡得住天生灵植的气味，一旁装死中的灰狐狸也皱了皱鼻子，眼神中流露出渴望。

晋明："它确实不是乌灵芝，但也是天生灵植，只不过功效不明。小渊，你暂且忍忍。"

临渊沉着脸，他什么都敢一口吞吃，并非没有倚仗，他的身体能轻易消化各种混杂的灵力，不管是什么大妖、灵草，进了肚，通通都能化为己用。所以他一点也不想忍。

三头蛇的蛇窟里没有乌灵芝，这一趟结束，临渊的修为还是没有大的起色。他心情低落，不想再动，于是暂且占了一个宽敞的洞穴，盘踞起来。灰狐狸被打发到了隔壁的山洞中。

临渊对晋明的态度变得非常冷淡，偶尔还会用一双直勾勾的眼睛冷冷看上晋明许久。惹恼了蛟弟弟的金龙颇感头大，于是这几天早出晚归的去各地搜刮宝物，回来后堆到临渊的面前。

临渊只扫上一眼，琳琅满目的宝物各个都是珍品，可惜没有一样是能令他立马恢复修为的。

"本尊又不是收破烂的。"他二话不说将一地的宝物全都踢到旁边，神情十分冷漠。

直到洞穴内一地狼藉，临渊才收了脚，坐到角落中盘腿调息，脸上写满了"不愿搭理"四个大字。

等到晋明闭目小憩的时候，临渊睁开眼睛，小心翼翼地腾挪到他身边。确认晋明熟睡后，他便化成拇指大小的小蛇，钻到了金龙的鳞片上。

晋明熟睡时，很喜欢显露原形龙身。原本宽敞的洞穴，瞬间被他占去大半，粗壮的尾巴照例延伸至洞口，仗着自己鳞坚皮厚，将出入口堵得严严实实，以防外敌入侵。

黑色小蛇滑过每一寸龙鳞，查探起每一处可能藏物的地方。爬到腹部时，他迟疑了一番，想起晋明说过，只会在里面藏重要的东西，越想越觉得有可能。

但是怎么进去呢？他绕着这枚鳞片不住打转，金龙似乎是觉得有些痒，翻了个身。毫无防备的蛟大王急忙绷紧了鳞片，然后就看到其中有一片龙鳞向上翻卷，开了一道细细的口子。

他没有钻进去，只是探着脑袋张望了一会儿，似乎是在犹豫要不要冒险进去。然而还没等他琢磨出来，就感觉身体一轻，龙身陡然变小。

衣衫松散的男人用掌心托住悄悄爬到自己身上的"小蛇"，眼底带着温和的笑意。

变小后的蛟大王，少了平日里精明强悍的模样，黑乎乎的眼睛望过来，还带着几分惊慌失措的意味。

晋明欺身凑上前，鼻尖对准竖立仰起的“蛇”脑袋，轻轻点了一下：“我错了，别生气了好不好？”

“小蛇”摇摇晃晃地试图从晋明的手心里逃出。晋明见他扭身就要跳下，赶紧用另一手扣上去。两只手掌边缘相贴，中间拱起，形成了一个包围住的空间，装住某只晕头转向的大妖怪。

“小渊，你明明知道，我并无恶意的。

“我醒来后什么都不记得了，只有你陪着我，我又怎么可能会因为一株灵植就伤你的心呢？

“你再与我置气，我就真的伤心了。”

晋明手腕微松，从大拇指贴合的地方缓缓打开一个孔洞。只见缩小了数倍的蛟大王，盘旋着半边身体，竖立着一颗漆黑的脑袋，正用一双阴森森的眼睛，冷漠地望过来。

疑似将临渊惹得更加火大的晋明，只愣了一瞬，在强烈求生欲的催动下，他说：“如果你实在想要吃蕴灵草，也不是不行。”

临渊：“？？？”

晋明的一番发自肺腑的话语其实已经“打动”了“小蛇”。即便他再气愤，也无法改变现状，他打不过金龙，还要事事倚仗金龙，真闹到不欢而散的地步，吃亏的还是自己。

识时务者为俊杰，他能伸更能屈，既然晋明低头认错，他也打算顺阶而下，不过短时间内还是不想太过和颜悦色而已。

因而晋明看到的仍是蛟的一张臭脸。

临渊冷漠问：“哦，怎么说？”

临渊将做好的一番心理建设重新沉回心底，并加踩了几脚晋明的手掌后，面无表情地等待晋明的下文。

晋明调整好姿势，让自己背靠在石壁上，缓缓道：“这几日，我去附近查探了一番，蕴灵草确实是难得一见的灵植，吃了以后，对修行大有助益。”说话间，他把掌心浮现出的一株嫩叶小草，递到临渊跟前。

废话，不然怎么能引得三头蛇苦苦守候了这么多年！也不知这龙心里打的什么主意，给他来了这么一个峰回路转。临渊先是看了晋明几眼，再用尾巴尖试探性地碰了碰，发现他真的不再阻止后，才果断地将蕴灵草卷住。

晋明放开手，斟酌开口道：“不过它的效果比乌灵芝差了很多，而且有些副作用。”

临渊头也不抬："是药三分毒。"

晋明目光复杂道："罢了，也不是特别大的问题。"

他看了看已经张开嘴准备往里面塞的临渊，忍不住笑了笑："应当……不碍事。"

何止是不碍事？简直毫无副作用！临渊吞吃了蕴灵草以后，还以为会有什么不好的效果值得晋明如此郑重其事。结果等了许久，除了感觉到丹田明显好转外，几乎没有任何不适感！磅礴的灵力冲刷经脉，修补起受损的内里，这一次比以往任何一次都要强烈，临渊几乎可以断定，等消化完这株蕴灵草，他的伤势至少能恢复三成。

来不及去跟晋明算账，临渊匆匆留下一句："我要闭关。"便闭目调息起来。

灰狐狸发现，自某日起，隔壁山洞里的两只大妖怪似乎很久没有出洞了。

起初，那头话不多却很可怕的龙还会出去几次，每次回来手边总会多出几样新的法宝。灰狐狸一想到那些可能是被他打杀的妖怪们的遗物，就瑟瑟发抖。每天都有一堆新的宝物，这条龙是多么残暴嗜杀啊……相比较而言，面上凶恶的黑蛟，反倒和气多了，这么久了，也不见出来，想必是个醉心修炼、与世无争的妖。

然而等到了后面几天，就连那头整天出去抢夺宝物的龙也没有动静了。

灰狐狸几次凑过去想听听动静，然而两处洞穴都被设置了屏障，他想凭一双耳朵来探听，必然是一无所获。

也不知道他们在里面做什么？等他们办完所有的事，真的会将自己送到外面去吗？

灰狐狸思绪万千，许多问题目前都是无解。他从怀中取出蛟送的鳞片，放入嘴中咬了咬。入口坚硬无比，一看就不是凡物，比起他这身除了保暖一无是处的狐皮好上太多了。

天生灵植果然效用奇佳。闭关了大半个月，临渊体内已逐渐有灵气翻涌，一扫往日萎靡的情况。

粗长的龙身将他围在中心，可以想象这半个月里金龙一直身体力行地替他护法。

他修炼了漫长的岁月，哪一次不是孤身闭关，无论是练功出了岔子，还是到了紧要关头，全都一力承受。

在雷池之战前，他从未有过被人守着闭关的经历，这条蠢龙却一而再再而三地陪伴他。临渊五味杂陈，当下决定再修炼几个时日！

深渊是个修炼的好地方。尤其是在有金龙护持的情况下，临渊几乎是毫无顾忌地闷头苦修，不用去管四周可能出现的危险。

附近的大妖们已经听说了新来的妖怪中有两条可怕的龙，不仅轻易除去了三头蛇，霸占了蛇窟内数不清的宝藏，还会时不时发出震慑妖心的龙吟。一时间，妖心惶惶。

关于恶龙嗜杀夺宝的传言慢慢传开。厉害些的妖王已坐不住了，这几日临渊明显感受了数道打探的视线。他皱眉，估量着凭自己刚恢复的三成功力，依然是任由欺凌的份，便对晋明道："这几日不要出去了，就在洞中待着。"

晋明自然不会拒绝。

又过了数日，洞外传来喊声："我乃鹤宫信使，奉命送来口信。听闻两位前辈初入深渊，想必还不知道鹤宫仙极宴吧。凡是能在深渊内占据一席之地的大妖都会收到请柬，在宴上可以比比法力，畅谈功法，也算得上是一件盛事。"

仙极宴？临渊的脸色变得古怪："这么多年了，竟然还在举办？"

晋明看了他一眼。

"请柬放在这里了，还望前辈们赏光前来。我家主人还准备了一株千年的灵植藏品，供诸君品鉴。"报信的妖怪十分守礼，他只远远地站在洞外，放下东西后，便直接退去。

很快，那两张请柬便被两根苍白细长的手指夹了起来，临渊只看了一眼，就扔给晋明，拢了拢衣襟道："许久不曾活动筋骨了，一起去吧。"

晋明低下头，雕刻着精美纹饰的玉片静静躺在手心。

临渊见他不明所以，简单解释一番："仙极宴，是用来给大妖们逗趣解闷的。"

"逗趣解闷？"

"嗯，如果我没记错，大抵就是玩乐的聚会，挺有趣的。"似乎想到了什么有趣的事，临渊眉宇间舒展开来，"而且你没听清吗？鹤宫的老妖怪准备了一株千年灵植。"

晋明眸色微闪，明白又到了自己出力的时候了。他不再多问，陪临渊走回山洞。

不久后，又趁着临渊修行的空当，将隔壁洞穴内的小灰提拉起来。

"仙极宴？"灰狐狸的双眼闪闪发光，难得没有露出什么惧怕之色，"听说那地方可好玩了，有很多珍宝，特别热闹，而且鹤大王不允许任何妖怪在他的宴会上动手。我小的时候，母亲带我进去逛过一回，那座宫殿可漂亮了。"说到这里，灰狐狸的眼神黯淡了下来，"不过之后就再也没去过了。"

看来真的是普通的聚会？

即便是适应深渊险境的大妖，偶尔也想放松一下，仙极宴便是深渊内难得的盛景。

三日一晃而过。

鹤宫位于北面平原之上。临渊维持着人形，骑在龙脖上在半空飞行，朝下便看到有大批的妖怪从四面八方前来。

“真没想到，仙极宴的请柬竟然会主动送上门来。”他似乎心情不错，悠然道，“从前做梦都想抢张请柬进去看看，结果隔了这么多年，反倒如愿了。”

晋明：“这地方……”

临渊笑：“很漂亮吧？”

平原上无数盏白色明珠灯散发出莹润的光泽，将这片终年灰蒙蒙的天空染上了一丝暖色。

“有些眼熟。”

“鹤宫的老妖怪最喜欢挖出妖怪的内丹做灯……你说什么？”

晋明沉默了会儿，实话实说：“我好像在哪里见过这幅景象，脑海中似乎飘过一些片段……小渊，鹤宫的主人是不是做蓄须束冠打扮？”

临渊坐直了脊背，问：“除了这些，你还想起什么了？”

晋明摇摇头：“没有了。”

临渊暗松口气，镇定道：“你在玉简上记载了曾到过深渊的事，觉得眼熟也正常。说不定多看看，你就能恢复记忆了。”

晋明一想也是，既然自己来过这里，兴许多看多想，就能记起更多的事。若是能想起乌灵芝的去向就好了。虽然临渊不说，但晋明很清楚，真正引得临渊来这儿的，并非什么故地重游圆旧梦的情怀，而是当日信使透露出的一个信息——千年的灵植。

就算没有请柬，临渊也要走上一遭。

鹤宫仙极宴，距离宴会开始还有一炷香时间。

悦耳丝竹声悠悠响起，顺着风传向远处。守门的小雀妖已招待起各路妖王，将他们引入殿内安坐。

负责收检玉片的小妖正提笔做着记录，忽觉身前光线一暗，抬起头便看到一位秀丽的白衫女子正浅笑着站在前方。

“您是……”像他这般修为尚浅的小妖，可不管对方是什么身形面相，逢妖便用敬称。

白衫女子柔声道：“白川洞，白璘。”

小妖茫然地看了她一会儿，问："您的请柬呢？"

白璘："……没有。"

小妖一愣，摇摇头："那便不能进。"

白璘："我有急事求见，麻烦向鹤鸣前辈通报一声。"她从袖中取出纯白色的圆片，递过去。

小妖严肃地看了看她身后长长的队伍，都是等待入内的各方大妖，于是硬着头皮拒绝："恐怕不行。"

后面的豹妖不耐烦了："好了没？没有请柬就别待在这儿！"

白璘蹙起眉头，将圆片收回袖中："那便再等等吧。"顿了顿又道，"正巧，我的同伴也还未到。"

晋明、临渊行进数里，隐约能看见平原处巍峨的宫殿。

临渊忽然有一阵不好的预感，拍了拍龙脖子，示意晋明着地。

"剩下的路，我们走过去吧。"

晋明刚才的话也点醒了自己，如果晋明很久之前来过深渊，那么难保不会有大妖认出他来。不管对方是敌是友，要是让晋明察觉到自己在骗他，后果简直不堪设想。

金龙化成人形，临渊看了他几眼，还是不太放心，略一思量，便挥袖将他们变作王村那对兄妹的样貌。

"虽说过去这么多年了，但也说不准会撞见以前的仇敌。还是小心些吧。"

临渊信口编了个说得过去的理由，晋明果然毫不怀疑，欣然维持着王氏妹妹的模样。又应了临渊的要求，敛去了各自周身的气息。在外人看来，他们就是不愿露出真身的神秘大妖而已。

赴宴的妖怪们各自驾驭法宝从他们身边掠过。晋明、临渊倒是不着急，走在白玉明珠灯照亮的路上，远远看着前方宫殿处的盛况，偶尔还会聊上几句。

这时，从身后传来一阵喊声："等一等！"

临渊回过头，看到了一个十分古怪的老头。

照理说，大妖们几乎都是正常的身材。修炼与锻体并进，修为越深，体魄便越强健，再加上妖怪们各自有各自的审美，他们要么四肢修长，要么体格健壮，极少有……像眼前这个老头一般"圆润"的。

他身材高大，须发皆白，眉间夹杂着一撮蓝色，肚子微微凸起，但是五官齐整，隐约能看得出相貌不丑。

临渊眼神戒备地看着他，不知道他为何叫住他们。

老头体形笨重，速度却不慢，转眼间便来到了跟前："前面便是鹤宫了吧？"

临渊扭头看向殿门，凭妖的目力，能清晰地看到殿门匾额上两个清晰的大字，正是"鹤宫"。

老头笑了笑："听说进鹤宫需要请柬？"

临渊幽幽道："没错，要是请柬上的人与持柬人对不上，也是进不去的。"

老头摸了摸花白的短须，咳了咳："这样啊……"

临渊冷冷地看着他，已经猜出了他的意图，想抢他们的请柬混进鹤宫？只怕是异想天开。

老头搓搓手，丝毫没有被戳破心事的窘迫，又问："最近深渊里可有蛟闯进来？"

"蛟？"

老头眼睛一亮："对，对！可有见过？"

临渊："没有……你打听蛟做什么？"

老头一愣，似乎没想到对方还会反问。

临渊徐徐道："据我所知，深渊里没有蛟，倒是有一条快要化蛟的三头蛇，前几日刚死。你要是找他，现在去，说不定还能给他收尸。"

老头感到很莫名其妙："我找蛇做什么？不是，我为什么要给他收尸？"

临渊："不是你要找的吗？"

老头："……"

临渊："没什么事，我们就先走了。"

老头摆摆手，让到一边放他们前行，表情犹带几分疑惑。

另一边，鹤宫的殿门外，所有的妖怪们都已经进去了。

一直默不作声静候在侧的白璘往前一步，问："现在可以去通传了吗？"

小妖还是觉得不太妥当，万一这是哪只没名没姓的普通妖怪，他就这么胡乱通传上去，免不了要背上一个看门不力的罪名；但要是随便拒绝，万一惹恼的是只大妖，倒霉的还是自己。想了想，他又问："通传什么？白川……白璘洞？"

白璘："白川洞白璘，与灵山龙族蓝长老前来拜会。"

小妖猛地睁大了眼睛。灵山龙族——怎么会是灵山龙族？

灵山龙族并不是以血脉划分的族类。上妖界最大的一座山谷便隐在灵山之中，里面聚居着众多强大的龙族，他们无一不是能撼山倾海的大能，甚至有传言说，那里的龙，有些早已脱离妖籍修身成神。曾经一度称霸妖界的金龙族便是灵山的一支。

他觉得眼前这位娉婷的女妖是在唬他，灵山龙族怎么会跑到深渊里来？然而令他震惊的是，他真的听到了一阵龙吟，响彻寰宇，几乎能将他的神魂震碎。

他抬起头，只见庞大得几乎能将半座宫殿盖住的蓝色巨龙，正对着殿门翻腾飞舞。

啪，小妖手中的笔掉了下来。他怀疑自己眼花了。

没多久，宫殿中心出现一道人影。鹤宫宫主广袖长袍，乘风而上，朝着那条大得过分的龙迎了上去。

“小兄弟，我可以进去了吗？”

他回过头，对上白衫女子浅笑的脸，不由自主地点点头。

很快，蓝色巨龙消失不见，白衫女子也径自步入了殿内。殿门外空荡荡的，没有什么妖怪排队了。

他弯下腰，将掉落在地的笔捡起，神情还略微恍惚，似乎沉浸在龙威中没有回过神。

“好了没？我们要进去。”

小妖望向说话者，只见又来了两个妖怪，一男一女，相貌普通。他接过玉片，继续询问起来。

终于踏入鹤宫，临渊一把拉住晋明，小声说：“别去大殿了，跟我来。”

蓝龙现身时的声势极其浩大，他们在底下自然也都看得清清楚楚。临渊本就因为拐骗了晋明做贼心虚，乍一见到其他龙族，第一反应便是躲起来。谁知一转头又看清殿门外站立等候的白璘，一股子不安迅速蹿上了脑门。白璘怎么追到深渊来了？身边还跟着一条龙？

若说与他无关，就连临渊自己都不太相信。所幸来的路上，他及时想起变化相貌，又让晋明收敛了气息，不然就要当场暴露了！

不好！临渊双目一闪，白璘是见过王氏兄妹的。刚才一个照面，白璘应当没有注意到他们，但他们要是继续顶着王氏兄妹的模样，迟早要穿帮。临渊重新又幻化了相貌，转眼间变成了一个小道士，又将晋明变成了那日被他吃掉的雌兔精的模样。

晋明：“……”

服下蕴灵草，刚恢复点修为的临渊，看起来很喜欢施展幻形术。晋明面无表情地扯了扯过长的裙摆，最终选择容忍临渊偶尔调皮的小性子。

“鹤宫应该是有大能到访，此刻顾不上我们。趁此机会，我们潜进宝库，直接将乌灵芝抢走！”

临渊心急如焚地走在前头，一想到白璘和龙族已经找来了，他食龙的计划却八字还没有一撇，就感觉一股气闷在胸口，心也落不下来。

扭过头，他发现晋明神态自若，见自己望过来，还回了一个安抚的笑容。

临渊额头青筋隐隐跳动，他一把拉住晋明："记住你说的话，无论发生什么，你都会站在我这边的对吗？"

雌兔精模样的晋明不作声，只是握着"小道士"的手晃了晃。

临渊："能不能不要顶着雌兔精的脸冲我笑？"

晋明："有何不妥？"

临渊："……不习惯。"

晋明笑得更开心了。

鹤宫的宝库很好找。

仙极宴一直都有品鉴法宝的项目，这么多年，宝库在鹤宫根本不是什么秘密。只不过里面设置了众多阵法陷阱，寻常妖怪很难将东西偷盗出去罢了。

晋明、临渊几乎没费什么力，就从某个落单的侍从身上得到了宝库的具体位置，之后更是一路畅行，无惊无险。

侍从们早早就将需要用来参与品鉴会的宝物以木盘装好，并且在上面覆盖了一层红纱，整齐地摆放在离门最近的木桌上。

临渊拂袖，红纱顿时被吹得四散开来，露出底下的奇珍异宝。他的目光一一扫过，却没有看到什么灵植。至于木盘上面端放的宝物，跟从三头蛇洞里搜刮出来的并没太大区别。

"东西呢？"临渊皱紧了眉头。

晋明："可能还没有被取出装盘，我们去里面找找吧。"

也只能这样了。鹤宫的老妖怪十分喜爱收集各类奇珍异宝，偌大的宝库被塞得满满当当，法器丹药、灵植异兽分门别类，占据了数排柜子。每一株灵植都被罩在小型法阵之中，一旦有人试图取出，就会引人注意。

可惜，灵植身上并没有任何标记。临渊也分不清这一株是什么。他盘算着，如果实在找不出来，他就一股脑儿全吞进肚子里算了。

"你不是一向直觉很准吗？那你看看，到底哪一株才是乌灵芝？"

哪一株都不是。晋明想了想，没有直接道出实情。他感知到的是，其中灵气最浓郁的灵植也不过五百岁，剩下的都是些经过后期培育养殖的普通灵植。

临渊也感觉到了，不悦道："不是说有一株千年的灵植吗？怎么尽是些杂草。"

临渊转念一想，如果真是千年灵植，哪怕是鹤宫的老妖怪也舍不得随意拿出。若换作是他，也一定会将其藏在极为隐蔽的地方。不对，他没事藏什么灵植？临渊脸色一寒，是他的话，只会是一种可能，那就是直接吞下肚！像鹤妖这类放着宝贝不去吃，非要学人类做些附庸风雅的无聊之事的妖怪，简直比三头蛇"养好了再吃"的习惯还要让人难以理解，临渊对此嗤之以鼻，也不屑去懂。

临渊没能找到想要的东西，失望之余，还是大肆席卷了一番。半数鹤妖的藏品消失无踪，被强行征用为储物袋的龙腹被塞得满满当当——至于什么"只装最重要之物"的说法，早就在临渊的软言相求中被晋明忘得干干净净。

临走，临渊甩出粗壮的尾巴，打算将一排排整齐的柜子通通刮倒毁尽。晋明迅速伸手，精准地捞住即将作恶的蛟尾巴。

临渊不满："做什么？"

晋明手上使力将临渊往里侧拖去，小声道："有人来了！"

临渊瞬时卸了挣扎的力道，任由自己被扯住尾巴拖了几步，内心纠结：别说是被拖着走了，自从金龙失忆后，他遭受过的古怪待遇还少吗？

就算是刚过百岁的小妖，也早就干不出拖人尾巴这种讨嫌的事了！临渊也只在久远到模糊的幼年期，偶尔会跟其他小妖玩一玩这种幼稚的把戏。失忆对大妖的影响实在深远。他怎么也没想到，年岁上万后，竟然还会猝不及防地重新体验一番。

什么都不记得的晋明纯粹出自天性，几乎是下意识地做出这举动。他把蛟尾塞到一排木柜后方，再使了隐匿术，隐藏起各自的气息。

临渊被放开后就悠悠地变回人身，拂了拂衣角灰尘，神态间透着一股子出尘的味道。

没多久，门外传来了交谈声。

"千年前，倒是听说外围有条小蛟出没。他是龙蛇苟合生下的混血，一出生就被遗弃在荒野中，不知怎么破壳而出，还活了下来。可惜身体孱弱，毫无其父风范，再后来就不知所终了。如果你要找他，估计是不可能了。"

另一个声音十分不解："我为什么要去找一条龙蛇混血？"

第一个声音顿了顿，反问："不是你要找吗？"

临渊目光微闪，已经猜到了门外来的是谁。

鹤宫宫主鹤鸣和不久前拦住他们的老头——也就是忽然现身鹤宫上方的龙族。如果没有意外，兴许后面还跟着条母鱼。

没多久，门开了，三名大妖踏步入内，最后进来的女子一身白衫，正是白川洞里的那条母鱼精。

晋明是见过白璘的，所以一眼就认出了她，反应过来后立刻侧头看向临渊，正巧直直撞见了他黑沉沉的脸。

“不，许，现，身。”临渊无声地做个口型。

晋明微微颔首，心想，果然每次母鱼出现后，临渊的脸色都会变差。他又去细细打量了一会儿这位一出现就惹得临渊不高兴的女子。她面容秀丽，神情温婉，不像是因爱生恨便去暗算报复的恶妖，更不像是会穷追不舍的性子……但妖不可貌相，临渊既然都这么说了，他自然不会多加怀疑。

片刻后，他收回目光，确信自己看久了也未对白璘产生什么特殊的情绪，反倒是临渊气鼓鼓瞪视自己的模样，轻易便能勾起他的笑意。

就像临渊说的，他的直觉一向很准。哪怕什么都不记得了，隐隐还是能感觉得到。

“总之，深渊近期并没有什么魔蛟闯入。”宝库外围的几排架子都还完好。为了以防中途有人闯入看见一片狼藉发现不对劲，临渊明智地没有动它们，因而鹤鸣等人进来后，也只走了几步，就停了下来，没有发觉异常。

白璘：“清虚宫的坟地一夕之间悉数被毁，我查看过痕迹，确实是魔蛟的手笔。”

而深渊入口，便在清虚宫夜月山。

鹤鸣：“那也不能断定他们进了深渊。”

白璘：“来的路上，华国百姓都在传，皇城有妖怪出没。我循着沂山方向一路追寻，途中与魔蛟擦肩而过，他还找来了帮手。”

躲在金龙屏障中的临渊顿时竖起了耳朵。糟糕，他们好像是在谈论自己！要是这烦人的母鱼精多嘴说到他和金龙的纠葛，那就麻烦了。真是怕什么来什么。

鹤宫宫主鹤鸣忽然问了一句没头没尾的话：“他真的殒身了吗？”

这句话一出，屋内变得安静，许久都没有人出声。白璘面露哀戚，一旁的老龙扭头不言，鹤鸣似有所感，缓缓摇了摇头。

白璘叹息：“我找遍了周围，都没有结果。”

“既然没有找到，就还未有定论。”

从进来后就没有出声的老龙开口：“我这次过来，一是要亲手将那魔蛟剥皮抽筋，二是寻找那小子的下落。他那一族从未作过大恶，何至于落得血脉尽断的下场……反正我不信他就这么死了！”

隐藏在暗处的晋明正听得兴起，忽觉肩上一重，临渊不知什么时候凑到了自己跟前，还用手搭住了他。

临渊做出口型：“快走。”

他黑曜石般的眼睛流露出几分恳切，再听那三只大妖说下去，怕是要开始一同缅怀起这条蠢龙了。

晋明只犹豫了一瞬，就再没有心思去探听别人的秘闻，只想顺着自家蛟弟的意，赶快离开这里。那么多的大妖，就算是他，对付起来也有些难度，小渊身体未恢复，害怕也是常情。只不过那三只大妖就杵在门口，想要出去还得小心些。

晋明的沉思在临渊的眼里成了另一种意思。外面的妖还在投入地讨论“殒身”的金龙，里面的临渊捏着“殒身”的金龙，面上镇定，实则心急如焚，恨不得直接捂住金龙的耳朵不让他再听下去。

“他气运加身，修炼之路顺遂平稳，又有强劲肉身，兴许还活着。”

外面的议论声进入临渊的耳朵里，让他整个心都提了起来。

“早知道当初就逼着他快些挑个中意的女妖成家了，万把岁数了，连条小金龙都没有生，还被一条蛟重伤了……”

临渊猛地抓住金龙的胳膊，一双眼睛亮如寒星。又是金龙又是蛟的，稍稍联系一下，露馅几乎是近在眼前的事了！

白璘的声音幽幽响起：“如果不是为了解救白川洞之危，恩公也不会同魔蛟一起坠入雷池……”

临渊深吸一口气，慌乱地捂住晋明的耳朵，话止于此，事情已经再清晰不过了，完了完了，就算晋明再蠢，也该意识到不对了。那他怎么办？在场众妖，没有一个是他打得过的。

“小渊，你……”晋明的声音果然沉了下来。

临渊又惊又怕，脑海中迅速闪过无数念头，试图找出圆谎的法子。他做贼心虚，一动也不敢动。

晋明深吸数口气，又道：“先离开这里。”

临渊点头，对，对，先离开这里，离开那三只扬言要将他“剥皮抽筋”的妖怪，然后去个没有人的地方，他再好好稳住晋明。

外面的三只妖还在嘀嘀咕咕，不知说些什么，晋明只觉得捂在耳朵上的两只手带着可怕的力度。

“谁？”老龙察觉到不对，猛地朝后看去。然而柜子后面已经空无一人。

鹤鸣皱着眉，嫌弃道：“怎么一股子龙味？老家伙，你在搞什么？”

老龙什么也没有做……甚至还沉浸在痛失侄儿的悲伤之中。他口口声声坚信晋明没有死，内心却也做了最坏的打算。然而这一股沉重的悲戚陡然间急转了个弯，等他回过神，发现周围不知何时弥漫了古怪的味道。

鹤鸣伸指一戳，指了个方向：“今年仙极宴的访客名单上，有两位龙族。”他捏了捏嘴角边的小胡子，幽幽道，“深渊里没有蛟，倒是来了两条龙。”

临渊火急火燎地支使晋明离开是非之地，也顾不得什么千年灵植了，他现在只想离鹤宫远远的。

而此时的晋明眼神中藏着万千情绪，他想起来了！无论是雷池中与临渊缠斗两败俱伤，还是失忆后被这黑心蛟骗得团团转，他全部都想起来了！

此前就有零星画面闪过，隐隐有恢复记忆的征兆。也不知怎么回事，刚刚那一会儿，头脑突然前所未有地清明。

——“你我兄弟二人相依为命。”

——“但见你成功，我便也无憾了。”

——“我这一身伤都是拜你所赐。”

——“你可不能抛下我。”

……

临渊满嘴的谎话，此刻一一在他脑中过了一遍。

晋明又想起临渊闯进白川洞时，气势汹汹意图夺宝的模样，还有这一路上面不改色食妖的做派。这哪里是什么需要他保护的病弱兄弟，分明就是隐藏着恶念的凶兽，只不过失去了修为庇佑，暂时收敛了利爪。只要让他找到可乘之机，必然会顺势反扑，一击致命！

然而现在想明白也晚了。可以笃定的一点是：这条恶贯满盈的黑蛟，从未对自己存有什么良善的心思。

脑海中浮现出无数画面，晋明一向冷静自持，此刻也不知道该以什么心情去面对临渊。

临渊敏锐地察觉到不对，警惕地盯着晋明。难道晋明真的从刚才的对话中听出了猫腻，现在打算朝他兴师问罪了？

这可怎么办，他还没想好圆回去的说辞，也没准备好万无一失的吃龙大计，这让他怎么淡然应对晋明的发难？！

“你是听见了母鱼和他们的对话，心中有了疑虑？”

临渊的话将陷入沉思中的晋明拉了回来。晋明故意问：“他们都说了些什么？”

临渊张了张嘴，改口道：“也没什么要紧话。”

没什么要紧话？怕是跟他满口的谎话有关吧！

晋明也不戳穿，只是用若有所思的眼神盯着临渊。

晋明这一副轻描淡写的模样让临渊摸不着头脑，他双目转了半圈，闪烁地移向别处。难道是没有听清？若是晋明没有察觉异常，自己是不是还有机会？

这个念头只转了一瞬，就被临渊一股脑儿压了回去。这半个月的切身经历让他清楚地认识到一个事实，那就是，就算晋明对他不设防，他依然没什么赢的余地。

半晌后，晋明突然开口：“不必再惦记乌灵芝了。”

临渊面露疑惑。

“没有乌灵芝了。”正如他失忆时做的最坏打算，乌灵芝早在被他发现的那天，就进了自己的肚子。

临渊浑身发抖，绝望了。没有乌灵芝，他的修为怎么办？

“都是你！为什么你要出现？为什么现在才告诉我这些？”临渊气得说不出话来，难道真的要他再花费万年的时间从头修炼吗？先是阻止他夺取蚌珠，现在又断了他恢复修为的念想，所有这一切都是拜金龙所赐。

晋明呼吸一顿，也不闪避，任由蛟尾打在自己身上。

临渊已经不是雷池时全盛的状态了，即便用尽全力，落在金龙身上也不过是不痛不痒的几下。

晋明：“有什么事以后再说吧。”

临渊冷笑，在心中默念，没有以后了。

第五章 陈年旧事

晋明与临渊离开鹤宫回到歇脚的山洞后，临渊便不再和晋明搭话。他从隔壁洞里掏出了正在安睡的狐狸崽子，抱在怀里，盘腿看着晋明。

睡意蒙眬的灰狐狸眨着一双迷茫的眼睛，愣愣地看着归来的两只大妖。

晋明皱眉，不知脑海里想些什么，最后一言不发地转身离开。

临渊立马将狐狸崽子扔到角落里，狰狞道："要是发出半点声音，我就立马吃了你！"

狐狸："……"大妖们都是这般喜怒无常吗？

喜怒无常的临渊在狐狸身上下了多重禁制，确保这小东西使不了坏后，便迅速调息。也不知是什么缘故，这次的闭关并没有持续太久，临渊就从入定中清醒了。他看了眼窝在角落里熟睡的狐狸，又环视了一圈山洞。周围十分安静，深渊本不是热闹的地方，即便妖物相逢，也从来不会寒暄客套。他站起身，给自己幻化出一套齐整的衣袍，朝洞外走去。他确信自己如今的状态，小心些便可以独自离开深渊了。

这时，狐狸崽子翻了个身，发出细微的咂嘴声。

临渊垂眼看着他："永远别将自己的身家性命寄托到外人身上。"

只有靠自己，才能真正地万无一失。

然而睡梦中的灰狐并没有听见这番话，也不知道被他寄予厚望的大妖已经打算抛弃他了。

临渊手指微动，灰狐崽子便化为苍白的青年模样，灰狐自己并无所觉，仍兀自蜷缩着身体呼呼大睡。临渊又踢起脚边的碎石，化成狐狸模样，塞进青年怀中。

不多时，一道黑色身影蜿蜒地爬出洞口，先是探头探脑地张望了片刻，确定隔壁洞穴没有动静后，迅速往前冲去。黑色闪电倏忽便跃出数丈远，盘踞在洞穴上方的金色长龙静静地看着那道黑影，直至黑影融入前方密林之中彻底消失。

临渊冒险化作原形，打算躲入密林后，再重新变化回来。他依稀记得此处有个不知活了多少岁数的树妖，千年前就已经是不容小觑的大妖了，不过轻易不会出手，只要小心些，不去惊扰，树妖便也不会主动攻击。他只希望那么多年过去，树妖的性子依然没变。

穿过密林，前方便是一条三岔路，一条通往深渊外围，另一条便是通向三头蛇的蛇窟。三头蛇已死，他们之前闹出的动静也不小，几乎所有妖怪都以为他和金龙已经占据了蛇窟，不敢冒犯。他想的便是先躲进蛇窟深处，靠着深渊内的精纯灵气，闭关休养百年，届时等他出关，再去和金龙清算旧账。

将脑内的计划梳理了一遍，确认没什么隐患后，黑色长蛟停了下来。

又过了一会儿，它还是立在原处。再一会儿，黑色长蛟仍是一动不动。

一张蛟脸慢慢皱成一团，他扭过头，看了看身后威风的大尾巴，表情如遭雷劈。

怎……怎么变不回去了？蛟目流露出难以置信的神色，很快，他再次尝试化形。

密林间光影斑驳，一阵风吹过，落叶飘起，落在黑蛟的身躯上。

临渊静默了片刻，黑着脸，摆了摆尾巴，将身上的叶片尽数抖落。接着高高仰起脖子，试着人立起来……然而人立起来的临渊依然是蛟的模样，半点没有变化。到底怎么回事？为什么变不回人形了？！

他缩回脖子，继续哼哧着想要化形，直到满头大汗，身后依然是条黑乎乎的长尾巴，就这么过了很久，他终于惊恐地确认了事实：自己是真的变不回去了！

是哪里出了岔子？！他明明已经恢复了大半，怎么反而连人形都维持不住了？

虽然他对自己的原身十分满意，但真要顶着这副模样四处乱闯岂不是很快就暴露了？！而且修炼到一定境界的大妖，哪个会成天露着原形啊？

临渊心急如焚，怎么都想不明白为什么关键时刻会在化形上出岔子。一瞬间，他感觉密林中似乎潜藏着无数双眼睛，若是自己的蛟身原形被发现，很快，鹤宫里那些烦人的鸟怪们便会将消息传遍整个深渊。当然，也包括那条老龙和母鱼白璘。他们都会知道：深渊里真的有一条黑蛟！

不行，得赶紧找个地方躲起来！

临渊不敢再停留，重新化作一道闪电，朝着蛇窟疾奔。当看到熟悉的三头蛇标记时，他忽然想起了一个被他忽略的关键。三头蛇……不也是一方大妖，怎么也没见他人身时的样子？

照理，越是修为深厚的妖，就越忌讳在陌生的敌人前显露原身，三头蛇却自始至终都是用原形与他们交手。两妖交手，哪有一开场就直接用原身的？

临渊眼皮直跳，隐隐有了不好的猜测。

“它的效果比乌灵芝差了很多，而且有些副作用。”晋明当初的话语在脑海响起。

副作用？临渊震惊地想，难道这就是晋明口中的副作用？变不回人形？

可是三头蛇又没有吃蕴灵草，兴许只是巧合呢……他经年累月守着蕴灵草，虽没有吃下肚，却也或多或少会受影响！要真是如此……黑色长蛟一阵颤动，倏然间便萎靡在地——那他就太倒霉了！

亏他还嘲笑过灰狐崽子不能化形，他现在的状况也不知会持续多久，要是时间久了可怎么办？似乎从决心杀鱼夺宝开始，他的运气就从未好过。临渊努力压回满腹心事，咬咬牙，钻入了蛇窟之中。

蛇窟内如他离开时那般阴暗潮湿，地上的痕迹没有丝毫变化，显然在他们离开后，没有其他妖怪造访过。不得不说，蛇、蛟一类习性相仿，这地方除了破烂了些、通道狭窄了些，倒还算舒适。

心情低落的临渊慢慢又觉得不对劲起来，怎么越来越窄了？起初还可以，越往里走便越窄，到了后面已经连转身都困难了。

他想起来了，当初与晋明入内时，起初用的是人形，到了后面通道愈发狭窄，他们不得不弯腰，最后索性化作缩小后的原身，才能通行。而现在，庞大的蛟躯快要被通道卡住了。他默念口诀，想要缩小些。片刻后，粗壮的蛟躯仍旧堵在过道中央。

蛟目隐隐闪过一丝无助，他又试着变形，想像之前那样，变成黑色小蛇或者其他随便什么小一些的东西，可全都没能成功。不只是变不回人形，他竟然还失去了所有变换形体的能力。

临渊看了看幽深的通道，丈量着自己的腰围，确信再往里几步，他就会被卡死在通道中。难道他连躲进蛇窟都不行吗？

此时纠结无用，他明智地选择回身。先是慢慢往后退了几步，再试着调转身体。粗长的身躯挤在幽暗狭窄的洞口里，艰难地对折身体，一点点腾挪。

晋明远远跟在后面，见到的便是这番情景。

似乎是修成大妖后，已经万年没有遇到过这种问题了，临渊未能准确预估自己的体形，腾挪到一半后，他发出惊恐的低吼。

卡……卡住了？他甩甩尾巴，四脚抓地，腰身使力一扭，然而全身都被死死夹在石壁之间，动弹不得。

狰狞的蛟脸上表情出现了短暂的凝滞，显然对这突发情况感到茫然和无措。他正处于身体弯折的姿势，不利于用劲，处境尴尬，难以言表。

过了一会儿，他再次试着化形变小，然而无一例外全都失败了。他又尝试吸气缩腹，可非但没有感到松动，反而觉得越来越紧了。蛟尾重重拍击地面，四脚扒拉，他开始着急了。

晋明目睹了临渊如何将自己卡住的全过程，表情微妙。

“小渊……”

黑蛟猛地停下了吸腹摆尾扒地的动作，浑身僵硬。他听到了谁的声音？！

晋明幽幽道：“你……需要帮忙吗？”

临渊：“……”要是身体允许，他想变小冷静下。这副蠢样竟然被人看见了，还是被金龙看到了！

前方传来窸窸窣窣的滑动声。金色长龙试探着接近卷作一团的黑色长蛟，尾巴尖伸到了蛟转不过来的脑袋上。

一阵蛟吟声响起，接着传来恼羞成怒的声音：“走开！”

晋明：“是变不了形了吗？”

“明知故问！”临渊没好气道，“你跟踪我？”

“我一直守在洞外。我先帮你出来吧。”

“不用了！”临渊的拒绝铿锵有力。

“你是在笑吗？”临渊又道。

晋明嘴角的笑容凝固。

临渊冷冷道：“真以为我会那么蠢地把自己卡住？蠢龙，你以为只有你能凭身体撞开石壁？滚开！”

怒气磅礴的蛟大王一个摆尾，使足了力气狠狠撞向两边的石壁，石壁中立马传出沉闷的响声。强劲的蛟躯不停扭动撞击，将石壁折腾出无数细缝。

法力、修为在帮助妖怪们更好地活下去的同时，也使得他们丢失了一些天性与习惯。比如放在从前，临渊是绝对不可能将自己卡住的。修炼有成后，随便一个化形诀便能助他通过任何狭小的通道，久而久之，最初丈量身形的方法已被抛弃，这才有了如今尴尬的境地。

巨大的黑蛟在石壁岩缝中挣扎，毫无章法地破坏着洞穴。一阵巨响后，黑蛟旋转身体，抖落下满身的碎石，四脚踩在过道上挪动半步，看清了身后的金龙。

“别跟着我！”

晋明轻叹口气，伸长脖子将变不回去只能维持原形的蛟拦住，道：“我带你离开深渊。”

临渊没有说话。黑暗中，晋明看到那深色的眼中流露出复杂情绪，有愤恨，有算计，更多的是不甘。

他们彼此都心知肚明：除了金龙能帮他外，他已经没有其他方法了。

临渊不想跟三头蛇一样躲在暗无天日的洞穴中，更不想时刻活在暴露自身的威胁中战战兢兢，终日惶恐度日。但要想避免这样，能够倚仗的似乎只剩下晋明了。

可以确认的是，晋明的确没有听清白璘当日与老龙的对话，也没有察觉到自己对他的恶意，因而在龙的认知中，自己依然是那个为了助他化龙牺牲良多的同伴……这也意味着蠢龙的态度不会变，他还是会一如既往、任劳任怨地答应自己的任何请求。

临渊冷笑：“出去以后呢？”

晋明：“自然是继续陪着你，直到你能重新变幻形体。”

临渊仿佛听到了什么笑话：“出去以后是凡界，就算不能变成人形，我也可以活得很好，哪里需要你陪了？”

晋明沉声问：“你是不是又想去吃那些小妖了？”

临渊甩开他，用力踩在碎石上，发出阵阵响声：“小妖？那群法力低微的玩意儿？深渊里的一根草估计都比他们更滋补些。我倒是想吃，可也得他们自己争气啊！更何况……”他压低了声音，语气里透露出异样的情绪，“谁说我要离开了？这里灵气充裕，我当然要在这里修炼了。”

晋明皱眉：“你不怕被发现了？”

临渊往后缩脖子，与晋明保持着一定距离对视，狐疑道：“什么意思？”

晋明：“你重伤的事一旦被人察觉，处境就危险了。”

临渊暗自松了一口气，原来指的是这件事。

“与你无关。”

“你我不是相伴多年的兄弟吗，怎么能与我没关系？”

临渊唰地沉下脸：“谁跟你是兄弟！”

一条黑蛟和一条金龙，浑身上下有哪点相似的地方？这么破绽百出的说辞，也就只能骗骗失忆后的金龙。可如今他连维持谎言的心情都没有了。

“我落得这般下场，都是因为你。”临渊气道，“说什么要助我化龙，现在别说是化龙了，我就连化形都不成了！”

在一而再、再而三地遇到倒霉事之后，临渊已快要被逼到绝境。

晋明陷入沉默，回顾临渊悲惨的遭遇，内心却没起太大的波澜。要是他没有恢复记忆，指不定现在有多愧疚。这撒谎成精的恶蛟，怎么还跟他委屈上了？

临渊尚未察觉晋明已经恢复记忆的事实，停顿片刻后，咬牙道：“以后都不是了。”

晋明想了一会儿，才明白他说的是他们“兄弟”的关系。以后都不会是兄弟了。

临渊四顾洞穴，幽幽道：“我修行数万年，日夜不辍，未曾有过片刻懈怠，只盼着有朝一日成神化龙。为了早日恢复，就算我再不喜欢待在这破洞里，也都是能忍的。”

出了深渊，固然能解一时危机，找个凡间隐蔽处，待上一辈子都不会被强敌发现。然而若真的待在灵力匮乏的凡间，他怕是修炼到老死也不能恢复至全盛了。

安逸总与忧患并存，临渊思量了许久，才下定了决心，选择忍一时忧患，图长远安逸。

“我要留在深渊。”

就算没有食龙吞芝的捷径，也一定有其他的办法。

洞穴内陷入静谧，许久后晋明开口道：“你闭关，我替你守着。”

“替我守关？”临渊表情一变，嘴角一弯，然而这表情由黝黑的蛟首做出来，就只剩下了狰狞，“要是我闭关个千万年呢？”

晋明淡然：“我不介意。”

“可是我介意！”临渊冷笑着打断。

他正想开口嘲讽，冷不防一条龙尾缠上来，半拖半拉地将他往蛇窟外带去。

晋明的声音从身前传来：“这地方湿气过重，就算要修炼，也该找个稳妥的地方。”

“没有比这更稳妥的地方了！”

“要想清算前事，也得等你出关恢复后。临渊，我等着你。”

“放开我！”临渊咬牙切齿，朝着一截龙身狠狠咬下。

晋明：“……松口。”

临渊眼底似有泪花，牙根阵阵发疼。

“我早晚吃了你！”

这条黑心恶念的蛟，原来打的是这个主意。

金龙神色未变，卷着兀自挣扎的黑条退出蛇窟。临渊自然不肯，他的身形是实打实的大小，金龙却为了通行顺畅特意变小了许多，远远望去，只觉得黑色巨蛟穷凶极恶，像是眨眼就要将金色小龙制服在地。

粗重的吟声伴随着沉闷的躯体相撞声回荡在通道中，临渊不堪折辱，觉得晋明实在是欺人太甚，他愤怒至极，更是不停地挣扎扭动。

砰——陡然间，临渊束缚着身体的龙尾松了力道，他惊呼一声，急忙抖落身躯狼狈落地。地势并不平稳，表面还十分滑腻，他四脚尚未站稳，便又滑了一跤。略显笨重的蛟身骨碌碌滚动了几圈，直直撞进了龙腹底下，才重新稳住身形。

等到动静息止，晋明、临渊近在咫尺，彼此对视一眼，都从对方眼底看到了戒备之色。

蛇窟中有数不尽的通道，但他们倒从未想过通道底下竟然也会别有洞天。也不知是谁先一脚踩到了入口，于是连拖带拽着另一方一起掉了下来。

前一刻“扭打”在一起的两人，暂时偃旗息鼓，互相挨着，环视周围的环境。地底的光线更加暗淡，远一些的东西，临渊几乎都看不出来。晋明倒还好些，隐约还能看见些轮廓。

柔和的光晕从背后传来，金龙从腹下取出之前在鹤宫里搜刮到的一颗泛着白润光泽的珠子。明珠的光芒照亮了整间石室，临渊得以看清全貌。

石室内平平无奇，只在地上凌乱堆放着杂物。

临渊爬过去看了会儿，说：“看来这里是三头蛇藏食的地方，你看。”

蛟伸出前爪，竖起食指，恍然间觉得不对，迅速缩回短小的蛟趾，改用尾巴尖指向散乱的衣物，若无其事道：“还有尸骨。”

衣物上覆盖着厚尘，已辨认不出原来的颜色，隐约还可看见几根灰白骨头。蛟尾一记轻拍，瞬时溅起一堆灰尘。

晋明脸色严峻，侧开身体做出避让的动作，似乎是洁癖又犯了。

临渊倒是满不在意："一碰就碎，也不知在这里摆了多少年头。"

一路走过去，每隔几步便是一具相仿的尸体，大多是人形，也有化作原形的，毫无章法地摆在地上，凑近了还能闻到一股子怪异的臭味。

"这三头蛇还挺挑食。"

若是换作他，一口一个吞吃了就是，哪还会费心折腾出一间石室去存放"食物"？

晋明跟在临渊的身后，也观察了一番，说："他们的修为应该都不高。"

也许只是误入蛇窟的过路妖，却被洞窟的主人卷进了死地，再也没有逃出。

石室外围似乎残留着禁制的痕迹，寻常妖怪无法从内部逃出。但若是像他们这般的大妖，轻易便可冲破。仔细看，石壁上还有打斗的痕迹。

修炼成妖后，寿命被延长，有可能那些受困的小妖并没有马上死去——也许后一个被扔进来的时候，上一个还没死。

临渊本就看不惯三头蛇守着灵植却不舍得吃的做派，现在更是不理解这种对自己毫无益处的行为，嫌恶道："一股子霉味，先上去再说。"

金龙自然乐意之至，立即下意识地压低脖子，示意临渊上背。

粗壮的黑蛟冷漠地看着缩小身形后的金龙，金龙浅金色的眸中划过暗芒。金龙想是不是他对这条满口谎话、没心没肺的蛟太好了些，以至于这几天蛟的气焰成倍增长，愈发不把他放在眼里了。

这时，黑蛟转了转身体，满身鳞甲泛着深沉的颜色，隐约能看到胸腹处显露出一点金色光芒。

那是金龙一族的护心鳞，是这世间难得一见的护身至宝，却被某个黑心恶蛟轻易骗了去。

金龙垂下眼，藏起心中涌动的情绪，也不去想从头到尾都是自己主动把鳞片送出去的。他至今还没有跟临渊袒露恢复记忆的事，若不是恢复的时机太过特殊，他少不得要将这条黑心蛟关进灵山的龙穴中惩戒一番。

罢了，还是等临渊恢复些后，再跟他从头清算吧。

"前面怎么没路了？"上方通道中隐约传来一个声音。

龙、蛟顿时敛息警惕。这种时候，会是谁跑进蛇窟呢？

"呜呜，放了我吧大王。我真的什么都不知道……这里好黑啊，放我走吧。"灰狐崽子熟悉的求饶声传进了耳朵。

"别哭了！"刚才出声发问的声音再次响起，"怪不得那两条龙杀了三头蛇却没有搬进蛇窟，这地方实在狭窄！”

“我看是你太胖了。”另一个声音不客气地戳穿道，“哪个老妖怪跟你似的，这腰围估计抵得上两条龙了。”

是鹤鸣和老龙。

临渊眼皮狂跳，扭头看向晋明，见对方面色平静，并没有什么异常，便暗暗松了口气。接着他尾巴一卷，迅速藏起发光的明珠，洞内瞬时又暗了下来。

临渊仰起头，在一片幽暗中，勉力看着头顶上方的巨大洞口，陷入焦灼。鹤鸣和老龙的声音并不清晰，应该是离这里还有一段距离。但待走得近了，肯定会发现他们，届时又该怎么办才好？！

他面露慌乱，刚想开口，就听见晋明的声音在耳畔响起：“躲起来？”

临渊重重点头，往晋明所在之处挪了几步。这时，一团黑雾蒸腾而上，将上方的缺口尽数堵住，石室内彻底陷入了死寂的黑暗。

几乎是在下一秒，老龙的声音已在头顶：“你怀疑那两条龙是魔蛟和他的帮手假扮的？”

鹤鸣的声音缓缓响起：“白姑娘既然说了魔蛟身边有帮手，那么你找的不该是一条蛟，而是两只大妖。龙、蛟体型相似，听你的描述，那魔蛟已是近龙之身，稍加伪装一番，很容易蒙骗过去，况且——”

“咦？”老龙忽然出声，打断了鹤鸣的话。

石室内，临渊提起了心，在随时都要暴露的恐惧中微微发抖着。

短暂的沉静后，老龙笑了笑：“这狐狸崽子怎么还吓晕过去了？”

临渊：“……”

这番对话过后，老龙和鹤鸣的声音逐渐远去，根本没有发现，就在他们脚底下，潜藏着此行要找的罪魁祸首。

虚惊一场。临渊瞬时松开了晋明，软软趴在地上，惊魂未定。

他等了一会儿，确认他们走远了后，才放出明珠。刚打算催促晋明带自己离开，冷不防对上了一具人形枯骨。

经年的光阴已将他的血肉腐蚀，只剩下森森白骨，两个空洞的眼眶直直对着临渊的方向。他披着一件已开始消解的暗色袍子，斜斜倚靠着墙壁。

临渊的眼里浮现出狐疑之色，他衔起珠子，慢慢凑上前。只见袍子是广袖的样式，右边袖子大张着铺在地上，映着白润的光泽，隐约能辨认出残破的混元两仪图。

临渊眯起眼，又仔仔细细观察了许久，似乎想透过那具普通的骨架，辨认出对方生前的面貌。

就在临渊快要碰到尸骨的时候，横空里伸出一只手，晋明不知何时变回了人形，用手掌抵住了临渊的脑袋。

“别被魇住了。”传闻若是修炼之人死相凄惨，便会化为戾气迷惑过往生灵。

临渊却很清醒。从袖口的混元两仪图案，到衣角处的纹饰，每一丝、每一线都与记忆中的那人吻合。白骨靠着墙壁，也不知维持了这个姿势多少年，那瘆人的白仿佛裹着极深的怨气，刺目至极。临渊后退几步，后脚踩到了某个坚韧兵器，发出轻微的细响。

是一柄断剑。本来应当是完好的，被他一踩，顿时碎裂成了两半。剑柄处刻着的字已被灰尘遮掩，变得模糊不清。

临渊看了看那具尸骨，又看了看那柄长剑，脸色古怪，眼底浮现出一抹震惊之色：“张钧霆？”

晋明侧目看向他，这个名字不久前还在耳边响起。他是深渊入口处，夜月山清虚宫的祖师爷，也是那篇传遍华国、脍炙人口的《斩妖令》主角。他一力降服蛇妖，豢养群妖于宫中，又被皇帝奉为国师，生时威名震天，死后享金身像受万民供奉。这样一位人物，最后的结局竟然是受困于蛇窟底下的幽暗石室内，无声无息地死去？

一道黑影闪过，维持了千年的尸骨在蛟尾的重击下化为齑粉。

临渊：“可笑他吹了半辈子的一力降蛇妖，结果到头来却把命搭在了蛇窟里。”

晋明皱起眉，感觉到临渊情绪不稳，似乎是受了不小的冲击。

“你知道他是谁吗？”孰料，临渊很快回过头同他说起话来，“他就是我们在皇城时听过的张钧霆。”

晋明斟酌了会儿，又问了曾经询问过的一个问题：“《斩妖令》是真的吗？”

临渊毫不犹豫：“当然是假的！”他踩着那堆化为尘土的粉末，不屑道，“他根本就是个假道士，只会些旁门左道，论道行，估计连小灰都比不过。”

小灰便是那连化形都不会的狐狸崽子。这显然和晋明料想的不太一样，他问：“那他圈养妖物的事也是假的了？”

临渊眸色一暗：“这倒是真的。”

从深渊出去的妖怪大抵分为两种：一种是功德圆满、突破了境界的大妖，他们往往一出深渊，便直入上妖界；另一种则是受尽欺凌、好不容易逃出来的小妖，即便能侥幸躲过深渊内的重重危机，也躲不开入口处强劲的罡风，那是能将他们的皮肤割裂的刀风。

死在最后一道关卡的小妖不计其数，但也有不少是成功的。然而成功逃离深渊的代价很惨重。遍体鳞伤，奄奄一息，随便一个普通道士都能轻易将他们“降服”。更遑论，那还是个早有准备的道士。

逃出生天的小妖们并不知道，深渊之外，仍是炼狱。他们还未从劫后余生的欣喜中回过神来，便被人灌下符水，穿过锁妖链，投进特制的金笼中，最后，成为张祖师爷的又一笔“丰功伟绩”。

临渊侃侃而谈的模样十分平静：“所以，你明白了吧？那就是个沽名钓誉的假道士，他连降妖诀都背不太熟。”看到晋明眼底的震惊之色，他又讥讽道，“我忘了，你失忆了，又怎么可能知道世上还有这等肮脏事呢？”

天生气运加身，修行一路坦途，自然也没机会接触这等事了。单凭金龙轻易被自己骗得团团转这一点，就能看出来些了。某些时候，金龙运气好得令人嫉妒。

“别用那种眼神看我。”临渊冷冷道，“本尊可不是那些无能之辈，虽然一时落了难，脱身也不过是几天工夫。”至于具体是几天，他冷笑一声，不打算回顾曾经丢人的过往了。

临渊继续不屑道：“谁知道这道士忒不要脸，还写了什么《斩妖令》，专挑好词往自己身上堆，其实根本不是那么回事！”

晋明显然不信：“那是怎么回事？”

临渊眼珠一转，沉吟片刻后开口：“也不是不能告诉你。”他走了半圈，回忆道，“离开深渊前，我遇到了一个傻子，随口骗了他几句，他就信以为真，最后还耗费修为，送了我半程的路。”因而他在深渊通道中，真正靠自己走的路只是别人的一半，受的伤虽重，但也还留有一丝余地。

晋明却是一愣：“傻子？”

临渊抬起尾巴在空中打了个转：“是个修为高深，脑袋却不怎么聪明的大妖。”他回忆道，“也不知来深渊是干什么的，好像来头不小，一路上都没有其他妖怪招惹他。”

“你和他是怎么遇上的？”

临渊面色古怪起来，似乎并不想回答这个问题。

很多事冥冥之中皆有相似共通之处。正如他与晋明潜入深渊，选择了让灰狐崽子领路，那位不怎么聪明的大妖初入深渊，也和一位小妖有了十天的同路之谊。只不过，那只小妖并未如灰狐崽子般老实，还暗含鬼胎，打着自己的小算盘。

“深渊里来来往往的妖怪这么多，狭路相逢也不稀奇。”临渊眼珠转了一圈，含糊说了几句便打算移开话题，“上面那两只妖怪不知道什么时候离开，以我现在的情况，贸然上去会被发现，再待会儿吧。”

“……好。”晋明幻化出金色龙身，围绕着黑蛟蜿蜒爬了一圈，在温和的白光下，凝神审视起庞大的蛟身来。

龙、蛟相似，蛟的原形其实很漂亮。通体玄黑，鳞甲坚硬如寒冰，脊背处藏着几道特殊的花纹，两对利爪弯曲抓地，尾部强韧有力，蛟目沉沉望过来的时候能感觉到磅礴的气势。

晋明回想起那日在白川洞撞见临渊时的情景，他一身广袖玄衣，眼带戾气，虽没有化作蛟身，但也足够令众妖胆寒。

晋明正在沉思间，蛟忽然缩回四爪，藏进腹部，将身体摆成顺溜的一条直线，直挺地躺好在地。

蛟仍是那条蛟，样子也没什么变化，甚至倨傲神情也和当日如出一辙……但又总觉得有哪里不一样了。

没过一会儿，蛟又伸出前爪，将倒在地上的明珠扒拉进来，再用腹部压住。石室内再次陷入黑暗。

“你去旁边待着。”黑暗中传来临渊冷淡的声音。

晋明没有动，忽然道：“当年我服下乌灵芝，是因为受了伤。”

临渊冷嗤：“还有妖能伤到你？”

晋明闭上眼，陷入了沉思，缓缓道：“是我大意了。那是一头上古妖兽，在深渊沉睡了数万年，醒来后几天时间就吞吃了几十名龙族。”

临渊皱眉：“他竟然吃了几十名龙族？那看来是很厉害了。等等，除了这些，你还记得什么？”

晋明顿了顿：“没别的了……不过，好像那时候的我就已经是如今这副模样了。”他故意道，“和我化龙后的样子，没太大区别。好像很久以前，我就已经是龙了。”

临渊迅速反驳：“难道化了龙就要面目全非了？你以前是金蛟，化了龙也只是多出一对角而已，当然没太大区别！”

晋明“哦”了一声：“这样啊。”

“自然是这样。”临渊支吾着应了声，隐藏心虚。

若是照这个速度发展下去，晋明很快就能全部记起来了。也许是故地重游，深渊勾起了他久远的回忆，以至于刺激了他的记忆恢复。不管是什么原因，他都必须更小心些了。

“也不知是何故，我一定要去杀那头妖兽。结果半道遭人蒙骗，对敌的时候险些丧命……”

龙目幽幽地望着蛟所在的方位，在黑暗中只能看到一道粗壮笔直的影子。他想，若是去掉头顶的两个小破角，再将满身的鳞片忽略不计，体型再小上几圈——跟当年那条满嘴谎话的小黑蛇再相似不过了。

千年前的晋明修炼已有小成，龙族遭逢大难，第一个想到的便是向晋明求救。彼时晋明刚刚成为世间唯一的一条金龙，陪伴教导了他多年的母龙因陈年旧疾加之年岁过长，终消弭于天地之间。

晋明便孤身来到了深渊。食龙的妖兽名犼，一犼可斗三龙二蛟，若无万全准备，他不想轻易动手。

第一次登门的时候，犼并不在洞穴内，他看到了满地碎裂的龙骨，一条手臂粗的小黑蛇挂在某截龙骨上，看到他的时候吓了一跳，从龙骨架上跌落下来。据那条小黑蛇所说，他是唯一一条从犼的眼皮子底下逃出生天的妖，盖因他看穿了犼的弱点。

他又央求金龙带他离开深渊：“他已经吃饱了，短期内不会再食龙了。你带我走，我就把一切都告诉你，那他肯定打不过你了。”

那条小黑蛇眨着眼睛，脸上仍带着几分稚气，看起来无害而天真。金龙想他应当没有骗自己的必要，便答应了他。

“可是我肚子饿了，你能不能给我找点食物？”

金龙取出一粒灵丹，给了他。

小黑蛇吞下灵丹，眼睛滴溜溜转了一圈，问：“我是饿了，又不是病了，药丸又不管饱。”

灵山的丹药，可比任何食物还要补。金龙想了想，只把他当作是不识货的山野小妖，没有多做解释，又去附近找了食物喂给他。

“我的尾巴被踩断了，你能帮我治好吗？”吃饱喝足的小黑蛇得寸进尺地提出其他要求。

金龙伸出手，小黑蛇迟疑了一会儿，才慢慢地，一扭一扭地缠绕上来，仔细一看，真的受了伤，难怪受到惊吓就从龙骨上摔下来，原来是尾巴钩不住了。

小黑蛇与他对视，眼神真挚："只要知道怪物的弱点，他便根本不足为惧。"

晋明半信半疑，却又实在找不出小妖欺骗自己的理由。他们萍水相逢，并未结怨，小黑蛇又何必凑上来骗自己呢？

再后来，当他与犼交手时，他才发现，这世上的妖怪，无论大小，都不能以常理推测。

"若非重伤，我也不会去吃乌灵芝。"晋明缓缓道，龙首压下，贴近了蛟脑袋，沉声问，"小渊，龙族被吃，跟我有什么关系？我为什么要去杀那头妖兽？"

——当然有关系，因为你就是龙族。

几十名龙族短短几天被吞食，作为龙族无冕之主，金龙责无旁贷。但那存活了不知多少年的上古妖兽，普通龙族又怎么能是他的对手？

而这些，临渊如何能说与晋明听？临渊一时间找不出合理的解释，索性恼怒道："我怎么知道？"他别开脸，拉开些许距离，语气流露出些许受伤的意味，轻声说，"虽然我们是兄弟，但你也不是事事都说给我听的。"

某些时候，晋明真佩服临渊的口舌之能，不仅将他堵得哑口无言，还特别能引人遐思，听着像是在跟他诉委屈。就跟当年那条柔弱可怜的小黑蛇一样，谁又能想到那人的心比鳞片还黑？

若非临渊一朝落了难，晋明也不会想到，恶名远扬的魔蛟失了强劲修为的倚仗，还有其他更厉害的求生之道。

晋明轻声笑了笑。

临渊戒备道："笑什么？"

晋明摇摇头，觉得当日那威风凛凛、无人敢犯的妖界霸主落难后，倒让他格外地想捉弄。

"没什么，只是觉得你为了我连化龙都放弃了，对我还真是好得不能再好……"晋明装傻充愣，想看看这只撒谎成精的家伙又气又急的模样。

果然，临渊生气了，微微晃动的尾巴尖显露出几分心虚，但他仍是坚定地给予了理直气壮的回应："你知道就好，你今日话怎么这么多，外头还有强敌，给我安静点。"

晋明当即不再说话。恢复记忆后，他似乎琢磨出一些乐趣了。

蛇窟虽大，但对于两只大妖而言，进去转一圈并不需要费太多时间。

鹤鸣与老龙找遍蛇窟，连一块蛇皮都没翻到，于是提着灰狐崽子问：“你确定那两个是龙族？你见过他们的原形吗？”

灰狐狸夹着尾巴，一副快要被吓得晕厥的模样。

老龙不耐烦了：“这小妖也太胆小，估计是真不知道。”

鹤鸣：“他修为低微，照理无法抵御你我的探查之术，但我们无法进入他的记忆海，说明那两位龙族不想暴露人前。”

确实可疑。老龙抖落起灰狐狸：“这是什么？”

只见灰狐腹下掉出一个黑色的物件。鹤鸣眼神一暗，直接捡起。

“还给我！”眼见着黑蛟前辈赠予的宝物要被人夺走了，灰狐狸发出心痛的嚎叫。

“是蛟鳞。”老龙放下了灰狐狸，“还真是他。”

鹤鸣按住灰狐狸：“他们到底在何处？”

灰狐狸露出要哭的表情：“我真的不知道啊。两位前辈神出鬼没，我只是一只小妖，哪能去探听前辈们的行踪？”

鹤鸣问：“那这鳞片是怎么回事？”

灰狐狸小声回答：“这是前辈送给我的，他说能帮我抵御出口的罡风。”

老龙不屑道：“那恶蛟会这么好心？”

老龙随手将鳞片扔还回去，既然已经确定黑蛟藏身深渊，他现在要做的便是挖地三尺，找出恶蛟。

鳞片跌落在地，发出沉闷的响声，弹跳了几下，又骨碌碌滚落下去。

“啊！”灰狐狸急忙扑过去想要抓住鳞片，嘴里发出狐类“嗷呜”的叫声。

老龙本就觉得狐狸吵闹，加上他那副一问三不知的模样，应当也知道得不多，索性让他自行离去，不再追了。

鹤鸣：“老家伙，快看。”

通道内虽然遍布碎石，但一眼望去，还是很容易看清前方。狐狸崽子前一刻还在他们跟前叫嚷，后一刻就不见了踪迹。两个人互相对视一眼，目光移到地面。

“在底下！”蓝龙甩尾将路面的石块扫去。

另一边，龙和蛟藏身地下，各自静默了许久。

直到临渊隐隐感受到有什么东西攀着尾巴爬了上来，才没好气道：“别乱动。”

晋明睁开眼，问："怎么了？"

竟还有脸问他？实在可恨。

尾巴上的东西顿了顿，而后又继续磨蹭而上，微微发凉的触感刺激着临渊的理智，当即一爪拍向身旁的晋明。

晋明侧身退避，疑惑道："小渊？"

这无辜的语气不像作假，临渊皱眉："难道刚刚不是你在碰我？"

晋明沉默了一会儿，说："小渊，我现在是人形。"

人形不过几尺，他既然待在自己的附近，那么蛟尾处又是……临渊意识到不对劲，立马凝神警惕，然而还是晚了一步。

"啊——"他只来得及发出一声短促的惊呼，就直直坠了下去。

金色长龙瞬间化形，凌空追出。

"听说蛇有七寸，怎么我用降妖钉打在上面，你却一点事也没有呢？"

临渊在昏迷之中隐约听到有人的说话声传出。他心想，废话，他是蛟，钉七寸能有什么用？

那个声音又响了起来："啊，让我看看，这腹下藏着的四个小肉瘤是什么？"

小肉瘤？蛟蜷起四爪。那是他的脚啊，只是走起路来太慢了，不如爬起来方便，便被他藏起来了。

"真难看，不如切下来好不好？"

……不好。

"哈哈，吓唬你的，怎么还吓得盘起来了？"

等他找到机会，一定要把这个卑鄙的小人……

"怎么，想杀我？"笑意盈盈的男人凑上前，慢条斯理道，"再不蜕下一张蛇皮，我就先把你煮了哦。"

黑蛟猛地张开眼睛，呼哧喘了几口气。入目一片漆黑，周围没有一丝声响，他直起身，大脑逐渐清醒。也不知怎么回事，竟然梦见了多年以前的一些往事。也许是见到了张钧霆尸身的缘故。

尾巴上的力量已经消失了，这里应当不是之前的石室了。也不知道怎么回事，兴许是露出原身的时间比以往更长，以至于短短几个月工夫，两次遭袭都是被人捉住了尾巴往外拽。

蛟垂下头，将藏在腹部的珠子往外一扔，四周顿时亮起了微弱的光芒。他记得这珠子的光芒虽然温和，却也绝不暗淡。也不知这地方有什么特殊之处，珠子外面像是覆了一层灰纱，滤掉了大半的光芒。他环视了一圈，金龙似乎是没有追上来。

这是一条类似于竖井的上下通道，还未修缮完全。此刻，他正处于“竖井”底部。底部十分狭窄，就连转身都很困难。蛟只能卷起身体盘成一团，待久了便有些不适。

向上看，通道蜿蜒向上，似乎离上面有很长一段距离。偷袭他的人呢?

“好久没有新鲜的妖怪了……”沙哑难辨的声音在耳边响起。

临渊斥道：“谁?出来！”

“你的肉身很强大，比之前的几个都要厉害。”

之前的几个?

“虎豹豺狼，也就只能顶个十年二十年，日子一到就又烂掉了。”那个声音变得惆怅，“已经许久没有新的妖怪被扔下来了，上一具身体都烂了几年了。”

“听着像是夺舍，你是鬼修?”

没有声音回答。临渊眯起眼，略微思量后说：“我道是什么人了，原来是困死在这儿的孤魂野鬼。”

身后响起轻笑声，通道内不知何时弥漫起浓重的黑雾。

“很快就不是了……”

临渊顿时警觉到了极点。黑雾并非实体，拍打过去也只是散开一阵，没多久又能聚拢起来。

“若是想要求一副躯壳，与我在一起的那条龙不是更好的选择吗?龙鳞水火不侵，普通利器无法穿透，可比我这身好多了。”临渊不解道，“说不定你还能借此逃离这个鬼地方。”

黑雾中发出一阵笑声：“你以为我傻吗?那金龙，光是远远看着就让人胆寒，我还未靠近，便觉得危险，龙身虽好，可也要我有机会享用才是。”

说白了，就是欺软怕硬。

“那你又是怎么确定，我就不危险了?”

“你受了伤，我能感觉得到。”

那股黑雾慢慢凝成剑形，对准了蛟的胸腹。

“放心吧，让我接手身体，可比在这里无穷无尽地枯等下去好受多了。”

几乎是在字句吐尽的同时，那柄黑色利剑便朝着蛟的心脏袭来。

蛟躯庞大，又受地形所限，根本没有余地躲避。还未等他做出反应，胸前忽然一凉，雾气化作的利剑已穿胸而过。

蛟扭过脑袋，只见墙壁上歪斜地挂着一柄雾剑，雾气肆意逃散，成片地滑落下来，零散地飘在空气中。他迅速念诀，拍下一爪，使出术法按住了黑雾的主体。

一切皆发生在转瞬间，金色护心鳞微微闪烁了几下，便重新安伏于黑鳞之中。

黑雾凝结成人形，难以置信道："不……为什么我不能进入你的躯体？"

临渊冷冷笑道："混元一清剑？你是吃了外面的道士，见他的剑不错，所以化成那副模样来硌硬我的吗？"

黑雾扭曲了一阵："你是谁？"

"我是谁？"临渊反问他，"我倒想知道，你是谁？"他辨认了几眼模糊不清的人形，问，"还是说……你就是那柄剑的主人？"

黑雾没有应答。于是蛟居高临下，打量起那团看不出五官的鬼魂，没一会儿开始曲爪抓地，将雾气慢慢撕裂。黑雾很快又重新凝聚，蛟便继续撕裂，再凝聚，再撕……

僵持许久后，黑雾率先开口："你我都受困于此，我打不过你，你也杀不死我，不如彼此偃旗息鼓，就此作罢……"

"谁跟你就此作罢！"临渊猛地拍地，勾起笑，"不久前看到你的尸骨，还有些遗憾，现在见你尚存残魂，心情实在是大好。"

正是人间重修金身像，举国奉养的张钧霆。

临渊此前就起疑，臭道士受奉千年也许还未死透。现在看来，张钧霆确实已经死了，却凝成了鬼魅，徘徊在身死之地，靠着那些供奉之力，苟延残喘至今。

但临渊早就不是会被出口罡风费掉半条命的"小蛇"了，身上也没有被人乘人之危锁上那堆制妖的法器，而张钧霆……他尸骨成灰、面目全非，只余一团不成气候的残魂，也就只能在这种阴暗之地里逞逞凶了。此一时彼一时，虽然事情过去了那么久，撞见了仇人自然还是要报仇的。

临渊冷声道："听说身死之后就感受不到痛楚了，是真的吗？"

黑雾中现出一双眼睛："你想干什么？"

临渊慢条斯理地扯下一道黑雾，嫌恶地扔到一边，带着三分怜悯道："真可怜啊，也不知是为了什么才被关在这里。日夜煎熬，好不容易挖出大半条地道，结果没挖通就先死了。"

黑雾剧烈震动起来，眼神阴毒："你不也困在这里了？一年、两年，上千年，你迟早也会和我一样！”

临渊也不恼，这小破洞只能关些不入流的小妖，张钧霆道法不精，也不知怎么跑到深渊里，掉进蛇窟。他死的时候没修炼到家，死了也只能是个不入鬼门的残魂。

“其实这地方挺适合你。生前囚了那么多妖怪，死后却被妖怪困在此地，做孤魂野鬼的滋味怎么样，张大国师？”

黑雾中的眼睛瞪大：“你是谁？！”他发出怪声，似乎是想从蛟身上看出些什么。

蛟咧开嘴，一爪踩碎了那团黑雾。时隔多年，再次遇见仇人，才发现昔日无法撼动的敌人早已不堪一击，他看着“张钧霆”，又想起曾经的“张道长”，忽然觉得那些陈年烂账清算起来也没什么意思。

“那时候我天天想的都是怎么折磨你。”临渊对着那团重新凝聚起来的黑雾，淡淡道，“现在我却觉得和你多说一句都是多余，张钧霆，你那些靠蒙骗世人得来的供奉，今日庇佑不了你。”

黑雾已经重新显出半个人形：“你到底……是谁？”

被临渊撕碎的黑雾悬在他的头顶，也聚拢成一半人形，藏在雾气中的眼睛打量着这个过于庞大的妖怪，目光掠过脊背处的几道特殊花纹，一怔：“原来……是你啊。”

飘在上方的黑雾钻入蛟爪下，汇聚成一体，模糊不清的五官逐渐显露出来，张钧霆面带笑意，语气温和：“没想到千年过去，我的小蛇都成功化蛟了。”

临渊嗤道：“本尊天生是蛟，何时做过蛇了？”

黑雾慢慢又爬上蛟的脸：“天生……为蛟？”

“当年不慎落到你的手中，长了不少见识。可你倒是没什么长进，到现在连蛇、蛟都辨认不清。”

张钧霆沉默了许久，悠悠叹道：“小蛇都长得这般大了。”他语速渐慢，似乎是在回忆，“怪不得用了那么多法子，你都蜕不下蛇皮，害贫道的法器耽搁了大半个月也没制成。”

临渊眼神寒冷，让一条蛟去蜕蛇皮，这根本就是天方夜谭。那些对付蛇的药水虽没有对他起效，却也让他吃了不少苦头。若不是后来清虚宫又抓来了一个蛇妖，他都怀疑张钧霆可能会直接拿着刀子来剥下他的皮。

“你太自大了，张钧霆。深渊里的妖怪只要得了势，毁掉清虚宫也只是弹指间的事。你以为有华国百姓的供养，便会一直不死吗？

“凡间之外，有深渊，更有上界无数。你的眼界太狭隘了，对付你的法子，光是我知道的便有上百个。”

张钧霆终于收敛了笑容。

临渊却笑了:“但你这样的人，实在不值得本尊浪费时间去折磨。”他压低声音，任由黑雾弥漫上身，“你苦熬千年是为了什么?出去以后继续受万民敬仰吗?可惜，你只等来了我，连下辈子的希望都没有了。”

黑雾爆发出凄厉的叫喊，下一刻，通道内恢复平静。

蛟拍了拍尾巴，对付仇人时，他一向都是快刀斩乱麻。

恐怕连张钧霆自己也没料到，结局竟是如此。他忍受了那么久的痛苦与煎熬，没有等来丝毫的慰藉，只迎来了彻底的湮灭。

冥冥之中，似乎正如晋明所说，自有天道。

临渊记得自己曾对张钧霆说过:“深渊灵气充裕，遍地重宝。”

狡猾的“蛇”在那时起，便埋下了灾祸的引子——也许是这话勾起了张钧霆的贪念，也许是那些毫无反抗能力的小妖助长了张钧霆的自信，最后他下定决心冒险闯入了深渊。而那里怎么可能是靠着旁门左道就能生存的地方?

无论什么原因，张钧霆生前害了无数小妖，之后下场惨烈，煎熬千年后，更是等来了曾受他迫害的“蛇妖”，最终魂飞魄散。

万民供奉又如何?骗来的终究是虚假。至此，曾经萦绕在心头的人彻彻底底消失了。

张钧霆的残魂消失后，周围一下亮了起来，那层罩在珠子外的“灰纱”也在同一时间消失了。蛟敲碎了周身的石壁，用身体向上方挤出一条新的地道。碎石掉落在身上，身后似乎有龙吟声。蛟身形一顿，继续往前而去。

张钧霆应该挖了很久，地道已经很深了。他再往前走几步，便觉得前方土石松动，隐隐有塌陷之势。蛟腾跃而起，向上飞去，不一会儿就看到头顶石缝间漏进了几丝亮光。

嶙峋山坡之上，顶出一颗巨大的黑色蛟首。他先是眯着眼适应了一会儿光线，随后慢慢钻出身体。

深渊的天一向是灰色的，今日不知怎么回事，透出了些许金色的微光，整片天地似乎更亮了一些。黑乎乎的蛟躯盘踞在小土丘上，背光望着远处的景色。

晋明追上时，看到的便是这样的情景。

“你真慢。”

他听到临渊不耐烦的声音，走上前，身形逐渐恢复成原形大小。

“你在等我吗？”

临渊冷笑：“本尊刚上来没多久，老远就听到你的叫声，自认现在还跑不过你，又何必白费力气？”

晋明叹了口气。也不知这洞中潜伏着什么鬼怪，虽然并不会给他造成威胁，但障眼法多了也实在麻烦。加上临渊在前头弄出的一堆动静，他被下落塌陷的山石掩埋，就又慢了几分。

这是临渊第二次在自己跟前被拖走。前一次他尚在失忆，紧张也是情理之中；这一次他已什么都记起，但那份紧张似乎没什么变化。

晋明：“我想到一个地方，适宜闭关而且位置隐蔽，平日里不会有旁人打扰。”见临渊望过来，他心头一软，“我背你过去。”

临渊没有动作，静静注视着他，意味深长地说：“蠢龙，你对我那么好，若是有一天后悔了，可没人赔你。”

龙行于天，瞬息千里，须臾之间，蛇窟已被撇在身后。余光看到底下烟尘弥漫，随着轰隆一阵巨响，接连经受了龙、蛟冲击的蛇窟终于不堪重负，向下凹陷成了巨坑。

忽然，蓝色巨龙破山而出，于半空中发出声声巨吼，顺着山风送向远处。

临渊也听到了声音，吟声似在呼唤，他看向龙，不安地动了动身体。

晋明：“怎么了？”

他非但对老龙的呼唤无动于衷，还反过来询问起自己。临渊想了想，凑到晋明耳边道：“没事，你再快一点。”

这是心虚了？晋明笑了笑，示意临渊攀紧了。

身后的龙吟持续了很久，直到视线中再看不见蛇窟，那声音才渐渐停息了下来。

过了很久，老龙始终没有得到预想中的回应，他望了会儿远处，缓缓落回了平地。

鹤妖负手而立，见同伴终于折腾完了，才开口：“怎么，不是晋明？”

老龙面沉如水，睨了他一眼：“是那臭崽子没错，只是不知道他为什么不肯露面！”

方才他们跳下暗道，进入石室，那里已经空无一妖，整间石室在老龙的术法照明下一览无余。然而别说是魔蛟了，就连半个活物都没有，只有遍地尸骸还有一股子发霉的臭味。

正当他们放弃的时候，忽然听到不远处有熟悉的龙吟。老龙立马认出了那是晋明的声音，来不及惊喜，就又悬起了心。吟声急切，应当遇见了危险。

他们一路循声而去，却总是没遇上人。也不知前方发生了什么，脚下通道开始摇晃起来。再后来便是冲出山体后的事了。

鹤鸣眼中闪过一丝兴味："这倒是有趣了。"

"有趣什么？！"老龙没好气道，"听那小子中气十足，想来应该也死不了。亏我火急火燎一路寻他，结果那浑小子反倒自己躲起来了？"他越想越气，"不管了！性命没丢就行，其余的随他去吧。"

鹤鸣："那魔蛟怎么办？"

老龙瞪了一眼，面颊上的肉鼓了鼓："自己的仇，自己报！"

虽然老龙语气不好，眼底的笑意却掩藏不住。他们本是为了杀蛟替晋明报仇，现在得知金龙没事，报仇的事也不再那么要紧了。哪有小辈打架输了，长辈上门去打一顿的道理？

趴在金色长龙背部的黑蛟迎风眺望，初晨的光辉倾洒在他背后的花纹上，将他整条蛟也衬托得金光闪闪。他拍拍龙背，就看到前方的硕大龙首扭转过来，朝他喷出一道温和的鼻息。

"你来这里做什么？"

临渊俯视着底下山谷，心情复杂。四面山体环绕，圈着中心一大片空地，几具硕大的龙骨架歪倒在地，正是当年犼的栖身之所。

晋明诧异道："小渊，你知道此地？"

临渊一愣："怎么？"

晋明："这里就是那头上古妖兽的洞穴。"

临渊："……上古妖兽？"

晋明点点头。临渊竖直了尾巴，心中涌现出强烈的可怕猜想，狐疑地打量他。

对方一派坦然，幽幽道："这里，也是我遇见那个小骗子的地方。"

大骗子黑心蛟一僵，瞬间反应过来：金龙之前所说的几天之内吃掉数几十条龙的上古妖兽，不就是犼吗？他竟然把这么重要的事给遗漏了？

"也不知出于何故，我一定要去杀那头妖兽。结果半道遭人蒙骗，对敌的时候险些丧命……"

半道遭人蒙骗……临渊瞅了瞅晋明，低下头，又抬眼去瞄他。

怎么可能会是这条蠢龙？他记得那是一个脸上鳞片还未蜕全的丑妖怪，贸然闯进犰的洞穴里，还扬言要杀犰。他是在山谷外徘徊的时候，被　误认为龙崽，捎带进来的。犰吃饱后，就将他扔在洞穴里，充当储备粮。他原以为自己必死无疑，谁知半道却来了一只妖，被他哄骗了几句，就答应先带他出深渊。而且那妖怪身怀重宝，脑袋还不灵光，短短几天就被他骗去了众多灵药，对自己深信不疑。到最后分别的关头，他也曾有过片刻的迟疑，然而箭在弦上，若是不继续撒谎，或是谎话不够缜密，意识到受骗的大妖很有可能恼羞成怒，先令他毙命。

“犰的弱点在腹下三寸。”他记得自己当初是这么说的，“每隔几日，他会前往山谷东面的沼泽地里休息，他很喜欢沼泽地里生长的一株花，吞吃以后会有片刻的醉意，那时候再袭击他的腹部，必然能将他一击致命。”

他的话半真半假。犰确实喜欢吃一株花，不过那是他修炼的一种方式，服下后功力大增，躺在沼泽地里其实是在闭目消化，至于腹下三寸……当时的他连自己的身长都说不太准，自然是胡诌了。金龙若是真的全信了他的话，结果可想而知。

需要用乌灵芝治愈的伤……想到之前他还当着晋明的面，嘲讽过这“傻子”，他眼皮直跳，只觉得来日清算时，自己又要背上一笔债。

“小渊，难道你也来过这里？”

晋明的询问声将他从回忆中拉回现实。他立马反驳道：“当然没有！”意识到语气过于强硬，他平复了一些心绪，“我曾听你说起过……龙骨架。”他指了指肉眼可见的满地龙骨，“你说过有怪物住在堆着龙骨架的地方。”

晋明“哦”了一声，声音拖得很长：“原来如此。”

临渊更加坚定了一定不能让金龙恢复记忆的想法！

他们步入山谷，循着记忆到达了犰的洞穴。属于上古妖兽的威势经久未散，混杂着众多横死龙族的怨气，使得这里成了一片禁地。

像这种调养重伤的少说也得闭个长关。临渊闭关过很多次，却不是很习惯有人在洞外守着。起初他以为自己会难以入定，结果刚盘好没多久，就入了境。

也不知过去多少天，他在一阵剧痛中清醒过来。他绷直身体，在洞内翻滚扭动。

守在外面的晋明听到动静，也从入定中醒转，冲了进来。

临渊满头冷汗，长长的身体抽动，见晋明闯进来，立马说道：“出去……”

晋明上前卷起蛟，前爪搭住蛟首，闭目查探情况：气息紊乱，不过没什么大问题。

蛟尾因为疼痛不停甩动，将周身的石块敲成碎片，他很不适应在练功出岔子的时候被人按住脑袋，于是丝毫不肯配合，张着嘴就要咬过去。

崩了无数次牙的临渊不长记性，晋明却不想让他伤上加伤，于是前爪使力，将蛟首固定住。

他问："哪里不舒服？"

临渊哆哆嗦嗦从嘴里挤出一句："头。"

晋明一愣，继续用前爪按了按脑袋："这里？"

临渊恨声道："没错！"

晋明："……都这种时候怎么又胡乱置起气来了？"

"还不快拿开！"临渊挺动身体想要挣脱。

晋明眨了眨眼，慢慢放下了爪子。

临渊晃了晃脑袋："你快用之前在凡间池子里的法子，帮我调理。"

这语气听着一点也不像是有求于人，可从临渊的嘴里吐出，似乎又理所当然。

晋明皱眉："症结在哪儿尚未知晓，胡乱疗伤只会适得其反。"

临渊："等找出症结，我早就疼死了。"

晋明还是不肯："你先告诉我，是怎么回事？"

临渊皱起眉，一双蛟目仿佛要喷出怒火。

然而晋明不为所动，临渊只好别过头，忍耐道："运功到一半，忽然觉得某处受阻，我就强行冲破，但还是不行……"临渊顿时盘成一团，"这些……不过是闭关途中的小问题，过一阵子就能好了……"临渊断断续续道，"你冲进来做什么？什么忙也帮不上，还尽给我添堵！"

晋明见他一直团着身体，便化作人形，指着临渊的腹部，问："是这里吗？"

"闭关途中，任何一个小问题，都有可能危及生命。"晋明叹了口气，也不知道临渊修炼了这么多年，是怎么活到现在的。

"是不是又乱吃东西了？"

临渊："……"

晋明："你体内有一股阴毒的寒意，如果我没有猜错，当日在蛇窟地道里作祟的东西，又进了你的肚子，是吗？"

他拍了拍蛟腹，脸沉如水。临渊忍不住颤了颤。

"我说过，照你胡吃一通的法子，迟早会出岔子。"

临渊张了张嘴，半信半疑道："那你说，有什么办法？"

"那种东西连活物都算不上，吃了毫无益处……你可真是什么都敢往肚子里塞，若是他再强大些，说不定你这副身体都要易主了！"

这一迭质问砸下来，砸得临渊哑口无言，下意识就要辩驳。

晋明："再多说一句，我便不帮你想办法了。"

沉默片刻后，临渊暴怒的声音从洞穴内传出。

"谁稀罕你帮我想办法！本尊爱吃什么就吃什么，不需要你来多嘴！滚，滚出去！"

晋明："……"他差点忘了这是条不受管束、脾气极差的蛟。

触了逆鳞的龙摸摸鼻子，伸手按在蠢蠢欲动的蛟尾上，凭空忘记了自己说的上一句话，任劳任怨地替蛟梳理起来。

临渊怎么也没想到，张钧霆死后还要坑他一把。等到最后残留在腹中的黑雾被驱除干净，他软倒在地上，双目放空望着洞顶，只觉得"蛟生"艰难，这一年尤为难熬。

晋明帮他调养好后，便功成身退地出了洞穴。临走还背着身说教了许久，留下一句"若是出了岔子，就喊我。"才扬长而去。

"我怕我见了你，就气急攻心，走火入魔。"

晋明递过去一个幽幽的眼神——都已经是魔蛟了，不用走火入魔了。

去除张钧霆残魂的影响后，临渊的修炼便顺利起来。他先后吞食了大小妖怪和蕴灵草，又有深渊得天独厚的修炼条件，身体正在以一个近乎可怕的速度痊愈着。

金龙盘踞在外，不时从腹中取出些东西，鹤宫大半的珍藏都被临渊硬塞进了里面，他便就地取材布置了一个聚灵阵，时不时爬进去给临渊吃几颗药丸，再观摩查探一番。

临渊一开始还有些别扭，很不习惯闭关时还有外人进出，但随着次数渐多，便也麻木了。

左右这蠢龙没有完全恢复记忆，不会害自己。有几回，他修炼到瓶颈，听见晋明进来的动静，连眼皮都不掀开。鼻尖闻到一股草药味，便直接张开嘴吞了下去。

晋明似乎笑了笑——这么信任他了？

临渊懒得理他，沉迷修炼，心无旁骛。

又有几次，他感到不适。这一次他没有弄出太大的动静。所谓闭关，就是该闭起来，关上门，独自一人潜心修行。那条蠢龙隔三岔五进来，已经够烦了，要让他发觉问题，指不定又要说些大道理。反正那么多年，自己都是这么一路修行过来的。正这么想着，他就感到尾巴尖一热。

晋明："别动，凝聚精神。"

经脉中潜入一缕气息，气息直达丹田，引导着紊乱的内息重新归于平静。方法倒是挺有效。莫非金龙一族强大的秘密便是源于这个功法？

晋明："蕴灵草的药效还未退去，你不能变回人身，只能用这个法子了。"

临渊："哦。"

晋明："应当就是这几日了。"顿了顿，他开玩笑道，"再不变回去，我都要记不清你的模样了。"

临渊冷漠地别过头，他抬了抬尾巴，扭过身，看着维持了几年的原形，表情郁郁。眼角余光划过金色长龙，他又表情复杂道："你不用为了迁就我，就也一直这个样子……"蠢死了。

洞穴虽然大，挤进他们两个却还是有些小了。

"你失忆前，好歹也是妖界出了名的相貌堂堂。我听闻好多女妖暗地里都想跟你一度春宵，若是她们见了你的原形，怕是要立马逃开。"

布满鳞片的龙首凑上前，饶有兴致地问："小渊，我们相伴多年，中间肯定经历了很多事。我一时记不起来，你说给我听好不好？"

临渊沉默地看着他。这让他怎么答？

于是他冷漠道："不，我要你自己想起来。"

他现在撒谎的时候，连个表情都欠奉了。因为，他发现不管他说什么，那头蠢龙总是会相信的。就和千年前被他骗得团团转的丑妖怪一样，半点长进都没有。

"小渊，这么长时间过去了，外面风吹日晒，前几日还下了场暴雨，我能住进来吗？"

临渊看着那张熟悉庞大的龙脸，等到回过神的时候，便瞧见金龙已经找好位置，就地盘起来了。

"……"他刚才是点头了吗？

第六章 重返故地

修炼无岁月。晋明、临渊待在山谷中，各自调息静修，不知不觉已过去了数年。

而远在深渊之外的上妖界，却并不平静。自那场雷池之战后，魔蛟已多年没有现身。有传言说，他并未身死于雷池，而是受了重创，逃亡至他界养伤，也许是重伤还未愈，也许是在苟延残喘。但不管是哪种结果，都意味着他不可能再像以往那般猖狂了。蛟的领地很快就被手下众妖瓜分殆尽，藏在宫殿内的宝物也被洗劫一空。

大妖陨灭，只是一件再平常不过的事。但若是有身家的大妖陨灭，就会牵扯出一些事端来。

灵山龙族经此一役，已与魔蛟一脉撕破了脸。尤其是年轻一辈的几名龙族小辈，就算被告知金龙还活着，也依然为其感到不平。到后来，一年又一年过去，金龙却始终没有回到灵山。这怎么不让他们多想?

魔蛟虽然失踪了，但事情不能就这么完了。于是，蛟的前手下们个个遭了殃，无论他们怎么跟魔蛟划清界限，护短的龙族都不买账。无故杀妖的事虽然没有发生，但只要对方晃到自己跟前，一顿毒打是免不了的。那群皮粗肉厚的龙族，仗势欺“妖”起来，比那些臭名昭著的大妖还可恨。久而久之，瓜分了魔蛟势力的妖王们也纷纷不干了，集结了手下，摆出迎战的姿态。

龙再厉害又如何？数量上加起来也就只有那么零星几只，真要宣战，龙族也讨不了好。

上妖界，山石小道上，一条青龙腾空飞旋，朝着地面喷出道道鼻息。鼻息化作青色火焰，还未临近，便能感到热浪扑面，令人心惊。数十名大妖纷纷架起武器抵挡。

各路妖法使出，大片的草木蔫了下来。

对面的山头上，绿袍小妖藏在一块巨石后，胆战心惊地蜷缩成一团。

又打起来了。灵山的龙和蛟宫的妖，一旦撞上，势必要闹到山间动荡才肯罢休。

小妖只觉得自己无比倒霉，他不是龙族，也不隶属蛟宫，只是正好降生在这座山上，修炼了数个年头。

本来这地方风景秀丽，妖来妖往，大家都还算和气，小妖的日子过得也还算惬意。但自从多年以前，灵山金龙与蛟宫之主双双失踪后，这个地方便遭了殃。

没办法，地方虽小，却处于道路中心，大小妖怪们去往各地，都少不了要经过这里，因而也增大了仇家聚头的可能性。这么些年，这地方都快成了灵山龙族与蛟宫大妖们的约架之所了。

前几日被打落的山头才刚长出几片草叶，看今日这架势，又一个山头岌岌可危。他不由得叹了口气，心想自己必须得搬家了。

等这场架打完，他就收拾行李，离开这里，找一个新的去处。正这么想着，他眨了眨眼，看到前方山道上，缓缓走来两个身影。

那两个身影俱是高挑，其中一位五官扁平，长相普通，手里不知抱着什么东西；另一位身披松散广袖黑袍，头上戴着一顶极为古怪的笠帽，将面容尽数遮住。

小妖之所以觉得古怪，实在是因为那顶笠帽过大了，几乎能在里面多装下一只妖。他不是没见过想要隐匿行踪的大妖，但这么大顶帽子，戴在清瘦颀长的身躯上，诡异之余又引人发笑。

见他们正要往前方龙妖斗法处赶去，小妖好意，悄声喊道："别过去，那边有危险。"见两个人没反应，他又遥遥指了指打得正欢的青龙与妖族。"简直跟疯了一样。"小妖感叹道，"青龙也就罢了，他们龙族一向护短，替同族报仇也在情理之中。可那群蛟宫的妖怪巴不得瓜分魔蛟的地盘，说起来还得感谢龙族替他们除去心头大患，可还是见面就打。"

戴笠帽的男子转过头，朝他望来。绿袍妖瞬间汗毛竖立，忍不住瑟缩，只觉得有杀意悬于头顶，实在可怕。

"小渊。"旁边静立的另一名大妖柔声喊了声。

那妖怪很快就不再看他。绿袍妖松了口气，同时感觉到那股阴冷跟着消散了。算了，还是不要多管闲事了。他们若是想掺和进去，他说再多也是无用。自己还是赶紧搬家吧。绿袍小妖贴着石块，再次坚定了搬家的决心。

那两只古怪的大妖正是伪装后的晋明和临渊。

在经历了数年的闭关苦修后，临渊总算完全吸收了肚内的一众“杂物”，伤势也算好了七八分。他便撺掇着晋明，回上妖界看看情况。

他们没有理会绿袍小妖的劝阻，站定山头，远远观战。

青龙身体灵活，体格强悍，加之还有灼热龙息，底下一众妖怪很难近身。然而他们也不是寻常小妖，鏖战了许久依然没受什么重伤，只是形容狼狈了些。也不知还要打到什么时候，估计到了最后也只会是一场平局。

晋明率先开口：“我们绕过去吧。”

临渊问：“你觉得那条青龙如何？”

晋明：“看着挺年轻。”

临渊皱起眉：“谁问你这个了？”他又道：“你说说，以我如今的功力能否胜他？”

晋明的视线下意识地看向临渊的肚子，疑心他要是说了“打得过”，这条小龙怕是就要列入蛟大王的食谱了，于是道：“恐怕难分胜负。”

临渊叹了口气，听着有些失望。

晋明安慰道：“别心急，很快你就能恢复了。你也听说了，灵山龙族一向护短，可不能随便打他们的坏主意。”

“……”被说中心事的临渊脸色微变，过了一会儿闷声道，“走。”

上妖界一如离去时的模样，几乎没什么变化。走过山头，便到了一座城，城内熙熙攘攘，街上往来行人络绎不绝，都是各路大妖小妖。他们大多都维持人形，若是哪个不知情的凡人闯进来，估计会以为误入了某个凡间城镇。

能入上妖界的妖，修炼已有小成，隐去原形是件再正常不过的事。妖类求同存异，化形后就不再大大咧咧以原身示众。

他们所处的妖城名“聚方城”，本是狼妖包养美眷的私城，有“集聚群芳”之意。狼妖在时，隔三岔五便会邀请各地妖怪，搜罗宝物哄美人开心，时不时还会设宴摆擂，震慑群妖。后来……某条“恶”名昭著的蛟横空出现，一口吞了狼妖，又将上百名漂亮女妖赶了出去，最后把整座城池都据为己有。再后来……临渊幽幽地看着坐在跟前的晋明——拜他所赐，这座城显然又易主了。

他们此刻赶到了一处歇脚的酒楼，酒楼里没有吃食，只有一些水果、酒液，周围闹哄哄的，中间的台子上还有女妖轻歌曼舞。

晋明、临渊坐在角落，桌上只放了两个杯盏、一壶清酒。

伪装后的晋明相貌普通，半点都不引人注意。见临渊直直看着自己，晋明还朝他露出一个十分憨实的笑容。

"……"临渊深沉的视线被掩盖在厚重的笠帽垂纱下。

这么多年过去了，晋明依然没有完全恢复记忆的征兆，他不由得怀疑这条蠢龙的脑子可能被某道天雷彻底劈坏了，从此再无痊愈的可能。不过这也正合他意，有这么一个可供差遣的工具，他可以做成很多事。

"就到这里吧。"临渊开口，"从此以后我们各奔东西，互不相欠。"

晋明低下头，也沉声道："嗯，也是时候分别了。"

两个人都不再说话，各自低垂着眼，不知想些什么。

片刻后，晋明衣袖下，传出一阵尖细的抽泣声："前辈……你们真的不要我了吗？"

晋明撩开袖摆，从里面扔出一个干净的灰毛团子，淡淡道："既已离开深渊，你便不用继续跟着我们了。"

灰狐狸眼角湿润，抖了抖耳朵，又去看对面的临渊。想了想，灰狐狸弹跳而起，落在临渊的膝盖上，用黑豆般的湿润的眼睛注视着他。

临渊："……蠢龙说得没错，就此分别吧。"

正如当初承诺过的，他们在出关后，便提溜起附近的灰狐狸，一起出来。灰狐狸的修为这几年也有增长。他自己说是天天啃着蛟鳞，沾染了前辈的"仙气"，这才意外入定，突破了。

灰狐狸立起来，朝着临渊作了个揖："多谢前辈带我离开深渊。"他从老龙手里逃脱以后，便一直窝在被金龙屏障覆盖的洞穴内，因为地方偏僻，没有多少妖经过，他过得还算不错，身形比几年前圆了不少，作揖时也显得憨态可掬。

然而临渊的声音十分冷漠："走。"

灰狐狸眨了眨眼，从临渊的膝盖滑落在地，临走时蹭了蹭两位前辈的脚，走到酒楼门口又扭头望了多次。最后他跑向远处，不多时，再没有了踪迹。

深渊之外，又是一片新的天地了。

临渊笑道："连化形都不会，真以为到了外面就能逍遥自在了？"

晋明笑了笑，意有所指道："他能在深渊里长大，本身已经很了不起了。"无论是灰狐崽子，还是当年那条混得不怎么好的"小黑蛇"。

临渊没有再多纠结灰狐狸的事，而是沉静下来，望着街上的热闹景象出神。

聚方城向来繁华，狼妖统辖时，这里是藏着温香软玉的脂粉窟。蛟强占地盘后，这里仍是各路交会之所，热闹不曾减少，至于如今……街上张灯结彩，每一处石碑上都挂着红色布条，还有许多灯笼挂在树梢上轻轻摇摆。

“狐大王的结亲宴之日临近，你们都准备了些什么贺礼？”

身后邻近的桌子上传来了议论声，将临渊思绪拉回。

“他都结了几次亲了？次次都要贺礼！我可不打算再送了。”另一个妖怪语气不善。

“嘘！轻点儿声！他现在是聚方城的城主，你也不怕得罪了他？而且刚刚还有只狐狸从我们这儿跑过去了。”

原本信誓旦旦的声音瞬间低了下去：“可……那我也拿不出别的宝贝了！”

这句话一出，同桌的几名妖怪纷纷露出为难的脸色。

“我听说狐大王前几天才吃掉自己的第八位夫人，这才过了没多久，又要结亲了。”

“吃就吃了，何必还要折腾什么结亲仪式？”

“入了上妖界，你见过哪个妖怪明目张胆食妖的，又不是未开化的野兽，越活越回去了。”

“明眼人一眼就能看出来，狐王那根本不叫结亲，而是在觅食。”

一桌妖当即围绕“食妖”的话题进行了讨论。临渊侧耳听了几句，伸手执起酒杯正打算喝下，冷不防却听到了自己的名头。

“几百年前也没传出狐大王喜食妖，好像是归顺了那条魔蛟后，才有了如今这种习性。”

“没错，狐大王曾经也是和和气气的青年才俊，跟了魔蛟没多久，就成了这般残忍的性子，唉……”

隔着一条过道，魔蛟正静静地注视着他们。

晋明转头盯着自己的“胞弟”：“听着不像什么好妖。”

临渊：“……”那臭狐狸秉性如此，怎么反而怪到他头上来了？

邻桌已经从食妖跳到了对魔蛟的议论上。

“那魔蛟确实凶暴，当年在聚方城就搅得人心惶惶。”

“听说那魔蛟身形比普通龙族还要庞大，张口便能吞下一位大妖，所过之处，但凡看得入眼的，便直接吃了，并将原主人的东西据为己有，凶性极为暴虐。”

“我听说他殒身前，还去白川洞妄图杀妖夺宝，若不是撞见了——”

“嘘！”与他谈话的人制止了同伴的口无遮拦，一双眼睛悄悄朝临渊所在的桌子望了望，“这地方指不定就有灵山的龙在，我们还是不要妄加议论了。”

这句话点醒了众妖，大家纷纷住嘴。于是话题转了一圈，又回到了“魔蛟”的身上。

临渊冷笑，又不是什么说不得的天机箴言，议论他的时候个个起劲，怎么到了金龙却反而不说了？

晋明压低了声音：“魔蛟？”

临渊瞪他：“世上这么多条蛟，你看我做什么？”

骤然被当面历数自己曾经做过的“好事”，再对上晋明探究的眼神，临渊心虚之余心情也变差，再加上邻桌的议论愈发没有边际，他重新端起酒杯，就要送入笠帽底下。

“等等。”晋明抓住了他的手臂，摇头道，“你如今的状态，怎么喝酒？”

临渊冷笑一声：“确实不太方便。”他放下酒杯，转而端起酒壶。

晋明：“……”这是嫌酒杯太小，所以换了个大一点的吗？

一阵风吹过，掀起笠帽垂纱一角，隐约能看到大片黑色的鳞甲。垂纱很快又坠了下去。

晋明眼神微暗，忽地站起了身，也不管对方是何反应，径直从对面换到临渊的旁边，坐定后身体侧倾，将几道好奇的目光尽数遮挡。

邻桌议论声停顿片刻，很快又继续。

临渊眼中蓦然有寒光掠过。他先是晃了晃脑袋，巨大的笠帽也随之微摆起来。

随着一声冷笑，酒壶疾射而出，邻桌瞬时砸下数道碎片！

众妖躲闪不及纷纷中了招，连退数步后，一齐瞪向始作俑者。

临渊从来都不是善忍的性子，但也不是不能忍。他在困境之中能够放下身段与金龙虚与委蛇，那是被情势所逼，且有利可得，可这群议论他的妖，却没那么好运——尤其是当他们已经注意到自己的时候。

他戴着大得可笑的笠帽，本身就很古怪。垂纱飘起一角，虽是转瞬之时，但对目力极强的妖怪们来说，足够看出些异常了。

临渊索性不再收敛，扬起酒壶扔了出去。众妖果然都吓了一跳，没想到他会率先出手。

临渊走过去，隐在垂纱之下的嘴角微微勾着，漫不经心地执起邻桌中心的那盅酒，缓缓浇落在说得最欢的骨妖身上。

本来就心生不悦的众妖纷纷拿出武器就要动手。

临渊:"敢在背后议论我灵山龙族,怕是不想活了。"

正要发难的众妖顿时脸色一变,双目炯炯地盯着临渊的笠帽。自晋明、临渊出现,他们便一直暗中留意观察,自然也看到了垂纱飞起时一闪而过的黑色鳞片。

竟然是龙族?方才还说话顺溜的骨妖结巴道:"原……原来是灵山的前辈,误会误会。"

临渊摇摇头:"没有误会,我听得很清楚。"

余下众妖神色戒备,眼底藏着忌惮。

"前辈,我们没有对金龙不敬的意思……啊!"

临渊皱着眉,将还想多说话的骨妖撂倒在地:"敬不敬,我自有评断。"

有同伴看不下去了:"欺人太甚!你们灵山的妖都是这般猖狂吗?"

临渊若有所思地朝着晋明所在的地方望了一眼,低声道:"当然了,我们灵山龙族,一向很护短。"

"你!"

临渊冷哼,不遗余力地抹黑道:"说到吞食妖类,我们龙族也很喜欢。"

众妖脸色微变。

眼看着气氛剑拔弩张,晋明站起身,沉着脸踱步站定在临渊的身旁。他一言不发,只是看着临渊,暗含警告之意。

临渊狠狠瞪了他一眼,然而被笠帽削去了大半威势。他撇开晋明,起身离开。晋明看了眼愣怔的众妖,很快也追了出去。

临渊一路西行,站定在一处庭院前,也不去管追在后头的晋明,熟门熟路地走了进去。

晋明进门的时候,临渊已经取下了笠帽。狰狞的蛟首一览无余,顶在瘦削的人身上,显得过于沉重了些。

晋明叹了口气,道:"那群妖不过是多看了一眼,何至于起杀念?"

临渊冷笑不语。何止是看了一眼,分明是将他议论了一通!

晋明只装作不知,告诫道:"出深渊前,我便说过,不许你再胡乱食妖!这才刚到上妖界,你便动了两次杀念,是嫌上次的教训不够大吗?"

临渊脸一黑:"我吃了那么多的妖,不都好好的吗?何况我不过是吓唬他们,事有轻重缓急，聚方城有我们的敌人，我怎么可能真吃了他们？”

晋明：“等你真下了嘴，怕是什么都来不及了。”次次都趁他不备，迅速吞吃，要真信了他，才是怪事。

临渊冷哼一声：“就算出了事，我用的也是灵山的名号！和我们有什么关系？”

晋明青筋跳动，这满肚子坏水的蛟，故意顶着灵山的名号惹事，还一副理直气壮的模样，真是让他特别想抓住教训一顿。

“吞食妖类，有违修行正途，你若是再吃出岔子……”我便不再帮你调理了。

晋明想到这条蛟性子执拗，真这么说了估计又是自己被噎住，于是改口道：“我即刻带你回深渊去。”

临渊：“……”

某些时候，威胁比说教更行之有效。

能屈能伸的临渊，再次选择忍耐。他忍耐的时候便不再说话，也不去管站在跟前晋明，兀自坐好了入定。

晋明已经摸清了临渊的脾气，不说话的时候，便是服软了。可是……他要临渊服软做什么？

环顾四周，他注意到这里是一处私宅，屋内没有多余的摆设，应当是临渊在聚方城的一处居所。眼看着临渊一时半会儿不像是会搭理自己的模样，晋明无奈道：“你还不能完全化形，此处应当也没别人，还是变回去吧。”

临渊掀开眼皮，凉凉地掠过他，依旧维持着这副模样，盘腿调息。

街边的一处拐角有一间草药铺，里面陈列着各种灵植，大多是疗伤调息用的寻常灵草，也有一些品相不错的灵植，但算不得稀有。

晋明出了院子，正巧看到了这间草药铺，里面隐约传来争执声。没过多久，便见一位身穿青色劲装的少年怒气冲冲地走了出来。

“什么药铺，卖着草药，竟一点医术都不会！”

少年走了几步，手里拿着几个药包，也许是说话时太过用力牵扯到了面部的伤口，顿时吸了吸气，抬眼瞧见有个其貌不扬的男人正在打量自己，立马道：“看什么看！”

晋明侧过身，做出让行的姿势。少年面色不豫，但见他如此，也不再争执，捂紧了自己的药包往前走去。他步伐极快，在妖来妖往的小街上御风疾行。

晋明远远地看着他，直到少年的身影彻底消失在街尽头。

回去的时候已近黄昏。屋子里的临渊已经结束了修行躺在床上。宽大的外袍被随意搭在床沿，只余一袭单薄黑衫覆盖着他过于瘦削的身体。

晋明放轻脚步声走过去，只见一只狰狞漆黑的蛟头歪倒在枕边。

晋明深吸一口气，平复一阵后，好笑地坐下来，忍不住凑近去打量蛟的脑袋。

这么多年一直维持着蛟身，前些日子好不容易能化形了，虽不尽完美，但也让临渊高兴坏了，整日里固执地不肯变回去。

彼时，临渊睁开眼，道："回来了？"他起身坐起，盘腿继续修炼，"替我调息。"

晋明："我日日夜夜助你修行，等你能完全化形了，可想好怎么报答我？"

没心没肺的蛟自然嗤之以鼻："也不想想我是因为谁受的伤。"

这谎话说了千百遍，越说越真，也愈发面不改色。何况他受伤确实是因为金龙——不过就是与什么舍身救龙毫无干系罢了。

狐妖的结亲仪式在晋明、临渊入城后的第三天举行了。

举城同庆，聚方城宫门大开，群宴各方大妖，场面甚是壮观。狐王穿着一袭华贵的红色长袍，言笑晏晏地坐在婚礼巡游的仪仗车中，街边的大小妖怪纷纷伸长了脖子围观。

狐族普遍长相出众，狐王更是其中翘楚。他面若冠玉，头上绑着及腰的发带，端的是眉目风流，甚至将一众妖艳女妖都尽数比了下去。

狐王此前已有过八位夫人，容貌俱是上佳，这一次也不知是哪个漂亮姑娘遭了殃？

不多时，数百位女妖簇拥着另一顶软轿乘风而来。风吹帘动，一双粗糙的手掌伸了出来。

原本热闹的街上忽然安静了下来。

从轿内跳下来的夫人面容粗糙，皮肤黝黑，体型比正常人足足大了一圈。那人下了软轿，然后迅速登上了狐王的车。

临渊远远看着，明显发现狐王的笑容僵硬了片刻。

"没想到死狐狸竟然勾搭上了这么厉害的大妖。"虽然那位新娘长相粗犷，却是难得一见的凶兽化形。估计死狐狸这次能修为大增了。

原本宽敞的轿子上挤入了高大的新娘后，瞬间变得狭窄起来。被衬托得格外"娇小"的狐王被挤到一旁，嘴角笑容愈发勉强。

即便这回的新娘有些不大一样，但结局大抵不会变，反正都是要进狐王肚子里的，是美是丑也不那么重要了。

临渊目送着仪仗队进入宫门，幽幽开口：“走吧。”

离开这么久，也是时候把他失去的东西抢回来了。

头戴黑色笠帽的大妖混在众多前来道贺的妖怪中，很快便消失在喧闹声中。

踏入修炼之途后，便能感应到万物与天道之间微妙的联系，结亲仪式上禀天地、下告众妖，结成之后双方命息互有影响。

然而狐王以往八次结亲仅仅是仿照了凡间娶亲仪式，既无结誓缔约，也不敬告天道，这在妖界也不算稀奇事。漫漫寿数，就算看对了眼，也不至于就要命息互联，若是出了意外，反倒牵连自身。

第九次结亲仪式依然如此。狐王走向高台，他那新婚妻子迈着步子跟在他身后。他面上笑盈盈的，脚都不动声色地挪开了些许。新娘一愣，皱着眉头又将狐王拉到了身侧，与自己紧紧挨着。

众妖献上祝词，司礼的小妖熟练地开始了第九次仪式，没一会儿，随着一声高亢的“礼成”，仪式正式宣告结束。

狐王拂袖坐到了主位上，新娘立马凑上去，一副想同他挤挤的姿态。

狐王动作轻柔地推开这位妻子，嘴角笑容愈发灿烂：“阿穹，那才是你的位子。”他指着旁边的位子。

“不，一起。”

狐王嘴角的笑容变得僵硬。很快，宽敞的城主宝座上强行挤入了两个人。

单薄瘦弱的狐王被自己的新娘挤了会儿，便再也忍耐不住，站起身，也不多说废话，开门见山道：“诸位，自数年前雷池一役，灵山便与我族生了嫌隙。今日趁着诸位都在场，我便要将话说清楚了。”

说清楚？隐匿在暗处的临渊发出一声嗤笑，对晋明说：“怎么才闭了几年关，外面就全是这一桩事了？”

他看着端坐在身旁的晋明，临渊为他斟了杯酒。酒液流入玉杯中，随着手腕的动作微微晃动，然后递到晋明跟前：“蠢龙，发什么呆，快接着啊。”

晋明接过酒杯，便看到临渊转头又给自己也斟了杯酒。两指可握的酒杯被送入垂纱之下，笠帽扬起些许，很快，一个空酒杯被送了出来。

“我这位新夫人，久居穹山不问世事，那些灵山的龙族却不问缘由对她大打出手。穹山虽然是蛟的地盘，但并非所有待在穹山的妖怪都是蛟宫的人。”

狐其脸上笑意渐收，看向霸占着自己主座的人。眼波流转间，将对方看得一愣一愣。他勾起唇道：“阿穹，正是我从龙族口中救下的。”

主座的人露出迷茫的神色。

狐其扬声道：“魔蛟在时，常以武力威慑，的确做过不少食龙吞妖的行径。可那都是他一人所为，与蛟宫上千小妖有何关系？灵山寻不到正主，就将过错推到我们头上，我虽修炼未有大成，但也无法再三忍让。”

这是将自己同他撇得干干净净了啊……临渊不动声色，听着狐其洋洋洒洒又说了一通，话里话外大抵透露着两个意思：魔蛟独断专行，龙族故意挑衅。而他狐其，最为无辜。

狐王冷声道：“今日我便借着这结亲宴，与灵山龙族划清界限。从今往后，但凡是我狐其的地盘，任何龙族不得踏入！”

聚方城地处中心，此言一出，便是双方彻底撕破脸皮了。台下众妖议论声越来越大，在狐王的煽动下，群情激愤。

斜刺里忽然冲出一名少年，朗声道：“什么时候聚方城成了你的地盘了？我怎么记得这儿的城主是条魔蛟？”

狐王淡淡道：“聚方城早就易主了。”

少年故意问：“是你将他杀了？”

“我杀不了他，他自己身遭不测，还连累我等平白遭了龙族报复。”

“你之前是魔蛟的下属，之后又是聚方城的城主。既要继承旧主的好处，又不想担旧主的坏处，天底下哪有那么好的事？”

少年一身青衫，眉目飞扬，越过众妖仰头质问台上的狐王：“何况未见魔蛟的尸体，指不定他就藏在这里疗伤呢。”

狐其眯起眼，正欲发作，冷不防被拽到后头，身前光线一暗，他那位新夫人已经冲了出去，将他挡在身后，冲着少年发出类似兽类的呼喝声。

狐王脸上浮现一抹不悦之色，但很快被笑容掩藏：“阿穹，退下。”

阿穹满脸都是不认同，但还是退开了半步。

狐其：“这便是我要说的另一件事了。”

少年抱着双臂，好整以暇地等着他说下去。

狐其沉默了片刻，才怅然道：“魔蛟已经殒身。”

少年皱眉：“你亲眼见到的？”

狐王摇摇头："当日他与金龙一战，恰逢雷池难得一见的雷暴，又有强敌相对，即便不死也会重伤，这几年我也曾派人寻找，那期间听闻他现身深渊，不过也没有真正确认。他独来独往惯了，身边无人相伴，自然是死了。"

少年好笑道："说了半天，不还是下落不明吗？"

狐其："蛟宫人心四散，我与其他几位妖王商定，十日之后，选出新主，除却灵山，所有同道皆可参加。"

众妖哗然。魔蛟在时，手下聚拢了一批大妖。这些大妖原本盘踞一方，实力不弱，后来败给了魔蛟，归顺表忠。魔蛟死后，这群大妖谁也不服，纷纷夺回自己曾经的领地……但并没有要选新主的意思。

狐其意味深长道："不管他有没有死，总归是回不来了。"

无论是真的殒身天地间，还是苟延残喘，蛟宫都不会再有他的位置了。

晋明瞧着一旁闷不作声的临渊，蛟首隐在垂纱下，也看不出什么表情，但应该不会太高兴。他斟酌着开口："那条小青龙看来是打赢了。"

几日前在山顶的混战，原本以为会是平局，但看少年跳脱活泼的模样，想来没有输。

临渊没有理会，转头望着晋明沉默了很久。

临渊："你可知道我为何要来这里？"

晋明："为何？"

临渊指着台上的聚方城主人，目光却如有实质地落在晋明身上："若我告诉你，他口中的魔蛟与我们有莫大渊源，你会替他报仇吗？"

晋明："天道自有定数，我要不要替他报仇，得先看渊源是否足够深。"

即便渊源深，有时也要看更多的东西。他是不会放任临渊再像以往那样任意残杀的。

晋明："小渊，你真不是魔蛟？"

临渊毫不犹豫地回道："当然不是。虽然那狐狸满嘴谎话，但有一点说得没错，这世上确实再没有魔蛟了。"

晋明："什么？"

"他受了很重的伤，不是伤在皮肉，而是这里。"临渊伸出手指，轻点在晋明的脑袋上，幽幽道，"他至今都不记得自己是谁，因何受伤，甚至仇人就在面前也无知无觉。"

晋明隐约有种不好的预感。

临渊欺身凑到晋明耳边，压低声音缓缓道：“说到底我只是条普通的黑蛟，可你不同，雷池的劫雷并没有让你受多大的伤，还让你因缘化龙……所以，你明白了吗？”他停顿了片刻，似乎在给金龙腾出消化的时间，过了会儿才幽幽开口，“这世上不会再有什么魔蛟了，因为……他已经脱去蛟身，化身为龙了。”

晋明处变不惊的脸上难得出现了愣怔，他感觉脑海中的某根弦忽然绷断了。

“你曾经是金蛟，在雷池中因祸得福，不仅化成龙身，还没受什么皮外伤。与你决斗的那条龙却没那么好运了，这会儿骨头渣子都不剩了吧。”

“骨头渣子都不剩”的晋明半晌说不出话来。

“聚方城、蛟宫，甚至坐在高台上的狐王，曾经都属于你。如今你什么都忘了，我却都帮你记着。”时隔多年，临渊鬼话连篇的能力未见衰退，反而愈发精进，“看到狐其了吗？他原本是你最得力的下属，却在你落难的时候，只惦记着自己的利益。也就只有我……才会搭上那么多，把你从雷池中带出来。”

晋明：“……”

临渊：“怎么不说话了？”

晋明目光灼灼。

临渊：“你若是信我，就去替我、也替你自己，将台上的狐狸剥皮抽筋！”

剥皮是不可能的，信他的鬼话更是不可能了。晋明这会儿只想将这条不安好心的黑心蛟好好整治一顿，并且再次庆幸自己清醒得够及时，才没有被这些防不胜防的谎话套进去。

临渊满心等着受驱使的晋明诛杀狐其，却发现对方不仅毫无动作，表情甚至还有些愣怔。

“怎么不动手？”

晋明淡淡开口：“比起报仇，我更不想为了以前的纷争，将你卷入是非。”

临渊怒道：“我带你来就只为了报仇这一件事！”

晋明收敛了神色：“不。”

临渊气极，甩开晋明的手，就要朝狐其所在的方向冲去：“那你就在一旁看着吧！”

晋明一把拽过临渊，沉声道：“你何时才能安分些？”

安分？这个词早在多年以前，便与临渊无缘了。光是一个张钧霆他便能记恨千年，更别说这群蛟宫的手下，他们如此待他，他又如何能在这个时候安分？

狐其此时有多得意，看到他出现后便会有多惶恐。

重伤未愈？苟延残喘？

在没有报仇前，临渊又怎么肯死。他不能领会晋明口中的天道教化，正如晋明永远无法明白他心中的仇怨算计。若不是雷池之战阴差阳错地将他们牵扯到一处，他们根本不可能有任何温言相对的机会。正如初相见便差点同归于尽那般，他与晋明只可能成为对头、死敌，而不是现在这样……

失忆后的晋明虽然在很多事上都顺着临渊，偏偏牵扯到生杀之事时，总要跟他唱反调。这不能杀，那不能吃，就连快意恩仇都不允许。临渊眼底闪过一丝微不可见的怅然。

闭关这些年的光阴实在是太漫长了，以至于漫长到都快要让他忘了，晋明从始至终都不是对自己千依百顺的存在，对方所有的维护与帮扶全是受他的谎言蒙蔽所致，甚至，即便如此，他还依然坚守着心中的守则与信念。

有些东西，哪怕被遗忘，也很难凭几句谎话就动摇。

临渊顺势抽手，推出一掌拍向晋明。

周围的妖怪原本正观望着台上的狐王与小青龙，结果那两个人没打起来，身后的一对同伴反而忽然动起手来了。

感受到数道视线落了过来，临渊张了张口，咬牙勉强道："可我不甘心。"

这些明明都是他的，不过一朝失势，那些跳梁小丑个个都想踩他一脚，堂而皇之地打算将他摒弃在外，生死尚未确定，便等不及要谋取他的东西。这让他如何能咽得下这口气？

他重回上妖界，可不是要在晋明的感化下弃恶从善，而是要借着晋明失忆的空当，将失去的东西再夺回来。偏偏蠢龙非但不帮忙，还专挑这个时候与他作对！

"他一不是善类，二与我们有仇，你就算不帮我，也不该阻拦我。"各人有各人的修行道，你既阻了我，我便不能与你同行了。

临渊的修为已近恢复，除了不能完全化形有些麻烦外，很多事他都能靠自己达成了。他在更早之前都是孤身一人，有了金龙，也只是图些方便，但若是方便成了不便，他很快便会做出抉择。

听出临渊语气中的冷然后，晋明的脸色也沉了下来。他避开临渊打过来的一掌，顺势捉住对方手腕。

"临渊，你非要这般戾气深重吗，哪怕是我的话，也不肯听了？"

临渊先是一愣，继而皱眉道："我何时要听你的了！"

晋明摇摇头，不再跟这条没心没肺的混账黑蛟辩驳，将人推至墙面，自己用身体阻住后方望过来的数道视线，压低了声音道：“争强好斗，修行之路怎么长远？”

挣扎间，笠帽垂纱扬起一个口子，露出黑乎乎的半个蛟首，此刻正冷漠地看着他，眼底热度尽退。

晋明语重心长道：“胡乱食妖增长的不仅仅是修为，更有污浊，它会让你之后的修行更为艰难，甚至一旦受伤，复原起来也比寻常妖怪更难。你闭关这些年，数次走火入魔，丹田时常阻滞，种种迹象，你以为只是巧合？”

临渊目光闪烁，面露犹疑。晋明不会欺骗自己，如果他这么说，胡乱食妖十有八九真的影响了自己。

晋明：“这么多年了，是块石头也能焐热了，我说的话，你何时才能听进去几句？”

临渊抿嘴不语。

晋明：“报仇的方式有很多种。你若是听我的话，我保证会让你得偿所愿。”

临渊噌地抬起眼，难以置信道：“当真？”

敢情他说了那么多，就只有这一句打动了临渊。晋明暗叹一口气：“不过，你要是执意现在就冲出去吞吃了狐王……”

临渊警惕道：“如何？”

晋明贴近了凑过去，低声在他耳边道：“在我的眼皮子底下，你还是趁早打消吞吃妖怪的念头……回过头想想，若非我让着你，你也打不过我。”

临渊脸一阵青一阵白，许久，从牙缝里憋出两个字：“滚开。”

晋明适时松手，但他身体依然没有后退半步——这样一条撒手就惹事、谎话连篇的蛟，他可不敢真的放了。

远处，众妖频频张望，看到那戴着巨大笠帽的黑衣男子只动了几下，很快就被身旁的同伴制住。两个人不知在争吵些什么，也听不清谈话声。又过了会儿，见没什么事发生，众妖们纷纷收回视线。

台上，狐其已经发现了少年的身份。

小青龙年轻气盛，来到此处本就是为了挑事，见狐王生气，非但没有感到害怕，还愈发争强好胜，于半空中化为原形，抖着身子就要冲上去打架。

狐其观其体型，像是还未成年。

也不知道灵山龙的脑袋是怎么长的，不过是失了一条金龙，竟然就能让他们如此义愤填膺，不管不顾冲撞上门。

晋明觉得头疼。同住灵山，他自然也是见过小青龙的，也不知道蓝长老是怎么和族中小辈说的，应当是将各种好词全都套在了他的头上，以至于那些小辈们见了他，个个两眼发光，百般卖乖，恨不得扑上来拜师学艺。其中尤以小青龙为最。

小青龙年幼时曾因为贪玩，跌落妖兽的巢穴，又因为好胜，同对方打了一架。结果可想而知，差一点就要葬身兽口。如果不是晋明正巧路过，顺手将他从妖兽穴里提出来，估计早就丢了小命了。

算算日子，小青龙大概半个月前才刚成年。虽然年龄长了，性子却和小时候一样，跳脱任性，热衷打架。

这边刚说动临渊安分一些，那头小辈又挑起事端，唯一令晋明欣慰的是：小青龙顶多打打架，打赢了也不会将对手吃下肚。

临渊还在一旁凉凉道："青龙体格虽小，性子却比你爽快多了。"

晋明心想，可人家又没有生吞妖怪的习惯。

小青龙年纪虽小，但力量不弱，冲着狐王甩尾猛撞，四只爪子朝着狐其抓去，嘴里时不时还会喷吐炙热龙息。

狐其面上笑意尽消，躲开一记攻击后，朝着身后斥道："还不快捉住他！"

话音刚落，一声低沉吼声响破苍穹，足有半座宫殿大小的巨兽凭空现身，飞旋了几圈，缓缓落至地面。

巨兽呼哧踩着地，双目赤红，对着青龙一个腾跃，生扑过去。狐其侧身退避圈外，一龙一兽顿时打作一团。

那个名叫"阿穹"的凶兽似乎来头不小，也不知是怎么落到狐其手中的，脑袋看着不太灵光，身体却强悍至极。此刻阿穹与小青龙缠斗，狐其孤身待在角落里，正是下嘴的好时机……

临渊嘟哝道："我修行只为了让自己好过，你却总让我不好过。"

晋明："……"听听这没心没肺的论调。

巨兽一口咬住小青龙的尾巴，小青龙一个扭头反咬回去，双方扭打在一起，倏忽腾跃而上。

晋明、临渊在暗处远远观望，只看了一会儿，临渊便道："气势倒是差不多，但小青龙到底还是稚嫩了些。"

晋明也看出来了。那个名叫"阿穹"的巨兽绝不是什么普通的妖怪，修为十分精纯，只不过对战经验不足，比起从小跟人约架的小青龙，稍显笨拙了些。但……时间一长，巨兽必定能赢。

小青龙也意识到了，他边打边骂：“喜新厌旧的色狐狸，连跟小爷打一架的勇气都没有！十日之后，我就要拆了蛟宫，看你们选出的新主到时候上哪儿待去？”撂下狠话，青色小龙瞬时绷紧身体，再猛地转身，撞开扒拉在身上的巨兽，寻到间隙后快速溜了出去。腾飞于天，很快就消失在天尽头。

再看原本整齐有序的结亲宴，经历了两兽打架后，变得满地狼藉。数根圆柱断裂，高台上布满裂隙，围观的众妖们手里都拿着防御的法宝，生怕祸及池鱼，稍不当心就被龙息或是巨兽冲撞伤到了。

巨兽打完架似乎还没过瘾，依旧维持着庞大的原身，慢慢踱步回身，接着趴伏在地，用丑陋的脑袋蹭了蹭狐王的小腿。

狐王重新堆好了笑脸，他安抚性地摸了摸那颗脑袋，眼底有一闪而过的嫌恶。巨兽并未察觉，甩着尾巴似乎很高兴。接着，狐王站出来，又说了几句话，将场面重新稳定住后，他便理了理衣襟，很快退席离去。

虽然灵山龙族可恨，但毕竟只是少数，就算今天那条小青龙扬言要毁掉蛟宫，但狐其笃定，等他与另外几个家伙会了面，区区一条小龙定翻不起什么风浪。更何况，狐其笑了笑，他还有这只怪物坐镇。那条小龙连阿穹都打不过，到时候估计也顶多制造些小麻烦罢了。

“阿其。”阿穹干巴巴的呼唤声从背后响起。

狐其头也没回道：“你今天怎么没有将那条龙杀了？”

阿穹嗫嚅了很久，道：“我……杀不了他。”

狐其皱眉：“我看到了，是你太没用了。”

阿穹：“阿其……我，我……”

狐其回过头，目光对上身后的阿穹，眉宇间顿时浮现出不耐烦的神色。

“阿其要我做什么，我便做什么。”阿穹露出讨好的笑容，从怀中小心翼翼地取出一样物件。那物件大约手掌大小，被一张破旧的兽皮包裹着。

狐其：“这是什么？”

阿穹低下头，似乎不太好意思，脸颊浮现出红晕，说：“结亲时还需要交换信物。”

信物？狐其睨了眼那件东西，说：“你替我保管着吧。”

阿穹眼睛一亮，高高兴兴地又将信物放了回去：“好，我替你收好了，不会丢的。”

狐其面上不动声色，内心暗道：这灵智半开的深山妖兽还真是好糊弄。

“十日之后，我们一同上蛟宫。”他伸出手，替阿穹拂去额角凌乱的发丝，柔声道，“阿穹，你会帮我的吧？”

一缕金色丝线顺着晨风隐入初升日光之中，听到身后传来的脚步声，晋明敛袖回身，看到蛟首人身的怪物正朝自己走来，还未开口，对方就先按捺不住了：“你上次说的是什么意思？”自从晋明许诺会让临渊得偿所愿，他便时刻惦记着，“都已经过去一天了。我要夺回蛟宫，你有什么办法？”

晋明：“你修为受损，丹田曾一度枯竭，这些年虽然调理恢复了七七八八，但要想比以往更进一步，却是困难了。”

临渊脸色微微变化，只是紧绷的身体就昭示了他内心的在意。

晋明：“在你调息时，我一直暗中查探着你的脉息。每次你只要运功过度，便会气息紊乱，虽不是什么大的毛病，但其实藏着隐患。”

临渊皱眉：“我的身体自己知道，不需要你多说。”

晋明摇摇头：“寻常大妖虽然打不过你，你却会因为频繁的运功加剧病情，等到隐患转明，几百座蛟宫都换不回来了。”

临渊：“说了这么多，难道你是想劝我放弃？”

在劝说临渊这条路上，晋明十分有自知之明。他步入房内，从袖中取出一粒丹药，送至临渊的唇边。临渊嗅了嗅，隐约闻到一股若有似无的古怪腥味。丹药抵在唇边，他也没有多想，伸出舌头将其卷入嘴中，囫囵吞下了肚。

晋明压低声音：“这是让你功力散尽、哪儿也去不了的毒药。”

临渊脸一僵，看向晋明，对上一双满含笑意的浅金色眼眸，忍不住打了个寒战。

“骗你的。”晋明眨眨眼，拉长声音问道，“我喂什么你都吃？”

临渊：“……”

晋明迅速正色道：“有两种办法，既可以让你解决隐患，又能够不费吹灰之力夺回蛟宫。”

临渊果然被转移了注意力，也顾不上大骂金龙，急切道：“快说。”

晋明咳了咳，道：“金龙一脉有套功法，修炼者修习后，不仅能涤荡经脉、重塑根基，修为更是可以一日千里……我化龙后，似乎得到了许多记忆传承，修炼的法子都印在脑海中。”他做出回忆的表情，“若我猜得没错，金龙一脉之所以是当世强者，其中有大半的原因便是来源于此功法。”

临渊越听越心惊，晋明虽失了忆，却很清楚金龙一族的力量有多可怕。

传言，金龙一族血脉凋零，其实与他们近乎逆天的力量有关，天道不敢放任这样一股可怕的力量壮大，于是在金龙族最为鼎盛的时期，剥夺了他们繁衍的能力。族中子嗣稀少，沧海桑田间金龙一族血脉凋零。

若不是这个族群大多不问世事，也都不是什么兴风作浪的性子，甚至还一度化解过几场劫难，天道也许早就将这一族悉数抹去。

大道无情，天地存仁。无情之下的一丝仁意，尽数落在了如今的独苗晋明身上。

“什么功法？”临渊双眼发光，毫不掩饰自己的意图。

晋明顿了顿，似乎还在犹疑。临渊也不敢催促，生怕晋明临时又反悔了，一双眼睛直勾勾地盯着他。

晋明轻笑：“你若是感兴趣，我可以教你。”

临渊惊喜道：“当真？”

晋明点点头：“嗯，那套功法绝对有此奇效，别说是恢复到以往的修为，哪怕是再上一个境界，也不是难事。到那时，就算是十个狐其，也不会是你的对手。”

临渊：“好，教我！”

过了一会儿，临渊又迟疑着问道：“什么功法？”

晋明认真道：“跟我一起修炼正道。”

临渊：“……”

临渊：“第二个办法是什么？”

晋明：“还有一个办法，便是忍。”

此话一出，临渊的眉头瞬时皱在一处，摆明了不认同。

“你我同行，凡事交由我，你只可乖乖待在我身边，不许出手，更不许食妖。若你出手一次，我便带着你扭头离去，毫无回旋余地。”

临渊恨道：“那我恢复的修为岂不白费了？”他抬眼看看晋明，“你当真会夺回蛟宫，而不是打算去感化那些大妖？”

晋明不解：“我感化他们做什么？”

临渊忍不住在内心翻了个白眼，心道：看这副道貌岸然的嘴脸，时不时就要对他一顿教化，让他还以为这蠢龙天性如此。

临渊：“我选第二种。”

晋明：“修行路长，多一个人相伴，总好过孤身独行。”

临渊恼怒："你趁早息了这念头，以后也不许再提此事。"

晋明幽幽道："小渊，我是为了你好。"

临渊难得没有立马回嘴。

晋明慢慢凑过去："我陪着你，有让你觉得难受，或是不悦了吗？你其实并不讨厌我跟着你，对吧？"

临渊仍然没有应声。

"既然你选择第二种办法，那我依你就是。"晋明声音轻柔温和。

"我不会讨厌一个帮我的人。"临渊沉思之后，说出了这么一句话。

晋明先是一怔，接着无奈道："你啊……"还真是没心没肺到了极点。

临渊："很多事，你现在很笃定，但等到将来想起来后，说不定就后悔了。"

如果他与晋明真如自己编撰的谎言那般兄弟情深，也许时间久了，他说不准真会答应与晋明一同修炼。但事实显然相反……

临渊不想继续这个话题了，绕过晋明，打算像往日一般继续修炼几个周天。

他的修行确实出了些问题，然而这些问题大多零碎细微，努力调息一番，就能重新归于平静。起初临渊只以为是身体未完全恢复的缘故，现在经晋明提醒，他才觉得担忧。

背后忽然贴上来一个温热的手掌，临渊身体一僵，很快又放松下来，任由属于金龙的气息流转进自己的经脉之中。

气息顺势打入腹部丹田，慢慢地，临渊体内仿佛感到有什么东西在化开，汇聚生腾出一股滚烫的热意，凶猛地钻入血液之中。他难受地蹙紧眉头，耳边听到晋明的声音："凝神，是我喂给你的丹药起效了。"

临渊闷哼一声，觉得有些不适，但晋明应当不会骗他。

"你知道怎么帮我去除隐患？"

晋明"嗯"了一声，彻底让临渊放下了心。

这不是晋明第一次帮自己梳理调息，只不过这次同以往不太一样——先是服了粒奇怪的丹药，气息入体后也不怎么舒服，整个丹田仿佛都着了火，夹杂着阵阵剧痛。他难受地发出痛哼，握紧拳头，努力克制住想用修为强行将"药力"与那股气息压下的冲动。晋明的法子虽然各个古怪，但大多效果奇佳，自己也……也应当配合才是。

晋明时刻关注着临渊的状况，见他额间不断冒着细汗，能看出来他并不好受。

他收回掌，伸指搭在临渊的右手脉搏处，只查探了片刻，脸色猛地一沉，迅速收拢自己的气劲，身前的人顿时歪倒。

临渊正努力忍受丹田里的不适，骤然间感到那股搅得他难受的气劲退散了，茫然地回过头，问道："好……好了吗？"

晋明一阵怒火上涌："气息相冲，你难道就不知道说出来吗？！"

临渊掀了掀眼皮："什么？"

晋明呼吸了一阵，心有余悸，又细细查探了一遍，方才沉声道："若非我发觉异常，你差点就要没命了！身体如何，你自己也不清楚吗？！"

临渊先是被晋明的气息搅得疼痛难忍，再是被晋明劈头盖脸说教一通，也慢慢不满起来："不是你在帮我调理内息吗？"

晋明深吸一口气，只觉得内心被什么东西冲撞了一下，让他整颗心变得酸软无比。他气愤之余又感到心疼，道："是我思虑不周，龙与蛟到底有些区别，这法子有些操之过急了。"

临渊的身体还在难受，闻言也琢磨出意思来了，脸一黑，不悦道："你是说，我刚才遭的那些罪都白受了？"

晋明没有否认。临渊顿时气得不行，正打算发作，晋明忽地俯身靠近。

临渊呼吸一顿，一双眼睛睁得老大，没好气道："干什么？"

晋明："平日里倒是能说会道，怎么一到关键时刻就成了闷葫芦？"

临渊立时不满，又要反驳。

晋明继续道："我不怎么替人疗伤，你觉得难受了要立即和我说。"

临渊逮着空当刺了句："谁知道你这么不中用！"亏他还以为金龙能替自己解决隐患，结果白遭了一回罪，还反被劈头说教了一通。

晋明："是，我不中用。你这么信任我，我却差点害了你。"

回想起刚才自己丹田中灼烧般的疼痛，临渊后知后觉地感到了害怕："刚才到底是怎么回事？你不是还喂我吃过灵药了吗？"

还能是怎么回事？晋明本想替临渊重整丹田，让他尽快恢复人身，不想中途出了岔子，这看着精明的蛟竟然也不知道喊疼，差点就把性命交待给他了。

临渊还在用疑惑的眼神看晋明，显然正在等他的回应。

临渊的眼睛称不上澄澈，细看便会发现这双幽暗如夜空的眸子里盛满了算计与不怀好意，望过来的时候像极了毒蛇在暗中窥伺——实在是很难令人心生愉悦。

然而晋明却没有生出什么恶感，算计是有的，恶意也是真的，可那双眸子里，他唯独看不到戒备。也许是多年的陪伴已让临渊逐渐习惯了自己的存在，又或者他笃定了自己没有完全恢复记忆所以才有恃无恐，总之不知从何时起，临渊已经全身心地相信他了，甚至偶尔还会同他闹一些无伤大雅的小脾气。

晋明不得不承认，他快被这感觉迷惑了。

“你既然不愿意同我修炼，但身体依然是要调理的。”晋明的语气中带着些怅然，“小渊，此事急不得，我还得再想想其他办法。”

之后几天，晋明一直都在钻研寻找帮临渊去除隐患的法子，这期间时不时会变出一粒古怪的药丸，递到临渊的跟前，在对方愈发怀疑的目光中，送进他肚子里。

那些药丸都带着股古怪的腥味，味道并不算好。临渊吃下肚后，除了感觉丹田热乎乎的，也没觉出什么特殊的效果。

终于在某个深夜，临渊推了推闭目养神的晋明，问道：“这是什么药？”

晋明闭着眼，平静开口：“是金龙族最好的秘药。”

临渊：“之前怎么没见你拿出来？”

晋明：“现制的。”

临渊狐疑地打量他：“你藏在哪里了？”

晋明从衣袖中取出一粒。

临渊捏起药丸，放到鼻子跟前用力嗅了嗅，没发觉什么端倪。

晋明：“吃了吧。”

临渊：“今日已经吃过一粒了。”

晋明：“无妨。”

临渊愈发感到可疑：“是用什么制成的？都没见你身边携带灵草。”

晋明睁开眼，眸中带着深意，看着他不说话。

临渊立马道：“之前也没见你制过药，问问怎么了？”

晋明：“放心吧，这药就算当糖丸吃也不会有大问题。”

生死攸关的时候不见他警惕，这会儿倒是长心眼了。

“有那么难吃的糖丸吗？”临渊嘟囔几声，还是送进了嘴里。

第七章 蛟宫之主

十日之期一晃而过，蛟宫众首领相约角逐新主的日子很快来临。

聚方城的妖怪明显多了很多，蛟宫就在距离不远的临隐山高处，那里此刻已成了无主之地，魔蛟手下的大妖在他“失踪”后，也只各自拿回了曾经的领地，手长一些的便又多分了几杯羹。可谁也不敢将蛟宫霸占了。他们原本都是一方大妖，平日里井水不犯河水，也没有收服对方的本事。后来魔蛟横空出世，接连抢占了数座山头，他们也就被迫聚在了一处。

如今魔蛟不在，大妖们即便真的觊觎蛟宫，也没有能压制众妖的本事，纠缠了数年后，终于想出了依照凡间比武打擂的法子。

不仅仅是他们，一些消息灵通的外妖也闻风而动。久而久之，上妖界便传出了一个说法——

传闻蛟宫深处藏有一座宝库，里面存放了魔蛟上万年来的宝藏，既有高深功法，也有法器灵宝。魔蛟能修炼到如此境界，也有这方面的借力。

妖王们接连出山，为的就是蛟宫里的宝藏。

此时的临渊一头雾水，暗想：我怎么不知道蛟宫藏了这么多宝贝？

晋明沉默片刻：“那宝库……”

临渊努力思考了一阵，摇摇头：“蛟宫是有那么一间屋子，放的都是些搜刮来的东西，也没什么特别之处。”

这一个个修炼有成的大妖，难道会缺这几件宝物？

晋明：“……”

临渊瞪他："我又不是深渊里的那只鹤，你那是什么眼神？"

看着……不像是说谎。晋明暂且信了他，嘴上认真道："我自然是信你的。"

天际灰蒙一片。临隐山脚下，破碎石块挤满了上山之路，身穿青色短打的少年迈着轻快步子打量着周围风景。蛟宫群妖相聚，他性喜热闹，自然不愿错过这种事。算算时间，他来得算是晚的了。路上已没有多少赶路的妖怪，应当都已经等候在蛟宫外，说不定里面已经比试起来了。

那些妖怪个个外强中干，等他赶到了，就将最厉害的那个打趴下！然后拆了蛟宫，等金龙前辈回到灵山给他做接风洗尘的彩头。

少年乐滋滋地想着自己到时该如何大杀四方，冷不防一道白影从身后出现。他来不及警醒，耳朵就被纤长的手指精准地捏住，轻轻一扯。

"啊——谁敢暗算小爷——白……白姐姐？"少年气急败坏的声音在看清来人后戛然而止，脸上半是恼怒半是惊诧，整个人愣愣地呆立当场。

"您……您怎么来了？"他问道。

白璘："再不来，你是不是打算将蛟宫拆了？"

少年心虚地缩了缩脖子："我哪有这个本事？"

白璘："听起来，若你有这个本事，怕是立马就要去做了。"

被说中心事的小青龙顿时苦着一张脸，讪讪道："不敢，不敢。"

白璘笑了笑，放开小青龙的耳朵，转身往山上走去。

白璘："还愣着干什么？"

小青龙："啊？"

白璘："上山，看热闹去！"

小青龙心痒难耐。

"你要是跟人打架，我可不帮你兜着。"

不仅不兜，还会抖给蓝长老，小青龙腹诽。他望着跟前娉娉婷婷的白色身影，忍不住仰天长叹——啊啊啊他灵山小霸王为什么活得如此憋屈！

咦？小青龙揉了揉眼睛，眼睛慢慢睁得圆圆的："白……白……白姐姐……"

白璘回过头，好笑地看着他："又怎么了？"

小青龙结结巴巴，伸出一根手指，指向天际："刚才……好像有一条龙，金色的……飞……飞过去了。"

白璘一怔，忙抬起头，却只看到一片灰蒙蒙的天。别说是龙，就连雀鸟也没有几只。

“不是，真的有！”小青龙维持着竖指仰头的动作，脸上神情变化，“我……我就算再想念金龙前辈，也不至于眼花啊。”

白璘：“……”她走过去，拍了拍小青龙的肩膀，“走吧。”

临隐山的天从未放晴过，一年四季都是万物凋零的景象。据说是魔蛟生性残暴，见不得太鲜活的东西，因而设了妖法将临隐山弄成如今这副模样。

“怎么样？这地方很不错吧。”骑在金色长龙背上的黑袍男子迎风眺望，龙鳞衬托下，他整个人似乎也镀了一层金光。

金龙停在半空中，远远俯瞰脚下，道：“和深渊倒是很像。”

同样是一派萧索之景，就连天空的颜色也是相近的。

临渊没有否认，指了指前方最高处的宫门，胸中豪气万丈：“若是你助我夺回蛟宫，我就将最大的宫殿让给你住，如何？”

晋明：“不应该我才是蛟宫的主人吗？”

临渊脸一愣，恍惚想起自己先前为了撺掇金龙帮他报仇，故意骗他，让其误以为自己才是魔蛟的事，顿时抿了抿嘴，接道：“你我本是兄弟，你的便是我的，我主动让给你，你该感激才是，怎么还计较起这些东西了？”

晋明：“……”

临渊又道：“等会儿别多话，直接将他们赶出蛟宫……我记得后山的温泉池有疗养身体的功效，以往受了伤，我便会去那儿小住几日。等我们夺回蛟宫，你便去取几株药草，替我守着池子。不出半个月，我一定能将脑袋也变回去！”

金色长龙倏忽一个翻转，临渊急忙俯身抱住龙脖子，急道：“慢些，慢些，你是想扔下我吗？”

金龙喷出一个响鼻，低声道：“那便抱紧些。”

临渊哼声：“你那秘药半点用都没有。我倒是记起，早些年曾搜刮了一位药圣的私库，说不定里面就有对症的灵药……被我收到哪儿了呢，让我想想……”

金龙抖着身躯，听着背上人絮絮叨叨的声音，浮现着温和的笑意。

蛟宫建在高处，漆黑色的宫殿连绵立于山峦之上。从天上往下看，座座宫楼连接成脉，贴合着山川地势，隐隐有几分的气势。

临渊熟门熟路地指引方向，和金龙落在了中殿。

宫殿通体漆黑，没有太多金银相缀，两侧的石柱上刻着盘旋而上的龙、蛇。晋明疑惑为何不是蛟？

临渊：“蛟大王为什么要将自己刻在两根柱子上？”

晋明：“……”蛟宫刻龙、蛇？

临渊：“蛟大王可不会被区区石柱困住。”

某些时候，蛟大王的想法总是异于常人。

殿内没有丝毫活物的气息。临渊环顾四周，走向中殿的主座上，神态放松地向后倚靠着坐下：“我记得平日里一有什么事，都是招他们来中殿等着……”

中殿的主座非常宽大，闲暇无人时，他还会变出原形，将半边身子挂在座椅上小憩。这里的每一处都是临渊所熟悉的。有一点他没有告诉晋明的是，门口的两根石柱，在还没雕刻上龙、蛇图纹前，是蛟大王最喜欢的攀爬柱。爬到柱上，眯眼打盹，倏忽几天就过去了。

临渊慢悠悠道：“比试没出结果前，应当没有妖会踏入此殿。”

照临渊的推测，他那几位手下谁也不服谁，互相提防，彼此制约，没有一个是能冒出头来顶替他的位置的，不然他们也不会折腾出一场比试来了。

中殿主座，那象征着蛟宫主人身份的位置，自然也极为敏感，轻易不能碰。若是出结果前就贸然出现在这里，十有八九会成为众矢之的。

临渊就没这些顾虑。他大大咧咧地坐在曾经的位子上，除了身边多了条龙之外，和以往并无区别。

晋明已经化成人形，抬步走到坐姿散漫的临渊跟前，也不怎么客气地坐下了。

临渊：“……”

晋明：“倒是挺舒服的。”

临渊坐直身体，一把扯下笠帽，扔到脚边，黑乎乎的脑袋一晃一晃，眼中闪过犹豫神色。

善解人意的晋明发觉了异常：“怎么了？”

临渊垂下眼，压住心中的怪异感，咬牙道：“没什么。”

堂堂蛟宫的宝座竟被一条金龙给坐了——奇耻大辱！

“我们便在这儿等着吧。”蛟首浮现出狰狞的笑意，漆黑的细鳞似乎在冒着寒气，“几年不见他们了，有些记挂。”

晋明：“张嘴。”

临渊还未反应过来就下意识地张开了嘴，一粒药丸立时畅通无阻地滚进喉道，落入蛟腹。

古怪的腥味弥漫在舌尖，临渊面色难看，侧了侧身——宽敞的主座上顿时变得拥挤，墨黑色大蛟侵占了几乎整个座位的空间，尾巴还在晋明身上打了个转，正好将人圈住，再一路延伸拖地，搭在台阶上。

晋明调侃道："这吃药的速度可快赶上你食妖时的水准了。"

临渊猛地一记摆尾。

蛟宫宫门前，曾经隶属魔蛟的数十位大妖齐聚一处，外来的妖怪们也各自站在一起，围着宫门前的宽阔场地，彼此相望。他们的身后，还有从各地赶来看热闹的小妖们。

上妖界已经许久不曾有这等盛事了，今日的比试，无论是谁，只要身份为妖皆可参与。最后的胜利者将入住蛟宫，接管蛟宫里的所有宝物，彻底结束魔蛟在上妖界的最后一点影响。

妖类本不是热络的性子，原本冷冷清清空置许久的蛟宫，骤然聚集了这么多同类，也算稀奇。

主持这场比试的是灰背狼妖，他在开始的寒暄过后，便退出场外。

也亏得蛟宫地处高处，比拼时偌大的动静落到底下，也只成了不痛不痒的小问题，更遑论魔蛟在时，还对宫殿设下了重重禁制，否则这么多大妖斗法，别说是一栋屋子了，就算是一座城，也难逃被夷为平地的命运。

白璘带着小青龙赶到的时候，比试已经开始了。

有些身份的大妖都还未曾出手，倒是有几位后辈跃跃欲试地先动起了手。小青龙环视一圈，没有看到当日在聚方城对上的狐妖和凶兽，于是收回视线，继续抬头望着天际出神——刚刚……真的不像是眼花啊！

又过了一阵，决意不上场的小妖们已纷纷盘腿坐在地上，互相交谈起来，时不时还会对着比试中的妖怪们发出一声声惊呼。失败者悻悻离去，胜利者不敢松懈。

随着时间过去，实力不济者大多已被淘汰出局。

黑蛟麾下的豹妖是第一个沉不住气上场的大妖，他一口咬死了对手，并出声道："那些本事没到家的就别上来丢人现眼了，否则下场同他一样！"

原本抱着试一试的心态的妖怪们立马偃旗息鼓。

强者相争的时间反而较短，因为弱者无法一击致命，也就多了回旋翻盘的余地，但强者之间的比拼，往往转瞬之间即定生死。

小青龙盘腿坐在一群小妖中间，其中一只老鼠精还带了自制的小米糕，装在几个小碟中有滋有味地吃着。小青龙望着天，一只手摸了几块小米糕，嚼了嚼，怔住："味道不错啊。"

老鼠精："……"再不错也不是给他吃的！

小青龙得寸进尺，将小碟整个端了，还递过去一块送到白璘嘴边："白姐姐，这老鼠糕还挺香甜！"

白璘："……"

老鼠精气得原地跳脚，腮帮子一鼓一鼓的，吱吱叫唤着想要夺回来。奈何小青龙虽刚成年，却身体修长，小老鼠仅仅只到他的胸口，踮起了脚尖举起手也够不着碟子。

"你……你这妖怪太无赖。"老鼠精发出尖细的骂声。

小青龙想了想，从怀里取出一枚灵药："用这个跟你换，行吗？"

"不行！"小老鼠厉声拒绝，似乎是觉得自己受到了侮辱，一个弹跳就要与小青龙滚打起来。

小青龙眼睛一亮，立马也迎了上去。

白璘："……"

几个回合下来，小青龙滚了一圈后摊平在地，他皮糙肉厚，扛了几记拳头，一点感觉都没有。他仰着头，又看见了那片灰蒙蒙的天，不知怎的，想起了刚才在山脚看到的金色长龙。

少年人追逐强者的心十分强烈，加之年幼时的救命之恩，他对金龙的崇拜与仰慕可谓"天地可鉴"。

费尽力气打了半天非但没把人打疼，对方还气定神闲地发起呆来；精心制作的美味小甜糕还被咬掉一角，又在扭打的过程中掉在地上，沾染了灰尘。老鼠精双眼一直，两脚一蹬，悲从中来，眼角冒出泪花："呜呜呜……"

这场一点也不势均力敌的打斗毫无滋味。小青龙扭头看了他一眼，便若无其事地坐起身，盘好腿，继续发呆。

"你赢了？"身后传来豹妖的问声。

悠闲观战的小妖们忽然变得安静，老鼠精正哭得伤心，就感到一道视线落在自己头上，忍不住抖了抖身体。

豹妖打量着他，眼中满是嫌弃："就这修为，竟也敢主动出手？"

老鼠精愣愣地看着他，豹妖笑了笑："我方才看到你打赢了。"

但凡来到此处，若是与人比试胜了，便可接着再与他人比试，输的人则直接出局。豹妖手段残忍，每每打赢一人，便是非死即残。

豹妖心知老鼠精并非意在比试，但他刚才的一番残忍行径震慑了在场大多数妖怪，以至于一时间无人敢上场比试。豹妖正愁没处发泄，就看到不远处老鼠精与小青龙的"比斗"——老鼠精率先动手，后来又将小青龙压在身下拳打脚踢，他便将这只小老鼠当作是赢的一方了。

"既然赢了，就过来与我比画比画。"

面对豹妖不怀好意的眼神，老鼠精隐约意识到自己摊上事了，哆嗦着身体直往后退，结果不当心又被坐在地上陷入沉思的小青龙绊倒，一屁股倒在了小青龙旁边。他顿时一把鼻涕一把泪，双脚软绵绵的，走不动路，只能疯狂摇头向豹妖求饶："不……大王，我不比试……我没有……"

小青龙扭过头，看了看豹妖，又看了看软在自己边上走不动路的老鼠精。沉默一阵后，他忽道："不管了！前辈吉人自有天相，要我操什么心？小爷我今儿个是来打架的，小老鼠，一边去，这只大猫便交给我了！"

老鼠精哭着打了个嗝儿，软趴趴一动不动。

小青龙单手拎起鼠精后脖，英俊潇洒地将他朝白璘怀中一塞，嗷呜叫了一声，仿佛爆竹般冲向豹妖。

白璘："……"这条动如脱兔的少年，真是难以管束。

比试场上一阵人仰马翻，小青龙打了没一会儿，就觉得浑身不舒服，倏忽间展开原身，威风凛凛地冲上前去。

豹妖能待在魔蛟麾下，也不是什么善茬，看到青龙后，目光一冷："灵山的龙怎么也混上山了？"他舔了舔唇，"不过没关系，正好给我打打牙祭。"

小青龙少年心性，喜爱打架，但也不是无脑之辈。尤其是场上还立着一位在灵山上修行的白姐姐，这位可是最看不惯他惹事的了。

等到他侥幸打赢了豹妖，立马"哈哈哈"大笑三声，阻住了围上来的蛟宫妖怪。

"不跟你们打了，真是没劲。"他摆摆尾巴，刚想故技重施，惹了事就跑，结果离地没多远，身前便投下一片深重的阴影，巨兽的吼声在耳边响起，他的尾巴猛地下沉，紧接着便听到咔嚓一声，尾骨应当是裂开了。

小青龙何时打架输过，扭过头，发现来者还是熟人——聚方城城主新娶的第九位夫人。

狐其慢悠悠地从山道中走来，面上尽是笑意：“各位同道，久等了。”

灰背狼妖脸色一变：“狐其，你怎么现在才来？”

“阿穹贪玩，被临隐山上的景色迷住了，又碰上几只小妖，同他们玩闹了一番，耽误了一会儿。”

巨兽听到自己的名字，发出低沉的吼声，似乎有些雀跃。巨兽后脚踩着小青龙的尾巴，前脚往不停挣扎的龙躯上狠狠一踏。

小青龙吐出一口血沫，嘴里发出一连串龙吟。

“前几日你让这条小龙逃了，今天你可要好好教训他一顿，让他明白，蛟宫可不是他随意撒欢的地方。”狐其的语气一向是慢条斯理的，只是这从来不意味着他会比那豹妖多一丝一毫的良善。

巨兽张开嘴，朝身下的青龙喷洒了几口鼻息，粗壮的龙躯在巨兽的利爪下仿佛成了柔弱无骨的蚯蚓，任由摆弄。

“住手！”白璘见小青龙受困，立时现身出手。

狐其：“原来还有同伙。”他望向狼妖，“魔蛟在时，看守戒严，一直由你负责，此次比试你也一力承担了下来。可眼下来看，蛟宫里接连混入两个灵山龙族，你这看家的本事倒是生疏了许多。”

狼妖皱眉：“豹妖已经被这小蚯蚓打成重伤，那几个不中用的也都败了，现在只剩下我与你，也许还有别人。”

狐其笑笑：“你错了。”

“什么？”

狐其道：“只有我。”

狼妖盯着他。狐妖看向巨兽，悠然道：“不论是你安排在暗处的手下，还是你自己，都不是我这位夫人的对手。”

狼妖眯起眼，打量了一阵：“你这位夫人原形看着确实惊人，但现在定高下，未免言之过早了些。”

狐其：“唉，说起来，这比试的法子还是当初我提出来的。”他歪着头，似乎陷入了回忆，“魔蛟确实是厉害啊……我们几个联起手也打不过他。他一走，蛟宫就散了，再没有能将我们几个聚在一处的人了。”

狼妖："少说废话，你要是能将耍嘴皮子的功夫花在修炼上，说不定还能是我的对手。"

狐其："我不跟你打。"

狼妖一怔，警惕道："你又在打什么主意？"

狐王摊了摊手，无辜道："这场比试本就是你们无能的结果，若是有人能拥有与魔蛟相近的实力，根本就不会有这场比试。"他眼珠一转，笑得满面春风，"我呀，只需像魔蛟当初降服我们那样降服你们就行了。"

在深山中不知修炼了多少岁月的巨兽发出可怕的吼声，恐怖的威压瞬时笼罩在场内每一只妖怪的心头。修为低浅的小妖已经软着双腿，匍匐在地；修炼高深些的也都面色凝重，不敢动弹。

"从今以后，蛟宫便是我狐其的了！狼，看在往日我们共事一主的情分上，你可愿为我……"狐其眨眨眼，"带个路？"

小青龙的呻吟声逐渐变得微弱，前一刻还生龙活虎打败了豹妖，后一刻就被妖兽制住。狼妖不知道狐其从哪里找来了这样可怕的帮手，但……今日之事，结果已经明了。

狼妖垂下头，眼底闪过不甘，最终化为一声轻叹。正如狐其所说，想要成为新的蛟宫之主，其实很简单。他挥了挥手，座下小狼愣了愣，接着反应过来，跑到正中间的圆坛上，燃起备好的信火。黑色烟雾袅袅升上天际，方圆千里，但凡能看到这烟雾的，都该明白，蛟宫真的易主了。

小青龙被扔到一旁的时候已经不省人事。青色身躯软软倒在地上，片片血痕，白璘抖着手，心疼地搭在小青龙的脑袋上。狐其朝她望了一眼，兴许是刚刚得偿所愿，他的心情格外不错，没让妖兽将她一并伤了。

"阿穹，你做得很好。"狐其走过去，举起一只手，巨兽便将脑袋温顺地垂下，任由他的手在自己头上轻轻抚摸。

从宫门广场走到正中心的中殿需要穿过一座前殿，再往里走百步才能到达。那龙、蛇柱立在殿门外，漆黑的殿门紧紧闭合，仿佛在等待迎接新的主人。

狐其走在前，群妖远远跟在后面，也不上前，远远观望着。那头不知名的巨兽的实力实在太过骇人，他们并不想得罪这位狐王。

"离我远些……不许碰……

"差不多了……帽子戴上……

“你变回去！”

……

还未走近，便听见紧闭的殿门后隐约有人声传来，狐其脸一沉，转身质问狼妖：“蛟宫内怎么也混进了旁人？”

狼妖皱紧眉头：“这不可能。”别说殿内根本没什么宝物，光是这个当口，哪个不长眼的妖怪会偷溜进蛟宫里闹事？

里面的动静越来越响，似乎是动起手来了，其间夹杂着咒骂声，乱糟糟的听不真切。

狐其压下不耐烦，对身边缩小了一圈的妖兽道：“阿穹，去看看。”

阿穹蹭了蹭他，迈步用脑袋顶开了殿门。

斜刺里滑出来一条黑乎乎的大尾巴，让门外众妖同时一愣。

黑色长尾僵在空中，片刻后动了动，又慢慢往回缩了半截。

狐其、狼妖：“……”

正当众妖不明所以的时候，那截黑尾忽地拍地一扫，将殿门彻底打开。紧接着尾巴一卷，缠勾住妖兽的脖子，迅速往里拖行，极具凶猛之气。

“吼！”妖兽发出愤怒的咆哮声。大殿里传出阵阵扑腾的巨响。

狐其无端觉得眼皮直跳，一个箭步急忙冲入殿内，当看清眼前景象时，如坠寒窖。

粗壮恐怖的黑鳞蛟躯缠绕着妖兽，不断绞紧。妖兽不断发出吼声，奋力朝着一截蛟身咬去……狰狞的蛟首高高仰起，对着妖兽的头狠狠撞去。

蛟脑袋甩了甩，上半身躯体微微晃了片刻，接着眼底闪露凶光，二话不说张开比那妖兽嘴巴还要大上一圈的巨口，上下一闭，包含住了妖兽的脑袋。

狐其：“……”

晋明：“？？？”

每一个入了黑蛟口的妖怪都逃不脱立时毙命的下场，然而这只妖兽非但没有被呼噜一口吃下肚，反而挣扎得更为剧烈。

蛟含着妖兽脑袋，上下腭被冲撞得一阵生疼，不由得恶向胆边生，彻底将晋明的告诫抛之脑后，满脑子想的都是先将这只一看就很“滋补”的妖兽吃了再说。

蛟躯一吸一松，死死咬住兽头不松口，巨兽四爪趴地，剧烈挣扎。

狐其挪动一步，猛然间便看到一双漆黑幽深的蛟目朝自己望了过来！他呼吸一顿，感到一股冷意嗖嗖从脊背蹿升至大脑，向前的步子一个停顿，又重新缩了回来。

狼妖也是一脸惧色，跟着他们一同入殿的数名大妖无一不是惊惶不安。这怎么可能？魔蛟怎么会出现在这里？

他们为今日的比试设想过很多种可能，唯独没有料到——魔蛟竟在这一天忽然回来了！不仅如此，他并没有如传言中那样伤重将死，反而精神奕奕，同那头不久前还震慑全场的妖兽打得不分上下。一瞬间，众妖回想起黑蛟曾经的雷霆手段，个个面色惨白。

那双蛟目就这么直勾勾地盯着他们。在场众妖脑海中不约而同闪过一个念头：等黑蛟吞吃完妖兽，下一个便轮到自己了。

殿内的一蛟一兽还在僵持中。

一阵轻微的脚步声响起，众妖抬起头，惊讶地发现殿内竟然还有一个人！

那是一名相貌过于寻常的男子，五官扁平，一身淡色长衫，身形高大挺拔。在蛟、兽缠斗的过程中，他似乎一直安坐在殿内主座上，此刻站起身，众妖才惊觉他的存在。

晋明缓缓走下台阶，站定在蛟的身后，伸出一只手搭在蛟的下巴处，淡然道：“松口。”

黑蛟转动眼珠，望过来的眼神里透着一丝不舍。晋明眼都不眨一下，弯下腰，揪住某根尾巴猛一使力。

“嗷吼——”蛟痛呼一声，抖着身子往外耸动，只觉得一口白牙差点被崩没了，气急败坏地胡乱朝着晋明怒吼。

晋明面不改色，松开手，蛟尾瞬间滑脱出去。

黑蛟抬起尾巴，警惕地捂住牙口，看着眼前面容平静的男人，隐隐觉得不太妙。

“你我同行，凡事交由我，你只可乖乖待在我身边，不许出手，更不许食妖。若你出手一次，我便带着你扭头离去，绝无回旋余地。”

晋明的话言犹在耳，此刻更是无比清晰地在脑内回放了数遍。

临渊咽了咽口水，暗道不会吧……金龙要是真的犯起病来，他根本没办法招架……说不定一狠心立马就将他卷起带走，也是很有可能的。他又想，自己也没打算吃那头妖兽，谁让对方负隅顽抗，他不得不如此制敌，加之习惯使然……凡此种种，应当情有可原？

强敌在前，晋明就算再怎么想教训一顿这条不老实的黑蛟，此刻也只能暂时按捺。他幽幽地望了一眼临渊，直把对方看得绷直了身体，满脸都是警惕，才慢慢收回目光，转过身，留下一个高深莫测的背影让其自行领会。

临渊：这是……不打算计较了？

蛟目一闪，愈发觉得有此可能。说不准只是吓唬他的，他这么一只大蛟，怎么可能轻易就被拖走了？他忙支棱起半身，卷尾跟上晋明的脚步。

晋明停了下来，地上的妖兽似乎被摔得不轻，挣扎了两三下才堪堪站起。

门口处一干众妖都不敢发话，眼看着来历不明的男子和魔蛟一同朝他们所在的方向走来，纷纷低垂眼皮，唯恐被这素有恶名的魔蛟报复杀害。

上妖界早有某些约定俗成的忌讳——不轻易显露原形。

临渊化人形化不全，只好变作蛟形。这还是众妖第一次如此近距离地看到魔蛟的原身，也震惊于他的外形。

黑蛟的身躯足足比普通蛟类大了一圈，几乎与龙族体型相近，头顶还生了半截“龙角”，一身细鳞严丝合缝，藏在腹下的四爪锋利尖锐。踱步间，带着恐怖的威势，压在众妖心头。

蛟化人身时虽肤色苍白、神情阴郁，但胜在五官漂亮，不知情的妖怪看了，兴许还赏心悦目。现在倒好，撇开人身原形毕露后，那种威慑感仿佛也放大了数倍。他们毫不怀疑眼前的魔蛟会在下一刻忽然大开杀戒。

片刻后，狐其率先打破了沉默，艰难开口：“蛟王……你回来了？”

再不回来，怕是蛟宫已没有他的位置了。临渊居高临下，从头到脚打量了狐其一遍，刚想开口，猛地想起之前给自己挖过的坑——为了骗金龙替他夺回蛟宫，他故意说魔蛟是金蛟。如此，金龙是魔蛟，那他该以什么身份开口？

临渊面露深沉之色。那么多双眼睛看着，说多错多，还是少说为妙。他冷声道：“我们今日破关而出，路上听到不少稀奇传闻。狐其，你跟本尊说说，蛟宫现在是谁在做主？”

狐其脸色微白，嘴角的笑容消失不见：“雷池一战，属下们都以为大王……已同金龙身归天地。”

“住口，我何时问你这些了？”临渊当即打断，阴森森道，“你是听不懂，还是不敢答？”

狐其张了张口，弓腰回道：“蛟宫现在无人做主。”

临渊冷嗤了一声，无人做主？他正想继续发难，身旁传来晋明疑惑的声音:“同谁?”

临渊眨眨眼,一时没明白晋明的意思,片刻后才反应过来,当即又是一阵沉默。

——同金龙身归天地!

临渊脑袋迅速转过去,心剧烈跳动,没好气道:“别打岔。”又转头看向狐其,冷冷道,“哼,我们若再晚到一天,蛟宫是不是就要改名为狐宫了!”

“属下岂敢?”

蛟拍了拍尾巴,撞在地面发出沉闷的响声,在寂静的殿内发出回响。临渊的冷意更盛:“那聚方城,听说如今也成了你的地盘?”

狐其眼底闪过一丝冷意,余光瞥向一旁的妖兽,须臾间脑海里已转过无数念头。

“大王!”随着一声铿锵有力的喊声,却是灰背狼妖跪倒在地,不住地惶恐战栗——狐其占了聚方城,而他也霸占了蛟身后的多座城池。谁能想到魔蛟竟然还能毫发无伤地回来?那样可怕的雷劫,还有雷池遗留的打斗痕迹,换作是他,必死无疑。

“属下愚昧,受了他人撺掇,今日这场比试大会都是由狐王提出。我……我们也是想着蛟宫不可一日无首,所以答应了他的提议,先选出一位掌事者,暂时打理蛟宫一段时间。等……等大王回归,自然……自然完璧归赵。”

这么多年过去了,狼妖还是一如既往地贪生怕死。他都还没朝他开刀,他就已经吓得认起错来。可惜……临渊皱紧眉头,挪动几步,立在紧靠晋明的位置——这几个狼子野心的手下真是个个不让人省心,跪错方向,说不准还要连累他费心去圆谎。

晋明手背处蹭到了一片细鳞,沁凉坚硬。他面上泰然自若,仿佛没有发现“随着临渊挤到自己身边,狼妖的跪拜方向也开始改变”的事实,主动代入“魔蛟”的角色,道:“这么说来,你们倒是想得周到。”

灰背狼妖一愣,忍不住抬眼看他,心想:以前也没见这号人物,怎么敢在蛟王发话的时候忽然插嘴?怕是活得不耐烦了!

他刚想询问金龙的来历,正好撞上黑蛟一个冷眼,又飞速闭上了嘴。

“那些领地原本便是他们的,这次拿回去重新治理……看起来还挺得心应手。”临渊讥讽道,转头看向默不作声的狐其,“狐王,这地上的妖兽看着修为深厚,可是你找来要给我们补身体的?”

狐其眼底闪过一丝狐疑——我们?

临渊今日已说了不下三次“我们”,这忽然冒出来的陌生男子到底是何方神圣,竟然能被临渊归入“我们”?

狼妖道："大王，这是狐其的新夫人，也是此次比试的赢家。要是您没回来，蛟宫就要落入此妖的手中了。"

狐其朝狼妖看去，一边在心里将这见风使舵的狼妖骂了数遍；一边暗暗咬牙，一双眼睛不住地在妖兽与黑蛟之间来回扫视。

同为修炼了上万年的老怪物，阿穹对上魔蛟，并非没有一战之力。何况……他也去雷池查探过了，那样的阵仗，他不信蛟真的没有受半点伤。

狐其神色一变，喊道："阿穹！"

"吼——"原本静伏的妖兽猛地直冲过来，身躯不断变大，转瞬之间已恢复成真正的大小，挤占了大半座中殿。妖兽仰首怒哮，一口咬上蛟尾，想像拍断青龙尾骨那般敲碎蛟的尾巴。

已经经历过一次断尾之痛的临渊，自然不会再掉以轻心。他回身缠住妖兽脖颈，绞紧后拉，看向狐其，问道："狐其，这便是你的选择？"

狐王笑了笑："大王，阿穹紧张心切，见不得我不顺心，实在冒犯了。"话虽如此，却没有让妖兽停下的意思。

临渊自认打不过金龙，但在上妖界还是鲜有敌手，哪怕现在他并未恢复至全盛，也是如此。然而令他惊讶的是，随着妖兽体型增长，修为也翻了数倍，没过多久已挣脱他的束缚，咬着蛟尾四处甩动。

半座宫殿被临渊与阿穹挤得满满当当，打斗处正巧在殿门附近，众妖被逼至角落，耳边尽是蛟吼兽吟，震得大脑一阵刺痛。

晋明立在众妖身前，目光注视着殿内缠斗的两只巨兽，眼神愈发狐疑。等到看清妖兽身上浮出的鳞鬣时，他神色忽地变为凝重。

众妖只觉得眼前一花，那个和蛟一同出现的男人已消失不见，蛟、兽中间闪现出金光一片，在三股气劲的冲撞下，蛟宫中殿发出一阵巨响，轰然间已有了坍塌之势。

"小渊，退后！"

临渊只觉得身体被巨力撞击了一下，然而却没有受什么伤，反而尾巴一松，不受控制地朝旁边跌落。

晋明依旧维持着人身，单手抵住妖兽的脑袋，面色沉得可怕。

"是犼。"

一犼可斗三龙二蛟，千年前金龙拖着重伤之躯才将犼击杀，没想到在上妖界，还存着一只食龙之兽。

这只名为“阿穹”的犼，年岁应当没有深渊里的那只久远，但实力依然不可小觑。他们似乎天生与龙、蛟为敌，爪牙、身躯全是为克龙而生。无论是此前在聚方城看到的，还是方才比试场上的，都不是其真正的原形。

犼的体型还在不断增长，大小已超过了蛟，整座中殿变得狭小起来。很快，拱起的小山般的脊背顶断了横梁，地板开始龟裂。

龟缩在角落里的众妖如梦初醒，纷纷祭起看家本领，四散逃离。

临渊也被眼前妖兽变形的情景惊住了。他自然也见过犼。深渊里巨妖无数，一次他被一条恶龙卷住，恰逢犼出现将恶龙吃了，自己也被犼无意中带回了巢穴。犼并未发现临渊，他怕得要死，却强忍着没有立刻离去，而是潜伏在洞穴里，趁犼外出，去捡对方吃剩的口粮……直到某条伸张正义的金龙出现，将他带离了深渊。

这只犼显然不是深渊里的那只。这么多年过去了，食龙之犼在深渊销声匿迹，显然是被金龙给消灭了。

但他见识过犼的巨力，也目睹过几回犼捕食龙、蛟的场面……万物相生相克，犼便是他们这一类的天敌。

妖兽终于停止了生长。整座中殿已化为废墟，小山般的巨兽回过身，褐色双目死死看向蛟所在的方向。

蛟警惕地动了动尾巴，余光瞥向不远处愣怔的狐其，显然，他也不清楚自己这位新夫人的来历。

犼每走一步，地面便震上三震。抵在　额间的手始终纹丝不动，视线中的魔蛟就藏在这个男人身后。犼目眦欲裂，发出低吼声，现出一排锋利的獠牙。那是能穿透龙鳞的食龙之牙，上面还残留着一丝殷红。

临渊回头看向自己的尾巴，果然已经见血，不过好在没折。

像这类年岁久远的上古兽种，平生难得见一回，晋明、临渊却都不是头一回碰到。尤其是晋明，当初吃了某条“谎话精”的亏，他与深渊犼的决斗刚开场不久，就迅速落了下风。最后磨了很长时间，付出重伤为代价才慢慢反败为胜。因此对于如何对付犼，恐怕世间找不出比晋明更有经验的了。

数里开外，比试场上的一众妖怪都还未散去，就听到前方一阵轰天巨响，正中间的巍峨宫殿先是摇晃了一会儿，紧接着化为废墟。一只奇形怪状、从未见过的巨兽凭空出现在天地之间。

小青龙汩汩流着血，艰难地问：“白……白姐姐，发生了什么事？”

白璘已替他简单处理过伤口了，她也注意到蛟宫内的异象，蹙眉道：“是魔蛟。”

巨兽的体型俨然压过了黑蛟，但白璘仍一眼认出了这场异变的另一位祸首。

“什么？！”小青龙支起前半身，“哪里？我去吃了他！”

白璘迅速按住龙脑袋：“青儿，别添乱。”

这怎么能是添乱？小青龙目光灼灼：“魔蛟出世，前辈为什么还没有出现？”他略一思索，急切道，“白姐姐，我要去问问他！”

白璘摇摇头。她环视一圈，伸指点向老鼠精：“你将他送下山去。”

老鼠精呆住，愣愣地重复了一遍：“我……将他送下山？”

小青龙愤怒道：“我可不走！”

白璘没理会他，继续道：“灵山龙族最为护短。小老鼠，你可不能让他在下山的路上再受伤，明白吗？”

老鼠精：“……不……不明白。”这种一听就是威胁的话，他一点儿也不想明白！

白璘露出温婉的笑容，也不说话，只是盯着老鼠精看，将他整个盯得奓毛，恨不得变出原形团起来。

过了一会儿，老鼠精鼓起勇气，指了指地上乱动的小青龙，细声表达自己的意思：“可他……不愿意。”

白璘温和开口：“没事。”说话间，数道白绫将小青龙缚住。青色长龙当即化作少年模样，满脸不忿，挣扎起来，结果不慎扯到了断尾处，顿时疼得脸色煞白。

白璘：“这样就可以了。”

老鼠精：“……”

“别过来！”小青龙狠狠瞪向他，龇牙道，“不然我吃了你！”

老鼠精：“……”要是出门前他知道小小一碟甜糕会引来别人的觊觎，进而给自己带来那么多麻烦，他是打死也不做的——以后再也不做甜糕了！

又一道白绫很快缠上少年的嘴巴，捂了个严严实实。

白璘：“我此番到这里来，便是受了蓝长老所托。金龙传来消息，他此刻就在上妖界。”

小青龙睁大眼睛：“唔唔！”

白璘：“不行，前方情况未明，你伤重至此，还是老实等我消息吧。”

小青龙：“唔！唔！唔！”

白璘："……走吧。"

她将被鱼鳞绸布包得严严实实的小青龙扔了过去，直直压在老鼠精瘦弱的小身板上，顿时响起一阵吱吱乱叫。

老鼠精站定后才发现，原本聚集在附近的小妖早已退到了方圆百里之外，其中几只相熟的还朝自己露出同情的目光。

白璘祭出银色双刃，打算动身前往查探，隐约看到巨兽周身有数道金色光芒闪过，好像有个人影在不断地穿梭。她脸色微怔，眼中闪过疑惑。

而小青龙更是反应激烈，被白绫裹缚住的长躯在地上弹跳不已。本来他还心存犹疑，但此刻见到金光闪烁，那他在山脚下看到的龙影……很有可能不是眼花！

然而等了很久，视线中始终没有出现期望中的金色长龙。小青龙有些失落，身体渐渐停下了动作。金龙前辈到底是怎么了？为什么不回灵山？难道是被外面的女妖迷住了？还是待腻了灵山，觅到了新的洞穴？又或者……是有其他可爱的小龙崽了吗？陷入少年愁绪中的小青龙无比忧伤。

感觉到手臂被什么东西戳了戳，他回过神，对上一张瘦巴巴的可怜面孔。

"她说……回来见不到你，就把我捉了……"

小青龙幽幽地问："还有老鼠糕吗？"

老鼠精抖了抖，发出尖细的声音："没有……"

中殿废墟上，犼已对上了晋明。犼身形高大，将晋明衬得仿若尘埃，仿佛只要轻轻一拍，便能将他拍为齑粉。

临渊隐在暗处，心中知晓这位"傻子"曾经孤身杀犼的事迹，因而并不怎么担心。眼睛骨碌碌转了半圈，便将目光放在了狐其身上。

饶是狐王见多识广，也没猜到平日里被自己牵着鼻子走的深山妖兽竟然有这么恐怖的实力。他隐隐觉得事态超出了预估，脚步腾挪朝后退去。

"想去哪儿？"临渊隔着一段距离冷眼瞧着他。狐其心头猛跳。

片刻后，狐王横倒在地，身后是一截断掉的蓬松狐尾，他发冠歪斜，嘴角淌着一丝血迹。

粗长的蛟躯蜿蜒而上，将战败的狐王缠绕。黑色细鳞贴合着身下妖怪白皙的肌肤，逐寸收缩。

狐其惶然道："放了我！"

临渊冷笑:“放了你?那可不行。本尊生平最讨厌别人觊觎我的东西。撞见了,少不得要连本带利地讨回来。”

“你不能杀我……”狐其哑声道,“如果你伤了我,你那位同伴……咯咯,就会被阿穹……撕……撕碎的!”

那可是崩了他数回牙的龙鳞坚甲,岂是那么容易被撕碎的?蛟目闪过一丝暗光,嘴角勾出近乎残忍的笑意。

“同伴?”他压低声音凑到狐其耳边,“我怎么可能有这种东西?”

狐其呼吸一顿,心内升腾出强烈的不祥之感。

“阿穹不是寻常妖兽……就算是你,恐怕也做不到全身而退。那人舍身救你……你就这么看着他死?”

临渊心道,能看到金龙受挫,可比食龙之犼稀奇多了。犼要是能伤到金龙分毫,就算是真有些本事了。

他继续缠紧狐王的身体,嘴里讽刺道:“多年不见,狐王怎么像是对我改观了许多?旁人的死活,何时与本尊有过关系了?”

金龙连深渊里那头年岁久远的老犼都打得过,区区小犼何至于就到危及生死的地步了?

说到底……临渊眼里闪过一丝鄙夷之色,还是这群妖怪太没见识了。

狐其吐出一口血沫,感受到体内的骨头正以一个缓慢的速度被挤压折断,姣好的面容已是如厉鬼般惨烈,他不甘心道:“我亲眼见过阿穹拍碎了数十位大妖的神魂,你吃了我,阿穹定会为我报仇的!”

临渊:“哦?”

狐其压低声音:“阿穹虽神力无穷,却极听话。你我各食一半,如何?”

这又不是饭菜,还能分成几口。一只妖只有一颗内丹,这样的提议简直可笑。

“阿穹体内有两颗内丹。”狐其忙道,“也不知他是怎么修炼的,两颗内丹相依相存,平日里没什么异常,一旦融合,便会爆发出骇人的力量。阿穹便是那样杀了数十只大妖!”

临渊若有所思。他倒确实未曾吃过犼的内丹,听着似乎不错。站在远处,他光是观望,便能感觉犼那可摧日月的气势,若真的得到犼丹……

不对!临渊猛地清醒过来。这处境,颇像当初自己修为尽失,落入三头蛇手中时找的借口。他当初便是以“龙肉”做饵,说动三头蛇暂时放过自己的。

他不由得眼色深沉地打量了下这位前属下，半晌才道："哦，那不如等他们两败俱伤，再一起吃了？"

狐其愣住："……什么？"

"说笑而已。"临渊冷笑，尾巴一翻，毫不犹豫地绞断了狐其的腰背，幽幽道，"别人费心救你，你冷眼旁观便也罢了，竟还打着吞妖丹的主意。"他摇摇头，煞有其事道，"我都要同情那头犼了。"

犼忽然发出一声低吼。

"退开！"晋明的声音紧接着传来。

临渊松开了绵软无骨的狐王，疑惑地转过头。

"小渊！"晋明的呼喊声于半途变了个调，响彻苍穹的龙吟恍若炸雷般响起，裹挟着雷霆之势，倏忽似乎已到了身后。

临渊只觉得头顶一片阴影罩下，来不及思考，身体已迅速就地往旁边躲去。

"轰"，尖利的犼爪堪堪擦过蛟的背部，在漆黑的鳞甲上留下一道浅淡的痕迹。

蛟拍尾而起，身体半旋向外蹿出。犼立时扑了过来，褐色的眼中盛满滔天怒火，小山般的身躯朝着脚下的黑色长蛟重重砸去。

砰！随着一声巨响，金龙巨大的身影冲过来，却被盛怒中的犼带着拖行数步。地上凌乱的碎石转瞬间被碾压成粉末。

黑蛟已在这短暂的空隙暂时稳住身形，也终于看清了身后的形势。他忍不住继续后退几步——这与在雷池时面对金龙的感觉截然不同，同样是修为高深的敌人，犼给他的感觉远比金龙更为可怕。

也许是面对天敌的本能反应，以龙、蛟为食的犼，天生便对蛟存在威势。他真正的原形极为恐怖，全身的每一片鳞、每一寸爪，仿佛都是为了捕杀龙、蛟而生。

刚才那一瞬间，临渊感觉自己要被对方撕成两半了！

"缠住他的后肢，其他交给我。"晋明的声音在耳边响起。

临渊迟疑了。犼一时近不了他的身，只要自己腾空飞跃，想要逃脱便并非难事。他原本笃定了金龙能轻易将犼收服，但眼下来看，情况似乎并不如他所想的那样乐观。

这么多年了，他时常盼着金龙伤重濒危，好让自己有机可乘。但那龙仿佛天生就是来气他的，无论遭遇何种险境，金龙最后总能有惊无险地躲过，一次次验证了"气运加身"四个大字。

临渊至今都未曾见过能打得过金龙，或是让他受半点伤的妖怪。

可这是犼。临渊脸色狰狞，他与狐其说的话并不全是假话。若是他潜伏于此，等到金龙伤重之际，再以狐其为筹码，让犼束手就擒……届时，食龙心愿可了，蛟宫之危亦能解。

晋明见临渊没有动作，展开身体试图将犼缠住。

然而狐其重伤已将犼完全激怒了，犼周身隐隐生出暗光，四爪噌地变得更为锋利，张口间能看到森白獠牙。犼微压身体，紧接着弹跳而起，一下冲破桎梏，陡然间回身拍向金龙脊背。

金色龙鳞先是现出一道细小的裂缝，倏忽裂缝已四散扩大，空气中顿时弥漫了一股淡淡的血腥味。

犼爪中暗藏的倒钩穿进鳞片缝隙，再从内部揪住了血肉扯出来。金龙发出短促的闷哼声，身体晃了晃，转头朝犼喷吐龙息。

“蠢龙……”

两兽扭打间，有股红色的血滴溅到蛟的身上。蛟愣了愣，盘起尾巴，将脑袋上的血迹擦了擦。他垂下头，眼睛微微眯起，下一刻已化为一道黑影，冲了过去。

黑蛟忽然钻入犼的腹下，仰头直撞过去。犼当即被撞得身形颤动，同一时间，金色龙息从四面八方将犼困住。

万物相生相克，犼的爪牙能穿透龙鳞，自身的血肉却远不及龙、蛟。

黑蛟绷直身体，陡然间身体增长数倍，内丹运转，灵力化为利刃，尽数朝着犼的后肢袭去。那些气刃接连打在同一个部位，撞击散形后，余劲还往皮肉里钻了三分。

犼粗壮的后肢已被蛟整个盘绕了数圈。临渊面色狰狞，张开巨口狠狠咬了下去。

突然爆发了战意的蛟十分凶悍。犼猛地感到疼痛，但还是被金龙缠着，又躲不开蛟接二连三的攻击，于是视线扫视一圈，朝离得最近的偏殿奔去。蛟宫内顿时更加混乱。犼冲过去之后，后肢微伸，试图借着冲撞之力甩脱掉盘紧的黑蛟。

眼看着临渊就要撞上去，晋明沉声呼喊：“小心！”

半空中，黑色长蛟猛地松开了犼的后肢，尾巴尖一卷，钩住递过来的金色龙尾，再顺着对方的长躯，稳住身形。

两人对视片刻，金龙忽然福至心灵，荡了荡尾巴，又将黑蛟荡了回去。

临渊：“……”已过偏殿，他自然是不会被撞到了。

临渊板着脸，紧紧攀住犼腿，总觉得哪里都不对劲。摸不着头脑的蛟大王“嗷呜”一口再次咬上了犼。

远远望去，只能看到巨兽身上盘绕着一黑一金两道身影，倏忽拧作一团，倏忽又各退一方。三兽缠斗间，大半蛟宫毁于一旦。

不知过了多久，犼停下了动作，先是转过身，朝着狐王躺倒的位置望了一眼，再化作人形，握掌成拳间山石汇集，击中了黑蛟。蛟发出痛苦闷哼，横倒在地上。

“你杀了他！”阿穹一字一句道，“你怎么能动他？”

临渊疑惑地抬起头，他并没有杀死狐王，只是让他断了几根骨头，免得暗中要什么花样。难道犼误以为自己把狐王杀了？

金龙也化身为人，遮面之术消解，一身金色长衫已被扯破，肩上晕出暗色的血迹。

阿穹：“我又让他失望了。既没能帮他实现愿望，更没能保护好他。”

临渊隐隐有种奇怪的预感，眼前的犼看着像是要……

“为什么要杀他？”阿穹问道，“就因为他……打了你的主意？”

“他将你卖给我了。”临渊道，“他主动相邀，说是愿意同我分食。食龙之犼的内丹，可比什么蛟宫之主重要多了。”

阿穹眼中闪过暗芒：“不可能！”

临渊：“你随便找只妖，问问他们，狐其的前八位夫人最后的下场都是怎么样的？”

“你真以为那只死狐狸会对你死心塌地？你们的结亲仪式连禀告天地都没有，这哪是要和你同生共死？人家分明是看你好骗、好用。”临渊说话十分不客气，字字都往犼心口里刺。

阿穹摇头：“我不信！”

临渊眼底流露出同情的光芒：“你其实有感觉的，不是吗？”

阿穹：“但那不是你杀他的理由。”

临渊不屑，这种小事还需要他找理由吗？更何况那只死狐狸只不过是伤重昏迷而已，他还打算着用狐其的性命牵制这只怪物！

阿穹突然平静道：“他死了，你也不能活了。”

临渊刚想开口说话，阿穹已经出手。属于食龙之兽的威势如潮水一般朝他涌来，身后碎石悬浮，那两根盘旋了上千年的龙蛇柱挨过了前面几次撞击，这一次终于不堪重负，轰然倒地。

“阿穹的体内有两颗内丹……”

狐其昏迷前的话忽然闪入临渊的脑中。内丹一旦融合，便能爆发出同时击杀数十位大妖的能力……

妖怪的体内怎么能有两颗内丹呢？未合丹前便已经这么厉害了，合丹之后，又会是怎样可怕的境界？

临渊转瞬间冒出无数的念头，仰头望着逼近的犼，下意识地喊了声：“蠢龙……”

突然，群山震动，蛟宫塌陷，众妖纷纷慌张大叫。

“地陷了！”

“那是什么？！”

“快……快跑！”

天地间仿佛劈下一道惊雷，将整座蛟宫拦腰截断，中心广场现出一道深黑的沟壑。

等到一切尘埃落定，恢复平静，方才还在场上斗得激烈的三头巨兽已经消失了。

中殿已没有一处可以站脚的地方。小妖们早已离去，那条裹着白绫的小青龙也被连拖带拉地带走，留在附近的只剩下零星几只大妖，但也是各个面如土色，不敢动弹。

难道是……同归于尽了？

碎石之间，很快又出现一个白色身影。那应当是位女子，异变骤生显然也将她波及，她形容狼狈，走在碎石沟壑间，俯身查探起来。

真是……不要命了。若是一个不慎卷入三兽的争斗中，怕是有九条命也活不了了。

砰——一声短促的轻响，白璘看过去，只见碎石堆中，冒出一小截黑色的尾巴。他刚冒了个头，便蔫头蔫脑地耷拉下来，顺着根部，紫黑色的血迹浸染在碎石上。

是魔蛟。白璘很快辨认出了这条上自己洞府杀人夺宝的恶蛟，后退数步，不敢轻易打草惊蛇。

尾巴逐渐变长，漆黑色的蛟身缓缓从碎石堆中爬出，等到半截蛟身钻出来时，地底传来一阵响声。

黑色长蛟抖落着身上的尘土，彻底从废墟中爬出来。他的身上遍布细碎的伤口，但都不深，因而出来后，依旧气势汹汹。他一爪抓地，然而碎石不堪一击，很快这只爪子又被埋了进去。蛟发出低吼，身体整个绷直，尾巴高高向上翘起，后爪抵着横倒的龙蛇柱，仿佛张满的弓，是一个使力的姿势。

白璘眼前一闪，没来由地有了一丝奇怪的感觉。

蛟还在努力拉扯，粗长的身体忽而绷紧，忽而扭动，漆黑的蛟脸狰狞，隐隐可见咬紧的一排尖牙。

地面逐渐颤动起来。慢慢地，从碎石间露出一点金色，金色不断扩大，露出一小截龙身。

不知过了多久，露出地面的龙身越来越多，最后是双目紧合的龙首。

蛟的喉咙中挤出一声微弱的细鸣，他将自己的尾巴垫在了龙首下："蠢龙，醒醒！"

暗红色的血迹顺着破碎的龙鳞将碎石坑染红，刺痛了临渊的眼睛。他没想到晋明会为他做到这个地步。即便知道自己的谎话天衣无缝，这条失了忆的蠢龙完全将自己视若至亲兄弟，但在金龙扑过来将他护住的时候，他还是有些难以置信。

临渊用黑乎乎的脑袋蹭了蹭龙首，试图唤醒对方。

片刻后，他的眼中充满了焦躁："若是再不应声，我就将你吃了！"

"金龙前辈。"

蛟首噌地转向出声者的方向，眼中盛满了未退去的凶悍之气。

待看清来人后，蛟目微沉，缓缓念出了对方的名字："白璘。"

一切的争端都源于白璘手中的蚌珠。临渊眯眼打量着白川洞主，目光落到对方手中的银色白刃，扯了扯嘴角，却没能扯出嘲笑来："你也来了。"

白璘捏紧了武器，从初时的愣怔中回过神——蛟回头时的眼神太过令人胆寒，仿佛下一刻自己就要被这条凶蛟撕咬成碎片。

金龙昏迷不醒，魔蛟却只是受了轻伤，若是此刻他动了杀念，自己该怎么将恩人从蛟口中救下？

"滚！"临渊从嘴里吐出一个字，"趁我现在没心情动你。"

白璘目光微冷，扬声道："魔蛟，你暴戾恣睢，先是伤我洞中十六名弟子，再是伤了金龙前辈。灵山龙族此刻就在临隐山脚，我就算拼死，也要拖到他们赶到，将你诛杀！"

临渊："灵山龙族？"

就算蛟宫比试推选新主，也不至于能吸引那群自视甚高的龙族。若是奔着替金龙报仇的目的而来，也有些牵强。但听白璘的语气，不像是来了一两只，倒像是来了一大群。

白璘："你放开金龙前辈，我保证，此后灵山不会向你寻仇。"

临渊冷笑："你要我放开？"

白璘："魔蛟，你杀了他只是一时之快，引来灵山报复就不是简单之事了。"

临渊："你算什么东西？也配替灵山发话，还敢让我放开这蠢龙？"

白璘："白川洞修的是因果道，我欠金龙一恩，就必须还恩一回。"

"你是怎么找到这里来的？"临渊没心情听她讲修习之道。

白璘目露戒备之色。

临渊："你告诉我，我便考虑放了他。"

白璘一时间没有说话，似乎在斟酌蛟话中的可信度，许久后才道："自然是收到了金龙前辈的传讯。"

传讯……蛟抽出了尾巴，龙首滑落至碎石堆上。

"这么说来，是他叫你们来的？"临渊的声音平静得可怕，眼神中的凶光已经尽数敛去，但是寒意似乎更盛了。

白璘："十日前，从聚方城传来了前辈的消息，他提及会在近期上临隐山，却让我们不要找他。但前辈失踪已有数年，消息传到了族中小龙耳里，便纷纷下山寻来了。蓝长老心存担忧，便派了数位族中英杰一同来此。"她刻意放慢了最后一句。要是魔蛟动手，也要掂量一番，几条灵山龙，难道还敌不过一条蛟吗？

然而令她惊讶的是，魔蛟不仅没有因此收敛，反而扫尾拍向龙首。

白璘："……"

金龙没有知觉地躺倒在一堆碎石中。蛟目仿佛就要滴出血来，滔天的怒火几乎要将理智淹没。

十天前就传了消息回灵山？金龙恢复记忆了？！

临渊内心涌起惊涛骇浪，再也维持不住平静脸色，强烈的情绪激荡下，本就狰狞的蛟首再添几分凶色。

晋明不仅恢复记忆了，还装作什么事都没有跟在自己身边？！那他算什么！

被蒙在鼓里，自以为是地说着拙劣可笑的谎话。若不是遇见了这条母鱼，他是不是还要一直被金龙看笑话？

暴怒的蛟高扬起尾巴，就要狠狠拍下。

“不要——”白璘一声惊呼。

石块崩裂四散，扬起一阵尘灰。蛟尾骇然入地三分，擦着龙首带起一道劲风。

“你给我起来！”他用前爪拨弄地上躺倒的金龙，嘴里发出沉闷的低吼。

“你既然都记得，就不怕我现在就吃了你吗？

“装傻充愣这么久，你很得意吗？

“起来！”

蛟尾一下接一下擦着龙首打在地上，力道一记比一记凶猛。白璘看不清楚，只以为蛟恃恶逞凶，提起双刃冲了上去。

“滚开！”临渊怒喝一声，击落双刃，一尾巴将惹人生烦的母鱼甩出一丈远。四爪来回绕着金龙踱步，转了几圈后，又用尾巴一下下扫过乱石，时不时击打一阵，浑身散发着暴戾之气。

白璘胆战心惊，眼看恩人危在旦夕，黑蛟忽然张开巨口，狠狠咬住了龙首。

小青龙领着同族兄长们赶到时，看到的便是这个惊险至极的场面，顿时心就要跳出胸腔，尖叫道：“恶蛟，快松口！”

恶蛟并未松口，他含着龙首，恶狠狠地扫视了一圈赶上山的几位龙族，嘴里发出呜呜的威慑声。

几条龙心头大骇，眼睁睁看着金龙被叼住脑袋拖行了数步。正当众龙做好剖开蛟腹救龙命的打算时，黑蛟却松开了嘴巴，吐出一颗金灿灿的龙脑袋。

黑乎乎的长蛟很快上前，用脑袋碰了碰毫无反应的金龙。从废墟中出来后，金龙便没有一丝醒转的迹象。临渊感到一阵心慌意乱。

犼合丹后的奋力一击到底有多惊人，临渊不用体会便能猜得到。就算他是金龙，运气也总有用尽的时候。他看了看龙身，被犼爪抓破的伤口极深，那曾经崩坏了自己的牙无数次的鳞片外翻脱落，露出内里血肉，触目惊心。

这条蠢龙若是真的记起来了，那刚才为什么还要挡在他身前？

“魔蛟，快放了晋明，否则此处便是你的埋骨之地！”

灵山蓝龙一脉的蓝舒渠，便是此行灵山龙族的领头者。

晋明性子并不热络，挚友不多，蓝龙蓝舒渠便是其中之一。此刻他看着好友昏迷不醒地落入魔蛟之手，脑中已闪过数种施救的法子。可是……照黑蛟这种缠法，想要救出晋明，实在太难。

“吼！”蛟不耐烦地发出吼声，猛地想起金龙腹中藏了许多宝物灵药，又摸索着触碰那片鳞片。往常只要自己碰一碰就会自动打开的龙鳞，这会儿却闭得死紧。

地面忽然又是一阵抖动。临渊站立不稳，勉强拖着龙躯朝一旁退去，就看到碎石堆中举起了一只犼爪。

小青龙忙出声提醒：“蓝哥，那怪物能穿透龙鳞！”

话音刚落，犼露出了脑袋，晃了晃，神智还未清醒。

蓝舒渠一眼认出了犼的身份，当即下令将其拿下。犼奋力一击过后，身体已近虚脱，此刻那么多条龙聚在一处， 轻易便被拿下了。

临渊骤然拔高了声音：“怪物，你知道狐其是怎么死的吗？”

犼的眼神逐渐清醒过来，定定地看着他。

临渊道：“本尊可没有杀他。反倒是你……弄出了这么大的阵仗，你看看这堆碎石中，还能不能挖出他的尸骨？”

犼愣了愣，身体慢慢开始战栗：“你说谎！”

临渊字字诛心：“那是因为你没有跟他真正缔约结亲，否则又怎么可能连他是生是死都会弄错？不过，现在追究这些也没用了，你瞧……他是不可能活下来了。食龙之犼，好威风啊，发起疯来，连自己的夫君也一并杀死了。”

说完这句，蛟卷起金龙，再没心情理会犼的反应，朝着山下而去。

蓝舒渠时刻留意蛟的动向，见他要逃，马上也化作长龙追赶上去。其余龙也想追，奈何手里的犼忽然发起狠来，不得不回过头看管起来。

第八章 金色鲤鱼

临渊卷着比自己粗了一圈的金龙，没飞几步，险些从天上落下来。

与犼一番对战，他也受了许多伤。这会儿胸口钝痛，并不好受。此前他就有运功过度、气息不稳的状况，今日一战，别说是化为人首，估计又要重新休养一段日子了。

临隐山是蛟的地界，他在此盘踞了数千年，熟悉这里的每一处，很快便就近找到一处洞穴，落了下来。他先是含住龙首，将金龙拖进来半截，再自个儿爬出去，用脑袋将余下留在洞外的半截龙身顶进去。确认四周并无妖类后，他也钻入洞中。

周围顿时安静了下来。他望着地上摊作一团的金龙，一双蛟目闪烁着暗光，不知在想些什么。

半晌后，临渊满脸平静地出声："我看到你睁眼了。"

晋明："……"

金色龙首微晃了晃，一副将将醒转的模样，龙目眨了眨，温和地看向黑如沉铁的临渊。

"小渊……"

临渊："何时醒来的？"

晋明迟疑道："你将我推入洞穴时。"

临渊冷冷嗤笑："亏我'蠢龙蠢龙'地叫你，倒是我看走了眼。"

晋明沉默一瞬，说了实话："醒来时，隐约看到了其他龙族。"

临渊："他们都是你的同族。"

金龙一愣。

临渊问:“你还想装到什么时候?”

金龙眨了眨眼。

临渊气极反笑:“不是你传讯将他们引来的?”

晋明心里咯噔一声,心道不妙。

临渊又问:“你都记起来了?”

晋明谨慎地保持沉默。

“那你便该知道,我费尽心机欺骗你,为的就是伺机将你吞吃入腹。”

临渊的语气出奇平静,半点没有平日里暴躁的样子,却格外瘆人。

“我查看过你的伤口,拜犼所赐,好几片龙鳞碎了。”

晋明:“不必担心,过几日便能好了。”

临渊脸上露出复杂的表情,继续说:“我已将灵山龙尽数甩脱,潜伏多年,好不容易等到你受伤,你以为……我会放任你让鳞片长好吗?”

洞中陷入了短暂的沉寂。一龙一蛟彼此对视,都从对方眼中看到了自己的影子。

晋明忽然闷哼一声,蜷缩起身体:“小渊,我的背骨断了。”

临渊深吸一口气,语气再不复平静:“你既然已经恢复记忆,也应该知道,我与你根本不是什么相依为命的兄弟。我骗了你,你也瞒了我;今日你救我一命,我便放你一马。暂且各自抵消了。从此以后,你回你的灵山,我做我的蛟宫之主。”他顿了顿,继续道,“你放心,我不会再打蚌珠的主意了,你也不要再出现在我面前了。”

晋明渐渐也沉了脸色,他好笑道:“你不仅骗我,还支使我掏心掏肺替你做了那么多事,这又怎么算?你放我一马,是因为我一厢情愿为了救你而身受重伤。临渊,哪有你这般算账的?”

临渊听得心头火起,冷笑道:“怎么,你也可以先让我吃了,我再每日三炷香地供奉你,这么算,可公道?”

晋明叹道:“你总有一肚子歪理。你别忘了,你那颗脑袋还明晃晃顶在脖子上,还有内息隐患……”

“这跟你有什么关系?”临渊抬高声音,“你未免太过自以为是。这么多年本尊都是一人过活,难道没了你,我就连这些问题都解决不了吗?”

晋明似乎叹了口气,接着一把将气焰嚣张的临渊拍落在地:“我说了这么多,就是为了不想与你分道扬镳,好歹我们共过患难,不是兄弟胜似兄弟。你倒好,越说越起劲了。”

临渊："……"

晋明："我留在你身边，可曾做过半点对不起你的事？"

临渊没有回答，不知怎么回事，气势上略微软了几分，恨声道："你说这话的时候自己不觉得心虚吗？你既然记起来了，怎么还能……这般无耻！"

晋明面不改色："若论无耻，不如蛟王信口开河，令人瞠目。"

临渊顿时一口气憋在胸口，沉，沉不下去；吐，吐不出来。

"我要调养内息，你替我守关。"晋明嘱咐完，便挪动身体，合目敛神。

临渊急喘几声："你……"

"别想着趁机离开。"

临渊心道，他真要走，岂是一句威胁就能留下的？

晋明眼皮都不抬一下，说："你身上有我的护心鳞，还吃了我不少龙血，就算你跑到深渊尽头，我也有办法将你找出来。"

临渊："……什么龙血？"

晋明："龙筋血骨，你打的不就是这个主意吗？可惜，筋骨断了再接就难了，所以只能放点血，替你排除隐患。"

临渊满眼难以置信，联想到那被他当作"糖丸"吃的秘药，半晌才道："你……你这都是什么毛病？"

毛病？这可不是什么毛病。金龙一族的血本就是圣药，只不过取多了于身体有损，若不是临渊积恶成疾，他又怎么会有此举动？

对这条黑了心肠的蛟，他真可谓掏心掏肺了。

过了会儿，临渊似乎被自己无意中成功"食龙"的真相给震住了，呆愣半晌后，竟真的盘到一旁，看着金龙闭目调息。

洞外的蓝龙一脸疑惑。

亏他一路风驰电掣追踪来此，怎么这洞里的景象同他想的有所出入？！

他那位久未谋面的好友已经醒转，正在闭目入定；而那条惹怒了整个灵山的魔蛟，此刻安安静静蜷缩在角落里，眼神涣散，似乎是在发愣？

蓝舒渠脚步一拐，及时收回了闯进去的势头。他又定定看了许久，发现金龙依旧是入定的姿势，魔蛟也仍维持着盘绕的形状。洞内一龙一蛟，竟然迟迟没有打起来？

他目光复杂地看了看好友，确定自己刚赶到蛟宫时看到的那一幕并非错觉，此刻的情景因此显得更为诡异。到底该不该闯进去呢？

金龙忽然睁开了眼，一双幽深的浅金色眼眸直直往洞口的方向看去，下一瞬，蓝龙发觉眼前景象一阵扭曲，再定睛一看，哪里还有什么洞穴？眼前只有一座光秃秃的山，连带着金龙的气息尽数隐去，消失得无影无踪。

金龙的隐匿之术，他还是认得清的。

蓝舒渠面壁沉思了许久，最终识趣地转身离去。

回去后，便迎来了族中兄弟的连番盘问。

他木着脸，沉声道："没追上。"

小青龙如遭"晴天霹雳"，当场呆立。

自雷池一战后，金龙和魔蛟又一次双双失踪了。

上妖界妖心惶惶，总觉得非常不安。这回不比第一回龙、蛟胜负未分就齐坠下落的情况，而是明摆着，金龙是昏迷不醒被蛟衔住拖走的——已经不能算是失踪了，明显是遇难了。至于魔蛟，那就是闭关消化去了。

小青龙听着漫天的流言，陷入了无尽的彷徨中，他拄着根拐杖——尾巴被犼拍断了，一瘸一拐地走在聚方城内，他心中涌起阵阵酸涩。

金龙前辈已经故去，人生还有什么可追逐的？

冷不防闻到一股甜腻清香，当眼前出现一笼冒着热气的甜糕时，他提了提神，走上前拿了一块放嘴里吃。

高高的笼架被拿下来一截，露出一张瘦得干巴巴的脸。

老鼠精沉默地看着小青龙嘴角的可疑残渣，说："一笼十块灵石。"

小青龙也静默了一会儿，然后摸了摸衣服，抖落出一堆上好灵石，递过去，面无表情地抱着几屉甜糕走远了。

临隐山中，群妖已经散去。余下蛟的旧部，惶惶不敢离去。他们已经背叛了一次蛟王，这次明摆着蛟王占据上风，指不定在哪个洞穴里消化金龙之力，他们自然再不敢像上回那样张罗择新主的事。于是他们便琢磨起重修蛟宫的事。

一群修为高深的大妖纷纷撩起袖子，想在蛟王回来前将蛟宫修葺完毕，好弥补之前犯下的过错。

灵山龙族眼睁睁看着金龙被魔蛟拖走，十分看不惯那群墙头草张罗的模样。小青龙仗着几位兄长都在，于是隔三岔五去火烧蛟宫。

灰背狼妖被惹得烦了，豹妖的伤也恢复了许多，几位旧部顿时暂时放下芥蒂，一同出手。半个月下来，双方各自顶着满脸伤，相看两厌。

蛟宫周围的城池总共那么几座，也不知道蓝舒渠打的什么算盘，始终没有滚回灵山的打算，看那架势，很像是要久居……

“蓝哥，我能明白你的心情。”小青龙长叹一声，“我也不愿意离开金龙前辈最后待过的地方。”

蓝舒渠：“……青儿，你还小，不可终日沉湎伤怀。”

前几日偷溜过去，那山壁还牢固得很，想来金龙已无大碍。只是不知道他跟那头魔蛟到底在洞里做什么？

龙、蛟什么都没做，各自老老实实盘成一团养伤。

开始的时候，临渊每每想起晋明恢复记忆却装作不知的事，就感到郁结难忍。问他是何时恢复的，也得不到确切答案，他暗中推测，顶多就是回到上妖界以后的事吧？

触景生情，便慢慢回忆了起来。任凭他想破了那颗巨大的蛟脑袋，也绝想不到，金龙早在深渊鹤宫时便全都记起了。

出于某种谨慎的考虑，晋明决定暂时还是不要让临渊知道为妙。

但光是上妖界这个时间点，就足够令临渊恼怒了。终于，在晋明闭关的第二天夜里，临渊钻出洞穴，打定主意要结束这段莫名其妙的虚伪关系。谁知半道忽然觉得剧痛难忍，又急忙折回了洞中。

正打算拖着残躯追出去的晋明沉默地给临渊检查了一遍，细致到快要将每片黑鳞都翻上一翻，最后得出结论：“你和我一同休养一阵吧。”

临渊没好气道：“自我遇见你，就没有一天不是在疗伤的。”

晋明：“我这疗伤之术也是日益精进。”

蛟尾巴尖一竖，总觉得那不是什么好话。

晋明又接着说：“你呀……”

蛟整个一颤，径自找了一处离得最远的角落，不再搭理金龙。然后洞内就陷入了长久的安静。

原本临渊还夸下海口，说自己只要夺回蛟宫，往池子里一泡，就能彻底恢复人身，结果跟犼打了一架后，离原本的目标差得更远了。

两个人之间尴尬的气氛由晋明率先打破。某日，金龙运转调息一周天后，伸出龙尾，将窝在角落里勤修苦练的临渊拽了出来，不等蛟弹跳起来亮出尾巴，就将其扭成了黑金麻花状。

临渊一愣：“你可以用这个法子给我疗伤了？”

晋明点头。临渊顿时眼睛一亮，又迅速暗了下去：“好。”

刚从雷池出来那阵，晋明便是用这个方法替自己疗养的，见效很快，但似乎对金龙自身的损耗挺大，用上一次便要歇好几天。

对自己好的东西，临渊向来欢迎之至。他冷静地说：“你我都是修炼上万年的妖怪了，应当已经对很多事看开了才对。”

“只有烦扰之事才需要看开。”晋明放软了声音，“小渊，你既然知道我恢复记忆了，为什么不把我留给我的同族？”

临渊没说话。晋明慢慢贴近，运转灵气，替他梳理内息。温和的感觉仿若舒适的温池，临渊的脸色缓和了些。

“小渊，我有些想念你从前人形时的模样了。”晋明动作放得极轻，一边不遗余力地输送灵力，以防黑蛟突然翻脸。他目光注意到蛟额角的两截小破角，小心翼翼地蹭了蹭。

砰——金龙猝不及防被一股巨力甩落，重重砸向石壁，发出轰然相撞的沉闷响声。他稳住身形，一个翻滚便重新站好，抬眼就对上了一双凶光毕现的蛟目。

晋明：“……”他几乎能预感蛟接下来会说些什么，但他倒没有后悔。那两截小角平日里看着略有些丑，实则摸上去才发现大小适中，触感甚好。

左右一顿没心没肺的扎心之语是免不了的了，他自暴自弃，放任自流。何况那点言语之锋，并不足以令他感到受伤，因而他对蛟的暴起很是平静。

蛟面带恼怒，漆黑的脸上显不出什么其他颜色，千言万语化为一句讽刺之语：“真想让那群小龙们看看，他们满心敬仰之人原来是这么一个……一个……”他流露出不忿之色，反复想了许久，也说不出一个合适的词，只能暂且作罢。

晋明笑道：“你这角比起我幼时的模样好看许多，一时好奇，冒犯蛟王了。”

临渊不吃这套。真当他看不出来吗？这黑黝黝仿若石块的东西哪里有半点美感可言？不仅有辱他威武的蛟身，更是他屡次化龙失败的印记。晋明此言，根本就是在戏弄他、侮辱他。

晋明继续说：“等到化龙成功，它们便会长得更漂亮了。”

化龙？临渊忍不住抬眼打量晋明，微侧过头问：“你可有什么化龙的办法？”

临渊修炼这么多年，一路摸索，好不容易走到今天，却在临门一脚处徘徊了数年。化龙不比修炼，不仅需要深厚的修为作支撑，还需要光阴沉淀，机缘助益，其中艰难自不必说。晋明天生为龙，又是龙中翘楚，提及化龙，临渊立马起了别的心思。

“上妖界已经数千年没有传出鱼蛟化龙的消息了。你们金龙族留下的东西里，可有什么是能令我顷刻化龙的宝物？”

晋明没给他留丝毫的希望：“没有。”

临渊的失望不过转瞬：“也对，要是有，也没见那条母鱼长进多少。”

晋明：“白璘与我并无私交。”他垂下头，讪讪道，“她对我应当也没有那心思，至于我……就更不必说了。我总不能见死不救。”

不能见死不救？临渊一口气升腾到胸腹降不下去：到头来，这跳出来要为白川洞主持公道的金龙原来只是出于一颗惩恶扬善之心，而自己就是正巧撞上去被惩戒的对象？

他心里颇不是滋味，凝神望了会儿晋明，也不再辩驳，兀自找了个角落变回蛟首人身的模样，开始盘腿打坐。

这平静的模样倒是与晋明料想中的相差甚远。他露出犹疑之色，想了想还是凑过去。

“小渊，不如我的也给你摸下？”

他将一对威风的龙角，展露给临渊看——然而注定是不可能如愿的了。

临渊脸上显出一丝忍耐之色，一副想要发作却又努力克制的模样。

他不搭理晋明，晋明却没有停下跟他的对话：“我背上的断骨似乎长歪了，你帮我看看。”

金色龙鳞背甲周正且完好，半点看不出弯了的样子。临渊忍无可忍，伸手抓住一截龙身，将他扒拉开，终于问出这几天盘旋在心头的疑问：“你不是恢复记忆了吗？”

晋明：“没错。”

临渊：“我骗了你这么久，你心里就没半点硌硬？”他垂下脑袋，张开可怖的巨口，作势咬下去，“你应当知道，我肚子已经空了大半个月了，拿背对着我，你对我可真是放心。”

晋明：“你我患难与共，我早已把你当成弟弟。我既然能将自己置于蛟口，自然是有把握不会受伤。”

临渊听出了晋明的意思，这是笃定了自己不是他的对手，根本无所忌惮。他冷嗤一声：“难道你忘了，我们可差点在雷池里同归于尽。”

普天之下，能够让金龙受伤的妖几乎没有，而全盛时的黑蛟算得上一位。要不是他伤愈速度过慢，两者间的形势也不会一边倒。

“差点同归于尽”的晋明、临渊对视一眼。

“其实……除了那日我告诉你的两种方法，还有一个法子能令你脱胎换骨，重整内息。”晋明迅速道，“本想让你心平气和静养一阵，可依你的性子估计是不成了，与犼一战，你接连出手……我担心再拖下去会出问题。”

临渊不为所动：“你若是愿意帮我，当初为何不说？”

晋明：“不便说。”

临渊：“……你戏弄我？”

谁敢戏弄蛟大王？晋明微微叹道：“我在灵山的洞邸中栽种着许多奇异灵植，还有不少家当，于你的修行颇有益处。”

——而那时的晋明是“不应该”知道灵山的。

他顿了顿，试探道：“不如，同我走一遭，我便将它们都送给你。”

临渊脸一扭，不少家当？

晋明：“我族中血脉凋零，大部分珍稀宝物便都被我堆放在一处了。”

这一处显然就是这位独苗的洞穴了。听起来似乎非常诱人，临渊差点就要动摇了，但还是摇摇头道：“晋明，你真把我当成傻子了吗？”

晋明顿住。临渊咬牙道：“灵山之上全是龙族，我上了山，岂不成了众矢之的？”

晋明：“……”

“你安的是什么心？”临渊沉声质问，“让我冒险跑去龙窝里？这不可能。”语气斩钉截铁。

自临渊拒绝晋明的提议后，前往灵山一事，便不再被提起。

上妖界中，光阴已成了无关紧要的东西，一晃眼，晋明、临渊已在此闭关了近一个月。

临渊的化形之路依旧没什么进展，不过被犼打出的内伤却在晋明的调息下先一步好转了。至于晋明，他自背骨受伤后，成天维持着龙身，横在洞口闭目休息。临渊猜不透晋明的心思，但也明白对方不会害自己性命，只能暗中提防。

平静的时光终究是短暂的，横亘在两人间的问题依旧存在。

等到临渊感觉自己已无大碍，便趁着晋明运转内息之时，悄然离开了洞穴。临隐山层峦叠嶂，他就不信凭借自己对山势的了解会甩不掉金龙。

蛟虽是此地主宰，但也有不少小妖潜在山内修行，对于那些微末小妖，临渊向来没什么耐心与精力，也没有费力气去一一驱逐。如今走在山道间，蛟首人身的样子太过打眼，黑色蛟形的模样也过于庞大。他不得不加快速度，蜿蜒朝着前方而去。幸好路上没遇见什么人。

山巅上，蛟宫顺地脉而建。从高处望去，犹如龙、蛟潜伏于地。中殿位处“龙腹”，被他们与犼弄出一个巨坑，其他地方却还完好。

黑蛟倏忽间抵达蛟宫“尾部”，先是以原形钻入洞穴，爬了一段后，前面豁然开朗，前方中心有个巨大的水池，池中白雾缭绕，蒸腾出热意，池边花草掩映在雾气之中，似是笼了一层纱幔。周围很静，只偶有潺潺的流水声。

黑蛟游入水雾，随着扑通水响，一道黑影沉入池中，很快又被聚拢的水雾遮掩。这藏在临隐山蛟宫角落里的温池，平日里被划为禁地，便是蛟疗养休憩之所。

黑色长蛟隐入水中，没一会儿从水中冒出一颗黑乎乎的脑袋，侧歪着抵靠在池壁上。

“灵山虽有重宝，但怎么及得上这里安全？”终于回来了。蛟甩尾拍打着水面，任由水花胡乱溅起又落下。

他在洞口设下禁制，重新窝进水底，闭上双眼，脸上显出几分倦色。

晋明的提议非常具有吸引力。金龙一族的灵植珍宝，加上那头蠢龙的能力，肯定可以帮自己恢复。他既然敢出言相邀，自然是不会让灵山龙族为难自己的……临渊深吸一口气，还是摇了摇头。何时他变得如此软弱了？晋明既已清醒，他就不能继续让他留在身边了。

他张了张口，一串串气泡从嘴边吐出，温热的泉水蒸腾得鳞片舒展开来。他翻了个身，闭眼游了几圈。

忽然间察觉到有异样的气息，他迅速睁眼，就看到一条体型瘦小的金色鲤鱼游到了自己跟前。

“没想到几年不回来，连这池子都被占了。”他伸爪摁住鲤鱼，看了会儿又放掉，鲤鱼顿时抖着尾巴绕圈而游。

蛟跟在后面追了追，没一会儿从水池里探出头，望着入口处出了会儿神。

“那缠人的家伙应当是找不到这里了。”

忽然感觉脑袋一重，却是刚才的金鲤跳到了自己的头上。

他把头扎进水，晃动脑袋，将头上的东西抖落下来，再伸指，用术法将再次试图逃窜的金鲤抓在手中。

“能在这么高的水温下存活至今，应当也算修炼有小成。”他翻弄了一下鲤鱼鳞片，又道，“颜色倒是与那蠢东西十分相像。”

他查看起金鲤，发现对方修为极浅，连对手敌人也算不上，顶多算是一个消遣的玩具。

金鲤鱼躺倒在蛟爪之中，露出金光闪闪的肚皮，一对翻白的眼睛直勾勾地望过来。

蛟目眯起，凑过去用鼻尖顶弄了一下鱼肚皮。炙热的鼻息扑洒上去，金鲤鱼弹了弹尾巴。

蛟沉默片刻后，咧了咧嘴角，森白的牙齿靠近。金鲤依旧维持无神的状态。

“难道还没生出灵智？”不然怎么能在他的威压之下如此淡然。

他想了想，慢慢缩回脑袋，打消了吃掉的念头——像这种没什么修为的东西，既无益处也无味道，吃了也许还伤身。

蛟一爪拍向鱼肚，向上一抛，紧接着黑色长尾嗖地甩出，精准地接住鱼，掂了掂后往外一扬——金鲤鱼顿时被赶出了池子。

终于没其他活物了。黑蛟埋入水中，又绕着游了数圈，直到整个身体都懒洋洋的，舒服够了，才闭着眼睛沉到池底，调息起来。

不知过了多久，蛟睁开眼，外面天色已经暗了。他动了动身体，猛地一僵——什么东西？！

身体卷起，脑袋往尾巴处探过去，只见一片漆黑的腹部下，一点金色格外显眼。

金鲤鱼瞪着双无神的眼，一眨不眨地望着他。

他迅速将鱼甩脱，表情仿若见鬼：“什么东西？！”

金鲤鱼对着他，无声地吐了一口大泡：“噗……噗。”

临渊脸一黑，内心不自觉生出浓浓的怪异感，至于哪里不对劲，却也说不上来。他细细打量着金鲤鱼，似乎是想从对方普通的外表下找出什么破绽来。

忽然，鱼尾动了。金色鱼尾破开水浪，朝着戒备状态中的黑蛟冲去。蛟只觉得脖间一重，某条滑不溜秋的金鱼已灵活地扒到了自己身上。

蛟目一寒，冷声道：“找死。”

一时间，池水四溅轰响。

许久后，蛟头再次探出水面，眼底流露出复杂之色。不见了？

鱼虽小，但能逃脱他的追击，实在是灵活过头了。况且这温池子并不算大，整个儿翻上一圈也不是什么费力的事，金鲤鱼却偏偏不见了。也不知道是藏进了哪个角落，抑或是用妖法隐藏起来了。

临渊闭目感知周围，那尾金鲤仿佛凭空消失，探查不到半点气息了。

“等等，这地方好像被下了禁制。”

洞穴口传出说话声，吸引了临渊的注意。

“禁制？”另一个声音略显尖细，“那我们还是走吧。”

“干吗要走？我听说蛟宫里有个宝库，魔蛟把毕生收藏全放在里面了。这地方这么偏僻，还有禁制，肯定有猫腻！说不定就是宝库。”

临渊：“……”他到底什么时候拥有过什么宝库了？他的毕生收藏又是些什么？

门外两妖耳语了一阵，也不知在捣鼓什么，临渊敏锐地感应到自己设下的禁制变得松动了。看来对方修为不浅，竟然还真的要把他的禁制破开了？他立时又加厚了一层。

“这禁制还挺厉害！”

“我们……还是快走吧。”

“不慌，我身上带着一样宝贝，说是能破除世间半数的禁制，先试试再说！”

一阵翻找声后，嗓音细细的少年语气里带着羡慕：“你肚子里藏了好多宝贝啊……”

“多吗？你要是喜欢，我送你一件！”

少年矜持道：“当真？”

“当然，灵山龙族从不说谎！”

接着便是一大段酸臭味的对话。

临渊眼神晦暗不明。又是灵山！听声音似乎同前几天寻衅滋事的小龙有几分相像……也不知怎么寻到了此处，若是真的有破除禁制的宝物，势必要与自己对上了。

一瞬间，他起了杀心。这地方偏僻，又有疗伤圣泉，他实在不想过早地暴露行踪，唯一的办法便只有……

“这件不行……你别这么看我呀，这是金龙前辈给我的。”

“这个呢？好像是一张帕子？”

“也不行！”

“……”

“这是金龙前辈用过的……”

“你……”

“这是金龙前辈坐过的石头！”

“那……”

“这个也是……”

……

别说是他的同伴了，连临渊都有些听不下去了。这都什么乱七八糟的！

听起来这条小龙与金龙似乎关系匪浅。蛟烦躁地晃着尾巴，在“加固禁制”和“冲出去吃掉对方”之间摇摆不定。

外面忽然安静下来。仿佛有什么东西将洞内、洞外分隔成了两个世界，议论声、脚步声，就连山风的声音，在一瞬间全都消失不见了。

蛟眯起眼，爬出水池，无声无息地接近洞口，凑近了，依然听不见任何响声。方才出现的两只小妖仿佛忽然蒸发。

临渊等了许久，直到确信他们不会再出现了，转过身，目光复杂地看着水雾弥漫的池子。

好像在一瞬间，洞口出现了另一道可怕的禁制，这样可怕的隐匿能力，普天之下都属罕见，而他恰巧见识过几次……

之后又过几天，风平浪静。

洞穴外再没有外人经过；也或许是经过了，却没有谁发觉异常。

那条行踪诡秘的金鲤鱼时不时会冒出来。通常临渊在一个周天运转完毕后，睁开第一眼便能瞧见身上挨挤着一抹金色。临渊已从初时的如临大敌变为现在的冷淡相对，内心毫无波动，甚至还十分熟练地甩起尾巴将那条甩不脱的金鲤鱼抛到空中，复又接住，再起抛，再接好……如此反复，直到蛟大王尽兴了，才用力一扬，扔到岸边。

另一边，临隐山的天空总是覆盖着一层灰，这让生长在灵山，看惯了清丽山水的龙族很不习惯。一片吵嚷声中，蓝舒渠挥袖决定：“回去！”

然而却遭到了族人的齐心反对，他们一脸“金龙危在旦夕，我们怎能置之不理”的愁苦神色，望向蓝舒渠的眼神饱含怀疑。

年轻的领头龙族当即脸色一冷：“哦，那便谁也不许再抱怨了。”

众龙：“……”

蓝舒渠近日忙得焦头烂额，不仅要安排大小灵山龙在临隐山的歇脚地，又要思考对犽的处置，前几日更是出于某种不可名状的心情，偷偷溜去了金龙与蛟藏身的洞穴。然而令他惊讶的是，洞内已经空了，他的好友以及那条魔蛟双双消失，周围也无半点痕迹。他又在附近找了一圈，别说那两条了，他连半片鳞片都没找着。他也说不上来那一龙一蛟是怎么回事。

也许雷池之战后，他们因故结伴，不再仇视……但看蛟宫时，魔蛟张口含住半个龙首凶神恶煞的模样，他又觉得根本没法欺骗自己。

蓝舒渠维持着面上的淡然自若，实则内心焦灼不安，暗地里不知为老朋友捏了多少把汗，不管背后有何缘由，与蛟谋鳞实属不易。

“舒渠，青儿连着几日都没回来，与他同行的老鼠精撑不住了，偷溜过来朝我报信，说是发现了一处奇怪的洞穴。”

温和的女声从背后响起，将蓝舒渠从思绪中拉出。蓝舒渠脊背一僵——是了，这个寄住在灵山多年的母鱼精，似乎对老友有想法。

蓝舒渠转过身，姑娘秀丽温婉的笑容闯入视野，让他忍不住心头一跳。能够为了救命之恩，奔波数年痴心不改，难道那混账金龙终于老树开花、桃花降临？

“舒渠，”见他久久没有发话，白璘面色微赧，“那孩子玩心未泯，虽说寻常妖怪不至于让他吃亏，但总这么游荡在外，也不太好。”

蛟宫到处都是魔蛟的“前”手下，小青龙就算再会打架，也难说不会出什么意外。

蓝舒渠咳了咳：“是我疏忽了，我这就去将他捉回来。”

自己身为同族兄长，这种事竟然还要一位外族人提醒，确实是大意了。

“吱吱。”从白璘的衣袖间钻出一只棕白小鼠，转着一双清亮的眼睛打量四周。

老鼠精继续往外钻了钻，露出抱在前肢间的一小块甜糕。白璘也不恼，伸指勾了勾他毛茸茸的下巴，说：“让他带路吧。”

不消片刻，蓝白两道身影朝着山峦高处而去。

临渊又一次在清醒后拎出窝在腹下的鱼。

“你不会是白川洞母鱼的老相好吧？”他眯眼打量道，“瞧鳞片，一金一银，同属鱼类，还都这么惹人厌烦……”

金色鲤鱼瞪着眼睛，任由蛟爪在身上摩挲，一副神游太虚的情状。蛟略微感到不爽，张开嘴将其一口含住，过了会儿又噗噗吐出来。

鱼、蛟对视良久。

“别装了，真以为本尊看不出来吗？”临渊狞笑道，“这世间能有此隐匿之术，还敢死皮赖脸缠上来的，除了你晋明，还能有谁？”

金鲤鱼眨眨眼，不为所动。

临渊气恼地翻了翻鱼肚皮：“说话。”

金鲤鱼张开嘴，吐出一口泡。

临渊：“……”

他又撂下几句狠话，逼迫金鲤鱼现出“原形”，然而那鱼全程木木的，又让他感到狐疑。真不是金龙？

临渊多了一丝凝重。正当他屈身仔细探查的时候，洞穴外传来了动静。

自从无形屏障出现，洞内一切似乎就完全与外界隔绝开来了。此刻骤然听到响声，简直比温池子里冒出一条鱼还要令人惊讶。

“我就说原本是有个洞的，突然就消失了！我用除障刺也破不开禁制。”小青龙兴奋的叫喊声从通道处传来，“还是蓝哥厉害，这除障刺到了你手里，跟我发挥的效果完全不一样了。”

蓝舒渠幽幽道：“我忽然觉得不妥，不如还是回去吧。”

小青龙：“啊，为什么呀？这里说不准是魔蛟的宝库，而且禁制已破，哪有看都不看一眼就回去的道理？”

蓝舒渠：“若真是宝库就好了……”

白璘跟在二龙身后，问：“舒渠是发现什么了吗？”

蓝舒渠嘴角一僵，很快又恢复成若无其事的模样：“无妨，只是想起今日还有事未处理，着急赶回去。”

小青龙拍了拍他的肩膀：“什么事能比探寻宝库还好玩，我先进去看看！”

“哎，你站——”

一尾青色小龙倏忽已经钻入了通道深处，游了几息，他停了下来，支棱着青色脑袋四处张望，当看到水雾弥漫的池子时，眼睛一亮，倏忽钻了过去。

他伸长脖子，将脑袋埋入水中，想试试水温，冷不防看到一颗狰狞可怖的巨大蛟首，隐藏在水面下正阴森森地望着自己。

小青龙：“……”

蓝白一龙一鱼只感觉到一阵风刮过，身侧已没了小青龙的身影。紧接着又是一阵风扑来，小青龙整个儿坠到了脚下。

小青龙蹬蹬腿，翻了个身：“魔蛟！”

魔蛟掩在池水中，只露出一个脑袋，双眼直勾勾地盯向洞内的三位不速之客。

小青龙：“你你你……”

蓝舒渠身形一动，将这条冒失的龙崽拖到后面。

“好久不见。”巨大蛟首缓缓显露出笑容，“白川洞主，我们又见面了。”

他的目光在白璘身上停留了一会儿，又一一扫过蓝舒渠和小青龙，留在水底的尾巴漫不经心地动了动，带起一丝细微的波纹。

白璘和蓝舒渠同时皱眉，视线往两侧移。

“别看了。”蛟注视着母鱼精，压低声音，“你要找的人……已经被本尊吃掉了。”

白璘一愣，神情错愕。

“不可能！”小青龙激动地冲上前，“金龙前辈怎么可能会被吃掉，你一定是在说谎！”

被戳穿谎言的临渊面不改色，发出一声意味不明的哼笑。

小青龙顿时眼眶一红：“不会的……”

临渊也不反驳，而是反问他：“本尊像是放着大好机会不去吃掉仇敌的那种妖吗？”

当然不是——小青龙的心揪了起来，这样一条狠心凶暴的蛟，被他逮到机会，又怎么可能会放过金龙前辈？回想起往日里魔蛟食妖的传言，小青龙心神动摇，不安地看向蓝舒渠。

蓝舒渠也是一副凝重的表情，这让他更没底了。

临渊还在冷冷补刀：“金龙肉也没那么特别，硌牙。”

小青龙再也按捺不住内心的悲痛，大喊：“魔蛟，受死吧！”

一场恶战难以避免。小青龙率先亮出利爪斜冲上去，黑蛟侧身避开，尾巴一卷一绷反击过去。他悠长的寿命与强大的修为，足以应付这个初出茅庐的龙族小辈。

“相比起来，还是像你这般年轻点的龙族，才比较合我的心意。”在一龙一蛟擦身而过时，黑蛟还有余力发表“食龙之言”，这无疑将这条冲动的小龙激得更加愤怒了。

庞大的蛟身步步紧逼，很快便将小龙压制住。然而他并未松懈心神，自始至终，真正让他忌惮的，是那条蓝龙。他似乎与当日在深渊中遇见的“蓝长老”有些血缘关系，面部轮廓有几分相像，修为暂时看不出深浅，但应当会是在小青龙之上。

临渊制住小青龙的同时分了大半心神在还没有动作的蓝龙身上，毕竟此刻的他还不是全盛状态，也不敢太过托大。早前便有传闻灵山是龙族最强大的一支，若是不慎引来了厉害角色，他怕是要糟。

说来也怪，那个凭空出现的屏障，将外界声音阻隔得严严实实，他甚至误以为这是“某龙”暗中布下的隐匿之术，进而放松了警惕。以至于等到三妖都找上门来了，他才后知后觉地发觉异常，再想布置些什么也已经来不及了。洞穴通道统共几步，他也只能堪堪避入水中打算伺机而动。谁知道玩心极重的小青龙一眼看中了水池，他毫无防备地就和对方打了个照面。

临渊眼神游移，试图捕捉某道金色的鱼影，然而令他失望的是，并没有。

那死鱼总是倏忽出现，又彻底消失。出现时，任他拍打作弄都是同一副呆滞的表情；消失后，就算他喊破了天，那死鱼也不会有丝毫要现身的动静。

看来是又不知道跑去哪里了。临渊面色一寒，按住青色龙尾，前爪收缩，朝着对方不久前刚被犼咬断过的部位用力一按。小青龙发出吼声，光听着都能感到痛。

就在这时，蓝舒渠终于动了。他迅速逼近缠斗中的黑蛟和小青龙，伸手成诀，隔着数步的距离拦住了蛟的下一击。

白璘在背后提醒：“当心他的头。”

临渊狠狠瞪了她一眼——以原形作战时，他一向习惯在关键时刻用脑袋去压制敌人，这与寻常蛟类不同，在对决中偶尔会给他带来意想不到的收获。

母鱼精看过他和金龙交手，如今戳穿在这里，实在是令人生厌。

只几个来回，临渊便感觉到蓝舒渠的实力很强，虽比不上金龙，但是他们“龙”多势众，反观自己，旧伤犹在，再继续打下去，情势对他很不利。

蓝舒渠朝他攻来，临渊收敛心神，躲过迎头一掌，倏忽间又出现一道白绫封死了他的退路。旁边小青龙低吼一声，拖着受伤的尾巴朝他扑来。

临渊心想，今日真是倒霉，却也不愿意束手就擒。光是用额上的小角想想，也能猜出落入这帮龙族手里会有什么下场。本想着激怒小青龙将他们逐个击破，谁想到蓝舒渠不是什么普通龙族……千钧一发之际，他脑内已转过无数对策，却又被一一否决。最后，他咬牙道：“等等——”

小青龙立刻破口大骂：“傻子才等！”

蓝舒渠没有应声，手中却已现出白光，一把细瘦长剑徒然出现——魔蛟对付小青龙的手段如此凶狠，不管他说出怎样的理由，左右都要先将其制住了。生死攸关的事，蓝舒渠从不会大意。

临渊见他们不为所动，一副不愿与他交涉的模样，眉头紧皱，迅速挣开了身后缠上来的白绫，脖子一缩又猛地向右撞去，将扑过来的小青龙逼退。然而蓝舒渠的剑还在逼近，他连连后退数步，直到背部抵住了池壁，才出声说："你们不能杀我。"长剑已追至身前，临渊冷笑道，"金龙一族的龙鳞坚甲又岂是轻易就会被咬碎的？"

剑锋扫过，堪堪停在蛟前的三分处。蓝舒渠低下头，发现自己的腰身也已被巨大蛟尾绕住。

双方陷入了短暂的僵持。小青龙与白璘稍作调整，对视一眼，再次上前。

"等等。"

小青龙："说了不等！"

蓝舒渠幽幽地望了他一眼。

小青龙僵住，脖子后缩道："蓝哥，怎么是你说的？"他眉头一皱也不等回答，就转过头对蛟放狠话，"现在谈龙鳞坚甲已经晚了！金龙前辈久未归山，定是你使的坏，我们今天就要为前辈报仇！"

临渊讽道："灵山龙族再加上一条鱼，一起围剿我，好厉害啊！"

"你不必言语相激。"蓝舒渠手中稳稳执着长剑，"魔蛟，打了这么久，怎么不见你化为人身？"

临渊面色一白，目光中透出警惕。

蓝舒渠笑了笑，说："看来雷池一战，你伤得不轻。"

那可就错了——临渊暗暗反驳，如果不是吃了蕴灵草，他何至于过了这么久还化形不全。但他不打算跟这群家伙多作解释，便问："难道你们就不想知道金龙的去向了？"

蓝舒渠顿了顿，似乎是在斟酌思量。片刻后，他开口："你说。"

上妖界从未有过蛟谎话连篇的传言，盖因全盛时期的蛟大王并不需要以此保命。但是非常时期，少不得要拾起些拿手绝活了。

临渊平静道："他确实是被我吃了。"

蓝舒渠："……"

小青龙跳脚："你明明刚才还说自己咬不碎金龙鳞甲！"

"是啊。"临渊眼神直直地看向他，"可要是他自愿被我吃掉呢？"

小青龙一脸震惊："你真把我当傻子了？"谁会自愿给别人当口粮啊？

"青儿。"在小青龙又打算冲上去前时，蓝舒渠及时制止住，又对临渊道："看来蛟王不太愿意说实话。"

临渊摇摇头，目光低垂落到剑上。忽然，他凑上前去，脸上黑鳞触到了冰冷的剑尖，却无丝毫怯意。他低声道："你不相信我，总该相信这个吧？"

蓝舒渠目露疑惑，下一刻便感觉到腰身上的蛟尾松了。微愣片刻，他把手里的长剑也移开了些许。

黑蛟眼中闪过兴味，脸上流露出幸灾乐祸的神情。他慢吞吞地翻扭过身体。只见漆黑的蛟身中，缓缓显出了一片金色鳞甲，突兀而醒目。

静默半晌后，蓝舒渠脸色大变，小青龙更是一脸见了鬼的表情，支棱着前半身，哆哆嗦嗦道："你你你怎么会有……"

视线一晃，临渊已重新藏好了心窝处的护心鳞，若无其事地替他把话问完："怎么会有金龙的护心鳞？"

小青龙愣愣点头——护心鳞！那可是护心鳞啊！别的龙族是怎样的他不知晓，金龙族的传统，他却是再熟悉不过了。这种重要的物件，怎么到了魔蛟的胸前了？

是阴谋……一定是阴谋，说不准是什么高明的障眼法……金龙前辈的护心鳞，这……这不可能啊？怎么会这样呢？

另一边，蓝舒渠也是心神恍惚。他离得近，看得自然也更清楚。那片金色鳞片分明就是老友的，千真万确！他脑海中忽然闪过几个画面，联系起那日金龙与魔蛟在与犼大战之后，一同藏身山洞的情景，整条龙更是如遭雷劈。

"现在我来告诉你，不能杀我的理由。"临渊轻声凑近蓝舒渠，放缓了声音，池水中出现细微的波纹。

"因为……"临渊拖长了声音，眯起眼，"死物是杀不了谁的。"

一声巨响。黑色蛟尾从水底腾空而现，打落了蓝舒渠手中的长剑。狰狞的蛟首微微后仰，同时发出一声长啸。他张开巨口，迅速朝着尚没回过神来的蓝龙咬去！

池中掀起百丈巨浪，水幕之中只能隐约看见一道迅捷的影子。蓝舒渠的人形已消失不见。

水池之中隐隐有蛟声龙吟，等到水幕落下，声势渐息，一切平静下来，便只剩庞大黑蛟横亘在池壁处。

"我今日不杀你。"

遍布蛟首的细鳞在暗淡的银光下泛出冰冷质感——不知何时天边云雾飞散，冷日半出，虽不甚明亮，但也带着一丝生气。

蓝舒渠被粗尾卷住全身，脸颊边还能感受到灼热蛟息，然而那条“恶”名昭彰的魔蛟在最后一刻停了下来。

生死一瞬，蛟停了，便是放弃了先机。若是此刻继续争斗，即便蓝舒渠全身被制，也依然有反扑之力。

年轻蓝龙的目光落在蛟的胸腹处，那片金色龙鳞已经被隐藏在深处，此刻只能看到片片黑色细鳞包裹着蛟身。

“离开这里，也别再找他了。”黑蛟将话说得模棱两可，“看在这片龙鳞的份上，本尊不愿与灵山为敌，从此以后我们井水不犯河水。”

蓝舒渠神情微怔，问：“这是他送给你的？”

临渊没有回答他的话，而是缓慢松开了对蓝龙的禁锢，眼底带着几分戒备：“他当日被犼所伤，自知伤重难愈，便求我将他吃了，还说若是撞见你们，便让我将护心鳞给你们看。”

蓝舒渠沉默了许久。

小青龙已经瘫坐在地：“这是金龙前辈的鳞……这么说，魔蛟没有说谎？”

不久前还偷偷看到老友生龙活虎地在山洞下了一道禁制的蓝舒渠，深深地望了眼自己那过于单纯的同族弟弟。而且，他在用除障刺破除此地禁制的时候，其实就隐隐有感觉了。这个地方……蓝舒渠再次不动声色地打量周围，试图从某个角落里找出某条熟悉的龙。

临渊又道：“你们要寻仇，找犼便是。”蛟目一眯，“但若是执意在此闹事，休怪本尊翻脸了。”

他猛地甩动尾巴，将这条似乎跟金龙有密切关系的蓝龙拍到了岸上——若不是顾忌金龙寻仇，而他又确信自己不是对手，他何至于如此忍气吞声，在这儿跟这群烦人的家伙多费口舌！

蓝舒渠目光复杂，脑中升腾起各种疑问。他看着重新将身体窝回水池的黑蛟，艰难道：“你可知，这鳞片……是什么？”

临渊不屑道：“自然是难得一见的护身宝物。难道你以为本尊会连龙族的护心鳞都不知道？”

蓝舒渠：“……”何止是护身宝物？那是只会交付给重要之人的信物！

对于临渊轻描淡写，蓝舒渠努力压制嘴边一连串的疑问，好让自己表现得不那么激动。

临渊不耐烦道："还不走？"

"呜！"小青龙抽噎一声，"我不信……金龙前辈怎么会死？"

临渊居高临下地看着他："天外有天，你又怎么笃定那蠢龙不会死？"小青龙眼角湿润。临渊继续说，"他临死的那几日可真是凄惨。犼造成的伤口太密太深，皮肉外翻，鲜血不停流出。若是普通妖怪，估计连半天都撑不下去，他却苦熬了十天，才求着本尊将他吃了。"

小青龙目光呆滞——太，太苦了！他从地上爬起，道："虽然不知道为什么……"为什么会将这么重要的护心鳞赠予蛟？但是——他呜咽一声继续说着，"但金龙前辈的选择，总是有他的道理。"

小青龙悲伤的目光落在蛟腹上，眼中的深情令蛟忍不住绷紧身体。

什么选择？选择被他吃了吗？临渊观那两条龙的脸色，无端觉得哪里不对劲，却又箭在弦上，不得不硬着头皮继续编下去，发出笃定的声音。

蓝舒渠："……"

"我不会与你动手了。"小青龙望着蛟的肚子，想到金龙已入蛟腹，偏偏蛟身上还有他的护心鳞，心知那是前辈认定了的重要之人，因而在临死送出鳞片。这么做，肯定也是为了让他们灵山龙别做出伤害蛟的事。他再次悲从中来："我这就去把犼大卸八块，替前辈报仇！"

青色小龙就要往洞外冲，冷不丁被蓝舒渠一手拉了回来。蓝舒渠很清楚自己那皮粗肉厚的老朋友并没有伤重难愈。但看临渊言之凿凿的模样，若非自己知道普天之下几乎无人能有拔下金龙鳞的本事，再加上两处禁制为证，他都要怀疑自己那独身活了上万年的老友，是真的遭遇不幸了。

白璘也是神情恍惚："那片金鳞看着像是金龙前辈的？"

"没错。"临渊伸直了脖子，看向白璘，冷声道，"就是你那位大恩人亲自拔下来给本尊的。"

白璘："……"不知为何，那一瞬间有股寒意直逼后背。

"往后你就死了心，别成天追在他屁股后面了。"临渊讽刺道，"一个女妖老追缠着别人，传出去，也不怕成了笑话。"

白璘脸上现出复杂的神色。

“你虽有几分姿色，”临渊摇摇头，“可惜，他应当是瞧不上你的。”

蓝舒渠：“……”

“满口胡言！”白璘皱眉，“舒渠，魔蛟肆意杀伐，当日雷池中，他与金龙一战我是亲眼所见，他说了什么？为何你们像是不愿动手了？”她不清楚金龙护心鳞之意，更不明白两条龙态度的变化。

蓝舒渠没多做解释，只是冲她摇了摇头。

白璘神色一凛：“既然如此……我白璘却不会就此作罢。”

蓝舒渠劝道：“白姑娘——”

白璘反倒看向临渊：“我身上背负两个因果，一是金龙前辈解救之情，二便是你杀害我洞内弟子之仇。金龙前辈既已殒身，我自当竭力替他报仇，可是魔蛟……你我之仇，今日必要有一个了结。”

临渊沉目打量了她一会儿，道：“就凭你？”

听母鱼的语气，还有蠢龙之前给出的反应来看，他们之间应当没什么私情。但这个白璘确实是个麻烦，要是跑出去一通说，岂不是暴露了他的行迹？况且他及时收了手，分明是这母鱼不依不饶，不知好歹，自己出手也是常情，那蠢龙若是想替她讨公道，他可不怵。说到底，她白璘可不是什么龙，只是一条水洞鱼精罢了。

找到站住脚的理由后，蛟晃了晃脑袋，前半身直立而起。

“等等！”小青龙出声，“不能伤害白姐姐。”

是了，差点忘了白璘与他们是一道的。临渊眯起眼，仿佛是对胶着的形势感到烦躁。

正当形势重新陷入僵持之时，池子中央忽然发出噗的一声，一道金影蹿出水面，尾鳍带着水浪划出弧线，溅起一阵水花。

临渊只感觉到脑门一重，熟悉的金色鲤鱼已经落到了自己头顶。

金鲤鱼目光呆滞，伏在蛟的鼻尖处，正对着众妖，无声地吐了个水泡。

白璘一愣：“鱼妖？”

金鲤鱼没有搭理她，腮帮子鼓动不停，短尾巴甩得分外有力。

临渊垂眼看了一会儿，一时无语。

小青龙忽然道：“咦，蓝哥，这条鱼怎么看着好生眼熟啊。”

蓝舒渠面带笑意，能不熟悉吗？可不就是从灵山里出来的……

更远之处，晋明闭目敛神，催动着千里之外的木鱼纹雕。

知晓某蛟的脾性，他也不妄想对方会老实与自己上灵山疗养，但真要看着他日日夜夜同自己那颗变不回去的脑袋作斗争，他又有些于心不忍。左思右想，他在发觉蛟出洞的时候，便决定留下木鱼跟着蛟，自己孤身赶往灵山。

木鱼纹雕本是死物，却有寄养神魂的用处。他将自己一缕神魂分出，得了空，便会借助木鱼之身看看临渊的处境。

这一日，路上出了些状况，遇见了几百年前有过几面之缘的故人，虽说晋明早已记不清对方的名字了，但还是耐着性子应对了几句。等到他找到僻静处附身木鱼，睁开眼便看到平日里本分养伤的临渊，被旁人围住了。再定睛一看，还都是熟人。

临渊眼底还带着一丝未退去的凶狠，看到金鲤鱼后更是气不打一处来。

“你出来做什么，死鱼，难道是感应到我要将这条母鱼杀了，便不再装死了？”

晋明：“……”

临渊毫不客气地甩落金鲤鱼，转头继续对白璘道：“你若真是念及门下弟子的性命，当日就不该负隅顽抗，本尊说了，只要交出蚌珠，我对那些臭鱼们就毫无兴趣。说到底，还是宝物更珍贵，不是吗？”

白璘眼中流露出不忿之色：“蚌珠为镇洞之宝，岂有任人夺取的道理！”

金鲤鱼出现后，临渊便有些魂不守舍。他已与这群家伙周旋了很久，见白璘气势汹汹的模样，耐心终于告罄，冷声道：“今日看在蠢龙的分儿上，本尊不与你们动手，若是三声之内你们还不走，我就要开杀戒了。”

蛟腹一重，金鲤鱼一头扎了过来，紧紧贴住。

临渊脸色一寒：“凭你也想阻拦我？”

晋明：“……”他听临渊方才的话，只觉得苦尽甘来，好不容易把这没心没肺的蛟大王养出了一分良心，知道顾及他的感受了……紧接着就视线一变，一片漆黑。

又来了……木鱼纹雕哪里都好，就是太过敏锐，会随主人心意，牢牢靠近目标之物。他这边刚觉得欣慰，木鱼已经迅速贴了上去。

临渊可不知道，还误以为金鲤鱼是要阻拦自己。他对窝在自己腹部的金鲤鱼十分不客气，嘴中开始报起数来：“一、二……”

“三”字还未出口，蓝舒渠身形一动，已拉住了白璘，带上小青龙，朝洞外而去。

疾行一段距离后，他方才停下脚步。

“他身上有晋明的护心鳞，你要是想报恩，今日便到这里吧。”

白璘不解："什么？"

蓝舒渠摇摇头。

白璘："是因为那片金鳞？"

半晌，见蓝、青二龙一声不吭的样子，她后退半步，冷声道："我原以为，白川洞与灵山有共同的敌人，原来却是我自作多情了。"

蓝舒渠叹了口气："白姑娘，恐怕是不成了。"

白璘许久没有说话，秀美双目盯着眼前的蓝龙，直到对方尴尬地扯出一丝笑来，她才如梦初醒，低下头道："看你们的反应，魔蛟没有说谎，他胸腹处的金鳞真是金龙前辈所授……"她停顿了片刻，虽不知道鳞片的含义，但大抵也能猜出几分，"想来是个很重要的东西。"

蓝舒渠没有说话，事实上他也不知道该说些什么。这几年金龙在外不归，灵山上下都在流传着他的去向。然而他可以确定的是：整座山的龙想破脑袋也猜不出金龙是在外面忙活着送鳞片的事。

"当真是世事难料。"雷池一战，白璘作为唯一的观战者，目睹过龙、蛟双方的激烈争斗。那样的两方人物，究竟是如何在经历生死之战后，突然有了交集？

猛然间，她想起在沂山王村时，跟随在蛟身侧的男人。本以为那是蛟找来的帮手，现在看来，十之八九是金龙晋明。她恍然道："原来如此。"

见白璘面色不对，蓝舒渠开口："白姑娘，当日晋明出手相助，绝非图求回报。"他沉吟片刻，接着说，"若你……执意想要了结因果，今日就此作罢，便是抵了他对你的恩情。"

白璘："……那鳞片意味着什么？"

蓝舒渠正色道："意味着灵山不会主动与蛟为敌。"

白璘复杂地看着他："即便他残害众灵，横行上妖界，做下诸多恶事？"

蓝舒渠没说话——真过火了，自有他那位眼光独到的老友去头疼。只是这话实在不好直接说出口。

"罢了，我自己的仇便由我自己来报。"白璘淡淡开口，"此前本想着金龙前辈是因为白川洞而遭此大难，便赖在灵山想与你们共同报仇。不过既然事有变化，不如就此别过。仇，我是必然要报的。只盼着那时，灵山能不插手白川洞与魔蛟的恩怨。"

小青龙担忧地说："可是白姐姐，你……你打不过他呀！"

白璘眼中闪过万般思绪，最终敛于眉头，连退数步。她深深看了眼蓝、青二龙，倏忽间化作虚影消失不见。

寂静山林中，只余下一蓝一青两条龙，彼此对望了会儿。

白璘虽为外族，但这些年经常与灵山来往，脾性温婉，从不与人争执，也因此很受族中人的喜爱。没想到她在面对魔蛟时，态度竟是格外坚决，丝毫不让。

“咯……青儿，我们回去吧。”蓝舒渠拍了拍小青龙的肩膀。

后者一副神游天外的模样，被他惊醒后，露出欲言又止的表情。

蓝舒渠：“说吧。”

小青龙幽幽道：“刚才出现的金鲤鱼，我认出来了。”

才认出来吗？这木鱼纹雕乃是用玄桂木制成，雕成鲤鱼的形状，本就是金龙一族自己造出的法宝，也只有金龙一族才知晓催动的秘诀。

也不看看那假鲤鱼真木头活蹦乱跳的模样？说上面没有金龙的手笔，怕是三岁龙崽都不会信。

蓝舒渠拍了拍小青龙的肩膀，用充满怜爱的目光看着他：“青儿，有些事看破不说破。”

小青龙不解，一脸疑惑。

“看破不说破”的蓝舒渠理了理衣襟，率先向前走去。他步伐轻快了些，眉宇间也带着一分松散——自从当日追踪赶到某个可疑山洞后，他那颗被好奇折磨了大半个月的心，终于放下了。

第九章 幽潭主人

那条惹得小青龙陷入迷惘的大金鲤鱼此刻正被池水温和地包裹着。

确认三妖气息彻底消失后，黑蛟迅速抖落起身体。木鱼纹雕被无情地甩到了岸边，晋明心念一动，转了个身，重新将目光投放到临渊的身上。

黑色长蛟浮出水面，露出覆盖着细鳞的胸膛，粗粗的长尾冒出尖，拖出一条好看的弧线。游动间，黑蛟微微晃扭着身体，动作不紧不慢，只是眼神锐利，仿佛随时都在想坏点子。

往常这个时候，晋明都会收敛神思，停下这“借物看蛟”的行为，可今日洞中异变，临渊也许还有其他动作。

晋明想了想，还是决定继续观察。于是金鲤鱼无法避免地再次游向了蛟。

听闻山林之中确实存在依附他物修行的精怪，不过他们大多是依附在灵力已至臻境的大能洞穴之中，或是灵气外溢的宝物上，怎么这条蠢鱼却如此与众不同？非要往他身边凑？

他原本怀疑是金龙，可这鱼呆若无智，也不像啊……蛟眼睛一转，莫非自己的修为高深到已经能吸引小妖怪的地步了吗？

临渊沉默了一瞬，还是觉得这猜测过于往脸上贴金了。

“你到底是不是他派来的？”

金鲤鱼麻木地摆了摆尾巴。

临渊已习惯他这副半死不活的样子，幽幽道：“方才那三个，都是来找我寻仇的。这温池洞府是个不可多得的修炼宝地，可惜却不能久待了。你再往本尊身边凑，信不信我将你带出温池子，任你游上半年也回不来。”

金鲤鱼干瞪着眼，半点风浪也没激起，实在是一件扫兴的事。临渊有些不悦，化为人形，从宽大的衣襟里掏出金鲤鱼，开始揉搓这条古里古怪的鱼。

晋明：“……”身附纹雕，他所做的实在有限，此刻无比怀念自己的真身。

蛟晃了晃变不回去的大脑袋，手中抓着金鲤鱼的肚子，嘴里道：“没想到这护心鳞竟然这么有用，那群蠢龙一看到鳞片都不用我多解释，就什么都信了。”他目光深沉，“灵山的龙似乎都比较好骗，那两条还不及蠢龙呢。”

临渊上了岸。他满脑子盘算着之后的去向。他虽靠着一片金鳞骗过了灵山龙，但眼下还不是可以高枕无忧的时候。行踪暴露，再加上知情者之一还是某条跟他有仇的母鱼精，他必然是要换个地方了。

一时的隐忍并非怯弱，正是这种谨小慎微的生存之道，才让临渊躲过了一次次危险。

他重新变出笠帽戴上，想了想，又将身上的一身黑袍换成金色，绕着蛟宫附近逛了一圈。这期间还撞上了山林间的几只小妖，他们撞见他，也只是暗中侧目，并没有发觉异常。

等到站定在某个眼熟的洞口前，临渊绷不住抽了抽嘴角……此处不是别地，正是与犼一战后，他与晋明暂时栖居的洞穴。

一入洞，隐约还能闻到一股龙腥味。这自然不是那头喜净成癖的金龙身上散发出来的，而是伤重后流出的龙血，将这里变成了一处凶地。

洞穴中，已经没有那条日日盘踞在中央的长龙，洞内空空如也，除了地上依稀可辨的暗色血迹，仿佛已经许久未有闯入者了。

临渊冷笑一声，说什么不许他趁机离开，不想与他分道扬镳，还威胁他说，哪怕他跑到深渊尽头也能把他找回来。结果呢？他前脚一走，后脚金龙也是走得飞快啊！

他甩袖而坐，金鱼滚落下来，骨碌碌转了几圈。被“藏”在袍袖中的金龙，得以看清周围环境，也是抽了抽嘴角——所以，蛟大王折腾了这么一圈，最终还是回到了原点？

晋明机智地扮演着对此毫不知情的“死鱼”一条。

“本尊今日被那条母鱼和她的同伙扰了兴致，没心情入定修炼了。”临渊眼含深意，“蠢鱼，你不是很会藏吗？本尊就坐在这儿，看着你，看你能藏到哪里去？”

晋明：“……”

藏是藏不住的。只不过每次金龙神魂归位，这木鱼纹雕便成了一件死物，隐没在池底乱石中，毫不起眼而已。现在临渊搜寻的是一尾活鱼，又怎么能留心到纹雕上呢？

可他现在又不能在临渊的眼皮子底下大变活鱼。

晋明脑中回忆起自己远在千里之外的原身——他入定时，找的是一处偏僻的峡谷，周围也没什么大妖，若是长期附身纹雕之内，应当也不会出什么大问题。就算被心怀不轨的妖怪发现了肉身所在，凭借金龙强悍的鳞甲，也足以应对。

他正这么想着，忽地敏锐地察觉到了一丝危险气息。

再看临渊，他还瞪着金鲤鱼，对危险毫无所觉。那么只有一种可能——危险并非来自洞穴，而是他的真身出问题了。

临渊似乎是放弃了，这金鲤鱼从头到尾都是维持着同一个表情，无声地与自己对视了整整半天。

古怪，实在古怪。饶是临渊，也觉得怪瘆人的。他松了手，打算不管金鱼了。

谁料手刚一放开，金色鱼尾一甩，整条鱼弹跳至半空，忽然钻入洞穴通道，很快就消失不见了。

黑蛟眨了眨眼，显出一抹愕然。

山林中隐约传出一阵兽吼，听不真切，很快就被山风吹散了。

又是几日过去，勤恳修炼、努力疗伤的临渊，终于略有所成，顶着威风凛凛的蛟首出洞溜达。

遥想当年，蛟大王刚占领此山头的时候，隔三岔五便会腾云驾雾巡山三周，声名远播后，渐渐不再有妖敢随意上山挑衅，他也逐渐停止了这种行为。

附近的妖怪似乎少了很多。他那几个不成器的属下弄出来的比试，随着蛟的回归，早已结束。前来看热闹、捞好处的妖怪们也纷纷散了。令临渊惊讶的是，灵山的龙好像也都离开了。

"亏我还以为蛟宫要与灵山开战了，结果呢？那群虚张声势的龙，平日里看着不可一世，真要打起来了，屁话都不说，直接被吓回老家了！"

守山门的巡逻小妖顿时大笑。

"我听说豹王连新的武器都锻造好了，就等着拿龙血开刃，现在……估计只能用山鸡血了吧？"

又是一阵大笑。笑声最爽朗的是一只披散着雪白长发的貂妖，他前俯后仰地捶着胸口，视线瞥见一旁："哎，兄弟，你怎么看着面生啊？"

一起交谈的其余妖怪也纷纷看了过来——只见山门口不知何时站立着一只妖，他穿着一袭淡金色长衫，头上戴着巨大的笠帽，也不知来了多久。

“我听说这里有比试？”

貂妖一愣，与同伴们对视一眼，猛然间爆出“哈哈哈”的笑声。

“大兄弟，你这消息怕是滞后了一个月了！”

金衫妖怪也不恼：“怎么说？”

貂妖：“比试早就结束了……不对，这哪叫比试呀！我们蛟王回来了，还捉了灵山的龙当点心吃呢！”

“……”他倒是想这么做。

这金色长衫、头戴笠帽的妖怪正是溜出来探听消息的临渊。

出发前，他甩出水镜，将领口整个掩住，顶着漆黑的蛟首看了一阵，才戴上笠帽，大大方方地走上山道。

变幻之术是不能用了，他能改变的便是衣着打扮了。他平日里最为钟爱自己鳞片的颜色，人形时一贯穿黑色袍子，但眼下他还不想暴露人前，于是稍稍变了颜色，以免引起怀疑。

临渊：“灵山的龙？他们怎么会跑到这儿来？”

巡逻小妖们顿时你一句我一言将事情始末说了一遍。除却前面那些他知道的东西，他还有了其他收获。原来那犼在大战后，伤得很重，也不知蓝舒渠从哪里找来的捆绳，将犼捆扎得严严实实，一路绑去了灵山。

“听说那犼是上古妖兽，可厉害了。打败犼，分明有我家大王一半的功劳，那群龙真不要脸，竟想独吞犼丹。”

临渊点点头：“没错，确实可恨。”

“不过大王可是生吞了他们中最厉害的一条龙，好像是什么……黄龙？”

临渊：“……金龙？”

“哦对对！是金龙！”

一小妖摇摇头，正色道：“不可能是金龙！”

临渊看向他：“何出此言？”若让他听到这小妖嘴里冒出半句他打不过金龙的话，他定要将这小妖生吞了。

小妖迟疑道：“你们难道没听说吗？就在前几日，幽潭主人放出话来，说是生擒了金龙，要择吉日，剖龙取珠。”

临渊：“幽潭，那不是离灵山很近吗？”

小妖点点头:“所以,蛟王在那日拖走的肯定不会是金龙,一条龙怎么可能被吃两回?”

临渊沉声道:“是不可能。”他有没有吃龙,他最清楚;但幽潭主人吃没吃,他就不知道了。

他冷眼看了看兴致勃勃、重新议论起来的众妖,忽然没了探听消息的兴致,不再多言,转身朝着来时的方向而去。

临渊满心疑虑,他很清楚晋明的能耐,也确信普天之下不会有几个妖能有将他生擒的本事。纵然是自己,也做不到。那幽潭主人听着也不像是什么有名的大妖,没道理他都没办法拿捏的金龙,别人就能轻而易举得手。他猜想这应当就和“黑蛟生吞了金龙”的传言一样,是子虚乌有、臆测出来的谣言。晋明是谁?光凭他得天独厚的气运,临渊也不相信他会被吃掉。

临渊回到洞中,洞内的金鲤鱼自上次从手上溜走后就再没出现,周围静悄悄的。他盘腿而坐,垂眼瞧着自己变化出来的金色衣袖,眉眼间闪过几分烦闷,很快金衫化作黑袍,脸色却仍没有半点舒展。

他日夜苦修,修为诚然有所提升,然而没什么大的突破,离全盛时,也总是差了几分。仿佛练到某一处,他就会出各种岔子,导致不得不中途暂停,至于脑袋……更是没什么变化。蕴灵草的副作用远比他想得还要强。

距离得知“金龙被吃”的消息过了半日,临渊闭目调息。

若是连晋明都对付不了,他送上门岂不更是送死?何况,既已分道扬镳,他与金龙自是要各归各位,不再纠缠。再者,算算脚程,金龙应当是在自己离开洞穴后不久,就反身回往灵山了。其中含义,不言而喻。

“本尊为何要救他?”临渊皱眉道,“虽说他许了那么多宝贝给我,可谁知道其中是否有诈。”

幽潭距离灵山这么近,就算出事,也应当是归灵山管。

晋明功力在他之上,若是连个沼泽地的小妖都打不过,那岂不是天大的笑话。临渊脑中缓慢浮现出某道贯穿整个脊背的伤痕,每次替自己疗伤后许久都缓不过来的样子……要真是因为自己,让旁人寻到机会吃了,也不是没有可能。

他深吸一口气,再难平复心绪,索性放弃了入定,睁着一双漆黑的眼睛,望着洞口出神。

脚下被什么东西撞了撞。临渊一愣,垂下脑袋,与一双呆滞无神的大眼睛对视——金鲤鱼出现了。

临渊伸出手，那条金鲤鱼便扭动着尾鳍，将自己送到手掌中。冰凉的鱼鳞滑不唧溜，金鲤鱼看着肥大，入手却不怎么沉。临渊将它举到自己眼前，认真观察了一番："你到底是不是他派来跟着我的？"

金鲤鱼没有开口，照例吐了口泡泡。临渊叹了口气，也没心情去探究这条鱼神出鬼没的行踪。

"你许久不出现了。"临渊别过头，眼睛转动半圈，"这会儿看到你，倒也高兴。三天前，我练功出了问题，怕是命不久矣了。"

金鲤鱼嘴角边的泡泡破碎了。

临渊看着它，脸色平静极了，他缓缓道："也怪我心急突破，不慎伤到了内核。自那天后，体内腹痛难忍，经脉内灵气紊乱，试了诸多法子都不管用。蠢鱼，都说若是停留在一个境界太久，不是突破就是殒身，我化了上万年的龙，都没有成功，如今看来是到了尽头，再不会有机会了。"

金鲤鱼拍打了一下尾巴，身体抖动着想要凑过来。

临渊单手使劲抓紧它，不让它动弹，又定定地注视了很久，缓缓道："原先答应会陪着我、帮我的人，已经不管我了。"

透过木鱼纹雕的眼睛，晋明能看到临渊的每一个表情。他很清楚临渊有多么会扯谎，他每一次扯谎都是有目的的，那些谎话在他看来，高明又直白，恶毒又真实。他庆幸自己记清了所有过往，因而能看穿临渊的各种小把戏。

唯独这一次，他猜不出。莫非临渊修炼真的出了问题？

他不是那种会拿自己生死撒谎的人。好不容易挤出时间来看看临渊是否无恙的晋明，一出现，就被临渊"捧"在手心，听到了这样一番话。

临渊的修行存在隐患，晋明再清楚不过，他对修为的重视更是到了病态的地步，而且修行最忌心急，可能会危及生命。晋明也提着一颗心。

原先答应会陪着他、帮他的人，并没有不管他。可惜木鱼纹雕无法开口，他想做些什么，鱼身却被牢牢抓在临渊的手中。

随着时间慢慢过去，临渊的脸上逐渐显出了烦躁。

"你怎么还是这副死鱼面孔？！"

难道这真的是一条普普通通没有灵智的呆鱼，和金龙没有丝毫关系，只是恰好出现在温池之中?

“本尊若是死了,临死也要吃了你这条蠢鱼。”

晋明:“……”不管什么情况,蛟大王的脾气总是来得很快。

临渊将金鲤鱼随手一扔,便不再看它——既然他都将话说到这个份儿上了,还是没得到什么不一样的反应,想来并不是如他猜测的那样,这条鱼,估计是从哪个石头缝里蹦出来的吧。他闭上眼,认命地站起身,重新戴上笠帽。

要是他加快速度,说不定还能从幽潭主人的嘴里抢下几片龙肉啃啃。毕竟是他想了多年的“化龙神药”,好歹也得尝尝味道。

临渊出了洞穴,走了几步,便化作原身腾空而起。

黑色长蛟升至半空,山上的大小妖怪们似有所感,仰头望去,入目便看到蛟宫之主呼啸着朝东面飞奔而去。

众妖惊叹魔蛟果然还活着,在他身上看不出半点伤重的迹象。只是不知道为什么,既然没受重伤,为何不回蛟宫?而是隔了这么多年才现身而出,还是与灵山的金龙一同出现……然而他们注定是得不到答案了。

雷池之战后,行踪变得神秘莫测的蛟宫主人,毫无顾忌地现身于宫内,然后,倏忽飞离了临隐山。

被扔到一旁的木鱼纹雕,不过是翻了个身的工夫,临渊已经动作迅捷地冲天而起,眨眼间消失不见了。金色大鲤鱼原地蹦了几下,晃动着短小的背鳍,只升到了半人高的位置,啪的一声坠了下去,化作一截平平无奇的木头,静静躺在泥石之中。

蛟行于天,速度极快。然而上妖界十分广袤,到达幽潭时,已经是半夜了。但对妖来说,白昼与黑夜没有区别。

幽潭位于峡谷深处的沼泽地里,四周瘴气厚重,还散发着一股奇怪的恶臭。临渊维持着原形,脸色难看至极。这种脏臭的地方,不像是晋明会来的地方。

他前脚踩进湿土之中,沼泽淤泥便仿若活物张开了一道口子,一股牵扯之力猛地朝他袭来,他立时抬脚拍去,四爪收缩直接抓出一团黑泥。沼泽地中立时响起嘶哑的叫声。

短暂的交锋间,临渊已对对手的实力有了几分估量。

“出来!”他沉声斥道,余光瞥见沼泽边的一株枯草,上面溅着几滴鲜血,顿时眸光一寒,腾空离地,扑了进去。

沉重的躯体很快陷入了松软的淤泥之中，蛟发出一声低吼，高高扬起尾巴，朝着泽内胡乱拍打，又给自己使了轻身诀，与脚下的拉扯之力抗衡。

不多时，黑蛟已成了一尾泥蛟，那些黑色淤泥带着黏性，沾染上后，竟是无法用净化诀阻隔。

“幽潭主人？原来是一摊烂泥巴。”临渊皱着眉，翻滚一阵后，眼睛一眯，猛地埋首钻入，片刻后咬着一块湿软的泥团冲了出来。

噗——入口满嘴的泥腥味令蛟作呕，饶是他吃了这么多妖怪，这一个怕是也消受不起。

泥团中现出一张人脸，五官已经十分清晰了，是个中年男人的模样。

“你是何人？为何抓我？”

临渊抬脚往人脸上踩去，眉头皱得死紧：“我听说你捉了一条龙，打算剖龙取珠，就来看看，是否还能捡些龙骨头、龙尾巴什么的，补补身体。”

泥团发出“噗噗”水声：“没有，我这边可没什么龙肉！”

临渊使了几分力，泥团上的人脸顿时扁了几分。

这话他倒是相信的。刚才一番交手，这什么“幽潭主人”根本算不得有多厉害，哪怕金龙断了根骨头，也能轻易收拾了。

“那你说，那条龙去哪里了？”

泥团“痛苦”地将五官挤皱成一团，嘴里唔唔地叫着，不时夹杂着水声，让临渊愈发烦躁：“说！”

泥团勉强化出一张嘴巴：“不……不就在你……身……身后吗？”

蛟狞笑一声，顶着满头黑泥，露出瘆人的利齿：“这伎俩，本尊早在万年前就用烂了。”

他抬了抬脚，泥团一愣，急忙变出四肢想要逃走。蛟重重一踩，精准地按住了一条“泥腿”，灼热的蛟息恶劣地扑打在泥团身上。

“你以为我会一时大意，好让你趁机逃跑？”

泥团挣扎起来：“他他他……真的在你后面。”

蛟猛地一拍尾巴，瞬时溅起星星点点的泥浆：“冥顽不灵。”

泥团幻化出两只眼睛，俱是睁得大大的，似乎极为惊恐：“完了……完了！你将他的衣服弄脏了！”

临渊：“？？？”

蛟目低垂，略一沉思，扭过头，正对上一双浅金色的眼睛——金龙隔着不远的距离，平静地注视着他。

“蠢龙？”临渊皱眉，不动声色地打量了一番，见他身体完好无损，也不像是受伤的样子，心知谣言误人。他稍作沉吟，便道：“真巧，你竟然也在这儿？”

泥团适时发出声响：“不是你在找他……噗！”

临渊一脚踩裂了泥团的嘴巴，转过身，长尾轻轻一摆，带起阵阵泥点，半数落在金龙的衣衫之上。

晋明：“不是你在找我？”

临渊僵住。

晋明微微一笑：“原来真是来找我的。”

临渊：“……”

晋明：“前些日子出了些意外，沉睡不醒，结果被这泥怪趁机搬入了沼泽之中。”

“……”临渊低头看了眼兀自还在脚下挣扎的泥团，脑海中闪过无数应对之策。

晋明轻咳一声，道：“我没想到这件事会被传出去，也没想到你听到后，会赶过来……”

临渊朝着沼泽地里拍打了一记尾巴，烦躁道：“别自作多情。我自己本事不够，吃不上龙肉，难道还不许我捡别人剩下的了？”

晋明：“小渊，先将尾巴收一收。”

临渊莫名其妙道：“什么？”

晋明拍拍布满泥点的衣襟，最终什么也没说，朝前迈步。在看到临渊明显往后退了半步时，晋明脸色微沉，随着一声龙吟响起，金色长龙现出，长尾一卷，便将那从淤泥里滚了一圈的“泥蛟”裹到了身边。

愣怔间，蛟爪一松，泥团又寻良机，嗖地蹿了出去。

“不用理他。”晋明制止了临渊追过去的打算，“只是小妖罢了，翻不起风浪。”

临渊冷哼一声：“一只小妖就能将堂堂灵山金龙生擒了？”

晋明听出了他话里的意思，叹了口气。

临渊顿时不悦。晋明放出灵力，顺着经脉入了临渊的身体。蛟大王活蹦乱跳，除了一些无伤大雅的“旧疾”，并没有任何恶化或是“命不久矣”的症状。

“你呀……”说谎的本事是日益精进，就连说谎理由也是愈发难以捉摸了。

当日在洞穴中，临渊对木鱼纹雕说的那番话，看来是半句没有真话了。晋明心想，也许是自己哪里露出了破绽，引得临渊特意想了一通谎话来诓自己。幸好那木鱼不能说话，也做不出太多表情，不然真要被临渊认出来了。

晋明好笑地用尾部轻扫了一记蛟背，感受到对方明显变得僵硬的身体，便道：“我前几日回了趟灵山，替你寻着一些药。今日出来得急，没能找到装玉浆的瓶子，只带了这些，你先服下吧。”

临渊先是一愣，接着慢慢眯起眼，脸上现出狐疑之色。

片刻后，随着一道光芒闪烁，金龙竟是拖着蛟一同变回了人形。

晋明回首瞧了瞧身旁清瘦的黑袍男子，狰狞的蛟首上犹自挂着几丝茫然之色，脸颊还残留着许多泥垢。他笑了笑，摊开手，只见掌心放着三粒红豆大小的药丸。

“张嘴。”说着，便将药丸递到了临渊的嘴边。

临渊望着那三粒药丸，脸色难辨，也不知在想些什么。

“你就这么笃定我会接受你的好意？”

晋明淡淡道：“蛟王对谁都不怎么好，唯独对自己很重视。”

临渊瞥了他一眼，不屑道：“既然都知道你恢复记忆了，本尊为什么要再吃你的东西？你别忘了，我之所以沦落至此，都是拜你所赐！”

晋明略一思索，五指收拢，道：“好吧。”便十分自然地将这三粒药丸当着临渊的面收了回去。

临渊：“你……”还真收回去了？！

晋明闷笑一声，不知何时幻化出了帕子，朝着蛟首盖去。柔软的布料拂过细腻坚硬的鳞片，不多时就染上了道道黑印。

临渊：“……”他挥手挡开，又被晋明捉住了手腕。

临渊手腕翻转反捉。

晋明：“这泥精少说也有千年的岁数了，我方才好像看到你将他塞嘴里了？”

临渊咧嘴狞笑：“是呀，怎么？”

蛟目一转，视线落在晋明衣服泥点上，脸上浮现出不怀好意的笑。他可还记得，这条龙对于洁净有着多么深的执念。

临渊往前凑近了半步，状似无意地将自己挂着淤泥的袖子搭在晋明的手臂上。

果不其然，感到晋明呼吸都快停了半拍。临渊是无所谓脏不脏的，左右一个净身诀就能解决，谁会在意这些？

自从这家伙恢复记忆后，他便隐约觉得自己总是被牵着鼻子走，如今总算是扳回了一局。他故意道："也不知一块泥是怎么修炼的，你说他将你的身体搬进了沼泽中，莫非是靠着吞没生灵？"又举起袖子凑到晋明跟前，说："这味道，闻着有些像腐肉。"

脏兮兮的袖口就差一点就蹭到晋明的鼻上了。晋明眼都不眨一下，略低下头，看着凑过来的临渊，沉声道："我带你去一个地方。"

灵山距离幽潭不过百里地，进入山中，抵达晋明口中的"地方"倒是花了些时间，但也不算太久。晋明御风而行，一只手死死拽住临渊，他虽没有化龙腾飞，但速度并不慢。

只见远山连绵起伏，不似临隐山那般险峻暗沉，而是郁郁葱葱，风景秀美，中间还有一条青碧长河，绕着山脉蜿蜒。

这还是临渊头一遭来到这个据说是真龙聚集之地。龙族族群众多，既有血脉先天之龙，也有极少部分后天化形之龙，灵山龙族数量虽不多，但大多修为高深。他也曾一度动过偷上灵山食龙的念头，不过后来估摸着打起来太费事，就打消了此念头。没想到晋明二话不说拽着他去的地方竟然是灵山老巢。

临渊耳聪目明，隔着薄云，依稀可见底下有几颗龙头晃动，空中隐约还传来几声尖细龙吟，想来是不知谁家的龙崽在啼哭。

临渊黑了脸，即便龙、蛟相似，但到底是两类妖，他贸然顶着蛟首闯入龙窝，实在太过醒目。最重要的是，有那么多条龙，他就算有天大的本事，也没有把握全身而退。

"蠢龙，我今日不想跟你动手，更不想同你再往前半步！"

晋明恍若未闻，伸出空闲的一只手遥指前方："前方那座山头便是我的住处了。你我相交多年，我都陪你逛过蛟宫了，你就没兴趣看看金龙族的巢穴吗？"

金龙族？临渊若有所思。

时光追溯到久远之前，灵山的主人便是金龙一族。后来，金龙族逐渐衰落，此地才迁入了其他龙族，渐渐形成了如今的灵山。

临渊心思复杂地开口："金龙族当年的盛况，我曾听深渊里的树妖谈起过，说他们坐拥强大的功法，洞府内藏着无数奇花异草和罕见法器，随便哪一件流出去，都能引得众妖争夺。"

晋明斟酌着开口："其实那些传言……"

临渊双目闪闪发光。

"有些言过其实了。"

临渊一愣，收敛眼底的失望。

晋明缓缓道："无数谈不上，只有几十亩植园，法器也只够填满十几个洞穴罢了。"

临渊:“……”

晋明:“可我也用不上,好在灵植自个儿就能长,不去打理也不打紧。”

临渊:“……”

浅金色眸中闪过深意,晋明道:“看到那边的池子了吗?”他拨了拨蛟首,示意临渊看脚下蒸腾的池子,继续说,“当年我曾祖母不知从何处寻来了一块白玉,那玉的年岁据说比曾祖母还长,它每隔几日便会将池水染白,不管是喝下去,还是泡澡,都极为补益。”

临渊缓缓吸了口气——比金龙的曾祖母还要年长的白玉!

“可惜若是将玉浆取出来,功效便会大减。”晋明叹了口气,复又笑道,“好在你过来了。”

临渊脸一僵,转过去正对上一双浅金色眼眸。

晋明:“怎么了?小渊,你不愿意?”

临渊气势一弱:“你可别后悔。”这种天材地宝,罕见圣境,他若是不愿意,便是傻子。若是可以,他甚至都想直接一尾巴卷起池子拖回蛟宫了!

“绝不反悔。”晋明轻笑道。

临渊扫了他一眼,挥袖甩开他,率先一步到了跟前。望向脚底的金龙窝,眼里是毫不遮掩的贪婪:“好,本尊便在这里住上几日。”

临渊合目感应,只觉得漫山遍野都是充沛的灵力,令人心旷神怡。

“唔……这又丑又矮的草屋是做什么用的?”临渊皱眉问道。

“是我的住所。”晋明回答,“若是泡腻了,我们还可以上岸休息会儿。”

“好吧。”临渊抿了抿嘴,又试探道,“可是什么稀奇的草屋?”

晋明抽了抽嘴角:“稀奇?它是由我亲手搭建的……算吗?”

临渊顿露嫌弃之色:“只是普通草屋啊。”

晋明:“……”

等到离得近了,临渊跳到了地上。

池水温度不低,还能听到咕噜的冒水声。临渊用手试了试,眼睛一亮:“不错。”

晋明幽幽道:“手……”

反复按压“泥团”的蛟爪一入水就显出原本的肤色,将晋明嘴边的话逼了回去。

临渊化作原形,纵身跃入乳白色池水之中,顿时一道黑影被衬得格外醒目。他探出脑袋道:“你方才说,这儿的水既能泡澡,也能喝?”

晋明："……"

临渊摇头道："那岂不是喝自己的洗澡水了？"

晋明没有说话，只是化作金色长龙，扑通一声冲向了玉池，一时间池水四溅。

临渊触碰到了中心的白玉，顿时眼睛发亮，腹部一收，整条儿盘在了玉上。晋明很快也盘了上去。

在接触到白玉的瞬间，临渊就明白这次是真的恢复有望了。白玉之力非常温润，丝丝散入经脉之中，平日里觉得略有阻滞的地方仿佛正在慢慢舒通……他舒服地眯起眼睛，立即入定。

白玉池水缓缓显出污色，很快又被活水冲向下游。临渊沉下心神，腹中灵气运转，竟是比往常快了数倍。若是长此修炼下去，别说是消化掉蕴灵草的副作用，就连修为也能有巨大的突破。怪不得金龙得天独厚，坐拥如此宝贝，修为又怎么可能会低！

他原以为深渊已经是绝佳的修炼之地了，谁能想到龙窝中竟藏有如此珍贵的宝物，能将凡泉化作玉浆，涤荡经脉，使得修行顺畅百倍。

临渊压下心中狂喜，转念又琢磨着若是想将它据为己有，自己能有几分胜算？一时间，脑子里乱纷纷，最后一律暂且摒弃，只专注调息起来。很快，他觉得渐入佳境，全身心都在叫嚣着吸入更多的灵气，浑然忘记周围的情况了。

早知如此，他说什么也要先诓骗金龙带他偷上灵山，再趁着他没有恢复记忆，将这里扫荡一空！什么深渊，什么蕴灵草，通通都不再重要了。鹤宫里搜刮来的各种中看不中用的宝物，在白玉面前，根本就是小巫见大巫。

过了一会儿，临渊感到嘴巴处忽然传来奇怪的触感，他一愣，睁开眼，发现是晋明试图往他嘴里塞东西。

"张嘴。"

临渊认出了晋明手中的药丸，正是不久前被自己拒绝的"灵药"。他犹豫了片刻，最后还是配合地将药丸吞下肚。

没多久，一股汹涌的睡意袭上脑海，临渊来不及心惊，努力半掀开眼皮，嘴里嘟哝了一声："你暗算——"便轰然倒下，呼呼睡了过去。

"暗算？我可是把最好的药喂给你了。"这没心没肺的蛟王总是喜欢说些混账话，他化作龙形也盘上白玉合目而眠。

不知过了多久，那间建在池边的草屋迟迟没有迎来主人。平日里寂静的池水某天传来一阵细微的波澜，金色龙目蓦然睁开，低头看向身边的黑蛟。

黑蛟已经睁开了眼睛，漆黑如夜的眸中盛满了快要溢出的激动，眼中仿佛闪着明光。

一龙一蛟对视片刻。

晋明轻笑道："感觉如何？"

临渊难掩兴奋："如获新生！"

这简直是蛟大王给出的最高评价了。晋明眸色变深，说："小渊，我想看看你。"

临渊双目尚还带着未退去的光："我记得当日你给我的灵药有三颗，余下的呢？"

晋明："……"

临渊："看我？"他舒展了一下身体，心道，难道你不是一直在看着吗，转念一顿，又道，"你是说……我能恢复人身了？"

"是，应当足够了。数年未见你的人形了……"晋明耐心道，"灵药早晚都是你的，你不是想知道化龙之法吗？"

临渊弹起了尾巴。

"别激动。"晋明很快泼了冷水，"这世上若是光凭外物就能修炼大成，那万载光阴岂不成了笑话了。"

临渊皱眉。晋明继续说："你体内陈垢过多，隐患已生。这些药能改善你的身体，想要化龙，还需走修行正道，与……"

修行正道？临渊本想表露不屑，却又想到晋明多次劝言都有依据可循，事后总能证明他没有糊弄自己，现下听他这么说，也就不再一味地驳斥，只是语气还未释然。

"与什么，别吞吞吐吐的。"

晋明只犹豫了一瞬，道："与我一同修行。"他的语气是前所未有的认真，"你我都活了上万年了。修行路长，我既不会对你有诸多要求，也不奢望你能待我好上几分，只是像兄弟那样互相扶持。你想要的宝物灵植，我都会给你找来；你追逐的法力地位，我也会一并帮你达成。你也不讨厌这样的日子，不是吗？"

临渊偏过头去，躲开晋明质问的目光，没有回应。

晋明停顿了会儿，慢慢松开了对临渊的束缚，低声道："深渊犼洞，雷池之下，你骗了我多少回了？我却次次让你混过去了。"不等临渊狡辩，他继续道，"小渊，我原本还有迟疑，可当我看到你寻来幽潭时，便明白，你心底尚存着一丝良知。"

临渊："你被幽潭主人生擒的消息传到蛟宫，我……我不过是想去分杯羹。"

晋明幽幽注视着他，许久叹了口气。临渊莫名其妙感到一阵心虚，眼神瞟向别处，语气渐弱。

临渊："我会考虑的。"

晋明一愣，惊喜地看向他。

临渊轻声道："你先将余下的两颗药丸给我。等我养好了伤，我们再探讨其他……"

晋明脸上的喜悦之色慢慢消失："我不是在同你谈交易。"他身形一动，龙爪轻轻一挑，便将临渊心口处的蛟鳞稍稍翻开一道口子，柔声道，"金龙一生只拔一次鳞。"隐藏在黑鳞下的护心龙鳞缓缓显出颜色，晋明说，"我送你鳞片的时候，是清醒的。"

临渊："什么？"

晋明："送出护心鳞，你可知道意味着什么？"他后移些许，一眨不眨地注视着临渊，"小渊，你是这鳞片今后唯一的主人，它会成为你身体的一部分，永远护着你。金龙族的信物，是天劫重雷都无法消弭的存在。哪怕日后你化身成龙，重塑筋骨，它也不会消失。除非……你不想要它了，或是我死了，你明白吗？"

"你怎么可能会死？"临渊皱眉，"等等，我记得你送我鳞片时，是刚进蛇窟时……所以你到底是什么时候恢复记忆的？！"

晋明扫了扫尾巴，泛起一阵涟漪："这个暂且不提。"

临渊："……"他一时纠结，看向晋明的眼神瞬息万变。

另一边，灵山前峰，听闻了金龙刚刚归山的蓝长老，匆匆从西极之地赶了回来，提前结束了自己的游历。他一进山门，便看到前方聚集了不少小辈嘀嘀咕咕，也不知道在说些什么。老蓝龙咳了一声，逮住一个后辈问了几个问题。

原来自那日蛟宫龙、蛟、犼混战后，犼便落入了灵山众龙的手中，他的小儿子蓝舒渠作为年轻一辈的领头龙，负责路上的押解。此刻返程的大部队基本都已回来，只剩下他与一小队人还在后面，据说是还没有决定关押犼的地方。老蓝龙挥挥手，将这些问题通通留给儿子回来后自己琢磨。

"晋明呢？"

"金龙前辈自几日前归山后，便一直没见他出来。"

这倒是奇怪了，难道是在外面受了暗伤，如今正躲在洞府中独自调息？思前想后，他腾跃而起，打算去探望那失踪了数年的侄儿。半路遇见了魂不守舍的小青龙，他便和蔼地用尾巴敲了敲对方的脑袋。

"青崽子，回来了？"

小青龙抬了抬眼皮，没说话。

老蓝龙一瞧，乐了："青崽子，怎么一副闷闷不乐的样子？"

小青龙欲言又止，忽而重重叹气，别过脸打了声招呼："蓝长老。"

老蓝龙平日里最喜欢逗弄这些小辈，小青龙是小辈中精力最旺盛的一个，今日这副情状倒是稀奇得紧。他长臂一收，道："走走走，你不是最爱往晋明那臭小子的洞里钻吗？正巧今天我要上山看看他，你跟伯伯一块儿去。"

小青龙："金龙前辈回来了？"

老蓝龙点点头。小青龙脸上浮现出犹疑之色，最后还是抑制不住升腾的雀跃之情："好，那就去看看。"

少年心事最是简单。

"可以了吗？"

"不行……还差一点……"

"我帮你……"

"不要动我的尾巴！"

"应该要出来了吧？"

"不……"

老蓝龙、小青龙："……"

老蓝龙迅速将身后的龙崽子一扯，就近藏身于古树后，连着几道隐匿术兜头往自己和小青龙的身上套，又祭上几件法宝。确认无误后，方才竖起耳朵，悄悄扭头瞄去，一双龙目中闪动着灼灼亮光。

池中响起哗哗水声，夹杂着几声闷哼，听得一老一小两条龙头皮发麻。

"蓝伯伯……"

"嘘！"

老蓝龙一个摁头，面色深沉。

片刻后，随着哗啦一声，乳白色玉池中豁然站起一个人。

从老蓝龙和小青龙的角度看去，只依稀可见那人穿着一身长袍，长发披散。

老蓝龙脸一僵。小青龙也同时倒吸了一口气。

临渊晃了晃头，抬手扶着额角，猛地动作一顿，又快速连甩了几下脑袋。

"蠢龙！"他踢了踢水，道，"快看，出来了，头出来了！我成功了！"

哗，池水中立刻冒出一颗金色龙首，先是定定仰头望了会儿，又幽幽叹息：“我全心全意地助你，你却反将我打了一顿。”

临渊半弯下腰，将一张苍白到病态的脸凑近了龙首，乌黑的眼睛隐隐冒着亮光：“说起来，你洞中还有其他宝贝吗？带本尊去瞧瞧。”

晋明的眼中染上幽怨之色：“小渊，我此刻耗去了大半的灵力，还未缓过来呢。”

临渊狐疑地打量着晋明，冲他淡淡点头：“辛苦你了。”

晋明：“……”

临渊直起身，晋明也很快化作人形，从水池中站起，他张口欲言，余光瞥见不远处的古树，眼神微变。

临渊此刻心情不错，对晋明说：“快过来，帮我瞧瞧。”他背对着蓝、青二龙的藏身之处，手指指着正中间的巨大白玉，眼里闪动着探究之色，“这白玉怎么看着像是与池底无缝连接的样子？”

经年累月养成的池玉，自然是长出了神异之处，想要搬走恐怕是不可能的了。

“确是如此，这几年长得愈发紧密了。”

晋明轻咳一声，向前走了两步，正好将临渊尽数挡住。同时，一双龙目毫不遮掩地望向一老一少。

老蓝龙、小青龙：“……”

被发现了！两条龙对视一眼，不约而同地攀紧了树干，闷头不吱声。

晋明收回目光，平静说道：“小渊，去屋里看看吧。”

临渊不大情愿，但还是皱眉说：“好吧。”

说去看看，便真的就只是看看了。草屋中什么奇珍异宝都没有，正如晋明所说，顶多算得上是入住休憩之处，与凡间屋舍别无二致，若不是屋内设置了净尘阵，估计此刻早已落满积灰。

临渊打量了一圈，确认没什么稀罕之处，便没了兴致。这地方，还不如他蛟宫中的一间普通仓库呢。

待两个人走进后，晋明便挥袖关了房门。躲在暗处张望的老蓝龙，只匆匆收到一记警告的目光。

小青龙道：“进去了？”

老蓝龙点点头：“进去了。”

小青龙低着头，总觉得哪里不对劲，埋头琢磨了一会儿。

“啊！我想起来了！”他一脸惊恐，忽然发出短促的惊呼，把老蓝龙吓了一跳。

他终于明白哪里不对了。正是这段日子以来，将他折磨得魂不守舍的那件事——金龙前辈可是将自己的护心鳞送给了魔蛟啊！

小青龙脸色又一变，疑惑道：“可这……这就说不通了啊……这怎么可能呢？”

老蓝龙眼睛一亮，忙问：“什么情况，什么不可能？快跟我说说！”

小青龙兀自沉浸在自己的思索中，一言不发，表情数变，猛然间想到了什么，顿时如遭雷劈，似乎承受了极大的打击。

“不，不会的……我不相信……”小青龙喃喃自语，稚气未脱的脸上流露出与年龄不相符的深沉。

老蓝龙催促道：“什么不会？”

小青龙捏紧了拳头。魔蛟……距离上回与魔蛟在温池中会面也才过去不到半个月。那日魔蛟扬言说他已经吞吃了金龙前辈，然而事实证明：金龙前辈什么事都没有，全须全尾地回到了灵山。也就是说：魔蛟当日没有说实话，他非但没有伤害金龙，更没有吞吃掉金龙。而他的身上确确实实有金龙前辈的护心鳞。金龙族的护心鳞，一旦送出去，便没有反悔的道理。

看魔蛟当日在温池中的表现，似乎闭关才进行了一半，理当不会突然跑到灵山上来。明明护心鳞在魔蛟的身上……为什么金龙前辈这儿又来了个妖？

“青崽儿，想什么呢？”老蓝龙拍了拍陷入沉思的小辈，“眼都直了。”

小青龙摇摇头，道：“那妖，我没见过。”

他幽幽望着紧闭的房门，眼底仿佛燃烧着一团火苗，要将那扇门烧出一个大洞。

老蓝龙：“……”

没见过就没见过吧，怎么忽然还装起深沉来了？这倒霉孩子平日里心直口快，怎么关键时候却支支吾吾不肯开口了呢？他简直快要愁死了！

屋内，晋明阻隔了两道窥探的目光，将临渊安置在离玉池最近的房间。

他的住处极为简朴，草屋内部与外部的风格十分一致，并没有摆放贵重的宝物，只摆了床、桌、椅之类的物品。

临渊迅速扫了一眼，目光从床边摆放的几双洁净的靴子，移到中间小几上的茶具，略有狐疑。比起这间处处透露着“有主”的房间，他更倾向于盘桓在池底，边修行边休息。

他想开口，晋明略显虚弱的声音率先响起：“你就安心在这里住下吧。有我在，不会有人对你不利。”他声音有些沙哑，似乎真的有些疲累了。

为了助临渊尽早恢复人形，晋明只得用以往自损的方式替他梳理调息，效果虽然不错，但对自身有损耗。

临渊到嘴边的话咽了回去，他走到晋明面前，发现晋明已经闭目养起神来了。从脸色上倒是看不出什么变化，但仔细观察，还是能察觉到一丝异样。

“你这么看着我，是还有话要说吗？”晋明睁开眼，露出笑容，“你要还有几分良心，就乖乖待在屋子里，哪儿也不偷偷去。”

临渊抿了抿唇，低声道：“你就对我这么放心，不怕我将你的整座山都搬空了吗？”

晋明平静地说：“你若是搬得动，尽管拿去。”他抬眼看着临渊。

临渊面无表情。晋明笑了笑，语气认真了些：“方才外面来了两位我的同族。”

临渊皱眉。

“不想见的话，可以不用理会他们。”晋明继续说，“蛟王虽声名远扬，但他们都未曾见过你的样貌。只要不露出原形，有我替你隐匿气息，是不会被发现的。”他方方面面都已经考虑到了，“当然，你要是想认识一下他们，也是无妨的。”

临渊眼皮跳动了几下，慌乱地摇摇头：“不必了。”想到这声拒绝过于直接，他又补了半句，“我是指，暂且先等身体恢复了再说，以免分心。”

晋明看着临渊，笑了笑没有强求，道：“都依你。”

这事便这么定下了。临渊在草屋中安了家，平日里盘踞在白玉上修炼，若是泡腻了池水，偶尔也会在草屋中休息一晚。晋明的巢穴实在是过于诱人，临渊住在其中，便愈发领悟到什么是得天独厚、什么是修炼福地。若非他妖心坚固，看着这满地宝物，只怕是要生出心魔。

晋明坦然相对，没有刻意显露，却也不会将好东西藏着掖着。

等到临渊差不多摸清了晋明的家底时，已经是数日之后了。

一龙一蛟都不是会插科打诨的性子，终日互相对着，草屋里算不上热闹，但也不算乏味。他们体型相似，虽修炼之法不相同，却能交流心得。

原本是临渊刻意套话，想套出龙族修炼的秘法。结果晋明起身就将他拉去了草屋后的石洞中，大手一挥，现出通道，往里走，就看见一排排摆放整齐的玉简书籍。

晋明：“万法不离勤修，小渊要是有看得中的法术，尽管去看吧。”

临渊愤愤道：“那么多，哪里看得过来！”

于是晋明又贴心地为蛟大王筛选了几册，临渊在草屋中待的时间忽然多了起来。

上一次这般用功依稀还是少年时，没想到一把年纪，竟也要苦学起来了。

而令临渊苦恼的并不只是看书。这几日，越来越多的龙族上山拜访金龙，一个个都想进屋与晋明小聚一会儿。临渊不胜其烦，却只能龟缩在屋内。他不想与灵山龙族有过深的交集，然而灵山龙族却都围在屋子周围，也不知在打些什么主意。

“你的隐匿之术为何没有效果了？”在晋明又一次冷淡地拒绝一批小辈后，临渊忍不住出声，“我怎么觉得，他们已经发现本尊了。”

晋明：“……”隐匿术是不会出问题的，可惜的是，在他使用隐匿术前，这刚化了人形的蛟大王就已经暴露在蓝、青二龙的眼中，可他不敢说破。

临渊越想越觉得不对劲，皱眉沉思后道：“说到隐匿术，本尊倒是见识过金龙族隐匿之法的神奇之处。”他眼中冒出精光，“你那堆满了功法的洞里，可有这种法术？”

这是明目张胆地要学艺了。晋明回答：“没有。”

临渊脸一黑。晋明又道：“等过几日，我教你。”

临渊猛地看向他：“当真？”

晋明张了张口，想要为自己讨些报酬，却又想到临渊的性子，只能哀叹着息了趁火打劫的心思——像临渊这般的，吃软不吃硬。

屋外又传来动静。临渊顿时拉长了脸，不耐烦道：“你这破草屋什么都没有，怎么这群烦人精成天往这里钻！”撂下话后，他便转身回到了房间内，继续翻看起前几日从洞中取出的化龙册。

晋明目送他入内后，也慢慢冷下了脸，踱步朝外走去。

前来拜访的是赤龙族的小辈，晋明印象中他常与小青龙混在一处，胆子极小，尤其害怕长辈。从前见了自己，他都是绕道走，今日竟然破天荒地主动上门了？

晋明的目光若有似无地瞟向紧闭的房门，心道，这群闲得发慌的小辈，怕都不是来看望自己的，而是想结识被自己藏在草屋里的妖。要再这么放任下去，怕是山头都要被踩平了。

晋明放出无形威压，将那几个小辈震得动弹不得。许久，他开口道：“我今日起闭关，不见外客。”

吓走了最后一批前来登门的同族后，晋明倏忽抵达山脚下的一个洞穴，不消片刻，就从里面揪出了睡眼蒙眬的小青龙。

“不是我。”小青龙眨眨眼，眼神透露出无助，“我这些天一直在洞内冥想，根本没有出去过。”

晋明一言不发，定定望着他。

“真的不是我。”小青龙面对最崇敬之人，忍不住脸皮泛红，“我虽然看到了……可出去后什么也没说！”

天知道这几天他都快要憋死了！满脑子想的都是金龙与魔蛟之间的纠葛，还有草屋中那位的来历，连架都许久未曾打过了。知道越多，烦恼也越多。蓝舒渠还未归山，他连一个可以诉说的对象都没有，于是只好捧着满腹心事，独自窝进洞中发呆。

孰料今天，金龙前辈忽然闯进来，他才后知后觉地回过神，意识到“金龙屋里藏了一名妖”的事已经传遍了整座灵山。

晋明只看一眼小青龙的神情，便知道他没有说谎。他略一思量，很快猜出是怎么回事了。

不远处，正抱着肚子与人闲聊的老蓝龙忽觉后背发凉，回过头却没觉出异样。

晋明没去找另一位知情者老蓝龙算账，而是运气成字，在山门前写上“不见外客”四个大字，龙威残留于字迹间，震得一干大小妖怪不敢越界。

金龙的态度极为强势，龙族收到信号，纷纷偃旗息鼓，变得老实无比。但关于金龙草屋藏“妖”的传闻已经如原上之火，越烧越烈。

从此，再没有龙敢随便上山。临渊渐渐发觉周围冷清了很多，只剩下风声水声，半点人语都没有了。晋明今日不在，兴许整座山上，只有他一个大妖了。

这些日子，他接连服下了余下的两颗灵药，又得晋明相助，药力化尽，早已今非昔比。这样的结果，本不在临渊的意料之内。此次灵山之行，所获远比他预想中的多。

谁能想到，偌大一座灵山，竟然没有龙发现他混了进来。而金龙一族花了万千年时间搜集到的无上功法，竟还成了他的寻常消遣？玉石为床、饮灵泉、食仙果……这样的日子，简直令妖“心悸”。临渊绷着脸，眼底的狂热却掩藏不住，这些天看晋明的目光越来越像是在看着一个巨大的宝库。

还是再待一阵吧，那卷化龙册还未看完，洞里还有好几套不错的功法，不过这都及不上晋明亲口相授来得方便。

临渊修为日益精进，心情也越发畅快，便想着出去走走。

灵山占地广阔，远比他的临隐山大。晋明所待的山头草木旺盛，地广景美，最适合吐息散步。

沉迷修炼日久，恍然间走出金龙老巢，步入山林，蛟大王发出如隔世般的喟叹。他穿梭林间，绕着山头走了圈，忽然听到奇怪的响声。

他侧耳倾听了一阵，深思：莫非这山上有其他修炼化形的小妖？

前方是巨大的灌木丛，隔着绿植，看不清对面的情景。他挪步过去，隐约看到了一截青绿色的龙身。拨开枝叶，只见茂盛的灌木丛后，正歪歪扭扭地盘着一条瘦长的青龙，微张着嘴，四爪压地藏起腹部，垂着脑袋，身躯一抽一抽的。

这条举止怪异的小龙不是旁人，正是整日里“金龙前辈”长“金龙前辈”短的小青龙。算上这次，临渊已是第五次见到他了。

“怎么就没有了呢？”小青龙微抬起身体，不时用四爪扒拉着地面。从临渊的角度望去，只看见一个不断晃动的青条儿，也不知在干什么。

还真是未出灵山，个个心大如斗，在外游荡，竟没有半点警戒心。他就站在几步开外，那小青龙愣是没有发现。像他这样的，若是生存在深渊里，怕是早早就被人吞吃入腹了。

临渊忍不住动了动舌根，若有所思：龙族于他有补益，可惜这条送上门来的小点心，自己注定是吃不得了。他略带惋惜地看了几眼，打算悄无声息地退去。

刚退了半步，临渊觉得脚下踩到了什么东西。他皱着眉，低头瞧了瞧，待看清楚后，先是一愣，接着脸色唰地变得黑。

“你要找的……是这个吗？”

小青龙还在林间奋力搜寻着，冷不防从后背传出一个声音，当即惊得一哆嗦，扭过脖子，喊道：“谁？！”

穿着一袭松散黑袍的男子面色冷峻，右手举着某样石头状的东西，正朝他望来，微薄的唇抿出一丝僵冷的笑意。

小青龙在看清来人后，“啊”了一声，朝后连跳几步，绷直了躯干结巴道：“你你你……你？”

临渊晃了晃手里的“石块”，问：“小龙崽，这是你丢的吗？”

小青龙一双明亮的眼睛直勾勾地盯着临渊猛瞧，根本没听清临渊的问话，只觉得心跳加快，十分紧张。这是那日和金龙前辈一起在玉池子里的妖？！

一瞬间，小青龙也顾不得自己遗失的物品，语无伦次道：“金……金龙前辈，在吗？”

临渊一怔，这小龙怎么开口就朝自己询问起金龙的下落？

“不在。”

小青龙“嗯”了一声，道：“我我我我叫青崇，你……你呢？”说到最后，青绿色的龙脸上已憋出了两团深红：他竟然和金龙前辈的同伴相遇了！

怎么还攀起交情来了？临渊略一思索，很快就明白过来。前几次照面，他要么以笠帽遮面，要么以原形现身，这小笨龙从未见过自己人形时的模样。想来是压根没有认出他来？

“青虫？”临渊打量了一圈小青龙的原形，隐约有所了悟。

小青龙急忙道：“崇山峻岭的崇，我娘想让我长得跟山一样高大。”

临渊面无表情：“哦。”

小青龙眼神乱瞟，正好看到临渊手中的东西，惊喜道：“啊，找到了！”

临渊捏了捏手中的物件，问：“这么说，这东西真是你们灵山的了？”

“什么？”小青龙想了想，诚恳道，“木鱼纹雕是金龙前辈的。”

临渊目光一寒，又迅速收敛，他勾起嘴角，问：“哦？你可看清楚了？这东西看起来就像是一块普通石头，不像是什么……木鱼纹雕呀？”

小青龙立马道：“你有所不知，木鱼纹雕是金龙族的宝物，世间只有金龙前辈才会用。启用之后，这石块一样的东西就能变成一条金色大鲤鱼，能游能跳，就是不会说话！”

临渊挑了挑眉，重复道：“金色鲤鱼。”

小青龙点点头：“嗯！据说是当初金龙族的一对夫妻，由于种种原因久居两地，无法见面。于是公龙便做了这个纹雕赠送给母龙。有了这个纹雕，他就能随时分出一缕心神，借着纹雕之身，陪伴在她身旁。”

“你知道的东西倒是蛮多。”

小青龙：“这都是蓝哥讲给我听的。对了，木鱼纹雕便是蓝哥在临隐山上捡到的，应该是金龙前辈用在——”他猛地住了嘴。

临渊语气平常，随口接了句：“用在哪里？”

自然是用在了魔蛟身上！在他们与魔蛟起争执的时候，一尾大鱼突然现身，简直毫无征兆！

小青龙的眼神不由自主地瞟向眼前临渊的胸口。临渊的黑袍穿得较为松散，小青龙小心翼翼地张望了几眼，确认对方胸口处一片光洁，并没有什么可疑金鳞，情绪变得复杂。

不仅将护心鳞给了魔蛟，还将木鱼纹雕留给了魔蛟。这般重要的两件事物一并都被金龙前辈用在了魔蛟的身上。

临渊默不作声地拢了拢敞开的衣襟，牵着嘴角又问了一遍：“用在哪里了？”

小青龙回过神，大力摇头：“没有！这是蓝哥在临隐山上捡到的，应……应该是不小心弄丢了。蓝哥还让我把它带还给金龙前辈。”

临渊也不说话，伸出修长的两指，漫不经心地揉捏着所谓的“木鱼纹雕”。怪不得许久未曾见到金色鲤鱼了，金龙啊金龙，你可真能装！

灵山山门前，晋明走了会儿神。

押解着犼刚回来的蓝舒渠立时发现了，问：“怎么了？”

晋明摇摇头：“没事。”

小青龙面露迟疑：“那……要是金龙前辈不在，我就在这里等一会儿吧。”

临渊笑了笑，朝着小青龙走过去，手往前一递，和颜悦色地将“木鱼纹雕”还到了小青龙手中：“还回去的时候，记得替我提醒他一句。”青年略带戾气的眉眼微微眯起，低沉的声音仿佛带着一股寒意，直蹿进小青龙的耳朵里，“好好保管，可别再弄丢了。”

小青龙不明所以，但无端感到害怕，愣愣地张着嘴不敢接话。

临渊拍了拍龙首。沁凉的手指拂过脑袋，小青龙的心提到了嗓子眼，控制不住想要说些什么：“你是金龙前辈带来这儿的吗？”

“为什么这么问？”临渊温和道，“你我初相见，你怎么像是笃定了我和金龙认识？”

小青龙：“是因为……因为金龙前辈封山了，可你出现在了这里，应该是认识他的吧？”

“你左一句‘金龙’，右一句‘前辈’，想必是与他亲近的小辈。”临渊的眼中流露出一丝暗光，道，“既然如此，我也不隐瞒了。”

他停顿了片刻，小青龙的脸色也变得严肃起来。

临渊：“我确实是他带过来的。”

小青龙深吸一口气：“嗯？”

临渊：“而且还与他渊源颇深。”

小青龙一脸“意料之中”的郑重神情。

“可他总不肯让我下山，终日要我待在那件破草屋里修炼。”临渊幽幽叹息，仿佛那个赖在屋里勤修苦练的人不是他一样，“今天他有事出山，我好不容易寻了空，才能在林子里散散步……”

小青龙呆滞道：“怎么会这样？”

临渊假模假样地露出忧色：“你可愿意帮我一个忙？”

小青龙：“什么忙？”

临渊收敛了眉宇间的戾气，低垂着眼，配上苍白的肤色，多了几分憔悴：“我想离开这座山，到外面走走。”

小青龙茫然道：“沿着这条路，一路朝前就能下山了。”

临渊摇摇头：“我想去别处山上看看。可惜并不认路，你带我走一走可好？”

小青龙犹豫地看了看木鱼纹雕：“可我得先把这个东西还给前辈。”

临渊将纹雕从他手中抽走：“无妨，你带我走一圈，我认得路了就自己回来，顺道帮你把这个东西还给他。”

小青龙看着空荡荡的手心，总觉得哪里怪怪的。

第十章 山牢之行

灵山并非只指一座山，而是一片山的统称。作为龙族最强大的一支，除了金龙外，灵山还聚居着其他优秀的族群。

临渊跟随着小青龙，正大光明地离开了金龙的地盘，第一个便到了蓝龙的领地。作为灵山龙中数量最多的龙种，蓝龙盘踞的山头明显热闹许多。前行几步，还能听见幼龙啼哭的声音。

临渊还撞见了几名离山外出的青年龙族。他们见到小青龙，无一例外地都上来打过招呼——

“这不是小青龙吗？蓝哥刚回来，还没从主山回来呢！”

“咦，你身边跟着的是谁？看着好面生啊。”

小青龙回答：“这是我在灵山外结识的朋友。”

这个说辞还是临渊教他的。他说自己偷溜出来不想引起太多注意，更不想被金龙知道。听到解释后的小青龙看他的目光已经从复杂变为了同情，也不知想到了什么，眼神里似有感悟，最后郑重地答应了临渊。

有了小青龙的引荐，蓝龙们纷纷跟临渊打起了招呼。临渊微微颔首，不动声色地打量着这群蓝龙——确实比他先前吃掉的杂龙精壮多了。

临渊适时提问：“最近灵山好像挺热闹啊，可是发生了什么趣事？”

几条蓝龙对视一眼。其中一条道：“也算不得趣事。金龙前辈前些日子在蛟宫中打败了一只犼，现下已决定要将犼关进山牢中。”

临渊诧异：“山牢？”

“没错，进了山牢，即便那犼有再高的道行，也不可能再逃出来了。”

临渊：“犼天生克龙，为什么不杀了？”

“我们也不知道，不过听说那犼奄奄一息，死不死也差不多了。”

临渊还想再问，就听到有龙发出一声惊讶的“咦”，双目灼灼地盯着临渊：“等等，青儿，你这位朋友是不是……”

临渊察觉到了他的打量，眼底闪过寒光，冷冷地扫了一眼。

那龙顿时感觉到了威胁，嘴边的话顿住，拉着同伴急急忙忙地走开了。

后面的路上，临渊又遇上了许多龙族，借着小青龙的关系，明里暗里地套话。但不知怎么回事，聊着聊着，总有龙忽然脸色微变，接着就闪烁其词，偷偷打量他。

临渊起初还不怎么明白，渐渐就觉出些意思来了。于是心里狠狠再给晋明添了两笔。

“阿嚏。”晋明鼻间微痒，破天荒打了个喷嚏。

蓝舒渠转过身：“你真的没事吗？”

晋明：“犼的事，就这么安排吧。”说完，便急匆匆腾跃起飞，瞬息间化作金色残影，远离了主山。

也不知道是怎么回事，难得离了趟洞穴，就没来由地感到心慌。明明临渊这几日都乖顺得很，甚至态度愈发软化，自己理当放心些才对。

一路疾行入山，晋明回到草屋，打开门发现屋内空荡荡的。心一沉，又回身朝着玉池赶去。只见乳白色池水波澜不起，没有半点黑色长蛟的影子。

晋明：“……”跑了？

他精心照料了那么久的蛟，一个没看住，就消失不见了？！

晋明脸色微沉，身后传来风声，他眉头一皱，侧身避过，回过头，看到临渊正负手倚在门框处，脸上分明是一股子秋后算账的意味。

晋明低下头，木鱼纹雕张着嘴，躺在地上瞪眼瞧着自己。

临渊：“木鱼纹雕，倒是个挺稀奇的宝物。”

晋明一动不动。

临渊又道：“听说大名鼎鼎的金龙前辈，在自己的住处藏了个妖怪。”

晋明眼神游移。

临渊故意问：“啧，那妖怪该不会是在说本尊吧？”

晋明忍不住了：“小渊，我……”

“不必多言。”临渊阻止了晋明继续说下去，迈步朝他走过来，“既然你那些同族们都认定我与你关系不一般，左右他们也认不出本尊，不如……”临渊眼睛滴溜溜一转，晋明感受到了一丝熟悉的危机感，“后天你们将犼沉入山牢的时候，你将我带去看看？”

晋明：“……”他许久没有说话，看着临渊一脸兴致勃勃的模样，沉沉地叹了口气。

临渊取出一本古书，在晋明面前晃了晃。只见破旧的封皮上，标注着龙飞凤舞的几个大字：化龙册。

临渊笑了笑，当着晋明的面，慢条斯理地翻到了一页，轻声念：“有蛟食犼而化龙。”

晋明：“……”

临渊伸出修长的食指，戳了戳这一行小字，其间意味，不言自明。这蛟……还真是贼心不死。

晋明：“这本化龙册原本是给那些修炼成的龙族登记造册用的。各人机缘不同，不能一概而论。”

临渊：“那你有什么其他稳妥的法子吗？”

晋明：“有。”

临渊看向他：“你倒是说来让我听听。”

晋明按住举在自个儿面前的手，将那本化龙册随意扔到一边，道：“与我一同修炼正道。”

临渊：“换一个。”

晋明笑道：“这个法子不仅稳妥，而且万无一失。”

临渊：“……”

晋明拉着临渊一同坐下来，摆出了一副有正事详谈的架势。

“今日我去了趟主山，遇见了不少故友。”

临渊皱眉，觉得这话题应当不是自己想听的。

“那满山的传言你不必理会，他们都是这副性子，对你也并无恶意。”

临渊不为所动。他并不怎么在意流言，甚至还顺势借着流言，诓骗小青龙带他兜了圈灵山。

晋明又说：“你要是想看沉犼入牢的仪式，我带你去便是了。”

临渊眼睛一亮，刚张口，晋明抢先一步道：“自然是当真的。我何时骗过你了？”

临渊：“……”晋明“恢复”记忆后，说好话的本事真是突飞猛进。

得了承诺的临渊心满意足。他休息前，正打算翻看几页化龙册，却发现已经被晋明没收了。

“正经功法不看，这种登记用的册子有什么好看的？”

临渊：“……”刚在心里夸了几句，这蠢龙又来找他的麻烦！几千年没传出有谁化龙的消息了，这本化龙册记载的都是万年前成功化龙的大妖，还有他们各自的化龙机缘，于他来讲，可比什么功法有用多了。

好在临渊已经看完一遍了。化龙册中记载有七十五位大妖，其中只有一位是蛟，他便是靠着吞掉犼才一举化龙。食妖有弊端，晋明不会欺他；可化龙册里，蛟化龙的记载也作不得假。无论如何，既然有现成的犼摆在面前，他不试上一试，又怎能甘心？

也许是临渊第一次独自留在龙窝时，没有趁机溜走，晋明的心情很好，第二天又打算拖着他入池疗养一番，临渊自然乐意。

进入池底后，一龙一蛟各自变出原形。

前一日与临渊游玩了许久的小青龙，今日又早早寻上山来，远远就瞧见了玉池的情景，看到小黑——昨日那妖怪便是让自己这么唤他的——与金龙前辈在池中。

小青龙就近找了一处灌木丛，钻进去，盘成一团。回想起昨日同小黑相处的情形，虽然时间不长，但他能感觉到对方是个脾气温和的人，小黑原形应当是凶兽一类，因为自己总是时不时感受到某种危机。

池子里的临渊觉得若是一直这么疗养身体，估计哪一日，他都要懒得再自己费心修炼了。他的伤其实早就好了。短短几日在龙窝中的疗养，抵得上他先前数年的折腾，他也不知道该高兴还是不高兴，总归是从雷池的阴影中彻底爬出来了。

山牢位于灵山最为偏僻的一处荒山之上。每次山牢开启，依例会有一个开山仪式。山牢之中大多关押的是修为强大、犯有重罪的妖怪。

距离上一次开山已有百年，龙族寿命悠长，百年一晃而过，上一次的仪式仿佛还在眼前，所以这次也不觉得有什么稀奇。

临渊特意换了一身白色长袍，不远不近地跟着晋明。一进去，只觉得漫山遍野全都是龙。有人形、龙形，或盘或卧、或站或坐。晋明走在前方，旁边龙族纷纷让道侧立，直通高台。

老蓝龙作为族中最为年长的龙，正在陈词念告。而在高台下方，放着一个巨大的笼子。笼子足有蛟的原形那般大，里面却没有任何动静。

临渊很快便不再跟着晋明了，他脚步一移，往笼子的方向挪过去。

晋明在临渊动作的一瞬间，就停下了步子，浅金色双眸穿过众龙，直直落在临渊的身上。临渊也正隔着不远的距离与他遥遥相望，表情似有鄙夷。想想也是，大庭广众之下，即便狂妄如蛟，也会有所收敛。

“是你！”龙群中传来一个清冷的男声。

“哎，小黑哥，你也在这里啊！”

那声音越来越近，接着化为一记拍打，敲在了临渊的肩膀上。

临渊转过身，沉着脸望向来者——一张普普通通、自己几乎没什么印象的脸。但对方脸上洋溢的笑容实在热情，以至于他不得不按捺住内心的不满。

“前日你和青儿在一起的时候，没能看穿你的原形，原来你也是龙族？”山牢仪式很少会邀请外族参加，来人似乎因此笃定临渊是龙族，态度十分热情。

临渊眯起眼，依稀想起来前日同小青龙闲逛的路上确实见过这张脸，于是意味不明地“嗯”了一声。

对方兴致更为高涨：“你是哪个山头的？看你这身，难道是白龙族的？”

临渊信口胡诌：“沂山小地，今日只是受邀观礼。”

“哦。”那龙恍然大悟，“也对，你是青儿的朋友嘛！”他笑了笑，忽然眨眨眼，神神秘秘地说道，“今天你可真是来对了！”

临渊来了兴趣：“怎么说？”

那龙挑挑眉，示意临渊往台上看：“金龙前辈难得现身，多少妖怪想见都见不着呢。”

临渊：“就这？”

龙一愣：“这难道不稀奇吗？”

临渊：“……”

龙凑过去低声道：“看见左边那排母龙了吗？”

临渊疑惑地望过去，只见不远处聚集着一群姿容上佳的女子，各个身穿黑裙，脸上抹着一层均匀的白粉，看着肤若霜雪，令人赏心悦目。

“灵山的龙倒还真是比寻常龙族好看些。”临渊诚心赞了一句。

龙：“是吧？不过，她们都是冲着金龙前辈来的，再不济，也是蓝哥那样的。”

临渊抬眼扫了眼坐在晋明身侧的蓝舒渠，心道，蠢龙便也罢了，什么时候他会连这等货色也比不过了。

“右边也是。”那龙朝他努了努嘴。

又一片黑衫白肤的美人。临渊扫了一眼，又扫了一眼，终于忍不住问道：“灵山的龙族都喜欢这样的打扮？”

龙露出意味深长的笑容：“嘿嘿。”

临渊：“……”

那自来熟的龙左右张望了一番，便朝着临渊勾了勾手指。临渊迟疑片刻，将耳朵凑过去。

龙嘴上下开合，临渊的脸色愈发古怪，最后连表情也收敛了，只平静无波地目视远方，不知在想些什么。

黑衣白肤的年轻龙族们个个面容姣好，眼神专注地盯着高台之上某龙端坐的位置，时不时与同伴低头窃语，对着某龙所在的方向巧笑嫣然。

临渊看了看自己身上特意换的白袍，忍不住庆幸自己有先见之明。他朝着晋明望去，就见浅金色双眸微微一亮，盛着藏不住的温和笑意。

深居简出醉心修行的临渊，对灵山龙族轻浮的风气很不适应，他暗中瞪了晋明一眼，心中恼怒。

那条自来熟的话痨龙还在喋喋不休地说着金龙的丰功伟绩，十句里有九句都是在夸他，剩下一句是羡慕。

临渊不胜其烦，环视一圈，发现其余龙族各自找到了话搭子，聊得热闹极了。若是落了单，反而更打眼。可他实在不想继续听“金龙大败魔蛟”的传奇故事，只想掉头就走。话痨龙越说越兴起，拉着临渊的袖子，眉飞色舞。

临渊脸上隐含的烦躁躲不过晋明的眼睛。有几次，临渊朝他望来，似乎还带了些求救的意味。

晋明伸出右手，漫不经心地搁在旁边的小几旁，轻轻侧敲了两记，目光若有似无地瞟向右边空着的座椅，意思不言自明。

临渊：“……”

晋明惋惜地叹了口气。

临渊问：“笼子里怎么没有动静？”

“可能是受了重创吧。”那龙也不知情，“兴许是被金龙前辈打成重伤了。什么食龙之犼，早千年前，金龙前辈就已经能孤身杀犼了。”

临渊：“……”以前也知晓过金龙的名声，算得上是一方受人敬仰的大妖，可他也没想到会这般受敬仰。

也许是因为金龙朝临渊那边的方向看了几次，离得近的几位龙族纷纷激动起来。

“金龙前辈又望过来了。”

“我特地换了件黑色衣裙，果然没有白换啊。”

“啊，他好像笑了。”

“第四回了，他朝我们这儿望了第四回了！”

“看的一定是玄纱姐姐……”

“不对，分明是我。”

……

不多时，启牢仪式开始，随着冗长的龙语祭词，对面山谷中缓缓裂开一道口子。那道口子起初只是一条裂缝，渐渐地，裂缝扩大成了沟壑，沟壑成了石坑，远远望去，只见里面漆黑一片，看不清深浅。

临渊头一回见识到灵山的山牢，知晓那是关大妖的地方，里面自成一方小世界，从来都是有进无出。说来这犼也真是倒霉。先是被狐其利用，满腔真情所托非人，还帮他做了许多恶事。蛟宫一役，又当着护短龙族的面伤了金龙。光是冲着这一条，便值得蓝舒渠不远万里、劳心劳神地将其送进山牢中。

临渊盯着关押犼的笼子，暗中思量那本化龙册，关于食犼蛟的记载并不多，只除了寥寥几字化龙的方式，其余皆是一片空白。他虽在晋明面前态度坚决，但实际心里也存有疑虑。蕴灵草的副作用至今都令他难以忘怀，若是食犼的法子有问题，再摊上其他后遗症，可就得不偿失了。

但要真这么看着到嘴的犼肉飞了，又不符合临渊的性子。于是他在来的路上向晋明提出了一个折中的法子：“他体内有两颗内丹，不如先挖取出来，探查过后我再服用？”

图谋他人内丹还能面不改色、侃侃而谈，也就只有这凶名远扬的蛟能做得出来了。似乎在他眼中，一切为化龙而生的事，都是理所应当的。晋明沉默不语。

两名龙族上前一步，各自抓取巨笼两侧的圆环，朝着裂出的石坑拉去。

临渊看着巨笼离自己越来越近，沉思片刻后，便侧身避让——周围全是龙族，自己若是贸然出手恐怕无法收场。今日前来，左右不过是先探探路罢了。

临渊不打算动手，那沉寂了许久的笼中却猛然爆发出一阵巨响。离得近的龙族纷纷惊了一下。临渊更是迅速退离了半步——犼是在与他擦肩而过时，才发生了异状。

此前过分安静的笼子猛然摇晃起来，拉着圆环的两名龙族脸色一沉，纷纷运气使力，勉强压制住了笼中暴动。犼的叫声也随之变弱。

正当众龙以为这不过是个小插曲时，遮掩着笼子的厚布忽然被一阵气劲荡开，狰狞的巨兽匍匐在笼子中央，正用一双赤红的双目盯着临渊。

临渊不动声色地再退了三步。犼弯爪抓地，底板瞬时现出数个小洞。犼浑身是伤，皮毛纠缠，看起来远不及当日在蛟宫那般威风，唯有一双眼睛，藏着比那日更强烈的恨意。

犼以龙、蛟、蛇为食，自然洞悉“食物”的气味，加之身具两颗内丹，不可与寻常妖族一概而论。临渊只略一思索，便知道自己是被犼认出来了。

那犼似乎脑袋不大灵光了，只冲着临渊不住地吼叫，也不化成人形质问。周围不知情的龙族只以为犼是在同所有龙族挑衅，纷纷要围上去将其制服。

龙群中传来一阵骚动，临渊余光瞥见一道金色人影朝自己赶来，心念一动，传音入密道：“若是犼率先挑衅，我便要当众剖腹取珠了。”若是龙族问起，他还能用上正当护卫的理由。

当日犼的最后一击几乎摧毁了整座蛟宫，还令金龙身受重伤，事后却再没传出犼兴风作浪的消息，应当是自身损耗极大。就如同在雷池时，临渊也是凭着一记自损的招数与龙“同归于尽”，可惜……这龙总是能先一步痊愈。往往伤人的还未缓过来，受重伤的反而已经活蹦乱跳了。

临渊不惧怕与犼交手，此一时彼一时。他挑眉看了眼晋明，很快又落在了犼的身上，眼中并无杀气。晋明却感觉得到临渊周身的躁动——修为尽数恢复，临渊再无顾虑，甚至因着晋明全心全意的照料，境界还有所上升。拿一只伤犼练手，再好不过。

晋明停在了临渊的身前，挡在他与笼子中间。周围龙纷纷退让出一条通道，负责拉笼子的两名龙族得到金龙的示意，松手往后退行。

犼的声音愈发焦躁，玄铁铸成的牢笼上满是抓痕。犼双目生腾出滔天怒意，猛地撞向铁笼，而目光自始至终都未从临渊的身上离开。

临渊缓缓松动指节，同样紧紧盯着犼的动向，若是犼破笼而出，也许正是动手良机。

衣袖忽然被扯了扯。临渊回过头，见方才与他一直攀谈的话痨龙边朝着自己挤眉弄眼，边拽着他想往后躲。环视一圈，临渊才发现诸龙都已后退了数步，离那突然暴动的食龙之兽远远的。龙族最强大的一支——灵山龙族的风范，难道就是这般吗？临渊无语之余，又发现大家的目光并没有放在犼身上，而是极为热烈地盯着金龙。

几百年未曾目睹过金龙前辈的风姿，灵山龙们自觉留出了场地。以至于没有跟上步伐的临渊孤零零地落了下来。金龙咳了咳，似乎也有些无奈。

小青龙不知从哪里跳出来，拉住了临渊的衣袖，小声道："金龙前辈应付得来。"

临渊心道，那蠢龙的恢复力他早已见识过了，此前犼还能与他有一战之力，现下……估计是没戏了。就是不知道金龙愿不愿给他留点机会，犼丹难遇啊！

看着临渊一直注视着金龙，小青龙眼底闪过一丝酸楚："别担心了。"

也就只有小黑，才能在这种情况下，担心金龙前辈的安危。常人只会觉得金龙前辈修为高深，不会有事……这大概便是关心则乱吧。

于是，"关心则乱"的临渊眼睁睁看着自己被往外拉，他眉头紧皱，心生恼怒——好歹也是一方大妖，临渊自然不喜欢被人触碰，不满之下挣脱了小青龙。结果又看到在旁不停附和的话痨龙也想凑过来，于是立马甩去一记眼刀。

这边有两条热心肠的龙拖住了临渊，另一边传来"轰"的巨响，犼已破笼而出。临渊再顾不得这两条龙了，双目发光，纵身想冲过去。这时候出手，还不算晚……

"太危险了！"小青龙见识过犼的威力，手疾眼快地抓住临渊的袖子，严肃道，"小黑哥，你退后，我去！"

"……"临渊磨了磨牙，没忍住低斥道，"滚！"

这铿锵有力的"滚"声，当场震住了小青龙。他眨眨眼，无端觉得这种感觉有些熟悉，却又想不起在哪里听到过……还未等他琢磨明白，手心一松，白色衣角已滑脱而出，自己拼命想拉住的人竟然轻易就挣脱了。

白影从小青龙的跟前掠过，朝着前方急冲过去——他的速度极快，快到等小青龙再看清楚时，"小黑"已经站定在金龙的身侧了，并且用专注而炙热的眼神注视着犼。

"晋明。"临渊低声催促身边的人，眼中贪婪毫不遮掩，仿佛面前的犼已化为两颗犼丹，只等自己吞下了。

晋明看着临渊，面色变得柔和。临渊已经痊愈了，而犼身受重伤，此刻能令临渊按捺住性子，不直接动手，说明他之前说的话还是起到了一定的作用。

"犼在蛟宫中自损过重，醒来后已心智全失，不通人事了。"

临渊不解地看着他。晋明道："出来得急，忘了与你说清楚。"

临渊："什么？"

晋明笑了笑，悄声道："那本化龙册上记载的由蛟化形的龙，就在灵山。"

临渊："……"

"今日带你过来，正是想替你引荐一番。"

正在这时，随着一声低吼，犼带起一阵腥风朝着临渊生扑过去。临渊侧身避开这“心智全失”的犼，五指微曲想要反击回去。晋明却向前，朝着犼头轻拍一掌，率先结束了这场对决。

道道金色灵气四散在犼的周身，织成一张巨网，将犼困在方寸之内。犼挣扎了几番，似乎意识到无法挣脱，情绪逐渐平静下来，伏在地上一动不动。负责拉牢笼的两条龙不知从哪里又搬来了崭新的铁笼，打算将犼装进去。

临渊：“？？？”就这么结束了？

晋明回过头，见临渊呆愣在原地，便问道：“怎么不说话了？”

不问还好，这一问临渊立马回过神，愤恨道：“你早知道会这样，还诓我出来？”亏他还想用“遭袭”的理由一举将犼拿下了。原来金龙根本没打算替他趁乱取犼丹！反而赶在他之前，把事情化解了。

晋明面不改色，摆摆手示意那两名龙族赶紧将犼关押好了，送进山牢之中。他就怕临渊执念太深，不甘心就此收场。

出乎晋明意料的是，临渊只是板着脸，没有其他动作。

“你不是要引荐吗，人呢？”临渊问道，“若他说犼丹有用，你可不许阻我。”

晋明笑了笑，倏忽化为一条金色长龙，朝着临渊微低下头：“上来吧。”

金光闪闪的鳞甲，每一片仿佛都镀着光。上妖界不轻易露出原形，灵山龙族们在听到龙吟声时，便已呆愣在当场。看着眼前威武的龙身，那粗壮有力的尾部还在轻扫地面，每一分都彰显着肉身的强悍。

临渊早已习惯了金龙的原身，倒没有他们那么惊讶。他只是转了转眼睛，迟疑片刻后便凌空而起，熟练地爬上了龙背。

金龙调整姿势，让背上的人坐得更为舒适些。

“说再多，也不及你亲眼去看。”

底下山牢大开，犼已被扔了进去。入口处，裂缝正在逐渐缩小，在众人的惊呼声中，金龙背着身上的人，倏忽腾飞，回旋一阵后，冲向了山牢入口，转眼间一同消失在了裂缝中。

“……”老蓝龙停下了山牢祭语。

偌大的高台处，鸦雀无声，龙族面面相觑。

蓝舒渠打破了僵局：“诸位……既然犼已入牢，今日便就这么散了吧。”

这入牢仪式本就不是什么大事，活了动辄千万年的龙，早不知看过几回了。也怪灵山多年沉寂，许久没出什么新鲜事了，再加上金龙这家伙回归，今日才引来那么多观礼的龙族。

底下顿时议论纷纷，依稀能听到“那是谁？”“什么人？”之类的字眼，毫无就此散去的趋势。

“光天化日，前辈竟然现出原形了！许久不曾见过前辈的龙身了，不虚此行，真是不虚此行！”

“金龙前辈怎么带着人往山牢里去了？”

“是哪个混蛋传出的谣言，我还特地换了黑色衣裳……”

老蓝龙：“……”

蓝舒渠睨了眼自家老父亲，只觉得头大如斗。

底下议声纷纷，其中尤以黑裙白肤的龙族们讨论得最为激烈。

“说起来，他到底是哪座山头的龙？我怎么从未见过！”

“反正不会是白龙族的，那一族的人形就没一个是长得白的。”

“小青，我方才看到你与他说话来着，你可知道他的来历？”

这话一出，议论声骤停，龙族们传递眼色，下一刻呼啦围住了小青龙。

“我……我不知道。”小青龙窘迫地摆摆手。关于小黑哥的来历，他是真不知情。

群龙呆愣了一会儿，整座灵山出现了短暂的寂静，片刻后，爆发出了更为激烈的响声。

小青龙立于其间，听着同族们热火朝天的议论，茫然四顾，心里暗中感叹前辈竟然这么背着小黑哥走了。

小青龙思绪万千，转头看见了不远处的蓝舒渠，顿时眼睛一亮：“蓝哥！”

蓝舒渠：“……”

龙带着蛟，一路往下，终于在一处岩石壁前停了下来。蛟翻身落地，金龙化为人形。

山牢之中竟也有日光，暗红的光芒照着前方广袤的天地，四周杂草丛生，空气中弥漫着一股怪味。

“这里便是山牢。”晋明抬头看了看上面的红日，“山牢其实是一座山，山内是一处小世界，每到红日悬空，便能凭着龙族祭语出入山门。”

临渊落地后，便打量起四周，发现此地荒无人烟，灵气匮乏，步入其中只觉得压抑。

“红日悬空？”

几句话的空当，上方天象已骤变，红日隐没，整片天空被黑暗吞没。

晋明取出夜明珠，令其浮空在前，在夜明珠柔和的光芒下，他笑道：“怕我将你丢在这里吗？”

临渊皱眉。

“龙族祭语可不是什么咒术，你就算知道怎么念，但如果不是龙族，念出来也是没有效用的。”

临渊皱眉：“这么快？”

一晃眼的时间，天际已没有半点光亮。黑沉沉的天幕下，既无日月，也无星子，目之所及，只有无边的黑暗与死寂。

晋明轻声道：“小渊，你要跟紧了，要是跟丢了可就再也出不去了。”

临渊暗中甩去一记白眼，态度极为不屑。

晋明淡淡道：“我看到了。”

临渊：“……”

晋明没绷住多久就笑开了，心情似乎很不错：“我当然不会将你留在这里。七日后，红日再现，到时我们再一起回去。”

临渊冷哼一声，忍不住又扫了他一眼——想到自己心急化龙之法，这条天生的真龙却总是心情闲适，一副轻描淡写的模样。对着这样一张笑脸，他心里无端地就很不高兴。

晋明说要带他去见那条借由食犼而化龙成功的蛟。临渊虽然性格多疑，但也知道晋明不会拿这种事欺骗自己。

一龙一蛟在“夜色”中疾行了数里。这期间也没遇上什么妖怪，整座山牢之中，仿佛除了他们两人，再无其他活物。就连方才被扔下来的犼，也不知去向了。

晋明：“山中小世界，层叠相重，见不到也是正常。”

临渊转了转眼睛：“那如果我与你离远些，会如何？”

“你身上有我的鳞片，不会与我分散。”

临渊：“不就是一件护身法宝吗？”

“是是是。”晋明忽然想到，“不管怎么说，这护心鳞也是从我身上取下来的宝物，说起来你至今还一件回礼都未送我呢。”

临渊皱眉，冷笑：“怎么，金龙前辈连送件小玩意儿都还要讨回礼吗？”他故意学着那些灵山龙族的口吻念着“金龙前辈”，眼含讥讽。

小玩意儿……晋明面不改色，手向临渊的额头靠近。

“做什么？！”临渊迅速将其手拍落，目露凶光。

晋明：“我翻阅典籍，得知蛟族间最贵重的礼物是额间的小角，不知是真是假？”

“当然是假的！”临渊想也没想就脱口而出，“长角的是龙，本尊迟早也会长出真正的龙角。”

“那蜕下来的旧角……便送给我吧。”

临渊斟酌良久后，幽幽道：“不用送了。等本尊化了龙，这破角，你便自己去捡吧。”等他长出了新角，这丑不拉几的小破角，谁还会留着？

晋明：“……”

蛟濒临化龙时，头顶会生出一对伪角，待化龙后，伪角蜕去，再长出真正的龙角。

晋明叹了口气，又提了提精神：“好，一言为定。”

临渊哼了一声，径直往前走去，不再与晋明说话。

晋明笑了笑，快步追了上去，捉着临渊转了方向，领他往正确的方向走去。

“前方遍布十几个山洞，我们要找的人，便住在其中一个洞穴之中。”

晋明收回了夜明珠，四周顿时又暗了下来。临渊的身体已恢复，即便在暗中视物，也没什么问题了。因而没了照明物，也只是皱了皱眉，很快适应过来——这蠢龙思维估计还停留在当初两个人闯进深渊黑雾的时候吧，不然自始至终，他们根本就不需要夜明珠这种东西。

此一时彼一时。恢复了全盛状态的临渊，颇为自得。

“这里洞穴太多，不如你我兵分两路，找起来更快些。”临渊一边打量周围，一边提议。

“不行。”晋明并未采纳，还将蠢蠢欲动的临渊摁回了身侧。

“里面关押的大妖，都是犯下过重罪的魔头，或是残害过我龙族的仇敌。虽说他们被关在这灵气稀薄之处，修为几无进境，可实力依然不容小觑。”

临渊：“我知道。”他抬眼盯着晋明，“如果我继续作恶，是不是到了最后，也会被捉到这里来？”

晋明立刻接道：“不会。”

临渊哼声不语。

晋明：“我会看管你，不让你肆意杀妖，除此之外的任何事，我都会顺着你。”直到这条重利自私的魔蛟意识到：食妖能给他带来的好处不值一提；修行之路，更不是只为了功力修为。

临渊没有搭话，他或许就不该这么问。若是雷池之战后，他与金龙并无交集……又或许金龙没有失忆，恐怕这山中小世界就要多他的一席之地了。他跟晋明，本就不是一路妖。至于为何会变成如今这种情形，临渊自己也琢磨不出头绪。不过好在有了那番际遇，他应当是不会被投入这有进无出的破地方了。

山牢原是金龙族最鼎盛的时期创造出来的法器，里面到处都是无形的法阵，龙族只需运念而动，便可躲进层叠空间之内，避过重犯大妖。而临渊由晋明领着，自然也能如此。龙、蛟一路查探下来，翻找了五六个洞穴，都没有发现异常。

直到第七个，他们发现洞穴内空荡荡的，没有妖怪的痕迹。

“本尊也不喜欢自己的洞穴附近住着其他妖类。”临渊拢了拢袖子，道，“既已化龙，想必本事不小，将周围清洗一番倒也正常。”而且那可是一条吞吃了犼的龙。

晋明心道，那龙十之八九也是与蛟大王一样，有着食妖的喜好。而原本盘踞在这些洞穴内的大妖，估计不是搬离了，就是葬身龙腹了。

巡查一遍后，晋明、临渊站定在一处入口不算宽敞的洞门前。

“你说，每到红日悬空，龙族念出咒语便可出入山牢。”临渊斜眼看晋明，慢声道，“他既然化了龙，为什么出不去？”

晋明：“你不想看看食妖化成的龙是什么样子的吗？”

临渊眼神微变。

晋明道：“进去吧。”

入口虽不怎么宽敞，进去后倒是变宽了不少。通道内一片死寂，晋明、临渊使用隐匿之术，两个人俱是敛息不语，沉闷着低头往深处赶去。

越往里，越觉得里面没有丝毫光线。那并非如外面浓重的夜色一般，而是令人感到置身浓黑的浊墨，仿佛连呼出的空气都是黑色的。

许久，临渊停下了脚步，感觉到手掌心被轻轻捏了一下。

是晋明在询问。临渊摇摇头，没有出声——看不见了。他原以为随着修为恢复，夜视力也随之回来了。方才晋明收了夜明珠后，他也确实没有被暮色所限，依旧能看得清山壁上的每道缝隙，甚至还能看到远处石头堆里的一株荒草。可是，在这个古怪的龙穴中，他却仿佛失明一般，哪怕用上明目的法术也没有变化。

晋明走在临渊的身旁，两个人都没有说话。临渊索性闭上双眼，侧耳听周围的动静。洞穴比他想象中的要大很多，走了数百步还未到底。空气中有一股古怪的气味，不似先前在幽潭时闻到的纯粹恶臭，而像是在烈日下暴晒了多日的腐尸味，又像是雷雨过后的泥腥味，混杂在一起，令人难以言说。

“嗬……”黑暗中，有什么声音从更深处传来。

临渊感到覆盖在手上的触感变了。坚硬的龙爪微微晃了晃，紧接着洞中亮光闪烁，照出了左前方角落里的一团黑影。

临渊看了眼金龙，缓缓朝前走去。当看清楚是什么后，他脸色微变，顿住脚步——此前早设想过那条龙的境况不会很好，但怎么也没想到，竟会惨烈到如此地步。

暴露在白光下的“龙”盘在一起，露出半截翻着软肉的躯体，龙身上遍布着大大小小不规则的坑印，隐约可见残留的鳞片根部。

临渊低下头，注意到脚边零星散落的几片龙鳞，根部泛着黑色的血迹，嫌恶道：“怎么弄成这副样子了？”

晋明回答：“所食过杂，积毒过重，最后成了怪病。”

临渊目光一闪。难道晋明经常挂在口中的食妖下场便是这样？可转念一想，晋明带他进入龙族山牢，如此大费周章，就仅仅只是为了给他看这条“病龙”的惨状吗？

晋明上前一步，指了指地上毫无动静的腐肉长龙，淡淡道：“小渊，你要是再这么胡吃海喝下去，兴许早晚也会同他一般。”

临渊：“你咒我？”

晋明示意临渊看龙角。从蛟化龙则生角，地上的“龙”确实生了角，然而角壁凹凸不平，比蛟大王如今半成型的破角还要不讨喜。晋明又让他留心“龙”身上即将脱落的鳞片。都说龙鳞坚硬无比，可这“龙”鳞的根部都未长牢，多数竟是半挂在皮肉上的。

临渊磨了磨牙，若此时他是蛟身，估计会忍不住闭紧自己的鳞片。

晋明适时不语，决心不再刺激下去，安抚地拍了拍他的后背。

临渊扭头问道：“你故意诓我呢？”

晋明一愣，反问道：“我何时骗过你？”

临渊冷冷指出：“不就最近的事吗？”

先是隐瞒了恢复记忆的事，再是木鱼纹雕，桩桩件件，他都还没来得及好好清算。这蠢龙竟然装作一副什么都没有发生的样子？

晋明："……"虽说近日诸事暴露，但他应当没让这斤斤计较的蛟大王吃过亏吧？他略一思索，心神很快重新稳住了。

事情发展至此，在很多事上，厚着脸皮反而更容易将事情揭过去。

并不知道自己早被摸清了脾气的临渊，对晋明避而不谈的态度嗤之以鼻，嘴里道："亏我以为你要带我见什么厉害角色，却原来只是一条半死不活的丑龙。指不定他是练功出了岔子，被你拖来吓唬我的吧？"

长得倒是"龙模龙样"，可惜样子太寒碜了。再细细分辨，似乎龙鳞的颜色暗中透了点金色，不由得稀奇了。

"他是金蛟所化。"晋明幽幽开口。

临渊："金蛟？"

晋明："金蛟化不出金龙，就算他成功了，也只会是条杂色龙。"

临渊："……"

得意忘形时撒的谎，自然是不那么完满的。此前临渊还诓晋明说金龙是由金蛟所化，现在想想那根本就是无稽之谈，毫无依据。怪只怪晋明奸诈万分，扮失忆扮得炉火纯青，害他连扯谎都懒得多费心神。

正在两个人对话间，地上盘团的"龙"缓缓睁开了双眼，眼神清醒，道："谁？"

晋明、临渊虽用了隐匿之术，但晋明将洞穴弄得亮如白昼，明显是不打算继续隐藏下去了。临渊索性现出身形。

病龙顿时脸色一变："竟然是条蛟。"

临渊又来回打量他，闻了闻，果然，那股臭味便是从这条病龙身上散发出来的。

病龙动动身体，似乎是想站起身。然而光是这微弱的动作，他身上的残鳞就以肉眼可见的速度掉落一地。

饶是临渊，见了这副情状，也忍不住头皮发麻。拔鳞之痛向来难忍，平日里他的鳞片微有损伤，就能令他恼怒不已，可眼前的病龙倒好，掉鳞掉得像下雨一般。

确实……够恶心的。哪怕他没什么洁癖，也依然觉得隐隐不适，仿佛鳞片也跟着疼起来。

病龙看着临渊毫不遮掩的嫌恶之色，并不恼怒，他声音低沉而嘶哑："许久未见同族了，那群龙总算送来个像样些的妖怪来了。"他的双目浑浊，直勾勾地望着临渊，嘴里慢慢道，"近龙之身，修为不浅啊。"

临渊眼皮一跳，很快勾起冷笑："怎么，想吃我呀？"

病龙向前迈了一步，翻卷着软肉的躯体摇摇晃晃，眼底的贪婪之意大涨。

这眼神分外熟悉，跟以往黑蛟吞吃妖怪时的样子，简直如出一辙。但若是换了临渊自己被这种眼神看着，滋味就不那么好了。

临渊："本尊听闻灵山里关押着一条食犼的龙，便进来看看，可看你这副模样，倒像是快要死了，真是没劲。"

"嗬！"病龙发出粗短的喘息声，扬起头展开身形，顷刻间露出大半截遍布"肉坑"的身体，那些没有龙鳞贴合的软肉，覆盖着暗色的血痂，隐隐散发出阵阵恶臭。

"区区小蛟也敢张狂至此。我虽生了怪病，但怎么也是真龙之身。"病龙嗓音很粗，语调缓慢，一步步朝着临渊靠近，"你自己送上门来，便乖乖让我吃了，免得受皮肉撕裂之苦。"

临渊看着他满身肉坑、血迹遍体的模样，微微皱起眉头，余光瞥向晋明……心道，真要打起来，也不知道晋明是否敢与这流着脓血的腐龙扭打在一处？想到他平日里半点灰都不肯沾的德行，估计届时还要靠自己。

临渊修为正盛，加之确实想研究研究这条成功化龙的"蛟"，打定主意后，便率先出手。然而病龙虽身体有恙，到底是能食犼化龙的大妖，两相对峙时也未落得下风。

临渊维持人形，身形极快，接连躲过病龙的几记摆尾。顺势拍掌贴向龙脊背，在即将接触的一瞬间，化掌为爪，黑色利甲刺入肉坑。病龙惨叫一声滚倒在地，坠地前勾起尾巴，重重击打在蛟的肩胛处。

临渊满身黑鳞护体，这一击除了痛些，并没有令他受伤。他看着病龙身上被自己抓伤的豁口，狞笑道："没了鳞片，你和那些肉虫又有什么不同？万载光阴，你在这毫无灵气、无法修炼的鬼地方待着，又能有什么长进？"说完，他手中幻化出利刃，高举而下。

然而利刃举至半空，却被一道气劲止住。该死的蠢龙，又要与他作对？

临渊别过眼，感到右手被整个捉住，接着属于丝织物的柔软覆盖了上来。

金色双眸的男人低着头，双眼盯着临渊的手，苍白的五根手指上沾染了暗色的血迹，显得格外触目惊心。

晋明沉着脸，轻轻使力，临渊顿时感到眼前一片恍惚。等到再次定下神观望四周时，才发现两个人早已不在病龙的洞穴中了。

临渊怒道："你干什么？只差一点，差一点我就能把他制服了！"

"他流出的脓血中带有剧毒，沾染上了说不定也会掉鳞。"晋明捉着临渊的一根手指，用手帕擦拭起来。

临渊一愣："掉鳞？"

晋明点点头。

临渊皱眉，催促道："那你擦快些。"

晋明无奈笑了笑。

临渊感到不悦，忍了忍还是没忍住："我方才还什么都没问他呢！"

"看到就足够了。"晋明眼皮都不抬一下，继续道，"我翻阅了宗卷才查到，当初他吃了犼兽后，确实有过一段威风时期。然而不到半年，他忽然销声匿迹，再出现时已经是方才那副鬼样子了。"

临渊："你那些宗卷是藏在何处？我怎么没在书库里翻到？"

晋明："是主山上的藏书阁。你要是想去，下次便跟着我一起上山。"

临渊转了转眼珠，接了句"一言为定"，又催促晋明接着往下说。

"祁谷小地原本聚居着十二条龙，一夕之间突然失踪，附近的大小妖怪们也接连被挖空了内丹。恰逢我祖母路过，撞见了这事，才知道是那条金蛟所为。"

临渊："所以你们把他抓来这里了？"

晋明点点头："你方才问我，明明只要是龙族，念上几句咒语就能离开此处，为何他却被困多年无法逃出……"他顿了顿，摇头道，"那是因为非正途化龙，迟早会出问题。自他得病后，他便成了介于龙、蛟之间的魔物。"

临渊消化着晋明话里的信息，许久后道："那也许是他修炼功法的问题，也有可能是他命中有此一劫，你凭什么笃定这与食妖有关？"

晋明不说话了。临渊扫了他一眼："怎么不继续说了？

晋明叹了口气："小渊……"

临渊回望他："你带我过来，就是让我瞧上一眼，好让我放弃食妖，老实与你一起修习正道？"

就算食妖后患无穷，他也不至于为了化龙屈服于谁……届时传扬出去，他堂堂蛟宫主人，还有何颜面继续横行下去？

临渊心中无端一阵烦闷，没好气道："我若是非要试试呢？你也说了他的确化龙成功了，只不过后来出了点问题罢了。"

晋明："等到出了问题，就为时已晚了。"

临渊扫了他一眼："既然与你修习正道那么管用，若我真得了与他一样的怪病，到那时我们再一起修习正道，应该也不算晚吧。”

晋明：“……”

“届时你不会嫌弃本尊吧？”想想病龙的那副尊容，临渊挑眉，故意问道。

晋明回想了一番黑蛟条儿顺的鳞片，又根据方才的“腐龙”想象蛟掉鳞时的模样……他似乎是被脑海中的画面刺激到了，面上却很冷静，反问道：“怎么会？”

怎么不会？临渊也不拆穿，越过晋明朝前走去。

“七日才过了半日，剩下那六天多的时间，不如跟我一起去个地方？”晋明上前拉了临渊一把。

“走吧。”临渊别过头去，没有出声拒绝。

两个人一前一后化出原形，腾空而过。

临渊跟在晋明的身后，直到看到那条一甩一甩的龙尾停了下来。

龙首扭转回来，眼中似有笑意，忽然拖着黑蛟，往更高处飞去，最后落在了峰顶。

山峰高耸入云，最高处并不宽阔，石岩陡峭间藏着一泓清泉，周围不知名的植草散发着点点微光，倒映在泉水中，仿佛漫天星子。

临渊站在山峰，俯瞰脚下浓墨般的“夜色”，只觉得世间生灵渺小，天地广袤无边。而他立于顶端，被“星辰”环绕，仿佛身处银河。

“这里如何？”晋明没有变回人形，而是微微晃着尾巴，拂过清泉水面，溅起点滴水珠，洒在黑蛟的身上。

临渊弯了弯嘴角，道：“等到功德圆满、修行大成，便能随时看到这样的景象了吧。”

“我幼时第一次来这里，便备感惬意。万丈高峰，银池星河，坐在这里仿佛伸手便可触苍穹。”

临渊抬眼看着身侧金龙，那点点如星子般的灵草光辉洒在金色龙身上，像是镀了一层柔光。

临渊：“天高难至，修行路远。眼前景物再美，也终究不是真正的天。”

晋明摇了摇头：“天有什么好？偶尔欣赏一回倒也罢了，多数时候它就同路边的石子般。”他顿了顿，“小渊，没有人会一直望着天。”临渊没有接话，晋明低声道，“唯有身边的人和物才是睁眼便可看见的。”

“你带我入山牢，根本不是为了帮我吞吃犰。”临渊淡淡道。最初晋明答应带他参加龙族的山牢仪式，态度十分爽快，一度也令他感到怀疑。现在看来，这蠢龙费尽心思竟是为了带他来这儿赏景？

晋明轻描淡写地将此揭过，轻声道：“等再过几日，红日升空之时，这里会变得更漂亮。”

临渊看向他，在光晕下的晋明面色柔和，静静注视着自己。他忽然没了继续清算的兴致，对着这样一条对自己几乎千依百顺、好脾气的龙，那些藏在心底的别扭与不适仿佛被堵住了般，说也说不出，挥也挥不去，只能酝酿成没来由的烦躁。而此刻，那股焦躁不安，被眼前的美景抚平了，以至于他只是懒洋洋地抬了抬尾巴，将脸别向另一边——罢了，若是食妖太多，真的会变成方才那光秃秃的模样，确实不怎么划算。

高山之巅，流泉银光，龙和蛟挤在一处，一个绷着脸，一个觍着脸，彼此都不再说话。

七日之期一晃而过。

最后一天，临渊从泉水中探出脑袋，慢慢向岸上走去。黑色长蛟倏忽化为青年模样，披着松垮的袍子，坐在山崖边缘。

红日还未升起，天际隐约出现一丝红线。

闭目打盹的晋明听到动静，化作人形与临渊并肩而坐。

临渊：“如此盛景，别的妖怪都没发现吗？”

“他们发现不了。山牢本就是金龙一族的领地，因着山形地理，才被做成了困妖之地。此地……”晋明缓缓道，“有禁制，非我族血脉，谁都无法进入。”

临渊嗤笑道：“我不就进来了……”他停顿下来，忽觉哪里不对，疑惑地看向晋明。

“这里不会再有其他人了。”世间仅余他一条金龙，再不会有其他金龙带着人来登日始峰了。

临渊：“天亮了。”

只见远方天际已被红日染红，脚下连绵的小世界，终于从黑暗中显露出样貌。

临渊：“你应当知道，自你失忆后，我从未说过半句真话。”

晋明：“我也从未打算与你清算。”

临渊半晌无语：“蠢龙，那你便该知道，我是不会改的。”若是关系到自身得失，他还是会想办法算计筹谋，利用所有能利用的人。

晋明：“你不用改。”说着他勾起一抹笑容，“什么时候是真，什么时候是假，我分得清。”

天际红霞满天，日始峰上一片宁静，流泉泛着霞光，粼粼波动。红日已升空，晋明、临渊相视一眼，各自化作原形，往苍穹裂缝处飞去。

苍穹之外，便是灵山了。龙、蛟最后望了眼红日盛景，双双飞离了山牢小世界。

山牢外，群龙环伺，数条长龙缠身嬉闹，人形的男男女女各自找了处树荫，正在打坐修行，呈现出一片宁静祥和之景。

忽然间，嬉闹的、打盹的、修炼的……在同一时刻齐齐转过脑袋，盯着从谷地缝隙中飞出的身影，陷入了沉默之中。

黑色身影腾于半空，片片鳞甲光亮，尾巴粗壮，身形优美，只除了额头……额头……

"蛟？"龙族中传来了茫然的疑问声，在静默中尤为响亮。

那四爪半角的身影，哪里是什么龙族，分明是——蛟。

刚从里面出来的临渊，毫无防备地就接收了数道审视的目光。底下龙族纷纷仰着脑袋，疑惑地张着嘴，似乎对凭空出现一条蛟感到难以理解。

"逃逃逃……有大妖逃出来了！他……"机智些的龙已经有所反应。山牢之地困了无数作恶大妖，这会儿来了一条来历不明的黑蛟，定是被关押住的恶妖趁机越狱了……可他的喊声还未说完，突然就像被扼住咽喉般戛然而止。

黑蛟身后，紧接着冲出了一条金色长龙，与蛟并行。

群龙揉了揉眼睛，好眼熟的金龙。

金龙只用眼神淡淡地扫了底下的龙族。

群龙："……"

临渊暗自恼怒，正想着面对群龙埋伏，该如何脱身，往下一看，却见那一颗颗仰起的脑袋又慢吞吞低了下去。紧接着，各色长龙匍匐爬行，先是慢慢的，而后愈行愈急，很快便化作飞扬尘土，消失不见了。

临渊："……"这灵山的龙，虽说肉身强大，但似乎哪里有些问题。他扫了眼晋明，眼中转过思量，最终什么也没说，也不再提及食犼的事了。

晋明松了口气，生怕临渊受了刺激，又没了修为顾忌，转身就要离开灵山，继续在外胡作非为。

晋明："小渊，你跟上我。"

临渊没吱声，晋明便也不动。

过了一会儿，临渊怒从心起："他们在这儿做什么？你们灵山龙都是这般清闲吗？"

那满地的龙族，若说与晋明毫无干系，临渊自是不会信的。那日龙、蛟入山牢，闹出了不小的动静，这些龙分明是为了迎接金龙守在出入口的。

晋明：“那你跟紧了，我……”

话未说完，只见黑色长蛟化作青年模样，越过他，率先朝着前方巢穴飞驰而去了。

晋明张了张嘴，好吧，看来这没心没肺的蛟大王还没有离开灵山的打算，倒是他多虑了。暂时安下心后，他提步追赶上去。

等回到屋里，看清后池之中那盘旋在白玉之上的一团黑色后，晋明的心便更加安定了——今日的临渊，依然如此地勤修苦练。

龙、蛟一前一后消失了。原本热闹的山牢门前，很快沉寂下来。树林荫翳间，缓缓垂下一条青色尾巴。窸窣声中，慢吞吞探出一张木然的龙脸。

小青龙望着龙、蛟消失的方向，拍尾甩了甩隔壁粗壮的树干。

“看见了，看见了。”蓝舒渠很快从树上跳了下来，摆摆手，“小青啊，我都看见了。”

族里太久没有新鲜事发生，这群吃饱了睡、睡饱了吃，整日无所事事的闲龙，听说金龙带着人进了山牢，竟然自发地约上同伴守在了入口。说是担忧金龙安危，其实根本意在他人。

蓝舒渠不过是走得慢了些，便被小青龙拉住，说了一堆不着边际的话。什么魔蛟、小黑的，小青龙说得颠三倒四，这七日说得他脑仁隐隐生痛……

蓝舒渠指出：“你说的小黑，应当就是魔蛟了。”

小青龙露出一脸的怀疑之色。蓝舒渠忍不住拍拍青色龙首，慈爱道：“你不是一直好奇你的金龙前辈失踪的时候在做什么吗？”

小青龙眨眨眼：“可那是魔蛟啊。”

蓝舒渠淡淡道：“龙族间，打上一架再成为好友的不在少数。”

小青龙仰起头：“我听白姐姐说，那是条恶蛟，丧尽天良，还吃龙！”

蓝舒渠咳了咳，他也听说了蛟王凶暴的名声，此刻面对后辈懵懂不解的小眼神，一时不知该如何作答，只能勉强道：“应当不会吃你。”

小青龙脸色变得复杂起来：“可小黑……”他苦恼极了，前几日他与小黑相处，小黑已成了他心目中极温柔和悲情的人，结果竟然是这么大的一尾恶蛟。他颇有些受了欺骗的感觉。

不知道自己无意中伤害了一颗少年心的恶蛟，已经惬意地霸占了池中的白玉，闭上眼，近乎贪婪地修炼起来。

食犼偏方是行不通了，他想要化龙，如今似乎只剩下修炼这一条路可走了。白玉乃至宝，在上面修行一日，远胜他在外修行七日。临渊决定在此多蹭一日是一日。若是他能放下架子，说不定还能骗得晋明将白玉送往蛟宫。可惜……修为固然重要，但总有一些东西是不可摒弃、无法退让的。修行过多依赖外物，更是不利于境界稳固。所以，若他真的与此宝物无缘，也不必过多强求。

临渊反复在心底劝告自己，逐渐放平心态后，他在金龙巢穴中的日子称得上如鱼得水。

前面几天还会有不长眼的龙族试图窥探，被他当场抓获，教训了一通。也不知是多少年岁的龙了，块头看着不小，却没什么攻击力，肉身倒是比寻常妖族强硬了些，但也被他伤得破了皮。

这便也罢了。被他所伤而记恨他的，大有妖在。那些龙却只是目含幽怨，看自己的眼神仿佛自己做了什么人神共愤的事。

临渊冷声道："本尊是金龙请上山的贵客，若是再让本尊发现有人偷窥，就将你们的龙鳞一片片剥了。"

也不知是不是威胁生了效，没过几天，就再也没有碍眼的龙族登门了。

有金龙一族的禁制在，他们即便想上山，也找不到路了。

晋明心道：为了同族小辈们着想，蛟大王放出了狠话，还是需要注意些的。

没了旁人的打扰，埋头苦修一阵后，临渊便觉得有些乏味了。白玉虽好，却只利修行之效，无法助他化龙。他离化龙只差临门一脚，自己的修为功力早已远超寻常龙族，偏偏就是不能如愿。

"这样下去，我就算在池底练上几百年，也不会成功。"又一次突破失败的临渊，艰难开口，"为什么？我的功力明明都恢复了……"

晋明蹲下身，安抚道："修行之事，理当顺其自然。你大病初愈，还是再好好休息一段时间吧。"

临渊神色恹恹，却也觉得晋明的话在理。他看了晋明一会儿，道："我听说灵山脚下有一座小镇，镇里有个专卖凡间小吃的驴妖，那些小吃虽没什么效用，味道却很不错。"

晋明笑了笑："今日天晴风暖，不如一起下山瞧瞧？"

临渊想了想，回道："不了，这白玉效用非凡，短短几日，我的功力已远胜当日。我还得继续修炼。"

晋明面上带着几分笑意，轻声道："你要是想吃，我去买回来。"

临渊："那你就去吧。"

晋明："当真不与我同去？"

临渊闭上眼："我可不是你，金龙前辈。"他皮笑肉不笑道，"你得享天运，无欲无求，我可还要勤勉修行，找寻出路。"

听着那声半讥半讽的"金龙前辈"，晋明忍不住勾了勾唇角。

临渊睁开眼，一双暗若夜色的眸子看向晋明，似乎是在思量："蠢龙，若是你买的点心合我的口味，我就考虑和你一起修习正道。"

"你是认真的？"晋明眼睛一亮，颇有些意外地看着临渊。

"修炼既无进展，总得寻些别的法子。你若是诓我……"临渊顿了顿，"我便将你的鳞剥下来，煮熟了再塞回去。"

晋明嘴角的笑意僵住。临渊不再搭理他，重新闭上眼，继续开始勤修不辍。

晋明："好，我这就去，等我回来。"

不一会儿，龙吟声起，临渊同时站起了身，望着天际消失变小的金色光点，出了会儿神。

片刻后，他起身，敛了敛衣袍，垂眸看着池中的白玉。只见黑色长尾忽然出现，快速缠卷住白玉，猛地一拽。

临渊："……"这白玉当真是生了灵，竟是与池子化为一体了。他眼底闪过一丝痛惜，将尾巴收回，朝着山脚飞驰而下。

这座山上有金龙布下的禁制，其他妖怪无法进入，临渊却能自由上下山。他赶到山脚下，望着远山连绵，眼底流露出复杂之色。灵山……到底是龙的地盘。

"你要去哪儿？"

临渊猛地转过身，身形瞬息间化为残影，将身后出声之人制住。

稚气未消的少年咳了咳，伸出手握住临渊的手腕："魔……魔蛟，你……"

"是你。"临渊认出了他，是那条小青龙，问，"你怎么在这里？"

小青龙憋红了一张脸："咯咯，我来找……咯，金龙前辈。"他哆哆嗦嗦道，"你……你果然包藏祸心……残害龙族。"

残害龙族？临渊眯起眼，心道，就小青龙这点修为，放在以往也顶多是道小点心。

小青龙见魔蛟若有所思的模样，悲愤道："亏我之前还替你担心……你你你……"

临渊冷哼一声，将他甩落在地。

“早前在蛟宫的时候，你就该知道，本尊脾气不大好。这座灵山我待腻了，你带我离开灵山地界，我就——”

“你竟然真的是魔蛟。”小青龙未等他说完，忽然站起身，一脸受伤道，“那日你和金龙前辈在池边的时候，我怎么没看见你胸口的护心鳞？”

临渊一怔：“什么池边？”

小青龙迟疑了会儿，伸长脑袋瞅了瞅：“咦，确实没有。”

临渊愤而拢了拢衣襟：“此等宝物，本尊乐得隐藏，你别岔开话题。”

小青龙摸了摸被临渊掐过的脖子，歪歪脑袋说：“蓝哥说，你既然有了护心鳞，从此便是灵山的蛟了。”他说的后半句话，小青龙没有说出来——若是照了面，自己没被魔蛟一口吞了，那便是再不会有性命之忧了。

“本尊是临隐山蛟宫之主，何时跟你们灵山混为一谈了！”临渊懒得再同小青龙说话，淡淡道，“带我下山，否则便吃了你。”

小青龙：“……”

临渊：“怎么每次我下山，都能撞见你？”

小青龙：“我就住在山脚下，而且我……”因为有些在意，总忍不住跑到山道上溜达。

临渊目光一转，道：“记得不久前同你说过的话吗？”

小青龙茫然相对。临渊垂眸片刻，再抬眼时，眼中盛满复杂之色：“晋明总不肯让我下山，我堂堂蛟宫主人，一方尊主，他却将我困于方寸之地，今日我好不容易找到机会，只想下山看看。”

小青龙：“……”这这这……这分明是“恶”名昭著的魔蛟，怎么却让他觉得无端心疼起来。

“金龙前辈不是这样的人。”

临渊也不反驳，只用一双黑沉沉的眼睛盯着小青龙，直把他盯得心思不定。

“可……这座山上从来没下过困禁之术。前几日，我还看到金龙前辈下山前往主峰去了。他若是真的囚禁你，怎么可能毫无防范地把你一个人留在山上？”

临渊沉默了一会儿，确认抹黑失败。

小青龙受了威胁，迟迟不开口。

临渊不耐烦道：“罢了，本尊自己探路去！”他转了转脑袋，狞笑道，“知道我是如何将那几条杂龙吞吃的吗？”

小青龙没来由地感到不安，但还是默默摇头。

“吼——”随着一声响声，巨大的黑色蛟首陡然出现在眼前。

小青龙：“……”

临渊慢吞吞晃了晃脑袋，嗤笑道：“当日见你打伤我蛟宫数名妖怪，态度也还算张狂，怎么如今却那么容易被吓傻了？”

“你……你怎么能……”小青龙的眼中流露出受伤的神色来。

临渊顿觉头痛——那神色分明与前几日那几条登山拜访的龙一模一样。他目光一寒，下一刻便是一记横尾扫去。小青龙应声倒地。

“古怪。”临渊嫌恶地看了一眼，拢了拢衣襟，头也不回地走了。他本就没打算找龙带路，只是正好撞见了这条小青龙，恶从心起，顺势而为罢了。眼见小青龙不配合，临渊便也没了与他周旋的心情，索性将其打晕了扔到路旁。他自己维持着人形，御风而行，朝着山下而去。

第十一章 从而化龙

灵山脚下住着许多妖族。此地灵气充裕，又有龙族坐镇，离群索居之妖或是修为欠佳的小妖，往往会借着龙族的威势，在此定居。

临渊一路往北，途经小村，看到远处人头攒动，凝神细听了一阵，才知道是此地有妖怪寻仇，双方发生了争执。他就近找了一处地方，看了会儿热闹，没一会儿便觉得索然无味。妖族相争，无非为了宝物，那两名妖怪各执一词，还搬出了几名妖王来压阵，口吐飞沫，你来我往，却偏偏没有动手。换作是他，何至于吵到脸红脖子粗的地步，早早打一架就成了。

临渊听了一阵，发现他们搬出的似乎很厉害的大妖名号多半陌生，从未听过。说起来，自雷池重伤，又经蛟宫恶斗，他已许久未在人前露面。数年过去，上妖界接连又出现几名如日中天的妖王也不奇怪。

他皱眉："这宝物当真如此珍贵？"

争执中的两妖顿时收了声，齐齐看向临渊："你是谁？莫管闲事！"

临渊哼笑一声，随手指了指妖怪手里的蒲扇："可有什么来头？"

另一只妖怪警惕道："与你何干！那是我用了百年的法器，他趁我不备将其夺走，如今我定要拿回来！"

"你自己技不如人怪得了谁，这扇子上写你的名字了吗？"

"哼，你以为躲进灵山我就不敢拿你如何了吗？"那妖怪越说越气，转过头又争吵起来，"金龙前辈最是公正严明，如今他已归山，即便你是乌羽大王的亲戚，也别想他能保住你！"

仿佛找到了主心骨，妖怪气也顺了、腰也直了，满脸都是得意之色，仿佛已经取回了被夺的宝物。

临渊沉默静立。金龙，又是金龙。这蠢龙何时公正严明过了？整日里蜗居深山，两耳不闻山外事，一连几个月都窝在玉池中，别说这类鸡毛蒜皮的小事他不会管，就连修炼也没见他认真过。怎么在路边随便遇见只小妖，都像中了邪一样地崇拜他。

那两只小妖情绪高涨，眼见就要动手。临渊微抬手，隔空抢过了那把蒲扇，研究了会儿，说："就这东西，你们也当作宝贝？"

疑似蒲扇原主人的妖怪当即"啊"了一声："你做什么？！"

做什么？临渊冲着他笑了笑，手上稍稍使力，顷刻间将引发争端的"宝物"化作飞灰。

两妖："……"

望着这两名妖怪茫然不解的神色，临渊终于找回些许当年在上妖界为所欲为、百无禁忌的感觉。

"灵山金龙可没空管这种事。"他随手甩出一物，落在那两只妖怪的脚边，"若说宝物，本尊的这件才算稀罕。你们谁打赢了，谁就是它的新主人。"

这般明显的作弄挑事，明眼人都看得出来。可偏偏地上像垃圾一样被扔出来的物件，灵气充裕、品相不俗，一看就知道是珍稀的宝物。

两妖对视一眼："当真？"

"自然是真的。"临渊道。像这类中等品相的法宝，光是前几年从鹤宫搜刮的就有一堆，更别提他和金龙各自的家底，因而在旁人看来十分宝贵的法器，在临渊眼中不过是小玩意儿罢了。

"不仅是他们……所有人都可以试试。"临渊扫视了一圈在外围围观的几只小妖，眼底暗藏不怀好意的寒光——宝物难觅，凭实力更要有机缘。

这一件珍宝摆在跟前，自然成了众小妖放手一搏的目标。也有聪明些的按兵不动，但也时刻关注着场内。一时间，骂战变了质。

临渊观看了会儿众妖相争的戏码，然而妖都是小妖，斗法宛如小儿打闹，他很快又没了兴致，转身留下满场混乱，翩然而去。

就这么一路走走停停，路上还听说了蛟宫的消息，那帮白眼狼经过犼兽之战，各个噤若寒蝉，又是修缮又是表忠，仿佛趁他不在妄图夺位的事根本没有发生过。

等到傍晚时分，天空中传来一阵响声，紧接着风骤起，身前投下一片阴影。临渊抬起头，正对上一张面无表情的龙脸。

“你可真是穷追不舍。”临渊开口。

晋明不言不语，一双龙目定定注视着临渊。

临渊挑眉：“怎么？生气了？”

晋明缓缓落地化作人形，面上看不出喜怒，沉声问：“如果你想离开，为何不当面与我道别？”

临渊顿了顿，避开视线：“谁知道你肚子里包藏什么祸心？”

晋明又问：“沿路十几处乱子，也是你惹出来的？”

临渊再次顿住，说：“是又如何？本尊又没有出手伤他们。”他打量了晋明一番，估摸不出对方想做什么，嘴里道，“那群小妖动不动就把你挂在嘴边，我原本还觉得不信，原来你还真是什么都管啊？”

晋明皱起眉，半晌后摇摇头：“罢了，不与你计较。”又招招手，道，“过来。”

临渊站在原地没有动作。这般随性的呼喊，若真能唤得动他，才是奇事。

临渊：“晋明，我如今修为恢复，自是不可能再与你继续待在一处了。”这么多年，他重伤受制，不得已之下才哄骗晋明与自己结伴。如今他已恢复，在上妖界中鲜有敌手，再不必依赖他人。

“天下无不散之筵席。”灵山虽好，却总是少了些东西。

晋明：“为何要走？”

临渊慢慢开口：“我志在他处，并不想一辈子隐居一处。我不想留在灵山。”

晋明：“你还真是一如既往地没良心啊。”

临渊皱眉：“我清楚你的性子。晋明，我想做的恶事太多，你看不惯的。”

晋明反问：“我何时看惯过了？”

临渊转过脸去。不知过了多久，晋明夹杂着叹息的声音响起：“可无论看不看得惯，我都没办法说服自己不管你。”他轻声道，“食妖、夺宝、强占地盘，这么多恶事你都做了，我看不惯这些恶事，因为自诞生那日起，便注定我不会走上此路，而那却是你的生存之道。”

临渊沉默了许久，开口：“我知道你对我好。但在上妖界，能做的事太多，要做的事更多。”

晋明稍一使力，带着临渊上了云霄：“你不喜欢灵山，我便同你回蛟宫。当日初上临隐山，就觉得蛟宫巍峨不凡，确实比我那茅草屋强多了。”

临渊一惊，脚下苍翠青山仿若退潮般后退，不一会儿，原本还能远远望着的灵山山峰也消失在了视线之中。

“你……”

晋明淡淡开口：“今日你已惹恼过我一次，别再说出不好听的话来。”

临渊瞪大眼睛：“蠢龙，就算是回蛟宫，也得我自己风风光光地回去。”

晋明幽幽道：“灵山金龙甘为坐骑，还不够让你风光吗？”

临渊：“……”

眼见着晋明一拂袖，又是数里掠过，临渊急道：“等等！”

晋明看向临渊，临渊恼怒道：“你那些宝物呢？”

晋明：“带上了。”

临渊眼睛一亮：“当真？”

晋明上下扫视临渊：“嗯，只一件，带上了。”

“才一件？”临渊狐疑道，“是什么？”

晋明笑而不语。临渊视线下移，落在金龙的腹部，那里是他的藏物之处，里面虽不算大，但能装得进鹤宫大半的宝物，他倒好，竟然只拿了一件？

临渊恼怒地别过脸，暗想：这蠢龙，真是愈发行事无所顾忌了！

眼看着晋明要落地，临渊身形一动，直坠而下，自顾自地走了。

晋明跟着下去后，站在原地，静静看着前方黑色的身影愈行愈远，若有所思。

过了许久，似乎感觉身后人没追上来，临渊转过脑袋，瞧了会儿一动不动的晋明，微薄的唇抿紧，透露出些许不快来。他皱眉思量了一阵，终是放不下身段开口，恨恨甩袖而去。

前方忽然撞上来一只呆头呆脑的小妖，临渊没好气道：“滚开！”

小妖愣了愣，被临渊冲天的煞气镇住，余光瞄到不远处的晋明，顿时忘记了害怕，喜笑颜开，绕过临渊，一路小跑着过去了。

“金龙前辈！”山中回荡起小妖中气十足的喊声。

临渊：“……”

晋明似乎与那小妖相熟，两个人低头不知说些什么，嘀嘀咕咕了许久也不见停下。那小妖虽背对着临渊，但依然能看出颇为激动，半边身体差点没贴上去。而晋明，虽面色平静，却也没有拒绝。

临渊勾起嘴角冷笑，眼底没有半点笑意。不愧是普天之下仅存的一条金龙，好大的威风，轻易就能让不知名的路边小妖趋之若鹜。莫说是之前的母鱼了，怕是在灵山地界，地上爬的、水里游的、天上飞的，个个都惦记着他。

不远处，小妖道："金龙前辈，没想到一天之内我们竟然相遇两次！"

晋明淡淡应了一声。小妖忍不住捂着脸，双目发光，问："怎么样？我做的金糕卷、香酥饼、桂花蒸栗糕您喜欢吗？"

一连串的点心名冒了出来，晋明思索了片刻，点头道："他应该会喜欢的。"

"他？"小妖疑惑地眨眨眼，难道金龙前辈是替好友买的？这念头一闪而过，很快就被见到金龙的喜悦之情带走，他不再深想下去，而是忽然倾身凑过去，小声道，"金龙前辈，我身后那妖怪怎么一直盯着我？他看着面生得很，不像是灵山附近的妖，不会在打什么坏主意吧？"

晋明："……"他抬起头，远远看到临渊斜倚着一棵大树，正用一双幽深的眼睛毫不避讳地看向他们。

晋明收回目光，表情松动了些许，道："我得罪了他，他气不过，盯着我呢。"

"没看我啊。"小妖好奇地回过头打量临渊——左看右看，就是个"病恹恹""肤色惨白"的妖罢了。

这时，那妖怪忽然睨了他一眼，将小妖吓了一跳。

"好凶啊！"

晋明暗自好笑，终于从被欺骗的情绪中走出来，还安慰了一番小妖："无妨，他不会伤你。"

小妖点头如捣蒜，他身前就是金龙前辈，哪怕身后有恶妖虎视眈眈，也没有什么可惧怕的，小妖当即挺了挺单薄的胸膛，回敬给临渊一个有力的眼神。

临渊："……"这小东西怕不是活腻了？！

临渊内心冷笑连连，只觉得脖根发痒，很想变出大脑袋来，像往常那般，一口吞下了事。

晋明咳了咳，将这敢触蛟大王逆鳞的小妖吸引回来："我与他还有事，你也早些回去吧。"

小妖："嗯！不过您今日买光了我所有的糕点，我还要去更远些的山头采新的食材，最后再回去！"

原来如此，怪不得这只前不久还在灵山脚下摆摊的小妖，此刻也来到了外围。

晋明又与激动得找不着北的驴妖谈了几句，直到说服对方离开，缓步朝临渊走去。

临渊已变出了长尾，缠绕在树干之上，身体隐没在树叶之间，上半身人形卧在高处。

晋明目光微动，很快也变出尾巴，攀着树干缠上一圈。

“那小妖你应当也听说过，是你先前提到的那位擅长制食的驴妖。”晋明笑眯眯道，“可惜我带回来的吃食，你还一个未尝，方才他还向我问你吃得满不满意。”

竟然是制食的小妖？临渊脸色微变，很快又恢复冷淡。

见他没反应，晋明也不恼，继续往上爬。龙身比蛟身大了一圈，因而等他爬到与临渊齐平的位置时，还剩了一截耷拉在地上，身下不时传出声响，那不知活了多少年的古树，今日却突遭大难，接连引得蛟、龙上树。终于，“细瘦”的枝丫再也支撑不住，发出不堪重负的闷响。可惜，两位当世大妖并不担心摔下去这种小事，也因此不为所动。

临渊：“你衣服里藏了什么？”

晋明取出一个四四方方的油纸包，放在临渊的鼻前晃了晃。

临渊陷入沉默。片刻后，龙、蛟坐在同一根树枝上，两旁摆放着几包打开的点心，每一包点心的样式都不相同，十分别致。晋明用手指捻起一块莹白金点的方形糕点，递到临渊跟前。

“味道如何？”

糕点入口即化，口感绵软，桂花的清香弥漫舌尖。临渊眯起眼，道：“凡人们的寿命虽短了些，于口腹之道却颇有造诣。那驴妖也挺聪明，经他一番改良后，味道比我曾经在华朝时尝过的更好些。”

看来是满意了。晋明不动声色，又从盘中捏起一片板栗糕，稍咀嚼后点点头：“的确不错。”

临渊：“可惜，味道虽好，却没什么效用。”

晋明见其吞咽完后，顺势又将盘子移到蛟的手边。

等到点心都被消灭得差不多时，临渊也恢复了几分心情，面色柔和。

“香酥饼不错。”晋明状若无意地开口道。

临渊谨慎思考了会儿，说：“板栗糕更为香甜。”

晋明眸光闪烁：“看来你对我买回来的这些点心都很满意？”

临渊点点头，忽觉不对劲，戒备地问：“你又想打什么坏主意？”

晋明笑了笑，慢条斯理地回道：“自然是等着你兑现承诺了。”

临渊："什么承诺？"

"若是我买的点心合你的口味，你便……"晋明拖长了音，未把话说尽，留给临渊自行体会。

好像……的确有那么一回事来着？临渊眼皮狂跳，满嘴甜香仿佛一下子变了味："这……你是在诓我。"

晋明神色一敛，淡淡道："蛟王向来重诺，定不会再欺我。"

从来视誓言为无物，并试图不认账的临渊脸色顿时复杂到了极点。这蠢龙，竟为了让自己与他一起修习正道，睁眼说起瞎话来了？

晋明："我在不远处，有一处洞穴，早年曾小住过几回，设下过禁制。"

面对如此强烈的暗示，临渊勉强镇定，道："你……你方才不是说要跟我回……回蛟宫吗？"

晋明兀自说道："虽说你十句话里大约九句都是假话，可我偏偏将那句当真了。吃了我的点心，就该开始修习正道了。"他眸光微动，"一起闭关半年。"

临渊脸一黑。

"罢了，三个月吧。"晋明叹了口气，适度做出让步。

临渊："……"

晋明："你可是答应了？"接着又说了一句，依稀有"修习功法"之类的词。

临渊似有动摇，半晌后，道："少说废话，去蛟宫，我答应你了。"

之后的几日，晋明自是想瞬息千里地往蛟宫赶去。偏偏临渊总是走走停停，诸多借口，每个理由都是有理有据，令龙信服。

"我从你屋里出来，走了大半天也不过才走了几里地。为的就是散散心、看看风景。怎么，难道连这你都要管了？"

晋明沉默片刻，笑了笑："听你的。"要是某蛟真的一出屋子就使劲飞，兴许他就不会这般好说话了。

临渊噎了一下，虽然晋明顺了自己的意。等到熟悉的临隐山山峦出现在视野中，已是半个月之后了。

临渊："我离宫已久，诸事繁多，要先去处理一番。"

金龙摆了摆尾巴，用利爪钩住了蛟，一个侧身带着人离了山道正路。

临渊提醒："错了，这不是去蛟宫的路。"

金龙疾行，最后停在了一处熟悉的地方，笃定道："没有错。"

前方山洞黑漆漆一片。临渊很清楚，只要走过狭长通道便会豁然开朗，里面水雾蒸腾，波光粼粼——正是他曾经最为中意的休养调息之地。只不过在见过金龙的池子后，这个池子便已退居次位了。

“你还真是熟门熟路。”临渊嘟哝一声。

晋明、临渊便在此一起修炼。

自从灵山的龙退出蛟宫后，也不知怎么回事，停下了与蛟宫多年的争执。两方争吵了数年，也交手了数年，结果对手忽然离场，害得蛟宫众妖没了消遣，日日荒颓。

昔日数一数二的大魔宫，隐约有了几分不问世事的出尘之感，连宫中的女妖都少了一股子尖锐之气。

原以为今日也会无风无浪地过去，谁知天际一声巨响，一大片“黑云”快速停留在了蛟宫上方。众妖眼神一凛，纷纷祭出法宝步出殿外。

只见上空盘旋着成百上千的鸟精，它们大多刚生出灵智，灵力浅薄，但是数量极多。一眼望去，无边无际。

一名头系五色彩带的男妖越众而出，扬声道：“巨兽山采翎求见蛟宫之主。”

众妖：“……”哪里来的蛟宫之主，都失踪几年了，故意找碴儿吧！

方才还在议论邻山那位新来的妖王，谁知人家立马就赶来上门挑衅了。

灰背狼妖神色一敛，道：“我家大王闭关修炼，暂不见客。”

山鸡精捻起羽毛扇：“都说数年以前临隐山是上妖界最风光的魔宫，黑蛟尊主更是修炼了万年的当世大妖，今日采翎不请自来，便是想游赏一番，我那上千名小辈也想长长见识，不知可否放行？”

豹妖啐道：“你就是那新来的野鸡精？”

采翎脸色微暗。

豹妖：“凭你也想见我们大王？”

豹妖生性凶残，也极为好战，当下就跳出去要开打。豹妖能入蛟的法眼，实力自然不弱，那些乌沉沉的小鸟根本伤不到他。豹妖顷刻间到了采翎身前，两妖一来一回，斗了一阵。山鸡精确实天赋异禀，有几分狂傲的资本，但比起活得更为长久的豹妖，终究差了些火候。

还没等豹妖得意多久，采翎连退数步，将手中色彩艳丽的羽扇扔上天，捏诀施咒，瞬间漫天火海铺天盖地，一片红光。

此时，正与晋明一起闭关修炼的临渊在水中游了一会儿，隔着水波荡漾，隐约看见天际漫天红霞，不由得感到稀奇。

他很快浮出水面，喃喃自语：“何时我临隐山也有落日夕阳了？”

接着临渊眯起眼，从水中一跃而起：“蛟宫出事了。”

晋明、临渊对视一眼，当即御风离开了池子，朝着火光冲天处而去。

临渊赶到的时候，整个蛟宫已陷入火海，火海之上笼罩着数以千计的鸟。

“竟然有妖敢来蛟宫闹事！”临渊眼中寒芒闪过，交代晋明，“你不许出手。这几日修炼得如何，正巧拿他们试试手。”

晋明自然没有二话。

临渊身形一闪，转瞬间已到了鸟群面前。随着震天蛟吟，一尾巨大黑蛟凭空现于天际，所到之处，无数鸟雀落地嘶鸣。长尾一甩，笼罩在蛟宫上方的巨大“黑幕”顷刻间被撕裂搅碎。

底下被困于羽扇火焰的众妖仰头望着蛟，一时愣神。几年不见，他们的大王似乎……又大了许多。

此刻正是临渊与晋明一起闭关修炼正道后第一次现出原形，竟是比以往粗壮了一圈。临渊用余光看了看自己的躯体，眼中流露出满意的神色。随着修为提升，他的体型已远胜寻常的蛟，此刻更是愈发接近于龙躯，兴许化龙指日可待。不过……如今高兴为时尚早，还需先解决了寻衅滋事的敌人。

那系着五色彩绳的妖怪见了他，似乎想要开口说话。蛟低吼一声，于高空直坠而下，穿过火焰，坚实的鳞甲只微微觉得发烫，比那池子里的水稍稍热上一分。

“这……这怎么可能？”山鸡精脸色大变。

幼凤真火，岂是蛟鳞能抵挡得住的？蛟宫之主不是已经失踪多年了吗？难道魔蛟即将化龙的传言是真的？

山鸡精惊觉不妙，刚想离开，眼前寒光闪过——蛟利爪屈伸，将那领头的妖怪直直抓至高空，然后扔下来，巨尾高高扬起，又重重朝下拍去。

轰——随着一声巨响，前不久还趾高气扬的山鸡精落在地上，身下土地显出裂缝。

众妖看得目瞪口呆。

鸟怪们对视几眼，片刻后，场内叽叽喳喳一片，鸟羽乱飞，满是扑腾声。被烧秃了半边毛发的豹妖，瘸着半条腿，凶神恶煞地扑咬过去。

蛟化出人形，仍是那副清瘦苍白的模样。众妖不知为何松了口气——原来大王不是发福了啊。那么粗壮的蛟躯，几乎可以跟龙族强者相媲美，也不知失踪那几年，大王是去哪里修炼了？

“区区一把破扇子，就把你们欺辱到如此地步？”临渊看也不看地上重伤吐血的山鸡精，回身用审视的目光一一扫过几名属下。

众妖顿时汗毛耸立，猛地回忆起魔蛟的行事作风。几年未见，加之方才外敌侵扰，是蛟力挽狂澜，众妖心潮澎湃之余，差点忘记这尊大妖，可不比山鸡精温和多少。蛟喜怒无常，吞食成性，也不知这几年脾气怎样了？

“真是废物。”临渊一脚踩上羽扇，又将头顶彩绳的山鸡精翻转过来。

“你……放了我！”

“放了你？”临渊扭了扭脖子，熟悉他的属下赶忙低头，知道蛟王又要进食了。

然而等了很久，也没听见什么动静，抬起眼，便看到蛟王身边多了一个男人。这是一个长得极为英俊的男人，身形高大，立在蛟王的身侧，神情温和，一双眼睛竟是泛着浅金色。

灰背狼妖一边将想要探出脑袋张望的小母狼按了回去，一边不动声色地打量这个陌生男人。他此前并未见过这人，也不记得蛟在外头有什么相熟的妖怪。莫非是失踪那几年遇见的？

“蠢龙，你看这群山外的妖怪，拿了件宝物便以为自己可以横行无忌，我方才粗略看了看，这野鸡也就上千年的修为。”

山鸡精眼中闪过愤恨，但很快隐去，道：“蛟王，饶我一命，采翎……愿归于麾下，肝脑涂地！”

临渊哼笑，问晋明：“若是按以往的法子，一口吞吃是最方便的了。你说，难道是要我饶了他吗？”

晋明：“心术不正，留之有患。”

“既然吃不得，那便打死了事。”临渊淡淡开口，他对这些小妖并不放在心上，招招手，将正抚摸着小母狼的灰背叫过来，让他去处理了。

灰背狼妖：“……”从未想过有一天竟然还要替大王善后，之前不都是吃了吗？

他按下满腹疑问，点头称是。

蛟宫位于临隐山顶，连绵数座宫殿，巍峨壮阔，往里走，才发现大多装饰简单，色调偏暗，比之灵山少了几分明媚亮色，多了些沉郁庄严。临渊的住处离当初被犼损毁的中殿极近。

灰背狼妖去处理山鸡精的事了，临渊便亲自领着晋明来到住处。

一时间，关于晋明身份的传言沸沸扬扬。然而直到数日过去，晋明依然没有离开。

临渊将人带进住处后，立马道："方才你瞧见了吗？"

晋明："什么？"

临渊兴奋道："我的身形变大了。"

"哦？"晋明认真道，"变出来让我瞧瞧。"

临渊逐渐冷静："既然没瞧见，就算了。"

晋明失望地叹了口气。

龙、蛟长居殿中，渐渐地，妖怪们沉默了。就连修行万年、凶残成性的魔蛟也找到了好友，实在是稀奇得很。

数月过后，当灵山那边传出金龙前辈再次失踪的噩耗时，远方天际忽然雷云阵阵，铺天盖地。前一刻还是白昼，后一刻便天幕暗沉，唯余蓝色雷光在云间闪烁翻腾。

"是劫云！"底下群妖议论纷纷，心神为之所夺，光是远远观望，便感到天道威严，无法企及，众生万物，尽如尘埃。

那一道道雷云是天威，是险境，更是机遇。

"如此阵仗，是什么劫？"临渊也感觉到了天象异变，披上外袍，朝外赶去。

前方云雷阵阵，晋明赶过去，拉住了临渊："化龙之劫，小渊，你不可接近！"

"化龙？"临渊难以置信地望过去，只见那边已劈下了第一道天雷。

"这不可能！放眼整个上妖界，谁又能赶在本尊的前头化龙？"

雷云一直持续了数个时辰，这期间乌云蔽日，有蓝光乍现，将整片天际照得亮如白昼。

临渊远望许久，面色阴郁。晋明站在他身畔，一时也不知该说些什么。

化身成龙，是临渊最大的心愿。他对修为的执念、对功法的追寻，全是为了有朝一日能修成正果。

若论修行，上妖界的族群中，无妖能与临渊相敌；若论决心，更无妖能像临渊这般殚精竭虑、不择手段。

晋明看在眼中，也知晓此刻有妖化龙，对临渊来说，无异于沉重打击。他没有开口，只是目光一直放在临渊的身上。

"在我之下，有能耐的也不过五千年修行。"临渊淡淡开口，"为何本尊历不了劫，别人却可以？"

晋明："修行各有缘法，顺其自然。"他顿了顿，摇头道，"我估计你大抵是不爱听这些的。"

"蛟也好，龙也罢，不都是你吗？"

临渊回头看着晋明，见那双浅金色的眼眸略有担忧地望着自己。

"那不一样。"

晋明追问："哪里不一样？"

临渊张了张嘴，摇头道："反正是不同的。"

晋明心头一热，抬起手拍了拍临渊的肩，似乎想要安慰他。

临渊脸色稍霁，终于不像方才这般阴沉。

临渊："你说的修行之法也没那么有用，反倒让别的妖怪赶在我前面化了龙。"

晋明当即严肃道："别的妖怪如何化龙暂未可知，反正你我的法子是绝对没问题的。"

临渊掀了掀眼皮，狐疑的眼神中透着微妙的鄙夷。

晋明咳了声，道："走吧，我陪你去看看。"

前方雷云逐渐息止，原本可怖的声势已消退，更远处依稀能看见重新变蓝的天空。临渊扯了扯嘴角，他倒想看看，那名修行时间尚短，却能有幸历化龙雷劫的小妖到底有什么能耐。

下一刻，临渊化作一道黑影，朝着方才雷云密集处飞去。晋明赶忙追了上去。

蛟瞬行千里，很快便来到雷云处，然而并无龙影。

地上有雷击过后的焦黑，草木成灰。临渊弯下腰，从泥土中翻找出一件东西，攥在指尖细细打量。那是一枚莹白色的鳞片，圆而小，薄而脆，不似龙鳞，倒像是……鱼鳞。

"你过来！"临渊回过头，朝晋明喊道，"闻闻看，是不是一股子鱼腥味？"

晋明低头凑过去，半晌后，脸上露出凝重之色。

临渊眉头皱得死紧："这跟当日我从沂山王氏兄妹那儿捡来的一模一样。"

晋明："是鱼。"

临渊猛地捏碎了鳞片，愤然道："那母鱼修为浅薄，怎么可能是她？！"

"为何不能是我？"

临渊转过身，看到了熟人——白衣乌发、眉目温婉，正是白川洞那条阴魂不散的母鱼。

"蛟王嗜杀成性，哪怕修为到达臻境，也会因身上背负的诸多恶果，不得圆满。"

白璘用词尖刻，脸上却是淡淡的表情。

临渊被戳了痛处，脸色难看至极，讥讽道：“即便你化了龙，没有足够的修为傍身，谁又会惧你怕你？怕是只会想将你吞吃了。”

白璘笑了笑：“蛟王所言极是，不过前日我已有所感应，求助于灵山蓝长老，往后便在灵山修行。”

临渊狠狠瞪了眼晋明，眼中凶光四溢，显然是动了杀心。

晋明：“……”

白璘：“金龙前辈，许久未见，当日白川洞无故遭袭，若非前辈仗义相助，怕是今日就不会有白璘了。”

晋明目光复杂：“白姑娘无须挂怀。”

白璘：“我势单力薄，自知不是魔蛟的对手，求居灵山，也只是想活下去。前辈救助之恩、灵山收留之义，白璘日后必当回报。”

临渊冷笑：“少与他攀扯这些，今日他可不会再帮你了。”

白璘看向临渊晋明，一双黑眸盈盈如水，问道：“那若是我要报仇，前辈是否会出手阻止？”

晋明没有否认。

白璘幽幽叹了口气：“天道之下，万妖倾轧，如前辈这般仁德，竟真的选择与魔蛟为伍。”她又看向临渊，“他恶因无数，恶果犹未可知，前辈与他牵扯关系，怕是日后要与他一起背负因果了。”

临渊满心不悦，只觉得这母鱼不知什么毛病，说的话总是让他很不舒服。他向前一步，示意晋明往后站，然后上上下下将化了龙的白璘打量了一番，说：“也没什么稀奇之处，难道你那点因果真能让妖化龙？”

白璘：“上天有好生之德，我只知道，灭生者必不会遂愿。”

临渊狞笑道：“那我便把你这个功德圆满的好生者吃了，看上天能不能庇佑你！”

话音刚落，蛟首突现，仰头作势咬下。可怖的蛟首远比以往更为吓人，杀意弥漫。白璘眼中闪过戒备之色，化作一道影子，迅速朝后退去。她看着站在一处的龙、蛟二妖，厉色道：“你们都是上万年的大妖，而我白川洞众妖不过百岁之龄，自是撼动不了半分！”

晋明摇摇头：“白姑娘，因果之道，忌不忿、忌恶念。”

临渊收回脑袋，扭头道：“蠢龙，跟她废什么话？本尊杀过的妖不计其数，偏她整日纠缠，令人心烦！”

“我的深仇大恨，于你却不过是小事。”白璘温婉平静的脸上终于有了一丝裂痕，“魔蛟，有时候我真想看看，若有一日你在意的东西没有了，你会是什么表情呢？”

临渊：“本尊在意的东西……”他早失去过一回了。没有修为，无处栖身，身体虚弱到连一只小妖都能够轻易伤他性命，那种滋味，他永远不会忘，也永远不想再体验一回。

“只有弱者才会在失去后埋怨谩骂。”临渊看向白璘的眼里藏着轻视，仿佛她的问题毫无意义。

白璘回道：“也只有弱者才会数万年来一直求而不得。”说着，她露出半截银白色的龙尾，朝着临渊晃了晃。

临渊怒道：“别拉着我，本尊定要吃了她！”

食妖是不可能的，这辈子是不可能再沾上妖怪的肉了。

白璘无心以卵击石，撂下话后便拖着尾巴，飞远了。

“她不对劲。”晋明望着白璘离去的方向，若有所思。

临渊：“忌不忿、忌恶念？你还真是随时随地都能与人说教啊。”

“我管不了，更不在意旁人的喜怒。”晋明道，“你做尽坏事，她想报仇也是理所应当。只是她戾气这般深重……”又怎么能以因果道化龙成功呢？

晋明虽对白璘印象不深，但也知道那是个心平气和的向善之妖，方才与临渊的对话中，有片刻，他感觉到了敌意——有敌意并不反常，但那股敌意过于尖锐，甚至令他提起了十分的戒备，就显得有些反常了。

晋明看向临渊，须知上一个能令他这般忌惮的，是初碰面时意气风发、正欲杀妖夺宝的魔蛟。

临渊甩开晋明，说：“过了今日，整个上妖界都会知晓，本尊让一条修为不过千年的鱼精赶在前头化龙了。”他愤然化出原形，顿时地上横陈了一尾大蛟，“除了原形离龙近了些，根本没什么其他用处，你那修炼的法子怎么见效如此之慢？”变大了一圈的临渊，继续沉声道，“本尊想化的是龙，可不是什么胖子！”

晋明忍不住笑出声。虽然体型大了数倍，但也是匀称舒展、身姿优雅的，哪会变成胖子？他怎么会听不出临渊的言下之意，道：“那我们再行闭关几月。”

再闭关也不能将母鱼重新变回鱼的模样了。临渊自暴自弃地想。

每日一睁眼一闭眼，晋明、临渊在蛟宫后山的池中不知待了多少时日。那套心法，原来无须两个人共同运转——当然双方各自出力的效果会更好些。幸而晋明修为深厚，替临渊梳理经脉，还会带着灵力往临渊的丹田处走上数圈。

若是放在多年以前，临渊还在深渊里苦苦寻找修炼之法的时候，有人告诉他修为是这般简单易得的东西，他绝对会觉得那人是异想天开，都是些无稽之谈。

白璘化龙的事，给临渊带来了很大的刺激。上万年的老蛟了，结果却比不上一条小母鱼，放在以往，他肯定要将赶在自己前头化龙的妖捉住吃了，或是拷问修炼之法。

但也不知为什么，他一没有在与白璘照面时就痛下杀手，二也没有在她逃离时追赶上去……反而由着晋明带自己去走“修行正途”。既然要修，自然是要认真对待。

“你去把那块白玉搬来。”某日，临渊拍了拍龙背提出要求。

晋明：“别闹。”

临渊：“宝物空置，何其可惜。左右你来回一趟也很快，我等你回来。”

晋明：“索性你与我一同回灵山？”

“不去！”临渊斩钉截铁道，“那母鱼也在那儿，我见了她便觉得心烦。”

晋明：“我与她萍水相逢，先前失忆时，你就常编排我与她有私情。”

临渊：“还不是你搅了我的好事？你要是不管闲事，她早就进了我的肚子，由得她化龙？”

晋明：“要么一同回去，要么继续在这一起修炼。”

临渊想了想，面色犹豫，眼珠骨碌碌转动了几圈，忽地一亮：“你身上可有什么信物？”

临渊视线下移，落在晋明身上的“信物”上——金色龙鳞轻覆在肌肤上，看起来漂亮极了。

临渊：“我可以派灰背狼，让他们带着信物，去灵山把池子凿了运过来。”

晋明：“……”

临渊见他没反应：“怎么，舍不得了？”

晋明幽幽问他：“你当真要让蛟宫的妖们上灵山，去凿龙族万年难得一见的宝物？”

临渊冷静了点，似乎确有不妥。两方本就关系紧张，即便近日有所缓和，但……别说是上山取宝，怕是刚进入灵山地界，双方就要起冲突了吧。

“先不说你那堆心思活络的手下会不会想着据为己有，就说我那座山头的禁制，除了你和我，谁也进不去。”

临渊沉默许久，终于接受了现实。比起白玉池，他还是更喜欢待在自己的地盘里，于是只好暂时打消了主意。

蛟宫的日子又一天天平淡了下去。

小青龙赶到蛟宫的时候，看到的便是一派宁静祥和之景。

“呔，有妖吗？”他朝下喊了一声。

霎时，数颗脑袋同时仰了起来。小青龙尾巴一收，化作年轻人模样落了下来。

“豹妖，我记得你！”小青龙看到了当日比试大会上与自己交过手的豹妖，当即招招手，问道，“魔……你们蛟王呢？”

蛟宫上下，凡是在场的都戒备起来，没有妖开口答话。他们已许久没有与灵山产生事端了，今日灵山龙族突然到访，极有可能来者不善，或许有一场恶战也未可知。

孰料，那“恶敌”大大咧咧走入了妖群中，开始同离得近的妖怪们一一打招呼，眉宇间一派温和，不像是寻仇，倒像是来游玩。

作为小青龙的手下败将，豹妖黑着脸问道：“你来这里做什么？”

“我找金龙前辈有急事，麻烦快些告诉我吧！”

小青龙此言一出，蛟宫群妖色变——金龙？！金龙难道也找上山了！这世上没有别的金龙，唯一的那条害得自家大王流落数年才得以重回蛟宫，可见其可怕之处。

“豹妖，豹妖？”小青龙将沉下脸色的豹妖唤回神，“金龙前辈呢？”

豹妖怒道：“你们灵山的龙，干什么来我蛟宫找？”不是有病，就是故意挑衅！来者不善，不善啊！

小青龙眨了眨眼，脸色严肃起来，道：“看在我们两家同气连枝的分儿上，快别耽误时间了！”

豹妖疑惑，这小青龙是怎么回事？前一回将他打成重伤，这一次却说同气连枝？他怕是不知道这个词怎么用吧？他脑内闪过无数念头，最终化为一声冷哼：“我们蛟宫不欢迎龙。”

小青龙：“可金龙前辈呢？”

豹妖不耐烦道：“什么金龙银龙，如今我们蛟王已经归山，别说是一条金龙，就算你们全族都来了，我们也是不怵的！”

小青龙点点头：“那倒是。”现在金龙前辈对魔蛟千依百顺，不仅将护心鳞送了出去，还撇下灵山，接连数月不回山门……唉！悠悠的一声叹息，透着无尽的惆怅。

豹妖愣了愣，眼前这龙该不会是个傻子吧？自来熟不说，自己这般挑衅，竟然也不反驳？

还没等豹妖回过神来，小青龙抬起头严肃道：“不提这些了，你不带路，我就自己找了。”

“什……什么？”

话音刚落，只见一条青色长龙腾空而起，来到蛟宫上方，朝着临隐山山峦，气沉丹田大喊一声：“金龙前辈——”

群妖先是愣了愣，接着群情激愤，这灵山的龙好生嚣张，简直视他们为无物啊！

小青龙：“蛟王——”

众妖神色一凛：灵山终于要与蛟宫宣战了吗？

小青龙扯着嗓子：“快出来了！山牢破了，有大妖逃出来了！”

众妖面面相觑，啥？山牢是个什么东西？

豹妖听不下去了，怒道：“别愣了，快将他拿下！”

众妖们这才反应过来，纷纷祭起法器，准备群起而攻之。

小青龙纳闷：“咦？”金龙前辈都与魔蛟是好友了，怎么底下这些妖怪依然不怎么友好啊？一时间脑海中浮想联翩。

正当场面即将陷入混乱之时，从后山升腾起一道黑影，豹妖先是心喜，紧接着便看到又一道金色的身影跟着朝这边飞来。

小青龙认出来了，高兴地叫了声：“金龙前辈！”

豹妖身体一抖，竟……竟真的是金龙？那可是活了上万年，天地间仅剩的一条金龙，远远不是普通龙族所能比拟的，更是上妖界难以撼动的强者。金龙要是来蛟宫寻仇，必然是极惨烈的一战，他们这群所谓的“大妖”根本无力抵抗。

只见远方两道身影快速接近，金龙跟在蛟王身后穷追不舍，一路直冲到蛟宫上方。两妖刚一落地，蛟便甩尾相向，气势骇人。龙首挨了一记，眼神变冷，伸爪按住了蛟的尾巴。

豹妖倒吸口气。这是……打、打起来了。

“小青虫，你来我蛟宫，大喊大叫，是想来给本尊当点心的吗？”临渊掀了掀眼皮，语气淡淡的。

豹妖：“……大大大王，您……”尾巴，尾巴啊！还被踩着呢！

许是他的目光太过强烈，临渊扭过身，看向豹妖和一干如临大敌的手下，略一思索：“怎么这般紧张？”

众妖心道：您旁边这条金色巨龙的威压快要将我们逼得喘不过气来了！

临渊恨铁不成钢："一条青虫就将你们吓唬住了？"

豹妖目眦欲裂，尾巴啊！

小青龙不满道："虽听起来相同，可我总觉得你不是在认真叫我的名字。"

临渊笑了笑，往前走了几步，终于感到尾巴的不适，笑容一凝，扯了扯。晋明低下头，似乎才看见自己误踩了蛟尾，慢吞吞抬爪。

豹妖："……"

临渊收回了尾巴，化出人形坐在殿内的主座上，幽幽道："说说看，来我蛟宫所为何事？"

小青龙："灵山出事了！"他认真地看着魔蛟，"蓝哥让我来蛟宫找金龙前辈，还说顺道将你也一并请回去。"

临渊："……"他看向晋明，只见晋明化成人形，若无其事地坐到一旁的空位上，示意小青龙继续说。

小青龙眨眨眼："山牢破了个口子，统共逃出了三只大妖，两只已经被捉回去了，还有一只失踪了。"

而这失踪的一只也是最为棘手的。灵山上下聚集了众多龙族，他们的祖宗先辈将在世间为恶的大妖关在山中，为的就是让后世子孙成为山牢的一道屏障——被那么多龙族看管着，又有什么大妖能逃得出来呢？可惜，天外有天。

谁也不知道为什么蛰伏了万年的大妖，会在灵气几无的小世界中忽然找到离开的途径，他甚至根本没有从入口处离开，而是另外破出一条通道，直接通往灵山之外……更没有人知晓那只被关押了如此之久的妖，出来后打算做什么。

临渊若有所思："什么妖怪？"

小青龙摇摇头，大妖破开的口子离入口甚远，等他们赶到的时候，便只碰见了另外两只妖，看着似乎是借大妖之力，寻隙偷着跟出来的。真正破开山牢的妖，早已不见了踪影。

临渊对灵山的事不感兴趣。即便有只岁数比他还大的厉害妖族出世，于他来说，都不是需要操心的。上妖界妖族众多，若是每遇到个比他厉害的都要担忧一番，怕是再也没心思修炼了。

在某种意义上，临渊沉迷修炼，进而修为精进，不怕外妖挑衅，也算得上是歪打正着的长久之道。

临渊问："你们那么多条龙都找不到他？"

小青龙摇摇头，神情悲愤。

临渊："真可怜。漫山遍野的龙，看不住一个被关押了万年的妖。如此无用，还不如蜕下龙鳞做条蚯蚓呢。"

小青龙沉默一瞬，看向金龙："押送那两只大妖回去的途中，灵山十几座山头不知为何，一夜之间被毁坏了大半。蓝哥让我前来寻您，就是希望前辈能想想办法。"

晋明沉吟许久。山头被毁，十有八九是那只出逃在外的大妖做下的报复之举，能在蓝长老眼皮子底下作恶却不被察觉的，恐怕……来历不凡。

临渊："那你就跟着这条小青虫回去看看？"他随口提了句，"回来时记得把我要的东西带上。"

晋明："……"当真是时时刻刻惦记着龙窝里的白玉。

说完这句，临渊揉了揉眼睛，一副意兴阑珊的模样。晋明幽幽地看着他，眼中似有千言万语，然而临渊垂眸移开视线，根本不打算接收。他暗叹一口气："那我今日便动身。"

临渊眼皮都没抬一下。晋明站起身时，神色郁郁，却听临渊说："那大妖逃出了山牢，行踪未定，你就算现在到了灵山也于事无补。不过……"临渊眼珠一转，"若是有人将我囚住，我出来后第一件事必定是养精蓄锐，再图报复。他要真有那么厉害，恢复以后怕是更难对付了。"

这道理晋明自然知晓。为了防止大妖逃脱，龙族先辈还有另一手准备，每个被投入山牢的大妖身上都会留有金龙族的印记，哪怕对方逃到天涯海角，也照样能被找出来。临渊听说此秘法的时候，脸色复杂，只觉得金龙一族果真可怕，一旦招惹上了简直都没有摆脱的可能。

晋明心知山牢一事，整个灵山都受到震荡，哪怕再不想离开蛟宫，也必须走了。

"我很快回来。"

临渊皱起眉，板着脸"嗯"了一声。

晋明忽然弯腰，低声道："修炼戒骄戒躁，不可心急，等我回来了再一起练。"

说完，晋明就叫上小青龙，离开了蛟宫。

临渊端坐在主座上，面色沉郁，也不知在想些什么。

山牢内小世界的天依然是一片死寂的黑。周围碎石嶙峋，杂草枯黄，放眼望去，只有山影重重，没有任何活物。

但其实是有的。或许藏于山壁之中，或许匿于黄土之下，他们借着夜色，将行踪隐去，无声地尾随着不属于这里的闯入者。

属于龙族的威压一直笼罩着这片天地。那个踽踽独行的男人与他们不同——他是山牢的主人，是看守他们的狱卒，更是带给他们无尽痛苦的罪人。

黑暗中，滔天的怨恨仿佛已化作实质。晋明停下脚步，朝着某个角落挥去一道气劲。顿时有黑影踉跄着跌出，一双青白色的怨毒的眼直直看了过来："龙族！"

晋明："前几日出逃的三只大妖，其中一个便是你。"

黑影啐了一口："是又如何？"

晋明："除了你和鸷妖，还有谁？"

"我为什么要告诉你？"黑影弓着身体，声音暗哑，"我为什么要去帮一条龙？！"

窸窸窣窣的声音响起，四面八方涌出众多隐藏在暗中的影子。他们将金龙困于中心，一步步地收紧聚拢。

"戴上龙骨链，便可离开山牢，重回上妖界。"晋明缓缓道，手中显出一道光芒，在黑暗中醒目却又柔和，"告诉我。"

那些靠近的影子停了下来，嗡嗡的议论声逐渐响起，慢慢地，越来越响，越来越急，最后爆发出激烈的争吵。

"我知道。"又一个声音响起，混杂在争论声中，不怎么明显。

晋明皱眉，索性祭出明珠，霎时白光照亮了周遭数里，也让十几个衣衫破烂的妖怪显露了身形。

说话的是个高挑的红发男子，他满面泥渍，露出干瘦的脚踝与手肘，只有一双眼睛格外明亮。

"我知道当日领头的大妖是谁。"

"红鸷！"黑影也显出了样貌，是个面相凶恶的男人。他浑身是伤，但气色上佳，说话时气势迫人。

晋明手一抬，掌心的龙骨链便飘至空中，朝着红头发的男妖缓慢靠近。妖怪们对视几眼，斜刺里闯进一名骨妖，试图抓取龙骨链，却被反震回去，转瞬间断了三根骨头。众妖心下骇然，纷纷按捺住了蠢蠢欲动的心思。

红鸷没什么特别的表情，伸出手，小心翼翼地接过那根链子，说："是东面洞窟里的魔龙。"

晋明看着他，继续等他说下去。

“他的病好了。我跟在他的身后，亲眼看到他蜕下腐鳞，长出新鳞，继而冲破禁制，离开了这里。”红鸷看了眼黑影，“我和黑熊便是跟着魔龙，通过被破开的缺口才离开了。可惜……”刚出去没多久，就被数十条龙族重新逼回了小世界。

“魔龙。”晋明重复了一遍，敛眉陷入沉思，似乎是想到了什么，问，“前几月，刚送下来的那只妖兽呢？”

红鸷眼中闪过疑惑：“什么妖兽？”

晋明没有继续追问——是犼。魔龙食犼得道，而他竟如此大意，亲自给魔龙送来了灵丹妙药。

想通关节后，晋明不再停留，就要离开。

“等等！”方才取得龙骨链的鸷妖叫住了他，“我自认当初没犯大错，只不过是为了陪同挚友才甘愿被困此地。我能否将此物转赠给他，再替自己求一个刑满释放？”

黑熊妖当即冷嗤：“你哪里来的什么挚友？！真是狡猾，有出去的机会还不知足，竟还想要更多？”

鸷妖面色难看，又道：“有龙骨链束缚，即便他想为恶，也不成了。到了外面，我会看管住他，只希望灵山能放我们自由。”

黑熊妖愤然道：“哼，真是一有机会就想往外爬。前几日，你同我离开山牢的时候，怎么没想到要带上你那位挚友？”

晋明回过头，想了没多久便点头道：“那你们便同我一起出去吧。”

鸷妖喜形于色，转头拉住黑熊妖，朝晋明说：“多谢！”

黑熊妖：“……”

等到五日后，红日升空，晋明重新回到了灵山，身后还跟着一红一黑两道身影。

见小青龙迎上来，晋明便将那两只重见天日的大妖扔给了对方，自己则一路疾行，赶回洞中，取出了被临渊心心念念惦记着的白玉。

红鸷一出山牢，便给自己使了个净尘诀，幻化出整齐干净的衣袍，又拉着面色沉重的黑熊妖跟在小青龙身后，往灵山主峰赶去。到达那里时，晋明已收拾好家当，安然坐于主座之上，并将两妖的处置说与蓝舒渠听了。

“熊兀，当年你被狐妖所诱，为她残杀上百幼妖，取心食之，还害了灵山三条幼龙。”蓝舒渠一字一句地陈述他的罪行，“如今，数千年过去，你有此机缘，便戴着龙骨链重新做妖吧。”

名唤“熊兀”的黑熊妖捏紧拳头，脸色不忿。鸷妖拉住他的手，眼底似有恳求。

熊兀脸色一怔，道：“是我识妖不清，我本就不以食幼妖修行，自不会再故意去做那些事了。”鸷妖松了口气。

蓝舒渠见状，收拢了卷宗：“龙骨链是枷锁，更是法器，若灵山知晓你再犯恶事，顷刻间便能让你灰飞烟灭。”

熊兀：“你们！”先是被关押了数千年，整日在寸草不生的黑暗中度日，现如今放出来，却也是被百般刁难，他熊兀的岁数怕是都能做这个龙族小辈的伯伯了，如何咽得下这口气？

旁边的鸷鸟似乎被吓得不轻，频频朝他使眼色，那副模样真是毫无大妖风范。可熊兀到底还是被对方眼中的担忧刺痛了，嘴边的威胁之语一变：“随你们怎么样！”

蓝舒渠询问地看向自己的老友，总觉得此举无异于放虎归山，徒生事端。然而晋明只是摇摇头：“此事就这么定了。”

鸷妖收拾好自己，他相貌还算不错，只不过眉眼低垂，瞳仁靠上，嘴角微微下垂，是一副典型的小人之相，并不讨喜，眼底却显出真挚。

“说起来，当日魔龙二次化龙，引来雷云聚集，声势浩大之极，雷光几乎要将整座山牢照亮，着实骇人。”鸷妖回忆道，“只不过……山牢不过是以法阵制成的小世界，天道规则、自然之象，理当不会与外面一样。那道缺口……”他顿了顿，斟酌着说，“更像是被外面的雷劫劈开的。”

晋明眸色微变：“雷劫是在什么时候？”

鸷妖思量片刻：“不多不少，一个月前。”

一个月前？晋明忽然想到了什么，猛地从座位上站起。

“怎么了？”蓝舒渠鲜见老友如此失态，急忙问道。

晋明问：“白璘呢？”

“她？”蓝舒渠皱眉，“她不在灵山啊。”

鸷妖：“那日我与熊兀出来晚了，隐约见到三个人影，等他们离去，我们才敢现身，谁料……又被闻讯赶来的龙族重新抓了回去。”

那三个人影，不出意外，就是晋明、临渊和白璘了。

随着一声悠长龙吟，晋明已化出原形飞腾于天际。

一个月前的雷劫，雷云集聚，声震苍穹。隔了数里的距离，都能感受到磅礴之势，他原以为化龙之劫本应如此，现在想来，那根本不是妖灵化龙之劫，而是天道对邪魔外道的诛杀之刑。

山牢有重重禁制，竟反倒成了魔龙避难之所。小世界入口虽在灵山，却并不限于灵山。其间广袤千里，无边无际，与大半个上妖界两相重合，若是在其他地方打开口子……魔龙现身于外，也不无可能。

没有妖能凭一己之力破除禁制。在山牢内的妖，丹田干涸，修为受限，根本无力冲出；在外的妖，不走灵山的“门”，恐怕一辈子也找不出两个世界的接口。

这等绝妙的困妖之境，也不知金龙族先辈是如何想出来的。可他们估计不会料到，这座完美的“牢”，最后竟是毁于天道劫雷。

山牢祭坛虽会发出警告，指示大致方位，但到底不是十拿九稳，因而仅仅捉住了鸷、熊二妖，却连魔龙的尾巴都没摸着。

白璘化龙，魔龙出世，好巧不巧，都在同一天，同一个地点，实在难以不令他起疑。还是说，真有这么巧，白璘与魔龙双双在同一天渡劫成龙了吗？一定哪里有问题。

蛟宫离雷劫处很近，妖怪冯虚御风，不消片刻就能抵达。他原本以为危险就只在灵山，便没有强拉着临渊陪他一道，可现在才惊觉，危险实际是在蛟宫附近！

被关押了万年之久的恶妖，脱胎换骨，重获自由，回归天地后，首先会做的事是什么呢？报复？不，他也许更倾向于找一处地盘。

晋明赶到的时候，蛟宫一片死寂。往日里守卫宫门的小妖都消失不见。他呼吸一顿，顾不得化成人形，落地后，四爪奔地，发出低低的龙吟。

没有，没有，还是没有……他用尾巴接连拍倒了几座殿门，都没有看见那尾大蛟。接着脚步一转，直往后山飞去。

温池十分偏僻，入口只是一条不起眼的通道，上次他为求隐蔽，还顺手加了障眼法，让入口看起来就像是一堵石墙，布了些裂缝口子，并无稀奇之处。

他走近些，发现禁制没破，顿时将心放下些许。他也说不出来是何原因，只是当那名鸷妖指出雷劫的问题后，他便忧心起离雷劫处不远的蛟宫，还有蛟宫里的临渊。

步入通道，没一会儿，熟悉的温池出现在视线中，水雾氤氲，一派宁静。

“小渊。”

晋明嗅觉敏锐，隐约闻到了一股陌生的妖气：“谁！”

温池内静默了片刻，接着传出小声的呼叫声。晋明走过去，掀开临渊的外袍，就见一只蜷成团的小灰狼朝自己低唤。

小灰狼还未能口吐人言，皮毛上隐约残留着一丝血迹，晋明沉声问：“临渊呢？”

龙威不加收敛，险些将小灰狼震晕过去。

此刻，临渊正化作原形，静静横卧在平地之上。他将四爪收敛至腹下，一双威严蛟目一一扫过周围众妖。一只巨大的花斑豹子、一只瘦削精壮的灰背白腹狼，还有一众原形各异的飞禽走兽。

“第几日了？”

狼妖掀了掀眼皮，道：“快有三日了吧。”

三日——临渊眯起眼，粗壮的尾部扫了扫地面。他仰起头，见天际挂着一轮孤日，白光耀眼，令人刺目。

山牢中的红日不似这般，虽没有白日明亮，但当它升起时，满目赤霞，透出些许柔和温润，是拂晓后的暖色。而这里的白日，悬挂三日未落，将这片空旷死寂的小世界衬得更为冷清。

目之所及，清清楚楚，除了他们，再无其他活物。

“蠢龙说，蛟食犼会有恶果。但看那臭虫嚣张跋扈的模样，似乎恶果还没应验。”

豹妖抖了抖：“大王，我们会死在这儿吗？”

“不会。”临渊笃定道，还没等豹妖高兴多久，他又泼了盆冷水，“他将我们囚于小世界中，便是想折磨我们取乐。”

豹妖：“为什么？”

临渊：“他被灵山龙族困了上万年，兴许是学来了对方的法子。”

豹妖还想再问其他的，比如上妖界何时出了条这么厉害的魔龙，比如对方为什么要对蛟宫下手，又比如他们还要在这个死寂的小世界里待上多久。

临渊不打算让豹妖继续问下去，便直起身，朝着前方走去：“别跟来。”

三天了，自从落败后，临渊已维持着同一个姿势整整三天。底下几只妖怪纷纷猜测是蛟王太过在乎输赢，无法释怀。但直到今日，临渊终于有了动作。

在这个小世界里，灵力已称不上稀薄，而是完全没有。很多术法，用了便是消耗，他们撤下人形，恢复原形，不吃不喝不动不想，勉强保证自己有尚存之力。

临渊走了一段距离，将尾巴放到跟前，用爪子翻开鳞片，取出乾坤戒。

不一会儿，一条呆蠢的木鱼落到了尾巴边。临渊敲了敲木鱼，见没什么反应，皱着眉将它踢到一边，又取出各种法器，摆弄了一会儿。

“没有用的。”温和的女声从身后传来，只见一身雪白长裙的白璘立在不远处，“这是魔龙亲手做出来的小世界，里面没有一丝灵力。而催动法器，要用灵力才行。”

临渊眼底流露出嫌恶，没有搭理她。

白璘也不恼，淡淡道：“当日你也是这般闯进白川洞，不由分说害了我众多弟子。”

临渊冷笑：“不用你提醒。本尊为恶，向来都不会不认。”

白璘：“人为刀俎我为鱼肉的滋味不好受。魔龙是上古大妖，他第一次化龙的时候，当今整个上妖界数一数二的强者兴许都还未出生呢。”

“所以你便弃了灵山这座靠山，转投魔龙门下？”

白璘摇摇头：“你与金龙关系如此，灵山又怎么可能站在我这边？”

临渊挑了挑眉。

“蛟王不是一直对化龙之道感兴趣吗？”白璘显出一截银色龙尾，“我今日倒是可以跟你说说。”

修行之道，从来都没有一条是相同的。化龙也从来不是只有一种办法，有勤修苦练，终至圆满的；有行善聚积功德，飞升成功的。这些法子虽不同，但大抵都是自己付出了努力的，唯有一种化龙之法，比较特殊。它可以无视修为与心境，甚至无须付出那么多，就能化身成龙。

“从而化龙。”白璘道，“但凡有极为强大的妖灵要化龙，若是借来对方一缕神魂，便能蹭得几道天雷，脱胎换骨，一并化龙。”

临渊睁大了眼，难以置信地看着她。白璘笑了笑：“魔龙于我有再造之恩，我修因果，自然是要报答他的。”

“从而化龙，这种借来的小天雷，能脱出什么好筋骨，你这身新躯壳……”临渊摇摇头，看着那条过于瘦小的龙尾巴，“怕是豹妖都能用爪子划伤它吧？”

这样的化龙又有什么意义？哪怕日后修炼再苦，永远都不会有正常的龙躯了。甚至还要沦为另一条龙的附庸，难以自立门户……从而化龙，无异于饮鸩止渴。

白璘：“龙，到底是不同的，哪怕我的龙躯羸弱，可也比寻常水族强百倍、千倍！”

临渊叹为观止：“我原以为我对修为已是执念了，没想到，你比我还疯。”

白璘扯了扯嘴角：“不这样，又怎么能替白川洞受害的鱼儿们报仇呢？”

临渊扬了扬下巴：“那倒是。凭你的修为，不走些捷径，怕是一辈子都报不了仇。”

“蛟王修了万年，却依然是蛟。我们的修行都不圆满，又何必言语互刺呢？”

临渊冷哼了一声。白璘走到他跟前：“这乾坤戒的宝物，放在这里也是无用，魔龙隐世太久，倒正缺这些身外物。”

临渊：“……”

“怎么？”白璘又问，“被人强抢宝物的感觉，不舒服吧？”

临渊就算再不在意，此刻见白璘话里话外阴阳怪气的模样，也不由得怒从心起，暗骂晋明愚蠢，竟救下这么一个硌硬他的妖怪。

“也只有你，会将这些破烂当作宝物。”口舌之争、武力之争，临渊从未怵过，“是你将他引来蛟宫的吧？”

白璘点了点头。

果然……母鱼此行似乎专门是来找临渊回忆过往的，仿佛是想让临渊认识到自己的错，对白川洞一事感到懊悔。

临渊横行霸道数年，干过的缺德事数不胜数，实在没法生出半点悔过之心，白璘似乎也意识到了，秀丽的眉毛微微蹙着。

另一边，蛟宫一众小妖远远看着自家大王横躺在地上，身边一清秀女妖在他耳边轻声细语……

“吼——”一声巨响，蛟宫妖怪们一个激灵，就看到方才还与女妖说悄悄话的蛟王，忽然张口朝女妖咬了下去——然后数道白绫飞射而出，缠绕住蛟王的脖子。

蛟王抬起尾巴，绞住白绫，转瞬间将其弄碎：“即便不用法力，对付你也足够了。”

白璘面无表情地退开数丈远，擦了擦嘴角的鲜血：“素闻蛟王性喜食妖，正巧，魔龙也修此道，就是不知道，蛟王能值多少年的功力？”撂下这句，母鱼便消失了。

临渊再也按捺不住，噌地直立起来，眼中涌动着浓重的杀意。

正当众妖以为蛟王要就此发作的时候，他却抬起头，再次盯着头顶那轮散发着灼目白光的太阳——若是不出意外，蠢龙应该已经发现了异常。

第十二章 化身为龙

藏身于温池的小母狼嗷呜呜地嚎叫了半天，终于将事情的来龙去脉说了个七七八八。

“爹爹和大王都被抓走了！”小母狼呜咽一声，说完了最后一句，抽抽噎噎。

“别哭。”晋明面无表情道，“我要入定一炷香的时间，守好了。”

小母狼点点头。晋明跃入池中，闭上眼，不一会儿就没有了动静。

小母狼有些害怕，但还是心中默数着时间，等到差不多了，她挪到池壁边缘，正巧对上了破水而出的龙首。

当夜，晋明修书一封，寄往灵山，将小母狼重新塞回温池，独自一人重上蛟宫。

晋明来时弄出一番动静，早已惊动了魔龙，此刻他正安然盘旋于蛟王的位置，悠闲地甩弄着尾巴，似乎是在等他。

魔龙原先是金蛟，新长出的鳞片大多也是金色，越往下，金鳞的色泽便越淡，其间还夹杂着几片深浅不一的黑鳞，看起来杂色颇多，并不好看。于是当他看到一身纯正的金色长龙步入殿内的时候，眼底一闪而过的是嫉妒。

“我出来了才知道，原来金龙族死得只剩下你一条了。”魔龙幸灾乐祸道。

“上古之兽，犼，却是已经绝迹了。”

魔龙瞬间绷紧了尾巴，慢吞吞道：“哦？”

晋明：“第一次化龙，你只活跃了数月，便销声匿迹；这一次，又能维持多久？”

魔龙化作人身，居高临下地看向晋明，狰狞异常：“没有犼，还有其他的，比如说你，比如说那条快要化龙的蛟！”

晋明脸色不变。

魔龙激动的情绪很快平复下来，重新躺回座椅，道："万年过去，上妖界败落至此，竟是连一个像样的小辈都没有了。"

魔龙的挑衅之语并未得到回应。事实上，当晋明踏入殿内起，就已经做好了一场恶战的准备。

但似乎是在山牢中待久了，又或许是拖着病躯许久不曾如此意气风发，以至于魔龙不打算一照面就动手，甚至还有闲情逸致同晋明闲聊。

"我年幼之时，正是金龙一族大盛之期。你的先祖们，龙身一展可蔽日月，腾行千里只需一瞬，放眼整个上妖界，没有大妖能与金龙一战，那是何等的风光……而他们……却放着这般卓越天资，甘心屈居在一座小山上！"

晋明皱眉，余光瞥见殿门口出现了一道熟悉的白影。

魔龙还在继续回忆往事："那时我的愿望便是修成龙身。"蛟、蛇属水族一类，修身化龙是他们最大的心愿，他道，"我原本的身体，满身金鳞，没有一丝杂色，也因此幻想过自己将来也能修成金龙。"他垂眼看了看自己的身体，目露厌恶之色，"不过不要紧，谁说化龙非得要自己修出龙身呢？"魔龙从主座上站起，"这最后一具金龙之躯，便由我接收了吧。"

隔着不远的距离，两龙遥遥相视，半晌后，晋明开口："原来你打的是这个主意。"

魔龙笑了笑，道："你们金龙一族不争不抢，虽有撼天之力，却在窝里白白浪费了大把时光，结果依然碍了天道的眼，死得只剩你一个。"

晋明眸光微闪。魔龙继续道："你呀，应当比任何生灵都要更恨天道才对。"

天道无情，容不下金龙一族，千余年间就让上妖界最为强盛之族覆灭得只剩下一根独苗。曾经的"金龙"是个族群，如今的"金龙"只是他晋明的一个别称而已。

魔龙见他心神不定，幽幽道："我时常会想，凭什么有的妖生而为龙，而我却只能苦修化龙，还因为法子用得不得它心，便要遭受蜕鳞之惩。"他顿了顿，露出了悟的神情，"后来，我想明白了。"

魔龙停了下来，过了许久继续道："你就不好奇我想明白什么了吗？"

晋明脸色淡淡，看不出喜怒。

魔龙似有不悦，自顾自说："天道无情，它才是这一切不公的根源！不管是金龙一族的悲剧，还是我的痛苦，全都来源于天道规则！你既不愿违背天意，想像你那些愚蠢懦弱的先祖那样走向衰亡，那便由我来。"

与其依靠食妖维持己身，不如抢一具完好的，若说这世间哪一副龙躯最为强大，自然是眼前的金龙了。

“狂悖之言。”晋明道。

这四个字明显激怒了侃侃而谈的魔龙，他猛地逼近金龙，怒斥：“难道我说错了？你我都不过是天道倾轧下的可怜虫，唯一的区别，就在于我不是天生的真龙！”

晋明摇摇头：“大道无情，却总留有一线生机。今日你我能站在这儿，就是明证。”

魔龙脸色逐渐沉郁。晋明内心叹了口气。某种程度上说，魔龙与蛟其实才是同一类，他们同样追求进境，为达目的不择手段，不顾性命，无所顾忌。

要是他没能遇到临渊，并且生拽着对方往正路上走，或许那条同样恶念丛生的蛟就会变成第二条魔龙，一样的偏执、一样的不甘……

但他们终究是不同的。

想到几日不见的蛟大王，晋明脸色一冷：“你该回去了。”

万年以前，魔龙不敌金龙先祖，被困山牢；万年以后，金龙覆灭，天道眷顾之下，晋明集全族气运在身，修行无阻。无论是过去，抑或是现在，金龙于他，仿佛是天生的克星，注定要压他一头。

两龙交战，声势浩大，千里之外的妖群皆感应到了一丝不寻常的气息。远处云层之上，隐有长影翻滚，吼声如雷。

魔龙也意识到这个晚辈远比自己预想中的厉害得多，他回过身，冷冷注视着金龙，道：“你不管你那条小蛟了吗？”

晋明勾起嘴角：“他可不是什么小蛟。”若论凶狠，眼前的魔龙与蛟相比，谁更胜一筹还未可知。

“你怕了。”晋明道，“你怕再打下去，会两败俱伤。”

魔龙皱眉不语。

“但他不会顾虑这些。即便是输，也要拉着我做垫背，拼着命也要同归于尽，不会放过招惹他的人。”

妖怪修炼越久，就越是惜命。临渊也确实惜命，但打起架来又带着股不管不顾的狠劲。在雷池里，他虽不敌却也拖着金龙生生挨了数道天雷，为的就是借助外物重创敌人。

“愚蠢！”魔龙不屑道。

以为用一个不成形的小世界就能困住临渊，那才叫愚蠢。

晋明没有将话说出口。

魔龙："看来你并不是很在意他与那些小妖的死活，那日见你带他一同进山牢，还以为你们之间关系亲厚，倒是我料错了。"

山牢之法，本是金龙族的东西，若想制造小世界，便需要依托器物、法阵，而他要做的，便是让魔龙无心顾他。

金龙腾身冲来，仿若离弦箭矢，周身鳞片泛起奇异的金色光泽，一瞬间飞到了魔龙跟前。魔龙反应也是极快，浓郁的黑气弥漫周身，先是消解了金龙的攻势，紧接着开始一寸寸吞没金龙的身影。丝丝缕缕的黑气争先恐后地挤入龙躯中，远远望去，能看到天地间渐现出一颗黑色的巨球。

魔龙眼底流露出狂喜之色："食犼吃妖算得了什么！这才是我的化龙之道！"

黑雾之中已看不清金龙的身影了。魔龙加快了黑雾的侵袭，他拖着自己那副濒临坏死的躯壳已经太久了，久到他无法再次承受衰败。只有得到世间最为强大的龙躯，他才能真正地达成心愿。

天地间静谧了几息。

灵山龙族赶到的时候，只见一道金光乍现，魔气笼罩下的阴沉天空忽然转亮。悠长的龙吟自云间响起，杂色长龙坠地，发出巨响。

同一时间，蛟宫中心，那根经由众妖修葺，足有百丈高的龙蛇柱寸寸崩裂，化为齑粉。数道影子冲了出来，与赶来的龙族实打实地照了面。

魔龙落地后，顷刻染红了身下的泥土。他眼中闪过不甘，瞥见从龙蛇柱中出来的最后一道身影，奋力扑了过去。

临渊一打破禁制就注意到魔龙的动向，见状轻甩了几下尾巴，便骇然以不逊于魔龙的气势迎了上去。

无论是龙族抑或蛟宫群妖，此前大多也只是耳闻魔蛟的恶名，或是见他收拾过一些道行不深的小妖，还未曾目睹他与大妖打架时的模样。此刻见他与魔龙缠斗在一处，凶悍异常，大家纷纷缩了缩脖子。

灵山龙族总算认清魔蛟的实力，怪不得是能与金龙前辈斗得两败俱伤的妖王。这么粗长的蛟躯，都赶上成年龙的体型了。

忽然，蛟发出吼声，身体被魔龙撞飞，摔入近侧的石壁上，发出沉闷的响声。

晋明赶过去，就看到临渊气急败坏地爬起来，双目带着凶光。

“小渊。”

临渊晃了晃脑袋，咬牙切齿：“我的角呢？”

晋明：“……”只见原本顶在蛟额前的两只小角此时已不知去向，只余下光秃秃的一片。他急忙扫了眼四周，很快看到了隐匿在碎石间散落的两块黑疙瘩。

晋明心念一动：“你……”

魔龙从旁冲来，撞开金龙，尾巴卷住蛟脖，重重往下一拉。蛟伸爪抓地，仰起脖子反拉回来，拽着魔龙踉跄了一步。

“快动手！”魔龙大喊一声。

什么——临渊敏锐地感到身后的危机，回过身，只看见一道白影掠过，很快又被晋明拦截了下来。

“白姑娘，当日洞府初见，你虽身处险境，却仍有一番坚持，今日再见……倒让人认不清了。”

白璘后退半步：“为什么不躲？”

临渊徒然回首，只见白璘手持利刃，刺中了晋明的胸膛。

“蠢龙，怎么连这都躲不过去？”临渊气恼道。

晋明定定注视着白璘：“当日他闯入白川洞，打伤你族人……我虽阻了他，却也知道难以抵消，今日，便替他受你一剑。”

临渊气急：“谁要你替我偿还了？！”

上妖界中，几时不是弱肉强食，又哪里需要偿还？

晋明看了临渊一眼，那双浅金色的眼中流转着温和的光芒，临渊忽然明白了——他根本不是出于歉疚，更不是为了弥补，仅仅是为了替他减轻一点罪恶。天道无形，冥冥之中或有因果，晋明忌惮，所以才有此一举。

魔龙击中蛟背，临渊猛然回过神，朝着对方吐出数道气刃，于半空中化为人形，退到晋明身侧。

白璘已经收回了剑，带起几丝血沫，那身无坚不摧的鳞甲在主人的刻意收敛下，放任利器刺进了血肉。

临渊一把扯过晋明，挡在他身前，看向白璘的眼中充满厌恶：“滚开！”

白璘没有“滚开”，反而是魔龙扑杀上来。他周身黑雾已弥漫至全身，仿佛流动的墨汁，要将周遭的一切染成黑色。

那阵黑雾却在靠近晋明、临渊时被驱散，临渊感到胸前的护心麟微微发烫，想起曾经被已成了孤魂野鬼的张钧霆盯上时的情景，脑海中闪过一个念头。

“他想夺舍？”

临渊十分震惊，一般情况下，夺舍者要么是魂魄无依，要么是躯壳有损，魔龙刚化龙没多久，龙躯庞大而坚韧，让他实在想不出任何“放弃龙躯去争抢他人身体”的理由……还是说，如今看似强盛的新化龙躯，实则早已濒临崩败、支撑不住了？

“受死吧！”白璘已回过神，作势也要加入战局。

临渊从思绪中惊醒，闻言迅速看向她，目光冷厉——不管是什么理由，先将此时的局面收拾好再说。

临渊：“白川洞主，你打不过更杀不死我，还将自己弄成这副模样。难道这样就能修出你想要的‘果’吗？”

白璘垂下了手中长剑，蹙眉凝视临渊的脸，摇摇头：“像你这样的恶徒，为何却这么好运？能引得金龙对你另眼相待，那么多年都没有恶果报应！”

临渊冷笑不语。没有报应？这世上哪有谁生下来就是顺风顺水的，世事顺因果推动，才会有如今局面。若将他受过的磨难归结为报应，那他早就恶果缠身。只不过，他已找到了出路，而眼前这条深陷执念的母鱼，显然还未能脱身。

临渊无意点醒白璘，反而语气故意带了三分得意：“是啊，就是不如你所愿。”

白璘捏紧手中剑，眉宇间染上戾气，似乎是被刺激到了。过了许久，她缓过来问道：“你是怎么破出小世界的？”

临渊没料想白璘会突然问这个问题，回道：“当然是本尊天赋异禀，命不该绝。”

白璘脸色一变：“小世界里灵气皆无，我想不出破解之法。”

临渊：“天道眷顾，是要让我留着命化龙。”

白璘：“你……”

临渊：“肯定不会是你这样的化龙，而是功德圆满的法子。”

白璘：“不可能！”

临渊摸了摸额头：“都说蛟在化龙时，会蜕下旧角，长出真正的龙角。你看看，我的新角有没有要长出的迹象？”

白璘面色铁青，一张脸上满是不甘的神情——即便不动手，临渊也总有另一种办法令敌人难受。

“这几个月来，我一直守在蛟宫。机缘巧合下，得遇魔龙应劫，从而化龙。明明我才是修成的那个……你不顾生灵，生杀不忌，金龙包庇恶徒，道貌岸然。你们……你们凭什么在这里嘲笑我？”

“道貌岸然？”临渊挑眉道，“他为了救你，差点与我同归天地。到最后，只因为他不继续向着你，就成了道貌岸然？”虽然蠢龙在他心里，确实有那么股“道貌岸然”的味道，可从别人嘴里出来到底是不一样的。

临渊还想再说些什么，白璘却已不愿再忍受他的冷言冷语，她看向不远处又缠斗在一处的两条龙，眼神复杂。

当日魔龙历劫，雷声震天，她身处旋涡险些丧生于天地威压之中，然而魔龙却能涤荡雷云，重塑筋骨，不消片刻就让苍穹重归晴宇。那么厉害的一方大妖，难道也无法替自己报仇吗？

他终究还是输了——金龙利爪穿透了魔龙满身的新鳞，天地间爆出一阵血雾，白璘只觉得心口一痛，作为从龙在那一刻感受到了联系。

“金龙前辈！”小青龙正想冲出去，却被身旁的蓝舒渠拽住。

蓝舒渠：“别去。”

小青龙担忧地望过去。魔龙身躯自中间断开，而后一道黑影急速坠落，发出巨大的闷响。天际现出一尾白龙，往西南方向飞去。

一声悠长的吟声响起，黑色巨蛟化出原形，张口咬住了白龙尾部，脖子一仰将其狠狠摔向地面，正巧落在了灵山龙族跟前。

“白姐姐。”小青龙喃喃叫了声。

白龙嘴角淌出鲜血，看着小青龙。蓝舒渠的手死死扣住了青祟，不让他有所动作。

黑蛟落定到龙族跟前，化作人形用脚碰了碰白龙的躯体，道：“她方才可是骂了你的金龙前辈。”

小青龙语塞。白璘曾在灵山小住过一段时间，当初与他的感情也是不错，谁能想到上次蛟宫一别，再次重逢时，对方已经心性大变。他心里虽不是滋味，却也目睹了白璘剑刺金龙的情景，不愿再上前。

临渊一一扫过前来支援的龙族，发现他们都睁着一双同小青龙一般澄澈的眼睛，安静地注视着自己，不由得嘴角抿起，问道：“你们灵山龙族，来我蛟宫做什么？”

蛟宫的妖怪齐齐回头，伸长了脖子做倾听状。即便隐约知晓了大王与金龙关系友好，但自己猜测的，又怎么比得上亲耳听到的更令人信服呢？

临渊冷眼一瞪，将数道好奇的目光逼了回去。

灵山众长龙们眼见得尘埃落定，各自沉默了一会儿。

蓝舒渠咳了咳，朝着临渊行了个礼：“我们收到晋明的消息，特地赶来支援。”

临渊负手而立：“哦，那你们来晚了。”

蓝舒渠：“惭愧。”

临渊摆摆手：“这条……白龙，交给你们处置。”

蓝舒渠微愣，但很快反应过来，笑了笑：“好。”

话至此处，彼此对视，暗自打量。

“小黑……蛟王，你们没事吧？”

耳边传来小青龙的询问声，临渊眯起眼，转过头看着他，若有所思。小青龙似乎有话要说，但直到憋红了脸，也没吐出半个字。

临渊笑了笑，这笑声不知怎么触动到了这条思绪万千的年轻小龙，他“啊”了几声，道：“你怎么，比之前胖了那么多？”

临渊面色一沉。小青龙比画了一下自己的腰围，回忆蛟的原形，道：“有两个我那么粗了。”

“你再修炼个万年，也能同我一般。”

小青龙：“……”别以为他不知道就在几个月前，“小黑”还不是现在这个样子！

脑海中忽然回想起临走时蓝长老的一声叹息：“金龙那一族，全是死心眼。指不定那魔蛟说几句好听的话，就诓骗得晋明那傻小子将整个洞的宝物都交出去！”

小青龙猛地一激灵，再看向临渊的眼神已是很不一般。

临渊：“……”连块白玉都还没捞着的临渊终于忍不住皱起眉头，似乎是被这奇怪的目光看得很是不悦。

另一边，金龙尾巴贴地，慢吞吞走了过来，目光先是在好友与同族上停留了一会儿，接着便将注意力放在了临渊的身上。

晋明：“可还顺利？”

临渊：“区区一个小禁制，怎么可能困住我？”

晋明点点头：“那倒也是。”

临渊没好气道：“我要是那样都冲不出来，岂不白活这么多年了？”

晋明眼底浮现出笑意，压低声音问：“什么时候将纹雕拿走的？”

此前他借木鱼纹雕日日待在临渊的身边不被察觉，被戳穿后，临渊便将木鱼纹雕还给他，又扬言要试试化龙册里“食犽化龙”的法子，将晋明搅得满腹心事，也就没再注意木鱼纹雕的下落了。

谁能想到蛟大王早已将这个小东西据为己有，真是……晋明心中既无奈又好笑。

“忘记了。”临渊淡淡道，眼中分明写着“难道拿这个玩意儿还要告诉你吗”？

晋明自然不会计较这些，他甚至猜测，那也许是临渊在独自下山时，带在身边的。

蓝舒渠耳尖地捕捉到了两个人的低语，道：“说起来，小世界破解之法并不简单，蛟王能凭一己之力找出破绽，破境而出，实在厉害。”

临渊哼笑了声，也不解释，他对精明些的妖怪向来多了几分戒备。

蓝舒渠又问：“蛟王是如何找到出路的呢？”

——自然是晋明通过木鱼纹雕告诉他的。那东西确实是个宝物，能穿透重重禁制发挥作用。魔龙制造出来的小世界内没有丝毫灵力，他空有躯壳，又不精通此道，如何能在这么短时间内找出破绽？但在能建造出山牢境地的金龙一族看来，魔龙的小世界也许只是幼儿的玩偶，根本不值一提。

一想到那几名手下，看到他怀中忽然蹦出条大金鲤鱼时的表情，临渊就忍不住暗暗磨牙。那大金鲤鱼太了不得了，上回还是口不能言、呆呆傻傻的模样，如今……如今都能用尾巴在他手上写字了！

可他没有向蓝舒渠解释的打算。临渊余光落在晋明胸前的血迹处，他眯起眼观察了一番，发现那道流血的口子竟然已经愈合了大半。龙肉还真是硬实，怎么都戳不坏。

想起方才那一剑，临渊内心总有些不平，他眼珠一转，又瞥见龙鳞细缝，要出口的话猛地变了，道：“你怀里揣的是什么？”

晋明转过脑袋，静静地看着临渊。

临渊冷言道：“给我看看！”

晋明化为人形，只见素来洁净的衣袍上沾染了暗红的血迹。

临渊呼吸一窒，接着发现大都不是金龙的血，又松了口气。

晋明摇头道：“我们先回去吧。”

临渊目露迟疑，定定看了晋明许久，语气变得沉重：“你怎么了？”

晋明：“为什么这么问？”

临渊：“你灵山那么多同族都挤上蛟宫了，就在眼皮子底下，你不过问几声就准备回去了？”

临渊向前一步，与往日并无不同。

晋明："受了点轻伤，无大碍。"

"伤在哪儿？"临渊问。

晋明身形一变，双腿化为尾巴，递送到临渊跟前，只见威武的大尾巴下，豁开了一个碗口大的血洞，鳞片碎裂了数片，露出里面翻卷的肉。

受伤了！灵山龙族们的心不约而同地紧了紧，然后就看到那位凶神恶煞的魔蛟，向着自家前辈的尾巴，连施了数个止血疗伤的术法。

"不必为我耗损修为，它会自行愈合的。"晋明语气恳切。

临渊动作一停，想到金龙族逆天的血肉之躯，有些迟疑。晋明晃了晃身体，很快又稳住，虚弱道："过一会儿就好了。"

一向稳重的蓝舒渠，此刻也抽了抽嘴角，忍不住对友人的拙劣演技感到鄙夷。过一会儿就好？那这副摇摇欲坠站不稳的姿态是怎么回事？真把人当瞎子不成？

"蠢龙。"令蓝舒渠意外的是，临渊的脸色变了，眉间透露出担忧的神情，竟是一副……信以为真的模样？

"那魔龙确实厉害，我也不是他的对手。"临渊扶着晋明，语重心长道，"你就算受了重伤也没什么好遮掩的，左右我也不会笑话你。"

临渊见晋明神色有异，以为是被自己说中了心事。

"还在强撑？"临渊的语气很是不赞同，原形一现，尾巴一卷，就将"重伤强撑"的晋明卷到了脊背上，回首下令底下众妖，要他们随便找块空地安置灵山龙族，顺便还将烂摊子悉数推到了蓝舒渠身上，自己则带着晋明离开了。

在后方注视着龙、蛟离去背影的蛟宫下属和灵山龙族们面面相觑，脑海中不约而同冒出相似的疑惑：这还是自家英明神武的金龙前辈吗？这还是自家凶残成性的魔蛟大王吗？

不是说两人在雷池打得你死我活，差点同归于尽吗？这哪里像是什么仇敌？

灰背狼妖与豹妖内心惊涛骇浪，视线与前方的蓝舒渠相汇，各自尴尬地笑了笑。

蛟宫与灵山争斗了数不清多少个年头，到头来究竟是为了什么啊？！

临渊一进殿门，便将晋明扔进殿中注满温水的浴池。浴池很大，以临渊从前的体型，不仅能将自己全都放进去，还能沿着池壁游上几圈。可如今"发了福"，倒有些伸展不开了，于是他索性也化作人形。

晋明依旧维持着半人半龙的状态，伤尾隐没在水纹间，周围弥漫着一层薄薄的红色血迹。

临渊想从乾坤戒里取出几株草药放进池子，忽然想起全身家当不久前被白璘没收了，便推了推晋明，说：“把你那一片藏物的鳞片打开让我看看。”

晋明叹了口气，从怀中取出了几个瓶罐，自觉地将它们交到了临渊的手中。

临渊将里面的药粉悉数倾倒进池子。

晋明：“……那是敷尾巴上的。”

“哦。你不是还主动受伤吗？既然如此，那就让你好得慢一些。”

来了——这一股子秋后算账的感觉。

晋明认真道：“以后我不会再让旁人伤到我。”

临渊露出一副不堪忍受的表情。

晋明：“等过几天，我跟舒渠他们回一趟灵山，把山上的家当搬过来。”

临渊眼睛一亮，又很快定下心神，淡淡“嗯”了一声。

“以后，我就在蛟宫住下，与你一起潜心修炼。”

临渊掀了掀眼皮，也不说话。他少见地放低了声音：“本尊活了这么久，遇到过无数困境，却还是头一遭有人赶来帮忙的。”

“头一遭？”上赶着帮临渊多次脱离险境的晋明震惊地重复了一遍。

临渊睨了他一眼，那点微不可见的温和神色瞬间消失不见。

“废话少说。今后你入住蛟宫，也别惦记前尘往事了，只专心陪我化龙吧。”

这已是从临渊口中吐露出的最直白的话语了。晋明听懂了，眸波流转。

临渊忽然想到了什么，直起腰，扑通一声化成原形，浴池中的水瞬间溢出了大半，他朝着晋明道：“蠢龙，快帮我看看角。”

光秃秃的额角顿时一览无余，只余下两个黑乎乎的小坑，不怎么威风，哪怕是晋明，也无法违心说上一句：不丑。

“怎么样啊？”临渊有些担忧，角再丑也是他的角，平日里再怎么嫌弃，真的失去了也是会心疼的，“那魔龙皮糙肉厚，我一不留神就被他撞坏了角，不会长不出来了吧？”这可是他近龙的标志，修了好几千年才慢慢长出来的，怎么能说没就没呢？

晋明仰着脖子，对这颗大脑袋有些无奈：“确实断了。”他仔细打量了一番，最后得出结论。

临渊喷吐鼻息：“可有补救之法？”

晋明摇摇头，又在临渊将要发怒的前一刻安抚道："也未必是件坏事，兴许再过一阵就能长出新角了。"

兴许？那就是不确定了。临渊有些失望，别开脸。

晋明看到临渊垂首看着水中的倒影，沉默不语，也看不出喜怒。

"我当真能化龙吗？"确认自己头上无角的临渊，化作人形，披着件黑色长衫斜靠在池壁边，语气有些失落，"魔龙修行时日远比我长，他与我走的是相同的路子，最后却落得这般下场。"魔龙身死，回想起来却令他生出"兔死狐悲"的凄凉感，"我苦追化龙之道这么多年，可不是为了变成他那副鬼样子的。"

都说蛟化龙会蜕角，然而他的角是蜕掉了，化龙的迹象却是丝毫没有出现。一条没有角的蛟，空有万余年的岁数，连近龙的标志都没有了，非但不进，反而退了。临渊冷静下来，才发现断角意味着什么。

"你不是他。"晋明道，"你有我帮你，这便是你与他最大的不同。"

这话实在狂妄，但是放在晋明身上，却也没什么不妥。

因"雷池之战"差点销声匿迹的两个大妖，再次成了上妖界炙手可热的议论中心。临渊依然是那条横行无忌的魔蛟，然而晋明……却不再是灵山那个半隐世的前辈了。

那日，从灵山搬来蛟宫的家当足足塞满了大半个中殿，成堆的法宝挤满了蛟宫，负责帮忙搬运的灵山龙族一脸痛心疾首地告别了金龙，最后还是蛟宫的几名大妖无声中给予了他一点安慰。用金龙的原话来说——"以后我便住在蛟宫，要是有什么急事，就用法术联系我。"

又过了几载，蛟依然是蛟。哪怕整日勤修不辍，额角依旧是平坦一片。

某一日，晋明忽然动身前往灵山，回来时带着众多灵符法宝，甚至还有一个巨大的炼丹炉。

临渊问其缘故，晋明没有回答，只是隔三岔五便会独自一人闭门入关，同临渊在一处时，也会时不时抬头观天。

临渊隐隐有所预感，便整日候在被晋明征用为闭关场所的后山温池，一见他出来，就双目灼灼地迎上去。

终于，在一次黄昏后，晋明打开禁制，又当着临渊的面，将藏在腹下的东西一件件取出。

“我要化龙了？”临渊按捺不住问出口。

晋明迟疑了片刻，最终还是点点头：“就是这个月了。”

临渊没有去问晋明是如何测算出的，总之他不会戏弄自己就是了。他看着晋明面色严峻地将一件件抵挡雷劫的法器摆出，告诉他使用的方法与功效，又取出众多瓶瓶罐罐，叮嘱了一遍。

临渊问：“那雷劫可有雷池的厉害？”

“滴水之于河川。”

临渊愣怔了片刻，又问：“你这些天，就是在准备这些东西？”

晋明：“还不够。”

临渊面无表情道：“你的眼神，让我觉得自己是去送死。”

晋明点点头，又忽感不妥，半路硬生生改成了摇头：“不许胡说！”他肃然道，“有备无患，你作恶太多，到时候十有八九没什么好果子吃！”

临渊：“……这听着也不像是好话吧。”

接下来的一个月，晋明将临渊拉进后山禁制之地，一边制作历劫法器，一边加固防护法阵，那个不知从哪个角落里挖来的炼丹炉整日燃烧着熊熊烈火。临渊好几次还瞧见晋明不放心地往炉子里加了几滴龙血，他张了张口，又憋了回去，直到他发现晋明开始对着自己那条纯金的尾巴发呆，才开始意识到有些不对劲。这股不安感在目睹晋明试图拔下一片龙鳞时，彻底暴发了。

“你发什么疯！”临渊感到难以置信，“那日魔龙的雷劫也不过如此，我……我就算再恶，也及不上他吧？”

浅金色眸中分明写着“那可说不准”几个大字。

“不行，你还是同我上灵山，实在扛不住，便躲进山牢吧。”

临渊心想，金龙族先辈要是知道有朝一日，苦心造出的山牢会被后人当作历劫屏障，会是什么感受？

临渊觉得晋明过于紧张，自己却忍不住也被牵动了情绪，化龙的期待喜悦之情所剩无几……于是两人整日冷脸相对，表情凝重而严肃。

这一个月过得格外漫长。临渊数着瓶罐里的药丸，等到数到“三十二”时，他猛然起身，冲向严阵以待的晋明。

“蠢龙！一个月都过去了！哪儿来的劫雷？”

提心吊胆，翘首以盼，临渊自认上万年的岁数了，这种惊涛骇浪般的情绪已经许久没有出现了。晋明倒好，三言两语勾得他心绪起伏，结果到头来，什么事都没有？！

“我再观测一番。”晋明板着脸，仰头望天际，末了，道，“怎么又没有了？”

临渊：“……”

预测中的雷劫没有应验，晋明、临渊面面相觑，也说不上是该松一口气，还是该叹一口气。临渊扑通跃入池水中，池水底部安置着晋明亲自从灵山“请”来的白玉。他盘卧成团，尾巴轻轻贴在自己的断角处。

晋明许是知道自己算错，害得临渊空欢喜一场，只好眼巴巴待在岸边。

夜色渐浓时，临渊悄声从池底爬出，他先是望了会儿远处灰蒙蒙的天，然后看向不远处——晋明正在合目休憩，粗壮的龙腹微微起伏，尾巴一路延伸，随意搭在池边，有小半截隐没进水中。

临渊站起身，将半湿的长发顺至耳后，赤脚走过去。

“我可能……命中没有化龙的机缘。”临渊的语气很平静。

晋明似有所感，睁开了眼睛。

“也许真的像你说的，为恶太多，遭报应了。”见晋明张口想要说话，临渊低下头，叹了口气，“但也还好，反正化了龙，也还是同样过日子。”

次日，蛟宫没有了龙、蛟的踪迹。又或者说，众妖只以为龙、蛟又在闭关静修了，并不知道他们已经趁着晓光离开了临隐山。

天地之大，各有其景。凡间正值春日盛景，漫山遍野开满了野花，和风徐徐，暖日融融。山间羊肠小道上，沂山的村民挑着柴火往村子里赶去。

往远处望去，已经能看见高处飞扬的布匹，上面绘着似龙非龙的神兽，传说正是这只神兽平息了沂山百年水患，将先辈们从妖怪的手中解救出来。

转眼几十载光阴过去，当年差点做了“假河神”祭品的男男女女，只余下一位百岁老妪尚在人间。她晚年爱穿祭服式的大红衣裙，日日夜夜守候在风平浪静的小河边。

曾经目睹过神兽的人已接连故去，只余下那面画工不甚好的旗帜。

“村口的蛟旗颜色变淡了，改日让村里最好的绣娘重新做一面。”老妪半眯着眼，浑浊的眼珠已看不清身边的小辈。

“婆婆，我听闻蛟是妖类，兴风作浪。”初嫁来沂山的新妇对山间的传闻并不相信，“要真是平复水患雷灾的神兽，理当是真龙才对！”

老妪摇摇头，没有厉声指责年轻的妇人，而是道：“是蛟，不会错。”

新妇蹙着眉，对这固执己见的老人有些不满，但也没有继续反驳。

村里最好的绣娘是王家的幼女，但那是在新妇嫁来以前，新妇的一手绣活出神入化，甚至原先未出阁前，还会有镇上的贵人专门请她去做工。

于是，这绣蛟旗的活便交到了她的手上。她拿着古旧的蛟纹，细细观摩起来。也不知是哪个蹩脚的画师画的，线条歪七扭八不说，还着了墨。新妇想，若是真照着画纸绣蛟旗，怕是只会绣出个丑八怪来。

沉吟了片刻，她重新取来画纸，取出笔墨，用唇舌轻抿了笔尖，再蘸墨慢慢描出新的蛟纹。

四爪长尾，新的蛟纹在她的笔下逐渐变得鲜活起来，气势也比原来的要厉害几分。等到日暮时分，她终于停下笔，对着画纸满意地笑了笑，然而笑意在看到蛟的头部时凝固了。她感到迟疑，这么厉害的大蛟，怎么能没有一对威风的角呢?

她提笔一挥，那条气势凛然的黑蛟顿时多出了一对漂亮的角。她彻底满意了，不由得想起白日里自己的猜测，忍不住对着画纸自语：“怎么可能是蛟，理当是龙才对！”

“怎么了?”沂山王村的集市上，晋明扭头看向忽然停下脚步的临渊，询问道。

临渊晃了晃脑袋，将自己从那股奇怪的感觉中抽离出来，对上晋明担忧的目光，当即道：“好不容易出来走一遭，你去找找当日那家馄饨摊还在吗?”

晋明失笑道：“我可不想买回来发现你在妖怪窝里。”

临渊挑眉，目光触及远处青绿色的小苗，惋惜道：“可惜时节不对，这次恐怕没有稻子给你割了。”

晋明：“……”

旧事重提，还是晋明丢脸的往事，临渊不免心情舒畅，愈发觉得故地重游是个不错的选择。整日修炼也不是个事，要是真的一辈子都修不成龙，那他岂不是要将余下的时光都耗在修炼上了?

临渊在“化龙失败”后，痛定思痛，埋在池底沉思了许久，竟是有些想开了。

化龙是一定要的，但也不急于一时。他化龙是为求强大，但如今他已经足够强大。

即便真遇上棘手的仇家，还有好友晋明坐镇。临渊可从来没有以一敌一的想法，他就不信，自己与晋明联手，还能有打不过的妖。

心态一变，化龙的执念稍稍变淡的临渊，决定暂时放下修炼之事，同晋明去各地溜达。

选择来到人间是晋明出的主意。

"清虚宫的香火不是正盛吗？"晋明对那柄刻着四灵八卦图的剑有些在意，道，"将这群欺世盗名之徒揪出来，也不失为功德一件。"

临渊一听有道理，便同意了去人界走一遭。

途经沂山，又勾起了昔日回忆。临渊前一日还取出复见石，让晋明看看自己失忆后做的桩桩蠢事，笑了一路，冷不防被晋明拽下云端，索性就走走看看。

"我记得当初让他们画上新蛟纹。"临渊指着不远处挂着的蛟旗，快步走过去，扯下来，在晋明面前比对起来，"可看出半分相似？"

晋明："山野村夫，笔墨不精也不奇怪。"

临渊越看越不满："这是压根一点不像。"一根黑色长线，连着四根短线，只能勉强看出个大致轮廓，与蛟大王威武不凡的原形简直差了十万八千里。

这边临渊对着疑似自己的旗帜嫌弃不已，另一边，被扯了旗帜的馄饨摊主黑了脸。

"你们是哪里来的外乡人！怎么把蛟旗扯下来了？"摊主长年吆喝的嗓门并不小，行人纷纷驻足。

"那可是我们村子的守护神，冒犯不得！快将它还回来！"

"天哪，怎么能干出这种缺德事？"

"模样倒是周正，可做的事实在不叫事啊。"

……

临渊冷漠地拿着丑到认不出的蛟旗，问："这是蛟？"

摊主："当然！小伙子眼力见不错啊！"

临渊："呵……"

摊主伸出手，道："算了算了，看在你那么有眼光的份儿上，还回来，就不与你计较了。"

本尊被画成这副丑模样都还没发作，这些凡夫俗子倒是先摆起谱来了。

"太丑了。"临渊冷冷道，手一扬，蛟旗转瞬化为齑粉，消失不见。

村民纷纷一惊，朝后退了退。正当晋明准备拉走临渊的时候，只听对方道："重画。"

村民："……"

最后，临渊企图现出原形让人照着重画一份的愿望落了空，不仅仅是因为旁边有一条虎视眈眈的金龙，还因为馄饨摊主锅中的香味勾起了他的兴趣。那一手当场震碎旗帜的手法震住了在场所有村民。馄饨摊主顶着巨大的压力，给临渊端上了一碗分量十足的鲜肉小馄饨，还不用给钱。

晋明：“……”万万没想到，临渊最初想吃霸王餐的愿望，终究是实现了——他的稻子全白割了。

晋明、临渊往馄饨摊上一坐，就是整整数个时辰。

相貌非凡、气质出众的两名青年往那儿一坐，就成了全村的风景。遥想当年折了腿被晋明丢到矮墩上的光景，临渊自岿然不动。在他发作前，人群里传来了骚动，不知是谁喊了一声“立哥家的小娘子绣好新旗啦！”整条街的人都拥了过去。

临渊狐疑道：“新旗？”

晋明：“去看看？”

临渊：“走。”

新的蛟旗分外漂亮，蛟不再是简单的五根线条，而是成了有鳞有甲的真蛟。只见它高昂着脖子，四爪穿透云雾，额间一对龙角格外精神。村民们爆发出热烈的叫好声。

他们村子偏僻，没有什么华丽的丝线，再加上众口相传的蛟确实是黑蛟，新妇也没有去费那画蛇添足的工夫绣出个五彩神蛟，所以只取用了纯黑色丝线。然而似乎是黑白双色过于单调，她便想了个新奇的点子，龙、蛟素来便有腾云驾雾的能力，于是就加上了白云，又缀以黄线，充作丝丝缕缕的日光。日光并不密集，只淡淡几道，其中一道略短，正巧落在了蛟的胸腹处。

乍一看确实是精巧又漂亮。但久了，就有村民发现不妥。

“小娘子，你怎么给河神补上一对角了？”

“是呀，河神通体纯黑，你补的这黄线又是什么？”

“不错。”

一片质疑声中，传出了一道清亮的赞许声。

众人回头望去，发现是那名俊秀瘦弱的外乡人。不久前还在馄饨摊前凶巴巴的青年，这会儿眸光发亮，眉目间隐含笑意。他指着那面新绣的蛟旗，再次重复道：“很不错！”

村民们不约而同地摇摇头，甚至已经有人上前一步，试图劝他不要多管闲事。

然而青年没有搭理他们，转头询问身边的同伴：“蠢龙，你觉得呢？”

“嗯。”他的同伴是名气宇轩昂的男子，回答的时候眼神格外真诚，“好看。”

临渊笑了笑，看向被村民的质疑声淹没的年轻女人。她怯怯地低着头，手中攥着绣品，似乎没料到自己的一番心血非但不被人认可，反而受了指摘。当听到有人出声夸赞时，她忍不住抬起眼，投去感激的目光。

村民心想，好看有什么用？又不是拿出去供人赏看的画作。那是沂山的河神，画错就是亵渎、是不敬，甚至可能招致灾祸。然而这两个人，一个是刚嫁过来的新妇，一个是初来乍到的路人，真要指责起来，他们还得费唇舌解释清楚前因后果。最后，千言万语化作一句——“河神不会喜欢的。”

不，“河神”喜欢得不得了。临渊心念一动，下一刻，绣旗的女人发出一声惊呼，手心已是空荡荡一片，不见了蛟旗的踪影。

“不……不见了？”

临渊：“替我收好了。”

晋明：“……”

女人抬起头，惊讶地发现那面新绣的蛟旗已落入临渊的手中，继而又被临渊塞进了晋明的袖口。

临渊又道：“本尊很满意。”虽然多了一对角，但将他画得格外精神，隐隐有他本人的风彩。

村民们见状，皆是一愣，然后纷纷反应过来——就算绣得不对，他也不能当街明抢啊！街上顿时闹哄哄一片，要他们将绣错的蛟旗交出来。

临渊却没有生气，反而心情不错，与晋明也不知说了些什么，晋明露出无奈的神情，嘴角却带着一丝浅淡的笑意。

新妇悄悄打量了他们一眼，只见那个黑衣的俊秀男人抬起眼，穿过人群与她对视。

“这幅图我就收下了。”临渊边走边说，“你就仿照着这一幅绣下去，将之前的尽数换掉。作为嘉奖，这些宝物都送给你了。”

新妇还未反应过来，就感到手上一沉，手上已堆满了琳琅满目的珠宝首饰。

蛟大王出手十分阔绰。幸好他一时兴起来沂山逛了一圈，否则都不知道自己被凡人画师抹黑成这副模样，好不容易出了个不错的绣工，更是差点就被否决了。他有心让这群不长眼的村民们长长见识，索性当众化出了原形。

众人只觉得眼前一黑，视线被彻底占据。接着那团黑影升起，抬起头，村民们就看到半空中有长蛟腾跃，身长体宽，片片鳞甲在阳光下熠熠生辉。

村民们发出阵阵惊呼，一时间，“蛟神”“河神”“妖怪”等喊声响起，此起彼伏。

凡间妖怪势弱，平日里妖怪们别说是显形了，甚至见人多时还会暂避风头。

因此虽有精怪传闻，但真正目睹的确是少数；或是见到了，当即被吞吃的，更是没机会说。

老一辈的沂山人兴许还见过几只妖怪，但自从当年落难的黑蛟路过，将此地纳为己有，附近的妖怪便再也不敢明目张胆地现身人前了。

临渊看着底下的人跪伏在地，又瞅了立于人群之中的晋明一眼，轻勾了下尾巴。晋明无奈一笑，没有拒绝蛟大王的相邀之意，化作原形追逐而上。

半空中传来龙吟声，村民们低着头，心惊胆战不敢窥视。唯有几个稚子小儿，天性使然，好奇地仰头张望——只看到龙、蛟在半空中停留了一瞬，然后朝着远处飞去。

直到许久过后，大人们才惊恐未定地缓过神来。他们抬起头，沂山上空哪里还有龙、蛟的影子？万里晴空，苍翠青山，一切都归于平静，除了新妇手中沉甸甸的宝物外，再无半点痕迹。

新的蛟旗不久便扬起来了。它们被挂在家家户户的屋檐下，风一吹，发出猎猎声响，精巧的绣工让图上的黑蛟仿佛也活了过来似的，要冲破布帛，飞上云霄。

晋明、临渊很快到达了华朝。

皇城脚下的清虚宫，一如当年那般热闹。殿前广场上挤满了前来测算、拜求、还愿的人，一眼望去，乌压压一片。清虚宫的规模竟比之前更大了，甚至透过大开的正殿大门，还能看到一尊巨大的金身像。

“这群臭道士，我毁掉一尊，结果他们又新造了一尊更大的！”

临渊穿着华朝男子的装束，混迹于人群，两眼盯着那尊金身像，语气不满。

晋明：“张钧霆已魂飞魄散，修再大的金身像也是无用了。”

清虚宫处在深渊出口，历年来时常有小妖挣扎而出，不过世事变迁，倒没有再出现当年豢养妖兽的缺德事了。它虽根基不纯，但久受华朝人民信奉，宫内的道士也以一副“济世救人”的模样，做了许多功德之事。临渊对旁门左道堆积出来的东西并不反感，所谓不问出处，可当自己成了“出处”之一，他就有些不顺心了。

晋明有时很好奇，照理说像他们这般活了上万年的妖，早就将陈年旧怨看得很淡了，临渊却不然。他平日里不会刻意去记，可真的见到仇家了，双眼中蕴藏的暗火会变得分外灼目。

“还记得母鱼常挂在嘴边的‘因果’吗？不如，我们今天……”临渊眯起眼，其间意味不言而喻。

晋明淡淡道："我看是你，成日里将母鱼挂在嘴边。"

临渊一愣，道："我是在说母鱼吗？我是在想让那群臭道士担担'恶果'！"他眼珠一转，看着一派繁盛的清虚宫，蠢蠢欲动，"不行，它可以是清虚宫、清实宫，偏偏不能是张钧霆的！"

蛟大王解决问题的方式一向粗暴。晋明也不打算劝诫，只叮嘱道："不可伤及无辜。"

临渊递过来一个很莫名其妙的眼神："谁说我要动粗了？"

晋明："……"

清虚宫千年香火，深受百姓爱戴。近年虽没出现什么神迹，但口耳相传的先祖事迹实在流传太广。不管清虚宫灵不灵验，这些故事才是真正维系它流传下去的根本。

然而这一次，神迹突然降临了。正午时分，太阳高挂空中，天色却忽然暗了下来。

起初，百姓们只以为是天转阴了，可渐渐地，远方传来阵阵哭声。那哭声缥缈，仿佛从这处来，又似从那处进，四面八方都有哭声传来。

清虚宫正殿的上空，隐约显出一大片黑沉沉的暗影。那些暗影仿佛细柔的轻纱，在风中被吹得起起伏伏——不知何时，周围变得静谧一片。那些暗影也愈发清晰了起来，它们游荡在半空中，发出呜呜的低泣声。

"清虚宫闹鬼了！"有人渐渐回过神来，试图往外面跑去。

又有人反应过来，制止了对方："慌什么？快请道长们啊！"

现成的捉妖道人，驱鬼除邪岂不是手到擒来？

那些暗影几经变化，逐渐成形，竟是些飞禽走兽，有诸如虎豹豺狼之类的凡间走兽，更有其他奇形怪状的不知名妖兽。然而它们大多带着伤，断角无尾，失目缺牙，脚上似乎还戴着镣铐。难道是被清虚宫镇压的妖怪们逃出来了？

百姓们不再害怕，反而双目灼灼，期盼着宫内的道长大显神威。

然而哪里有什么神威？道长们面面相觑，握着木剑的手微微发颤。

临渊坐在飞檐处，好笑地看着那群面无血色的假道士——不会道术，空研习道法，在蛟大王眼中可不就是假道士吗？此时此刻，他们完全束手无策，别提举剑除妖了，怕是上个屋顶还要架把梯子。

临渊心念一动，群妖幻象中现出一个人影。他身穿一袭普通道袍，背负长剑，面容清俊，与大殿中那尊金身像有九分相似。

众人伏地皆惊："国……国师显灵了？！"

清虚宫的道士们纷纷面露狂喜之色:“是祖师爷!真的是祖师爷!”

容貌能有出入,但那身清虚灵袍、除妖木剑,日日供奉的信徒与道士们不会错认。

临渊挥袖,半空虚影顿时扭曲变化,那些妖兽纷纷朝着正中间的虚影做撕咬啃噬状,“张钧霆”连连哀号,扔了手中木剑,披散着长发当着众人的面打滚求饶。

众人:“……”

“贫道有罪,靠着旁门左道诱捕妖修,为一己私欲蒙骗世人。我不会道法,更没有斩妖之能!”“张钧霆”在妖兽的啃咬下哀号不已,扭头怒朝底下众人道,“不要再拜了!快快替贫道修万妖殿,供奉诸位妖王!”

临渊忍不住笑出声。

晋明:“……”张钧霆的皮相其实不错,却被临渊幻化出了一副狰狞的模样,双目圆睁,满面凶相,又在妖兽面前,露出怯弱惊惶的神情。

兽影再一变化,半空中浮现出一位裙带飘飞的白衣女子,神色悲悯,眉目温和。

晋明:“……白璘?”

“白璘”开口了:“我本玉兔仙子,历劫落难,被张钧霆以法器囚困,剥皮抽筋,斩妖令所载众妖,皆不曾为恶,张钧霆私囚生灵,清虚宫欺世盗名,今日,我等便要报此血仇!”

晋明:“玉兔?”

临渊笑得前俯后仰,背靠晋明看着底下这幕好戏。不管怎么说,母鱼那悲天悯人的相貌确实有几分仙子的感觉,凡人易被表象所欺,用这副样貌出场,可比谁都有用。

蛟大王幻化出来的影子之后又幻化出了其他妖类,纷纷痛斥张钧霆之罪。而他们的相貌大都是晋明见过的:除却白璘,蛟宫的妖怪、灵山的龙族,就连前不久刚碰见的馄饨摊主都出现了……

凡间众人看得一愣一愣,但也有不信邪的信徒隐约察觉到不对劲儿。

华朝世子就是其中一位,他自幼修习道法,仰慕张钧霆一剑斩群妖的风姿。这一日刚巧在清虚宫问道,也目睹了这番诡异之景。当看到“张钧霆”苦苦哀求、丑态百出后,他再也按捺不住,推开众人上前道:“何方妖孽,竟变出这番障眼法抹黑张道祖!”

临渊施法的手一停,片刻后又让“张钧霆”表演了一个滚地哭号。

世子:“你……不管你是谁,快给本世子停下!”

亲随们急忙上前阻拦:“世子殿下,小心呐。”

世子:“滚开,还不去请吴道长!”

吴道长便是清虚宫如今的掌门,也是清虚宫道法最精妙的人。

亲随们闻言,立马称是,转头又朝着道士们斥道:“妖孽横行,快去请吴道长捉妖!”

道士们:“这……师父,师父方才还在这里……”

“他在那里!”半空中,妖兽咆哮一声,疾冲向那尊高大的金像。

众人只感到飓风扫过,正殿中心的金身巨像缓缓现出裂纹,一寸寸蔓延开来。

砰一声巨响,那受了万民敬拜多年的高大金像转瞬间化为灰烬。金尘飞舞之下,躲在金像背后的人立时无所遁形。

世子惊道:“吴道长?”

清虚宫掌门理了理衣袖,昂然走入人群之中。

“我不过是取来了祖师爷的佩剑。”吴道长用木剑挽了个剑花,配上那身道家法袍,隐隐有几分世外高人的味道。

世子:“佩剑藏在神像后?”

吴道长点点头:“那是自……自然。”

话音刚落,那流着血的妖兽猛地贴在了吴道长的身前,冲他狰狞一笑。

吴道长深吸一口气,仰头倒在了地上。众人哗然,围上前去一看,竟是吓晕过去了。

妖魔环伺,却并不伤人,反而声声控诉凄凉遭遇;而他们的“万世国师”哀号不止,清虚宫掌门更是直接吓晕了过去。难道说他们千余年的供奉实际上都给了一个弄虚作假的小人?

强烈的受骗感甚至压过了妖魂带给他们的恐惧,人人面色难看,就连一开始笃定是妖孽陷害的华朝世子,也开始动摇。而一切的不确信,都在看到天际的金龙后,彻底烟消云散。

华朝崇习道法,更尊真龙。那忽然现身的金龙,并非飘忽不定的幻象,谁也不知道他从哪里出现。等到看清时,金龙已经盘旋于上空,长尾一扫,清虚宫便被劈为两半,然而那般强烈的力道,却没有伤到凡人半点。妖影散尽,再也没有人敢置喙。

“金龙”还在半空显灵。而盘旋在屋檐的金色长龙,静静地看着自己的同伴化作自身模样,在凡间肆意戏耍。

临渊变作金龙的模样后，甩尾的动作竟是与金龙有几分相似。而且这破坏力……比起当年毁掉坟冢时是更上一层楼了。

始作俑者顶着金龙的外貌，为非作歹了许久，终于感到差不多了，才偃旗息鼓，钩上在檐上出神的真金龙，一路疾飞冲到深渊入口，看到那群人竟然不要脸地修了新坟，立刻使了个眼色给金龙。

晋明："……"

临渊撺掇道："你去试试？"

晋明不为所动。

临渊哼声表达不满："你只有在阻挠我的时候才会主动些。"

晋明笑了笑，拽住临渊，齐齐往地上一摔。

皮粗肉厚如他们，是感受不到疼的，只不过底下修葺好的东西却承受不住他们的重量，轰然碎裂。

临渊隐隐就有了不好的预感。一阵暗光闪过，他冷着脸恢复人形，坐到地上扯了扯衣襟。

晋明却不消停，将临渊一拖一拽，拉进了深渊里。

临渊不满道："本尊不想去。"

晋明："上次路过鹤宫，未与鹤鸣打声招呼，今日去看看吧。"

临渊虽不怎么相信晋明的理由，但这点要求勉强还是可以答应的。

于是在晋明明里暗里试探着想去看看临渊小时候居住的地方时，蛟大王也没有露出不耐烦的神情，转而带着晋明一路前行，来到了深渊巨犼的洞穴。

晋明指了指洞穴外的某处碎石滩，道："这好像还是我当年与犼决战时，摔下来弄碎的。"

临渊无端感到心虚，尾巴一扫，将这堆石头推到一边。

晋明问："你住在这里？"

临渊："当然不是。"他继续往前走，边走边迟疑道，"你以前都这般好骗吗？"他指的是两个人真正初遇之时。

晋明沉默片刻，道："没有那么多妖怪敢骗我。"

临渊怒道："少见多怪！"

晋明："是是是。"

临渊又道："不过，也拜你那些药丸所赐，我修为大涨，根基也稳固了许多，之后那一千年的修行比以往顺利多了。”

晋明笑了笑：“我是不是早有先见之明？”

临渊一愣。

晋明：“早早先让你欠着我了。”

临渊：“……”

这算什么先见之明？分明就是太好骗了。欠了又如何，还不是另一回事！

临渊见晋明满目含笑的模样，心想，就让这蠢龙高兴去吧，他就不泼这冷水了。

又走了一会儿。

“不对，应该是这个方向，怎么又不像了……”临渊停了下来。

晋明：“找不到路了？”

临渊点点头：“不找了，也没什么意思。”

他是无意间被犼从自小生长的水潭里带到这儿的，那时年幼，稀里糊涂都没怎么记路，这会儿又觉得费神找这个地方，还不如就近坐下来修炼。

晋明索性也坐下来，两个人闭目养神。

没一会儿，天际似乎是变暗了些。深渊的天总是灰蒙蒙的，常年光线暗淡，既无艳阳也无阴雨。

然而这一日，隐匿深渊的大妖们感应到了一丝不寻常。远处先是传来闷响，仿佛隔着厚重的棉花敲响的鼓声。接着刮起了风，风将深渊上空的灰聚到了一起，汇集成浓黑色的乌云，朝着某地飘去。

轰！雷声大作。临渊睁开双眼，敏锐地感觉到了一丝不安：“晋明，天色变了。”

晋明也是动作一顿，道：“无妨，我带你去山洞躲雨。”说完，一路钻进了旁边的小山洞。

许是深渊久未下雨了，雷声持续了三天三夜，滚滚的乌云笼罩着龙、蛟藏身的小山上空。

最后一日，临渊猛地惊叫了一声。

晋明感觉到了异常，忙道：“怎么了？”

临渊紧闭着双眼，喉中发出哼声，他拍了拍晋明的手臂，往侧边躲去，神情间隐隐作痛，半句话也说不出来。

“小渊！”晋明从未见过临渊这副模样，心下焦急，运功查探起临渊的状况——

内息紊乱，全身经脉灵气四窜，隐约有走火入魔之相。怎会突然如此？

晋明反掌贴近临渊的胸腹处，试图帮他理顺气息。

轰轰！又是一阵剧烈的雷击声，这一次竟击破金龙禁制，整座山洞都开始震荡起来。

晋明眼神一变，现出震惊之色。他化出庞大龙身，将临渊严严实实地护在正中间。又打开腹下鳞片，成堆的法宝器具倾倒出来，施法令其一一运转起来。

临渊张开嘴，漆黑的眼睛一眨不眨地盯着晋明。他似乎也意识到了什么。

砰——没过多久，黑色长蛟就现出原形。

又一道雷声炸开。晋明心情无比紧张。天生真龙是不需要历雷劫的，他此前听闻水族化龙艰险，如今竟感同身受。临渊难受地卷曲翻滚，口中发出含糊不清的痛呼声。

外面雷声阵阵，却没有劈进洞内，更没有打在临渊的身上。可临渊好像极为不适，低着头拼命用脑袋蹭着地面。

晋明急忙展开龙身，团住蛟身，制止了临渊以头触地的行为。

"蠢龙，蠢龙……我好像要……长角了……"

晋明听不清临渊的低语，只以为他很难受。

轰轰轰！又一阵雷鸣，满地法器尽数裂开，山洞剧烈震荡，碎石滚落而下，而临渊忽然停下了动作，他用前爪扒拉着金龙，将身体绷成一条扬起的弧线。

然后，晋明愣愣地看着临渊……化了龙。

先是额间以肉眼可见的速度长出了一对漂亮的龙角，再是爪鳞变化，尾部抽长，临渊不住地收缩身体，反复几遍后，咬牙道："松……松开。"

晋明如梦初醒，松了力道。临渊当即腾跃而上，冲出山洞——前面几道雷劫稀里糊涂地过去了，可化龙之劫，有最关键的一道雷，其余或许可凭因缘、凭功德、凭各种身外法宝挨过去，最后一道却是必须自己受的——涤筋塑骨，化成真正的龙身。

临渊拖着变得不太一样的身体，跌跌撞撞飞上半空。晋明紧追，最后停在了远处，不再向前。他知道自己不能插手，也无法插手。他此时满心懊恼，恨自己没有早些发觉异常。深渊四季常寂，几时会连着三天三夜电闪雷鸣了？

不过……晋明望着远处雷云密布，再看这座被劈得七零八落的小山丘，隐隐觉得冥冥之中自有定数——正如旁人所说，天道于他格外眷顾，他与临渊待在一处，那些加注在自己身上的所谓"气运"使得这四十八道劫雷中途转向，无一道是劈上正主的——或者说，他就是临渊化龙的机缘。

眼前一阵强烈蓝光闪过，灼目光芒几乎照亮了整座深渊。从半空中传来一阵吼声，响彻苍穹。须臾后，万籁俱寂，乌云退散，废墟之中缓缓爬起来一段焦黑的躯干。他颤巍巍地站起身，露出一个脑袋，当发现晋明的视线移过来后，便彻底松了力道，软趴趴地倒回了地面。

晋明赶过去蹲下身，仔细打量临渊，发现只是些雷击的外伤后松了口气，但还是掏出一早准备好的各种灵药，一股脑儿塞进了临渊的嘴里。

晋明："小渊，恭喜。"

临渊挪了挪脑袋，虚弱地问出了化龙后的第一个问题："什么花色？"

晋明："……"

临渊喘了口气，疲惫道："可别是杂色的。"

晋明眯起眼，努力从焦黑的鳞片处辨认起颜色来："许是黑的。"

临渊安心地"嗯"了声，道："挨过之后，就不觉得怎么疼了。"

晋明失笑，看着临渊头顶的角："都长出新的了。"

临渊："蠢龙，我原以为化龙成功，会是我这辈子最高兴的时刻。"

晋明疑惑："难道不高兴了？"

临渊摇摇头，低声道："没想到，化龙之后再见到你，好像更高兴了。"

晋明轻声道："小渊……你是在我这儿化龙的。"

化龙之道，果然千变万化；天道之意，实在难以揣摩。

远处山顶上，闻异象赶来的深渊大妖们沉默地看着山谷洼地里，千年难得一遇的化龙之景。

有小妖试探着发问："宫主……我们还要不要过去了？"

鹤宫主人回过头，一张脸上满是温和的笑意："你去？"

"不了，不了。"这可是两条龙啊！

别说金龙原本是龙族强者，就说那条刚化成的黑龙，原形比起金龙竟也不遑多让。那么可怕的一道雷，劈在身上竟还能站得起来。

小妖抖了抖身体，慌忙退到一边。一同围观的某位妖王震惊道："才……才劈上一道雷，就成了？"

妖王眼中难掩激动之色："定是有什么渡劫的秘宝！他……他竟然只挨了一道

雷劫！”

“就别惦记了。”鹤鸣摸了摸鼻子道，“有没有秘宝我不知道，只不过……这怎么都破不开的禁制倒是有些熟悉啊。”

妖王：“？？？”

鹤鸣“啧”了一声：“兴许我该向灵山列上一份清单了。”他那几乎被搬空的宝库啊……总算是找到罪魁祸首了。

临渊也注意到了附近的大小妖怪。蛟族化龙，失败重伤的话，往往会成为其他妖怪的口粮；哪怕成功了，也会有一小段时间奄奄一息，若是实力不济，就会被别有用心的妖怪钻了空子。

他看了眼晋明，心想，这蠢龙往那儿一站，还挺省事。别说是什么大妖了，就算他这会儿原地躺倒睡上一觉，都不成问题。这么想着，他就释怀了，重新冷静下来。

“我们先离开这儿。”临渊不打算搭理那群围观的妖怪，但也不乐意继续被围观，他站起身，化成人形率先朝外走去，边走边对晋明说，“怎么你看着比我还激动？”

晋明心道：天生真龙这会儿感同身受，堪比自己化了一遭龙。

临渊又担忧道：“都说只有经历过雷劫考验的龙躯才是最坚固的，我才受了一道，不会有问题吧？”

晋明：“不会。”

两条龙一前一后飞上了苍穹，离开了深渊，再双双朝着临隐山方向赶去。

修行路漫漫，化龙之后，便是另一番进境了。

但有友人相伴前行，再长的路也不会无趣。

番外一 心结

临渊刚化龙那会儿，还算平静。缓过神来后，他才后知后觉地感受到了兴奋。

晋明很快发觉临渊有些不对劲。回到蛟宫后的当天晚上，临渊就在寝殿中变化出一面巨大的水镜，变出原形，对着镜子细细观摩起来。

鳞片是纯黑色，没有出现金蛟化龙成杂色的情况。角也是正常的龙角，漂亮周正，气势不凡。他抬了抬爪，水镜中的黑龙也随之抬脚，仔细看，很容易就能发现比之以往尖利了数倍。

晋明面无表情地看着临渊——如今应当也是龙了，他对着镜中的自己摆弄身体，眼底暗藏满意与自得。

“好看。”晋明出声夸赞了一句，试图将临渊的注意力拉回来些。

黑龙眼睛一亮，招手示意晋明过来：“你快变出原形让我瞧瞧！”

晋明想了想，顺着黑龙的意，变成金色长龙，然后就被黑龙一番比较。

黑龙先是对比了各自的龙角，发觉除了颜色外，相差不大；于是又让金龙抬爪，与自己的并排放在一处，看到黑乎乎的龙爪似乎小了一圈，当即不满地缩了回去。踱了几步后，他用脑袋侧抵着金龙，伸长了尾巴，丈量起各自的身长。

晋明：“……”

最后，临渊发觉自己的龙躯依然比不过晋明后，不满地皱起眉。然而这份不满，在看到水镜中威武不凡的大黑龙后，立马又抛到九霄云外。

接下来的日子里，只要是无人的时刻，黑龙就贴着水镜审视己身；他一出寝殿，便会有各路妖怪轮流道贺，这期间少不得要夸赞一声龙躯不凡。

有一日，黑龙大王爬上手下们新修好的龙蛇柱，极目远眺，静静观望着自己的大好地盘，生出无端的感慨。他大半的“蛟生”都在追求化龙之道，如今如愿以偿，修身成龙，反倒失去了修行的动力。

原本的激动之情消退，随之而来的竟是对未来的迷茫与不解——他陷入了人生虚无的困境。

化龙之后，寿数大增，他还有大把的时间，几乎看不见生命的尽头。难道真要将余生都耗在一座小小的山头吗？化龙之后又要干什么？修行还有必要吗？

底下传来晋明的喊声。黑龙掀了掀眼皮，不理会。

“下来了，我让小妖从凡间给你带回了些吃食。”

黑龙冷淡地别过脸，盘着柱子不知在想些什么。

“晋明，你做了那么久的龙，可有过什么未达成的心愿？”黑龙好奇地问道。

晋明笑了笑：“原本不曾有过，后来有了，也实现了。”

黑龙思索了片刻，问：“你修为高深，坐拥无数法宝，就没有想过当妖王，统治上妖界？”

晋明脸上的笑意僵住：“没想过。为什么要这么想？”

临渊：“总得找个修行的目标。”

“做妖王，只不过是多了几个能使唤的属下，地盘大些罢了。上妖界妖众上万，我要是一个个使唤过去，估计先累坏的是我。”

临渊：“那要做什么？”

晋明觉得临渊的状态有些不太稳定，于是收起了玩笑的心思，示意他先从龙蛇柱上下来。临渊想了想，便从龙蛇柱上下来了。

“这世上能做的事太多了。大到修为精进，小到日夜作息，哪里非要什么目标？化龙之后，照常过日子就是了。”

临渊听了之后，半晌才幽幽叹了口气：“我不想修炼。”

晋明：“那就不修。”

“也提不起兴致杀妖夺宝。”

晋明噎了噎：“那就不杀妖，也不夺宝。”

“唉……”

晋明看着无精打采的蛟大王……不，如今是龙大王，终于明白，这是化龙之后，感到无所适从了——简单点讲，就是太闲了。

他拖着黑龙，飞至空中，也不跟蛟宫的众妖打一声招呼，便拐了他们的大王，往灵山的方向飞去。

“原本想再晚几个月告诉你。”晋明熟门熟路地上了灵山主峰，绕开山间诸多同族，带着临渊来到了一处石窟，“我天生为真龙，修炼数万年依然是龙，曾经也不解过，蛟、蛇、鱼类修行是为化龙，那龙修行是为了什么呢？”

黑龙提起精神，似乎来了兴趣：“你想到了吗？”

晋明：“想不到，权且修着吧。”

临渊：“……”

晋明又道：“前些年，我在与犼一战中负伤，虽服了乌灵芝，保住一条性命，但受的伤可不比你当日在雷池受得轻。回灵山后，我便进了灵山主峰，闭关十载方才恢复。”

害晋明负伤的始作俑者黑龙面无表情地听着。

“也就是在那时，我发现了一片竹简。”

晋明腾出一只手，轻敲了几下石壁。随着石门开合，眼前出现一条通道。

“这是历代灵山长老的埋骨之地。”晋明停顿片刻，补充道，“在蓝长老之前，一直都是我族担任长老一职。”

灵山，曾经只属于金龙一族。

“那片竹简便是其中一位先辈的随身之物。”

通道宽敞而平整，然而静得可怕，只听得见晋明平静的说话声。

临渊跟随晋明学过一些金龙族的秘法，隐约感受到这条通道，包括通道的入口，都有金龙族禁制的手笔，也许整座灵山上的百条龙都不知道有这么一个地方。他原以为尽头处会是大片枯骨，然而令他意外的是，那只是一间空荡荡的石室，里面只有一张普普通通的桌椅，没什么稀奇之处。

晋明走到一面石墙前，按动机关，下一刻，便露出了众多小巧的罐子。

临渊：“这是……”

“护心鳞。”

临渊愣住。

“金龙族的护心鳞是最为宝贵之物，它比尸骨还要坚硬，即便千万年过去，依然不腐。”晋明取下其中一个罐子，露出了藏在罐子后的破旧竹简。然后又将罐子放回原处，把竹简递到了临渊跟前。

黑龙临渊化作人形，接过竹简，敛神查看起来。须臾后，他睁开眼：“这……”

晋明："龙族修行其实比旁人更难，万年难出其一，但是成功的话，就能成神化圣，与天同寿。"

临渊半晌没有说话，将竹简重新塞回了原位。

"成神化圣？"临渊喃喃重复了一遍，道，"奇怪，我就算知道了这个，却提不起以往化龙时那般的兴致了。"

晋明笑了笑："我也提不起兴致。"

若说这世上还有什么龙最可能修成这样的正果，必是金龙一族无疑了。而即便是金龙族大盛时期，真正能成功的也仅仅出了一条。金龙晋明集全族气运加身，受天道眷顾，即便如此，比起当年那条修成正果的金龙，依然差了一些。

那片竹简的主人便是那位金龙的伴侣。修成正果的代价，便是飞升到更上界，自此离开此间小界，去往远而不及的世外。竹简上面记载了诸多天道法则，隐隐还带着几分怨怼之气，夹杂着对大道的不满与背弃。

临渊说不上来，他无法猜测当年是怎样一番境况，但也觉得那片竹简记载的东西非同小可，深入探究，兴许还会触碰到一些不可说的秘事。

"世人都传金龙族覆灭乃是太过强大，破坏了世间万物的平衡。"晋明一边和临渊往外走，一边道，"也许不尽然。"

临渊沉迷修行，对这些玄之又玄的"道"并不精通。等到被晋明带离了那间石室，他才缓过神来，长出一口气。望着满山秀色，临渊忽觉心神松懈，道："化龙已属不易，更深处，我怕是不可能了。往后的日子，兴许可以过得松快些。"

晋明望着身侧人的脸："没错。"

"什么没错？"赶巧经过的青崇在不远处兴冲冲地朝他们招了招手，"金龙前辈！小……魔魔……黑……"他纠结了许久对大黑龙的称呼，最后索性"哎呀"一声，喊道，"你们回灵山啦？"

这还是由蛟化龙后，临渊第一次登门拜访。他心想，也该对灵山的龙族客气些了，于是转过身，朝着小青龙点点头。

小青龙愣在当场，整个人似乎都变得扭捏起来，支支吾吾："我……要我去通知其他人吗？"

晋明询问地看向临渊。临渊道："你在蛟宫里待了有一段日子了，我好像从来没在灵山露过面。左右大家都是龙族了，是该熟悉一下了。"

晋明："……"

小青龙当即绕着灵山飞了一圈，将“金龙前辈带着黑龙大王上灵山”的消息传了一遍。蓝长老知晓后，更是大尾巴一摆，吩咐要在灵山主峰最大的广场上设宴！

于是，龙族们纷纷出洞，赶往主峰。似乎是担心自己慢上一步，大家又纷纷化出原形。霎时间，漫山遍野都是赶路的长龙，站在高处向下俯瞰，倒颇有一番壮观景象。

临渊指了指底下黑漆漆的一片：“原来灵山的黑龙长这样啊？”灵山群龙聚居，白龙、黑龙、蓝龙、青龙等应有尽有，他如今定睛瞧着的便是黑龙一族。

晋明眼皮一跳，心道——来了，这熟悉的感觉。

临渊变出原形，一边眯着眼向下张望，一边对金龙说：“怎么还没我三分之二长？似乎个个都比我小了几圈……”

晋明实话实说：“小渊，你确实比他们都厉害。”

临渊满意了，收回视线道：“这天生的真龙也不怎么厉害嘛。”想到从前自己也曾暗自羡慕那些龙族，如今竟是将他们尽数比了下去，心情更加好了。不过……他看了看金龙，真诚补充道：“你除外。”

灵山的接风宴上，群龙一落地便化作人形，又不动声色地按照各自鳞色分席而坐。

蓝长老也总算亲眼见到了人，上一次他与临渊碰面，对方顶着幻化后的容貌；如今真正见了之后，他便顶着一张胖脸，自矜地朝临渊点点头。

至于如小青龙般，曾经为金龙前辈“报仇”的龙族，在看到黑龙端坐在金龙前辈身边时，还是有那么一瞬间，替自己感到委屈。

等到宴会结束，困扰临渊多日的心结早已烟消云散。

化龙了又如何，之后又该怎么样？

正如晋明所说，权且过着吧。

世间之大，以往醉心修炼所错过的，如今有的是时间可以慢慢体验。

番外二 秘境

自从黑龙大王不知在哪儿捡回四枚龙蛋后，蛟宫的气氛变得有些不太一样了。

要说有区别倒也不是，几大妖王仍是过着往常的日子，闲来就入山间招小妖逗小兽，忙时也顶多是赶跑几只不请自来的陌生妖怪。

这日，灰背狼妖刚给自家孙女洗好了澡，正御妖力为风，替小狼吹干毛发。虽说一个净水诀就能将毛发变干，但到底比不上风吹出来的蓬松、柔软。

小狼崽伏在爷爷膝盖上，懒洋洋地打着盹。

“也不知道那几枚蛋何时破壳？”灰背狼妖边吹着风，边自言自语。

小母狼双眼澄澈地盯着灰背狼妖：“黑龙大王让我孵蛋呢。”

灰背狼妖老脸一黑，看着毛茸茸的小辈，愈发心疼到无以复加。他小小的宝贝孙女，自己都还是幼崽，竟然已经做起了孵蛋的活。

而且，他们狼妖根本不会孵蛋，也不用孵蛋！

小母狼翻了个身，抖了抖耳朵：“黑龙大王说我的肚皮最软、最顺滑，可惜不能剥下来当毯子，这样就能盖在蛋身上了。”

灰背狼妖梳理毛发的手一顿，半晌，僵硬道：“好好孵。”

小狼妖点点头，神态懵懂而天真。

灰背狼妖痛心疾首，只恨妖法不精。他的配偶是只普通狼妖，儿子也是普通狼妖，寿数都不及自身，早早就相继身殒，只留下这么一个宝贝疙瘩，现下却被拉去做了活狼毯子——他都有三日没逮着机会揉揉狼崽的毛肚皮了！

咦？灰背狼妖眼神微讶，感受到指腹下的异样，忙低头查看：“乖孙，你何时结的妖丹？”

小母狼如实道：“前日黑龙大王又打输了，气愤之下冲了过来，我差点就被压成饼啦。”

灰背狼妖“嘶”了一声，又查看一番，连连道：“还好还好，没有外伤。”

小母狼：“金龙前辈便给我输了一道妖力防身，我肚子里就变得暖烘烘的了。”

灰背狼妖一愣，表情千变万化，最后叹了口气，抱起孙女，语重心长道：“孵蛋可以，下次那两条龙再打起来，你就躲远点。”

也不知怎么回事，妖怪素来忌讳以原形示人，可黑龙大王只要一发怒，就喜欢用原形与金龙角力。两龙都是当世数一数二的巅峰大妖，交手时，却不比拼法力，只横冲直撞，毫无风范可言。

当然这仅局限于蛟宫之内。因而一旦两条龙打起架来，原本宽敞的蛟宫，顿时会被塞得满满当当，冷不防就会有被龙尾扫到的风险。

如果黑龙大王一不小心被打趴下，那可真是声势浩大，整座临隐山仿佛都要跟着抖上一抖。这之后，必然是金龙盘踞山头，久立不动，而他们这等小妖便在一阵阵低沉的龙吼声中战战兢兢，如履薄冰。

这么一想，他的孙女能如此健全，实属难得。现在又有金龙妖力相赠，早早凝出了妖丹，想来资质不一般，能活得长久。

晋明：“小渊，你近日可有心事？”

黑龙大王撇撇嘴，没有搭话。

晋明也不再说话，只是用一双浅色金眸专注地看着临渊。

临渊陷入沉默，面上闪过几丝不悦与烦躁，但终是问出了口：“你何时动身？”

动身？

临渊没好气道：“那青虫来时的动静那般大，你当本尊是聋了不成？”

晋明一愣，随即反应过来：“捕龙族秘境？”

三天前，青崇自灵山赶来，带来一则消息：深渊上古秘境打开，捕龙族遗迹重现于世。说起来，那所谓的秘境能够重见天日，还要归功于临渊的那场化龙雷劫。七七四十九道天雷轰击，竟将掩埋在深渊之下的上古秘境轰了出来。

鹤宫之主鹤鸣第一时间赶了过去。他原以为不过是寻常大妖的洞府，不料稍一接近，就感受到强大威势，连他这般的深渊妖王都险些抵挡不住，更别提一众属下了。于是他当即联系了灵山龙族，邀请蓝长老一同查探。事情发展到最后，便是青崇冲上了临隐山……

黑龙大王甩了甩尾巴："上古之时，人修真能强大到捕杀龙族？"

晋明："只有极少数的人罢了。上古妖兽横行，人族深受其害，后来出现了一批能人异士，不知动用了什么禁术，竟能强大到捕杀百兽。捕龙之名，倒不是说他们擅长捕龙，只不过，龙为百兽之尊，以此为名，言其威势罢了。"

临渊听了一会儿，说："知道得这么详细，看来你是打定主意要去多管闲事了？"

晋明认真道："短则十天。小渊可愿与我同去？"

十天，于他们这些活了上万年的老妖怪而言，不过是眨眼之间。

临渊掀了掀眼皮："不去。"

晋明叹了口气，诱导着说："上古秘境，兴许会有一番奇遇。"

临渊："宝库已经够满了。"

"鹤鸣也算是我的老友，何况捕龙族里，确实有许多屠龙的秘术法宝，留着总是祸患。"

临渊不说话。晋明无奈道："舒渠领着人进去了，只不过一个月过去了仍没有音讯。"

"哦。"临渊语气冷然。

"我尽早动身，很快便回来。"

临渊淡淡应了声，晋明转身往外走去。

"若有什么宝贝，记得带回来。"

临渊闷沉的声音自身后传来。晋明转过身，嘴角流露出几分笑意。

晋明前脚刚出临隐山，临渊立刻一扫颓然，神采奕奕地逮住了正在大殿前晒太阳的豹妖，询问："近日哪座山头不太安分？"

豹妖一愣："都很安分。"

方圆百里都是两条龙的地盘，哪个不长眼的妖怪敢惹事？甚至整个上妖界都风平浪静，没有几个大妖敢兴风作浪。

原因无他，黑龙还是蛟大王时，便有强抢地盘、强占法宝的恶名，如今化了龙，又与灵山金龙为友，那简直是如虎添翼，谁都不敢出头，就怕被这魔蛟惦记上。

临渊不满道："可有大妖出世？"

豹妖："没啊。"

临渊冷笑一声："是吗？"

豹妖打了个寒战:“大王是想?”

临渊:“成日待在蛟宫,许久没有活动筋骨了。”

这是想下山挑事啊!豹妖心性好战,眼放光芒:“听说西边的蝎子精近日得了一枚珠子,虽捂得严实,但还是走漏了风声。那珠子据说有蕴养神魂的功效,随身佩戴,还能强健体魄!”

临渊满意点头,对豹妖颇为赞许。随后便腾空而起,朝着西边飞去。

豹妖还在念叨:“若大王喜欢,我愿为前锋,替大王抢回……来。”他话还未说完,抬头便已看不到黑龙大王的身影,顿时苦着脸,重新趴了回去。无架可打,“豹生”寂寞。

临渊一出蛟宫,一路横冲直撞,所过之处,大小妖怪各自守着宝贝噤若寒蝉。但凡他稍作停留,妖怪们便强忍心痛,主动献出宝物。

临渊:“我还没出手呢……”

而且,宝物太次,品相太差,毫无掠夺的兴致。他只希望蝎子精能强硬些,别同这些没骨气的小妖们一般,让他败兴而归。

“此处离西边蝎子精的洞府还有多远?”

大小妖怪一听,忙给他指路。

临渊又问:“听说他得了一枚宝珠,可是真的?”

大小妖怪闻言无不一愣,随即低下头,支吾道:“是宝珠……极为难得。”

临渊便放心了,宝物难得,才不枉他走这一遭。一路上,临渊隐约找到了当年叱咤风云的感觉,可惜那些妖怪毫无对抗之心,实在无趣,无趣到临渊架也不想打,“宝物”也不想夺,一路风平浪静,十分不是滋味。

等到他冲到了蝎子精洞府前,却只见那蝎子精早早率领一众小妖,摆放好宝物,等着他上门挑拣。

临渊沉默不语——都是三千年修为的大蝎子了,何以如此软弱?

蝎子精谄媚道:“大王,这些都是难得一见的宝贝,您若看得上,尽管拿去!”

临渊:“……”这跟他料想的杀妖夺宝相差甚远。

蝎子精又从宝盒中取出一枚珠子,眼神意味深远:“此珠更是稀有之宝,极适合男女双修之用。”

临渊:“……”他懂了。珠子的确稀有,但效用却出人意料。

临渊琢磨明白后，盯向那枚“宝珠”，眼神幽暗复杂——好不容易趁着晋明出门，想下山肆意妄为一番，结果却得了这么个鬼东西？

蝎子精仍在说着：“早前听闻大王为了宝珠特地从蛟宫赶来，谢兹真是不胜惶恐，恨不得时光倒流，先一步赶来蛟宫进献……实不相瞒，此珠是炼器大师所造，他那里还有不少好物，大王若是喜欢，尽管吩咐谢兹。”

临渊：“……”怪他太猖獗，毫不掩饰夺宝之心，现下妖怪们都知道他为了这么个鬼东西千里奔波。一瞬间，他甚至起了杀妖灭口的想法。

临渊面覆冰霜，神色冷然，隐约透出杀伐之意：“你的话，太多了。”

蝎子精心跳骤快，冷汗直流，在这样的威压下，逐渐软倒在地。

临渊冷笑一声。此番下山，终是动手拆了一座洞府。

蝎子精敢怒不敢言，甚至有些受伤——前方妖怪们都说，魔蛟在灵山金龙的感化下，脾性温和了许多，为何他却半点没觉得？

最后黑龙大王提着蝎子精回到蛟宫，顺手将晒着太阳的豹妖一同打晕，双双丢进了空置许久的地牢。

蝎子精：“……”

豹妖：“……”

灰背狼妖摇摇头：“别怪老狼不念旧情，实在是豹子你太过蠢笨。罢了，看在相识许久的分上，等晋明回来，我会替你说几句好话。”

蝎子精很是茫然：“那……那我呢？”

灰背狼妖直言：“可怜。”

蝎子精：“……”

灰背狼妖指了指豹妖：“实不相瞒，你遭逢此难，都是拜他所赐。”

蝎子精与豹妖对视一眼——地牢注定不复平静。

这一趟夺宝之旅，毫无收获。临渊郁闷非常，思绪不由得飘到了晋明身上。

离晋明动身前往深渊已有半个多月。这可远远超出了“短则十天”的预估。

他倒不是担心晋明会遇到强敌，毕竟没有人比他更清楚那条龙的修为究竟到达了何种恐怖的境界。金龙本就得天独厚，有着极为变态的修炼资质，何况在蛟宫这些日子的修炼，功力日益精深，更是令人望尘莫及了。可为何半个月了都没回来？

第二日，蛟宫上方显出一片阴影。黑龙腾跃云间，忽然消失了踪迹。

深渊，捕龙族遗迹。

所有闯入遗迹的妖怪们此刻正聚集于一处废墟，各个面容惨淡、狼狈不堪。他们或坐或卧，隐隐有合围聚拢之势，正中间，站着位面容俊朗的白衫男子。

“诸位，捕龙族虽有灭杀妖兽之力，却是因为动用禁术，因而最后反噬，举族倾覆。既是禁术，必有缺陷。当年我受困缚龙阵，沉睡万年，直到不久前被天雷惊醒，便一直在寻找缺陷所在，此刻，隐隐有了一些眉目。”

妖怪们闻言，纷纷道：“银练龙君但说无妨。此间法阵对我等妖兽压制极大，再找不到出口，怕是就要交待在这儿了。”

银练：“若我没有猜错，出去的关键便在于我。”

“什么？”

“捕龙族将我捉来此地，借由我身上的龙势维持法阵。可惜，我如今只是一缕神魂，真身被镇压于何处，却是怎么也想不起来了。”

妖怪们神情复杂，最后有妖说：“这一路全靠有龙君提醒，我们才避开了重重险境。早就听闻上古还有一支银龙，血脉强大却心怀仁德，是唯一能与金龙族并驾齐驱的神龙。可惜……”他没有说下去。

金龙族好歹绵延了许久，如今还有一个晋明存活于世。银龙族却是早早就湮灭于上古时期，犹如昙花一现。众妖怪们唏嘘不已。

南面石林的角落里，灵山龙族席地围坐。小青龙挨着蓝舒渠，余光时不时瞄向银练。

“蓝哥，那条银龙和金龙前辈比，谁更厉害啊？”

蓝舒渠闭目调息，纹丝不动：“谁厉害都不是你厉害，勤修己身方是正途。”

小青龙撇撇嘴：“可金龙前辈到底去哪儿了？明明我和他一同进的秘境，却始终没见他的踪影。”他望向银练所在的方向，小声道，“虽说银龙挺厉害的，但我还是觉得，只要金龙前辈出现，立刻就能解决当下困境。”

银练似有所觉，朝着灵山聚集的方向望过来，正巧对上蓝舒渠与青崇的目光，便温和一笑。小青龙噤声低头。

银练缓步走来，停在灵山众龙面前：“一路同行了数日，常听你们念叨‘金龙’二字，想来是如今的龙族翘楚，我倒很想见见。”

银练语气温和，面带笑意，说话时轻易就能让人心生好感。这些天，在捕龙族遗迹中，一众妖怪早已对银练心悦诚服，就连灵山一行人也受其恩泽。蓝舒渠调息许久，便是因为误入凶阵受了些伤，最后还是银练察觉不对，将他们带出险境。

蓝舒渠："他应当也会很高兴见到上古龙族。"

银练笑意更深，挨着灵山龙群，找了个位置盘腿坐下。

"你们都是龙族，可气味不同……想来族群也不同，不知是什么鳞色？"

蓝舒渠："……"

小青龙："……"

这上古的龙一聊天就显出了年岁的差距——如今龙族已不兴问候鳞色了。

一行妖在秘境中前行了数日，这条横空出世的银龙隐隐有带头之势，小青龙内心总觉得别扭。以往挡在灵山龙族前的都是金龙前辈，骤然换了条龙，哪怕对方并无恶意，也让他觉得不习惯。

灵山其余龙族也对银龙愈发尊重，但每每谈及金龙，眼角眉梢却会多几分仰慕憧憬。

这日，他们抵达一处山脚。天边隐隐传来龙吟声，大妖们纷纷一愣，先是瞟了眼龙族群众，继而仰头望向天际。只见云层之中显出一道巨大阴影，身长几乎能环住整座山峰，遮天蔽日，威势惊人。

"是金龙前辈！"小青龙第一个认出，紧接着灵山龙族纷纷面露激动之色。

"真的是金龙前辈！"

"我们能出去了！"

金龙以原身缠绕大山，顷刻间拔山而起，阵法被破，高山化为虚影，露出底下巨大的沟壑。沟壑处显出几片银白之色。

银练神情恍惚，继而激动起来："对，正是此地！我的真身就在此地！"话音刚落，他已化为一道白光没入深沟之中，片刻后，一条银色长龙腾飞而出。

小青龙仰着头，发出感叹："看，果然还是金龙前辈的龙躯更威风些！"

灵山龙族纷纷点头。过了一会儿，小青龙瞅了瞅蓝舒渠："蓝哥，他好细啊。"

蓝舒渠："银龙本就不以身躯见长。"

龙族审美不知何时起被那条黑龙带歪了。那黑龙，甚至觉得晚年发福的老蓝龙是除了金龙外第二威武的龙。

这些时日，青崇对老蓝龙也是越发敬重，眼见着他越走越歪，蓝舒渠已是无能为力。

银龙神魂归位，脱离了阵眼中心，维持秘境的龙势已断，出去不过是时间问题。

晋明化为人形，落在灵山龙族之中，开口便问："青崇，今日是第几天了？"

小青龙一愣："十七日。"

晋明面色凝重起来。众妖也忍不住提起了心，担心秘境生变。

银练重获龙身，化为人形，见晋明这副神情，也好奇起来。

晋明："今日必须得离开。"他看向众妖，"捕龙族遗迹借由龙势而成，龙势汇入阵法，阵法供给龙躯，生息万载。如果想毁去秘境，只须龙势紊乱，阵法便也乱了。"

银练点点头："可我刚获龙躯，虚弱得很，需要调养几日……"

晋明看了他一眼，道："我来。"

银练："可它借的一直是我的势。"

晋明指向沟壑："只要身处其中，谁的势它都借。"

远处沟壑死寂无声，却能将一头银龙困缚半生。上古捕龙族盛极一时，万千妖兽莫不退避躲藏。他们所造大阵威力如何，今日已无人知晓，但也可知其凶险。

蓝舒渠出声道："不行，太过冒险！"

晋明："我有分寸。"

蓝舒渠不解："左右不过多等几日。"没了银龙龙势的补给，秘境的力量会逐渐衰弱，他们完全可以多等几日。

晋明咳声道："等不了。"

十七日未归，也不知道蛟宫的情形如何了。晋明本来盘算准了，解决完事情就回去。谁知他进来不久，就感应到龙势聚集之处，赶过去后突生感悟，坐忘数日，直到三天前才悠悠醒转。因为此番感悟之后，他的修为更上一层，根本不惧此间阵法。他重新化出原形，朝着沟壑飞去。

小青龙着急道："银练，那个缚龙阵很厉害吗？"

银练点点头，心有余悸道："我就是在你这般大的时候被困住的，一觉醒来都成了老龙了。"

小青龙："……"

晋明速度极快，转瞬间已盘旋于沟壑上方。众妖屏息静待，眼见金龙落下，突然响起一阵清越龙吟，斜刺里冲出巨大黑影。

"轰——"

一金一黑两条长龙同时砸向地面，掀起数丈高的尘土。

黑龙来势汹汹，压制着金龙，令其无法动弹。众妖缩了缩脖子，只觉得这突然出现的凶兽实在可怖，竟能压制得灵山金龙毫无还手之力。

至于灵山龙族则各个面无表情，十分淡漠。他们并不是很想看这两条龙打架。

另一边，二龙双双化为人形。

晋明唤了声："小渊。"

临渊面无表情："你方才打算做什么？"

晋明回忆了片刻。临渊阴森森道："舍生赴死，心怀苍生，德行可感天地啊！"

晋明张口欲言，临渊一双漆黑双目幽深晦暗——他是真没想到，好不容易找到这头蠢龙，却正好撞见对方在"寻死"。

"你怎么不直接撞进本尊肚子里，保准将你消化得干干净净！"临渊不客气地说。

晋明正色道："区区缚龙阵，并不危险。只需三息即可破解，不至于到舍生赴死的地步。"

临渊一僵，眼神更加复杂："三息？"

晋明笃定道："三息。"

临渊沉默。像是为了证明所言非虚，晋明挪了一步。

"等等！"临渊叫住他，见晋明回身看他，怒声道："你给我回来！"

晋明重新走到临渊身边。思索片刻，伸手探入怀中。摸索片刻后，他取出一枚圆滚滚的龙蛋，掂了掂，然后递向晋明："太重了，放你那儿。"

晋明："……"

一颗、两颗、三颗、四颗，四颗龙蛋尽数被晋明揣进了怀中。

临渊："虽说龙蛋坚固，但也需好好护着。既然你说缚龙阵没危险，那你就去吧。"

晋明怀抱四枚龙蛋，陷入了沉默。最后，他还是默默将龙蛋放入了衣襟底下的腹鳞中。

晋明便又简单讲了讲自己受龙势所感，境界有所提升之事。

临渊听了后，道："既是如此，赶紧解决了。方才来的路上，有一个蛋忽然裂了一道缝，我想着你说要看它们破壳，便又将那道缝堵住了。"

晋明："……"

须臾后，晋明化出原形卷起临渊，冲入深沟，尘土飞扬间，众人只觉周身压制顿消，整座秘境动荡起来。而那处深沟，已破开一个巨大的口子，隐约能看到外边灰蒙蒙的天——那是深渊的天。他们终于从捕龙族遗迹中出来了。

银练愣怔道：“这就……出去了？”

小青龙看向他，拍了拍肩膀，安慰道：“你虽也是上古龙族，但比起金龙前辈，还是有一段距离……不过，你已经很厉害了。”

银练：“那条黑龙……”

小青龙认真道：“是条蛟化龙，凶神恶煞的，也就只有金龙前辈能打得过他了。”

银练迟疑道：“我方才明明看见是他制住了金龙。”

小青龙看了他一眼：“你不懂，金龙前辈那是让着黑龙呢。”

银练：“……”

蓝舒渠：“前辈若是没有去处，可先在灵山住下。”

银练：“不必。”

他再看其余妖众，尽数对着两龙离去的方向，面露敬畏之色，连余光都没有留半点给他，这让勤勤恳恳带了他们一路的银练略有些惆怅。

番外三 赏月

人间，夜月山。圆月高悬，华灯正盛。

自数年前的一场变故，华朝崇道之风骤减。昔日道观翻作戏台楼阁，清虚宫祭节也变为彩灯节，夜幕之下烟火不断，城中街道燃烛至天明，映照着凡间繁华热闹之景。

袅袅歌声自奉仙酒楼传来，自高处望去，能看见底楼大堂灯火通明、座无虚席，俱是来此品酒赏乐的客人。

忽听得街上一阵惊呼，从敞开的门窗望去，一条由数十人扛的百丈龙灯正缓缓经过长长的街道。沿街的百姓欣喜地望着龙灯，侧头和身边的同伴笑谈。

“这彩灯节倒还有趣。”

酒楼屋顶上，黑袍男子斜倚着，手中执着酒杯，漫不经心地轻点着。

身侧之人心领神会，笑着为他续满了酒杯：“我们可以在蛟宫也办一个差不多的节日。”

黑袍男子冷嗤一声：“麻烦。”

两人正是在人间游历的金龙晋明和黑龙临渊。自蛟宫多了几条小龙后，黑龙大王时常在暴跳如雷和隐忍克制的状态中来回切换。那群小蠢货们初破壳时，他也是高兴新奇了一阵子，但随着时间一天天过去，黑龙大王逐渐感到焦头烂额。

起初只是小打小闹，直到一个月前，龙崽间的一场混战，将那屹立了数千年又经多次加固的龙蛇柱彻底撞断了。彼时黑龙大王正在悠闲地泡澡，冷不防听到了震天响声，一瞬间以为是强敌来犯，连衣带都未系全，就气势汹汹地冲了出去。结果……就看到四个惹祸精们纷纷挂着彩，这条鳞片翻了，那条尾巴折了，还有两条鼻青脸肿……

晋明：“眼不见为净。出去散散心吧。明日青崇来访，他们——”他指了指不远处伸长了脖子偷听的几条龙，淡淡道：“就由旁人看几天吧。”

临渊不可置信：“那条青虫？”

晋明：“放心，舒渠跟着。”

临渊：“……”有朝一日他竟会为听到另一条灵山龙的名字而感到安心，这实在是不可思议。但一想到蓝舒渠能将青崇拉扯大，应当是可靠的。

临渊还未来得及应下，就听见细细的抽泣声传来。他循声望去，那几条鼻青脸肿挂着彩的龙崽们正泫然欲泣，似乎在为即将被“抛下”的命运感到伤心。不知是谁起了个头——“呜哇”一声后，此起彼伏的哭号声响彻临隐山。

临渊眼皮直跳，某些可怕的记忆被唤醒，他扯住晋明的袖袍，忙不迭道：“糟糕，又哭起来了！快走快走！”

黑龙大王以一种“狼狈出逃”的架势冲下了山。晋明的劝慰打开了一番新思路，与其困在蛟宫与那四条龙崽斗智斗勇，还不如去别处逍遥快活。

“你我出来已有十日，也不知道蛟宫如何了？”临渊听着楼下喧闹人声，无端生出几分情绪。

酒液已续满玉杯，杯中酒液摇晃，映出穹顶的圆月，晋明就着月色饮下佳酿。

“酒味醇香。”晋明道。

临渊脸色逐渐变得凝重：“我提及蛟宫，你为何半点也不担心？”

晋明：“他们吃好喝好，有什么可担心的。如今风餐露宿、流落异乡的可是我们。”

说话间，恰逢有烟花燃起，五色焰火布满苍穹，街上爆发出一阵欢呼，悠扬的乐声应和响起。此情此景，欢庆喜悦——同“风餐露宿、流落异乡”八个字毫不相干。

临渊恶狠狠喝了口酒，道：“他们到底年幼，我不放心。”嘴硬的黑龙大王难得如此直白地吐露心声，他自己似乎也感到了别扭。他别过脸，假装欣赏街上热闹景致，故作不经意地说道：“不如你回蛟宫守着。”

晋明：“本就是陪你出来散心，要是不放心，随时都可以回去。”

临渊：“那你是同意了？”说完不等晋明回答，继续说，“那你回去时，给他们带上几盏花灯吧。回了蛟宫，记得传讯给我。”

晋明的表情忽然僵住：“什么？”

临渊将酒杯扔到一边，从袖中取出木鱼纹雕：“出门着急，幸好带上了这个，你就用它同我联络吧。”

晋明终于琢磨出了意思，不可置信地问：“你是要让我，孤身，回蛟宫面对那几个？”

临渊奇怪地看向他：“对呀。”

晋明脸上的笑彻底挂不住了。

临渊挑了挑眉：“本尊还未尽兴，想在人间多留几日，不行吗？”

未尽兴？多留几日？还问行不行？

晋明气极反笑道：“昨日舒渠传讯过来，说那四个小混球好吃好喝，每天只想着咬尾巴翻跟头，还常去找你那些属下们打架。若非有舒渠管着，他们怕是能将整座临隐山给掀翻了。”他低声放软了语气，“我们好不容易出来一趟，可以躲个清静，你这时候赶我回去？”

临渊越听越觉得此刻临隐山上必然是水深火热、一派混乱景象，再看晋明垂头丧气的模样，一时有些感同身受：“行吧，那就再待几日……”

“啊！”街上传出一声惊叫。

临渊循声望去，就看见一排花灯架倒了下来，压在道中央。架上的花灯瞬间燃起了火星，不一会儿便连成一片，朝着奉仙楼扑来。

“真扫兴。”临渊不满地皱眉，虽说火势尚还可控，不一定烧得上来，但人们尖叫奔走，楼内丝竹骤停，到底是被扰了兴致。

晋明也看到了，挥袖送去一道气劲，截住了火势蔓延。

临渊瞥了几眼：“凡人的事你都要管？”

晋明收回手，笑道：“顺手罢了。”

临渊：“那些人都不知晓是你帮了他们，回去后也只会感叹今日有惊无险，运气不错。”

晋明：“此夜漫漫。等火势停歇，你我就可以继续赏月听曲，不是两全其美吗？”

临渊不置可否：“你救人时总有一堆歪理。”

说话间，忽然刮起一阵大风，吹动了二人的袖袍。街上原本减弱的火势骤然再起，无数火星追逐向前方龙灯的尾部。

游人们察觉到不妙，慌忙喊道："小心！龙灯要被点了！"

可那龙灯足有百丈长，又由多人同举，腾挪间十分笨拙，根本避不开飞扬的火星。眼见着一场祸事将临，又一阵狂风吹过，顷刻间将飞扬的火星尽数吹灭。

众人望着一地灰烬，都有些回不过神。半晌，人群中爆发欢呼声，纷纷为这两阵突如其来的奇风惊叹不已。

楼宇之上，晋明抱臂而立，笑眯眯地重复道："小渊，凡人可不知晓是谁救了他们。"

临渊迎上他揶揄的目光，烦躁地收回手："谁稀罕救他们？那凡间的小妖竟敢当着你我的面烧龙灯，真是不知死活！"

晋明无奈地摇摇头，任何一件好事经由临渊的嘴，都会变了味。

晋明："应当是只小妖，替你捉来问问？"

藏身暗处，企图唤出大风烧街的是只未修出人形的猫妖。他被晋明提溜起来的时候，正撅着屁股准备跳墙逃跑。谁知还未起跳，身体就轻盈地腾空。再一眨眼间，他就到了奉仙酒楼的屋顶，入目是一轮高悬的明月。

临渊嫌恶地踢了踢脚边的猫妖："多此一举。"凡间小妖的心思，他可没兴趣探听。

话语声惊醒了蒙住的猫妖。他迅速藏起肚皮，猛地一个翻身，戒备地弓起了腰，朝他们"哈"了口气。临渊看完了他一连串的动作，伸出手指，凌空点在了猫背上。

"喵呜……"可怕的威压瞬间压垮了一只猫的脊梁。

上妖界的妖怪大多都有强悍的妖身，临渊很少遇见有走兽可以软成如此形状，一时有些新奇，便又伸出手指摆弄了几下。猫妖瑟瑟发抖，偏又在莫名的威势之下浑身无力，不敢动弹。

临渊："这般胆小，竟还敢纵火烧灯？"

猫妖身不能动、口不敢言，只能发出奇怪的"咕噜"声。

临渊侧耳听了片刻，勾起一个了然的冷笑："原来还有同伙，阵仗不小啊。"

此前被晋明拉来屋顶喝酒，未曾留意四周，此刻神识扫视一番，才发现奉仙楼中竟藏着十几只小妖。可惜，妖力极弱，几乎可以忽略不计。

凡间灵力稀薄，精怪诞生本就不易，即便侥幸入道，他们也会远离人群，寻一处偏僻角落独自修炼。可眼下，小小一个奉献酒楼竟然聚集了十几个不同族群的小妖。

临渊起了兴致，问："小猫妖，你若告诉我，你们在筹谋何事，我就放了你，如何？"

猫妖张了张嘴，片刻后发出细弱的"喵"声。

临渊："……"

晋明无奈道："他应该还不会说话。"

猫妖眼含热泪，拼命点头。临渊顿时露出"还有这种废物"的惊讶表情。

晋明："也许他是想弄出些事端，替里面的妖，掩人耳目。"

临渊皱眉："所以便要烧灯？"

猫妖激动起来，努力挣扎了几下。

临渊看向金龙："他这又是什么意思？"

晋明沉默——他们毕竟是龙，不通猫语。

猫妖"喵"了一声，看起来沮丧极了。

临渊见他这副无能为力模样，忽然福至心灵："莫非是太没用了，连个风诀都使不好？"

猫妖不动了，神情有些悲愤。

临渊："那你原本要烧的是……奉仙楼？"

奉仙楼内，忽然烛火尽灭。须臾之后，有点点烛光次第亮起。两龙一猫顿时被这忽暗忽明的动静所吸引。临渊一把提起猫妖，塞到晋明手里："你看好它，我过去看看。"

临渊眼中隐隐发亮，晋明知道，这是他起兴好奇的样子。晋明抖了抖手里的猫妖，随手使了个净尘诀，正想提步跟上，忽然察觉到空气中一丝异样的气息。浅金色的眸中闪过锋芒，投向长街的尽头。那是……同族？

临渊也发现了，他回过头，与晋明眼神交会。随后，便提着猫妖消失去了远处。

“跑得倒是快。”临渊低声嘀咕了句，翻身下了屋顶，直接跳进了二楼。

一入楼内，临渊便皱起眉头，他隐隐感到吐纳间竟起了几分阻滞感，似有无形之势笼罩周身。没想到这小小的人界酒楼不仅混入了妖族，竟然还设有压制灵力的法阵。那法阵极为繁复，并不常见，像是大妖的手笔。临渊甫一进入楼内就感到了些许不适。如此强大的阵法出现在凡间，用来对付凡间的小妖，未免有些大材小用了。

好比外面那只猫妖，怕是一进来就直接瘫倒在地无法动弹了吧？可偏偏这样的险地却聚集着不少法力低微的小妖，他们一入奉仙楼，可能要比那些手无缚鸡之力的凡人还要羸弱几分。

真是有些奇怪。临渊掐诀阻隔了阵法对他的影响，步入环廊。廊上已倚着许多人，都是二楼包间的客人，此刻都瞧着底下大堂的动静，临渊便也凑过去，看了看。

从高处望去，视野极佳。大堂客席处灯火尽灭，唯余正中的圆台燃着烛火，几个黑布蒙住的笼子被运至台上。临渊视线扫过去——竟是七八只雪貂。

“这批货物猎于莽山深处，是难得一见的稀世珍品。”

奉仙楼掌事扬声说了一番话后，掀开了黑布。堂内顿时响起惊叹之声。

华朝贵族千金自是见过不少奇珍异兽，但当见到笼中的这几只小兽时，仍是没忍住屏住了呼吸。雪貂们通体雪白，无一丝杂色，映着点点烛光，仿佛雪夜浮光，美不胜收。

奉仙楼掌事静待片刻，显然已料到众人的反应，笑着道：“以此貂皮做衣，必是精美绝伦，世所罕见。若是贵客们喜欢，便请出价吧。”

楼中宾客目露痴迷之色，纷纷开始喊价竞逐。喧嚣之间，笼中角落里，一只雪貂悠悠醒转，半睁着黑乎乎的眼睛，张嘴打了个哈欠。等到发现身边围了一群人，它蓦地睁圆了眼睛，有些呆愣地伸长了脖子。

“啊，它真可爱！”临渊身侧一位珠围翠绕的女子惊叹起来，“快，替本小姐叫价，我要买下它。”

周围人身此起彼伏，似乎都很激动。临渊瞥了眼雪貂那一身油光顺滑的皮子，不以为意。若论制法衣，自然是他们龙、蛟的鳞甲最为坚硬可靠了。

“雪貂皮毛做的衣裳，很特别吗？”

女子一愣，心想哪里来的土包子？刚想回话，扭头看清了身旁男子的脸，嘴边的话骤然顿住。她目光闪烁，颊边飞起一片红晕，支吾道：“不……不做衣裳。我是想养它做小宠。”

临渊奇怪地打量她一阵，很快收回了视线——凡人真是狂妄，竟敢养妖兽做小宠。

虽然法力极低，但笼子里的那几只的确是妖兽。寻常雪貂可养不出这么顺滑的皮毛。他对皮毛毫无兴致，便拐去别处溜达了几步。环廊有一段两侧皆是木墙，瞧不见楼下大堂景象，他经过时忽然听见身后传来动静。

“前辈。”

临渊转过身——是一只陌生的小妖，正直勾勾地盯着他。

上妖界已很少有妖敢这般打量他，临渊面色微沉，放出几分妖力：“你是何人？”

威压之下，小妖转瞬间脸色发白，额角也沁出几滴汗珠：“小妖素灰，想请……前辈包厢一叙。”

临渊：“你认得我？”这小妖法力低微，按理不可能识破自己的身份。

素灰低头回道：“方才小黄消失时，小妖正守在窗边。”

小黄？

素灰：“那只猫妖。”

这只来路不明的小妖除却一开始的直视外，似乎态度十分恭敬，临渊略一思索：“你有何事？”

素灰看了眼来来往往的客人，面露难色。临渊冷笑一声，拂袖竖起了屏障。素灰这才松了口气，缓缓讲述。

原来城外莽山深处，有一处妖集。这群小妖聚居妖集之中，与世隔绝。半月前，有一窝雪貂懵懵懂懂误入了猎人陷阱，又经转手，最后被带到了奉仙楼。雪貂的父母族亲，以及同住妖集的其他热心妖，便鼓起勇气追了过来。

可惜奉仙楼有无名法阵护持，他们施展不出法力，形同凡人，试了各种办法，都没能绕过奉仙楼的守卫救走小兽。

“今日我们原本想让猫妖趁龙灯游行之际，弄出些动静……”可纵火的小妖办事不成，半道还被劫走了。

临渊挑了挑眉：“听你的意思，是在怪本尊搅了你们的大计？”

“当然不是！”素灰看向他，神情严肃。临渊莫名生出一股不太妙的预感。

“前辈法力高强，定是厉害的大妖，还望前辈出手相助。”

临渊半晌无语，表情十分古怪。

“你哪只眼睛看出本尊是那种热心助人的好妖？”

黑龙大王出身深渊，功法小成后便在妖界横行无忌。即便这些年同金龙养起了性子，但经年浸染的凶煞之气未减分毫，甚至多出几分骄纵——怎么看都是一位不好相与的大妖。若放在从前，这个什么莽山妖集的大小妖怪怕是都要进他的肚子。临渊心念一动，眼神扫视了一番小妖的身板。

素灰面色不变：“奉仙楼早已做惯了这等生意，客人拍下后，便会将雪貂移入后厅剥皮。此等残忍行径，堪比当年清虚宫所行恶事。”

记仇的黑龙大王冷不防被熟悉的名字撩动了心绪。

“也罢，既然前辈无意相助，那我再另想办法吧，叨扰了。”

素灰见求助无果，便不做强求，请辞后便直接下了楼。

临渊望着他离开的背影，又朝窗外看了一会儿，莫名感到烦躁。

片刻后，他开始毫无理由地迁怒起了晋明——追条龙而已，这蠢龙怎么还不回来?

早知如此，便该让晋明留下。想必以那家伙的性子，一定很乐意做这好人。临渊沉着脸，从储物戒中取出未喝完的酒，闷闷地喝了几口。

底楼大堂很快就传出了动静。临渊坐在包厢之中，不去看都能猜出是那几只废物凡妖闹出的乱子。说起来，那个叫“素灰”的妖，法力尚可，算是能在凡间呼风唤雨的大妖了。如果不是这个古怪阵法，他也不至于束手无策。

“有贼人强抢，快把门堵住！”尖锐的喊声响起。

临渊不悦地放下酒杯。

“轰——”

一阵强风卷过，奉仙楼大门突然合上，发出巨大声响。

酒楼内瞬间静了片刻。烛光下，大堂里已经乱成一团。

莽山的小妖们正撸起袖子与酒楼守卫扭打着，素灰已经冲上了高台，却被掌事拦住。笼中的几只雪貂都已经醒转，正睁圆了眼睛冲守在笼子旁的人龇牙咧嘴。宾客们纷纷退到桌后，又忍不住好奇，小心翼翼地探头张望。

这一切闹剧都在关门声响起的一瞬间停了下来。

临渊自楼梯处缓步而下，冷眼看了一圈后，走到高台前，随意挑选了一把椅子坐下。

“你是何——唔！”掌事问至一半，身体猛地朝前飞去，重重跌落在临渊脚边。

“我在二楼，远远听到你说他们在行强抢之事？”

掌事捂着撞疼的膝盖，面色痛苦。

临渊瞥了眼众人，问：“强抢之物，是否应当归还？”

他方才隔空拖拽掌事之力过于骇人，众人一时间不敢答话。片刻后，有一道女声自二楼怯怯传来：“自……自然。”

临渊抬眼看了看，是方才同他搭话的女子。他收回视线，指了指台上的兽笼，道：“既然如此，这东西我们便拿回去了。”

“这怎么能行？”人群之中，一名男子出声，“方才我家大人已经拍下了雪貂，旁人都不能带走！”

临渊看向男子，幽深的眸中浮出几分凛冽寒芒。那人的语气立马软了下去：“总不能明抢吧？”

临渊冷笑：“这本就是养在莽山的小宠，不是什么无主的野貂。这群人不问清出处，便收来作之物，还敢摆到台前卖出高价。现在苦主寻来了，你们还，还是不还？”

掌事惊恐道：“你……你们究竟是什么人？”

临渊没听到想要的答案，当即不客气地把人甩到一旁。

“开笼。”

台上的素灰猛地反应过来，绕开守卫冲向笼子。

酒楼的人忙喊道：“快，拦住他们！”

临渊耐心有限，见他们如此不识好歹，忍不住动了动脖子。这时，熟悉的手掌贴住了脖颈，他回过头，正对上晋明笑盈盈的脸。黑龙大王高涨的怒气停滞了一瞬：“你怎么才回来？”

也不知道是不是从前看多了临渊变出蛟首吞妖怪的场景，以至于晋明一见临渊动脖子就会陷入某些不必要的忧心中。但实际上，临渊已经不会做出“突然变出一颗大脑袋把敌人生吞”的事了。

他一把躲开金龙的手掌，递了个白眼过去：“等我先忙完再说！”

结果自不必说——凡人岂会是大妖的对手。大妖甚至都没用上法力，守卫们就已经痛苦倒地了。素灰打开了兽笼。一只只雪貂从笼中钻出，熟练地爬到了素灰的怀里、肩膀和脑袋上，还有几只跳到了别的妖怪身上，边蹭着脑袋边发出哼唧的叫声，亲昵非常。

谁是强抢之人，一目了然。众人见此情景，都无话可说。

临渊见不惯久别重逢的场景，便和晋明悄然退到一边。他看了眼跟在晋明身后的男人，问："这就是你那位同族？"

晋明笑了笑："他叫银练，先前在捕龙族秘境中与他见过，你不记得了？"

临渊毫无印象："我一进秘境就看到你要舍生取义去做什么阵眼，哪还顾上去看他？"

说到这里，临渊仍是有些气不顺。虽说这条好运气的龙修为高深到近乎变态，但也不该事事以身犯险。一个消失了数万年的破秘境，哪里值得他去冒险？

不过，经晋明提醒，临渊后知后觉道："这就是那条被困在法阵里充当了万千年阵眼的倒霉银龙？"

"咯。"同为龙族，银练耳力极佳，忍不住轻咳一声。

临渊上下打量银练一番，又同晋明悄声道："听青虫说，他真身细小羸弱，是先天不足吗？"

晋明："……"

银练："……"

金龙叹了口气，压低了声音替临渊解惑。

银练杵在一旁，笑容僵硬地等着那两条龙说完，便迎上了临渊略带惋惜的目光。他上古银龙一支，以身形纤长为美，这要放在以前，是最受追捧的一族！

临渊："所以，你便是这奉仙楼背后的主人？"

银练笑了笑："我重临世间，发现族群已覆，世事变迁，便游历各地，寻找新的落脚处，最后在人间置办了些产业。"

难怪，想来奉仙楼的阵法便是出自这位的手笔了。

临渊："既是龙族，为何要与人打交道？如你这般的天生真龙，灵山应当会很欢迎你。"

银练脾气极好，有问必答："此地毗邻极地深渊，方便修炼；又处繁华都城，实是一个不错的住处。灵山虽好，却并不适合我。"他可不想每天都被一群审美古怪的灵山龙以“某种奇怪”的目光围观注视。既然无法改变现状，他就只能修身养性了。

“倒也是，我也住不惯灵山。”临渊深有同感，他也在灵山小住过，那几日真是日日不得清静，走到哪儿都觉得有几双眼睛在暗中窥视自己。要不是察觉不出恶意，他几乎就要忍不住动手了。

两龙视线交错，都流露出几分一言难尽的神色。

临渊看向不远处的残局，道：“你这地方被我砸坏了，你可列上清单送至临隐山。”

银练摆摆手：“无妨无妨，区区小事，晋明已提前同我致过歉了。”

谈话间，酒楼掌事已从地上爬起，走到银练身边，说道：“公子。”

银练叹了口气：“雪貂主人都寻来了，此事真相已明，往后所收货品，需得再三查验。”

今夜之事，牵涉颇多，银练便径自去忙了。临渊看着银练与今夜拍下雪貂之人交涉攀谈，曲肘碰了碰晋明：“他妖法不弱，为何要做这些事？”

晋明：“银龙族性喜敛财，还不爱打架。当年族群覆灭，兴许也是由此而来。”

临渊拉下了脸：“了解得真清楚。我在这边被些琐事烦扰着，你倒是同人相谈甚欢。”

晋明低声道：“蛟王打架如此威风，我可不想抢了你的风头。”

听到这个称呼，临渊目光森然，冷笑一声。

“前辈。”素灰将小貂们交给同伴后，便来向临渊表达谢意，“我就知道前辈面冷心热，是见不得小妖们受欺凌的。旁人可能视您若‘凶神’，但在素灰心中，您一直是我的目标。总有一天，我也会成为如您这般强大到可以庇护所有小妖的大妖。”

临渊听得莫名其妙，这个小妖嘴里“面冷心热”的大妖是谁？什么“庇护小妖”？他修炼是为了自身强大，何时要管别的妖的死活了？

素灰看向他，眼中似有光芒：“到那时，前辈应该就能记住我了吧！”

临渊疑惑地看向他。素灰眨眨眼，又看向晋明，认真地作了个揖：“我要回莽山了。两位前辈他日若是愿来莽山看看，素灰定会用心接待。”

晋明从袖袍间提出一只黄色大猫递过去：“修行路长，勿忘本心。”

素灰接过猫妖，郑重地点了点头。莽山一众妖怪们救回了雪貂，便离开了奉仙楼。凡间的妖大多避人而居，自此之后他们又将回到深山，过回曾经平静的日子。

两龙再次登上了奉仙楼的屋顶。临渊站在高处，远远注视着素灰离去的背影，脸上显出几分苦思不得解的烦躁：“蠢龙，我是不是在哪里见过他？”

晋明坐在屋檐处，附在临渊耳边轻声说了几句，临渊先是一愣，而后惊讶地再次回首望去，可惜队伍已经走远，再看不到了。

他便又坐定了，片刻后笑了笑：“原来是他。”

又过了一会儿，临渊好奇地问：“你是如何知晓的？”

晋明叹了口气：“他身上戴着你的鳞片。”

龙生漫长，多年前的一只小妖仅仅是须臾过客，能叫他一眼认出的，是与彼时的蛟的相关之物。

这一次，临渊听懂了身旁之人的未尽之语，他望着天边皎洁的圆月，喟叹道：“蠢龙，赏完这月，我们再去看看山海江河吧。”

晋明：“不回蛟宫了？”

临渊：“那几个小混球撞坏了本尊的龙蛇柱，我气还未消呢！”

晋明：“等回去应该就能看见新的龙蛇柱了。”

临渊：“他们一定还会折腾出别的事……”

晋明：“无妨，我来教训他们。”

……

（全文完）